SOPHIE JACKSON

Dunkle Liebe – Sühne

W0251510

SOPHIE JACKSON

DUNKLE LIEBE

Sühne

Roman

Ins Deutsche übertragen
von Anita Nirschl

LYX

LYX in der Bastei Lübbe AG
Dieser Titel ist auch als E-Book erschienen.

MIX
Papier aus verantwortungsvollen Quellen
FSC® C083411

Die Originalausgabe erschien 2016 unter dem Titel
A Measure of Love bei Headline Eternal, an imprint
of Headline Publishing Group, London, UK.

Für die Originalausgabe:
Copyright © 2016 by Sophie Louise Jackson

Für die deutschsprachige Ausgabe:
Copyright © 2016 by Bastei Lübbe AG, Köln
Textredaktion: Catherine Beck
Covergestaltung: Guter Punkt, München | www.guter-punkt.de
Coverabbildung: Guter Punkt unter Verwendung
eines Motivs von KieferPix / shutterstock
Satz: Greiner & Reichel, Köln
Gesetzt aus der New Caledonia LT
Druck und Verarbeitung: CPI books GmbH, Leck – Germany
Printed in Germany
ISBN 978-3-7363-0088-0

1 3 5 7 6 4 2

Sie finden uns im Internet unter www.lyx-verlag.de
Bitte beachten Sie auch: www.luebbe.de und www.lesejury.de

Ein verlagsneues Buch kostet in Deutschland und Österreich jeweils überall dasselbe.
Damit die kulturelle Vielfalt erhalten und für die Leser bezahlbar bleibt, gibt es die
gesetzliche Buchpreisbindung. Ob im Internet, in der Großbuchhandlung, beim
lokalen Buchhändler, im Dorf oder in der Großstadt – überall bekommen Sie
Ihre verlagsneuen Bücher zum selben Preis.

Für dich. Danke.

Mein Herz ist und wird immer das deine sein.
– Jane Austen

Prolog

Er war acht Jahre alt, als er sie zum ersten Mal sah.

Wie gebannt stand er da, das Fahrrad zwischen den Beinen, während ihre Familie Kartons aus einem Umzugswagen vor einem Haus in der Straße seiner Schule lud. Sie drehte sich im Vorgarten im Kreis, und ihr blondes Haar, das in zwei Rattenschwänzchen von ihrem Kopf abstand, wirbelte wie zwei Rotorblätter eines Hubschraubers. Sie trug Jeansshorts, pinke Badeschuhe und ein sogar noch pinkeres T-Shirt mit einem leuchtenden Regenbogen drauf. Sie sprang, sang und lachte in der heißen Sommersonne. Sie war vollkommen sorgenfrei.

Und sie war das schönste Geschöpf, das er je gesehen hatte.

Rückblickend war er ziemlich sicher, dass er sich schon an jenem Tag in sie verliebt hatte. Sie war hell, bunt, aufregend und neu. Sie war fröhliches Lachen an Sommertagen und aufregende Abenteuer nach der Schule. Obwohl seine Brüder ihn gnadenlos damit aufzogen, wurden er und das Mädchen dicke Freunde. Sie radelten zusammen auf ihren Fahrrädern durch die Gegend, und das Mädchen hatte sogar ein Skateboard und zeigte ihm, wie man damit fuhr. Sie kletterte auf Bäume, warf Steine auf Abbruchhäuser und klaute Süßigkeiten aus einem Laden, weil er sie dazu angestiftet hatte.

Sie war das Allercoolste.

Sie wuchsen zusammen auf, stritten sich, vertrugen sich wieder und erlebten ihren ersten Kuss miteinander, als sie vierzehn waren und ihm bewusst wurde, dass er sie auf eine Art mochte, bei der sich sein Körper komisch anfühlte.

Sie war nicht mehr nur seine beste Freundin – sie war mehr. An sie dachte er, wenn er allein war und sein Bruder ihn drängte, sich die Bilder in den Zeitschriften anzusehen, vor denen ihn seine Mutter gewarnt hatte.

An ihrem siebzehnten Geburtstag zeigte er ihr endlich, wie viel sie ihm bedeutete. Auf der von Decken und Kissen übersäten Ladefläche seines geborgten Pick-ups glitt er unter den Sternen in sie hinein, gestand ihr flüsternd seine Liebe und versprach, dass sie niemals enden würde. Dass er immer so für sie empfinden würde. Dass es niemals eine andere für ihn geben würde. Sie war alles, was er brauchte, alles, was er je wollen würde.

Das ganze Leben noch vor sich, nackt und heftig atmend in der lauen Sommerluft, hielten sie einander in den Armen und hatten keine Ahnung, dass das Leben trotz all ihrer Versprechen andere Pläne mit ihnen hatte.

1

»Härter! Oh Gott, fick mich härter!«

Grinsend packte Riley Moore die schlanken Waden, die auf seinen Schultern lagen. »Nicht Gott.« Er stieß in sie hinein, wie sie ihn gebeten hatte, hart und heftig. »Nur ich.«

Verdammt, er brauchte das.

»Oh ja! Gib's mir!«

Ihr Haar breitete sich wie eine riesige schwarze Pfütze auf seinem Kissen aus, und sie bog den Rücken durch und begann, sich um ihn herum zusammenzuziehen. Nach drei weiteren tiefen Stößen kam er mit einem lauten Stöhnen. Nach Atem ringend brach er auf ihr zusammen, das Gesicht an ihrem Hals und dem Schweiß, der sich an ihrem Schlüsselbein gesammelt hatte.

»Heilige Scheiße, Moore«, keuchte sie. Sie ließ die Beine zurück auf die Matratze fallen und legte kopfschüttelnd eine Hand zwischen ihre Brüste. »Du musst mich öfter anrufen, Süßer.« Sie tätschelte ihm den Hinterkopf.

»Gleichfalls«, erwiderte Riley, während er den Kopf hob und sich aus ihr zurückzog.

Er streifte das Kondom ab und warf es in den Müll, bevor er der atemlosen Frau, die ausgestreckt auf seinem Bett lag, ein Handtuch zuwarf und zusah, wie sie sich vom Hals bis zu der Stelle zwischen den Beinen abwischte. Carla war ausgesprochen nett anzusehen, und sie konnte blasen wie keine andere, aber da hörte ihre Beziehung auch schon auf. Das rein auf Sex basierende Arrangement, das sie seit Monaten hatten, funktionierte für sie beide bestens.

Schmunzelnd ging Riley zur Toilette, während das postkoitale Glühen ihn immer noch umgab wie eine warme Umarmung. Er drückte die Spülung, wusch sich die Hände und ging splitternackt wieder zurück ins Zimmer. Als er sah, dass Carla bereits wieder halb angezogen war und gerade ihren BH zuhakte, nickte er anerkennend. Dass es zwischen ihnen keine emotionalen Hürden gab, gefiel ihm außerordentlich. Sie zog ihre weiße Bluse an und überprüfte ihr Make-up in einem kleinen Taschenspiegel, dabei berührte sie die roten Male, die Rileys rauer Bart an ihrem Hals hinterlassen hatte.

Mit einem vorwurfsvollen Seitenblick sah sie ihn an, worauf er als Antwort nur die Schultern zuckte. Sie stand drauf. Die meisten Frauen, die in sein Bett kamen, standen drauf. Manche baten ihn sogar darum, ihnen sein Mal aufzudrücken, was er bedenkenlos tat. Es war verdammt sexy, die Spuren seiner Lust an seinen Liebhaberinnen zu sehen.

Er hob seine Jeans von der Stelle auf, wo Carla sie ihm vom Leib gerissen hatte, und schlüpfte hinein, ohne sie zuzuknöpfen. Carla schüttelte ihr Haar auf, während sie sich an ihm vorbeischlängelte und nach ihrer Handtasche auf seinem Nachttisch griff. Sie nahm ihr Handy heraus und tippte stirnrunzelnd darauf herum.

»Ich muss los.« Nachlässig warf sie das Handy wieder zurück in die Tiefen ihrer Handtasche. »Die Arbeit ruft.«

Riley nickte, dabei betrachtete er ihre Beine, die in einem knielangen Bleistiftrock steckten. Gott, sie hatte tolle Beine. Der Rest ihres Outfits war durch und durch langweilige Businesskleidung. Flüchtig fragte sich Riley, wie viele andere Männer die wilde Frau, die unter der konservativen Kleidung lauerte, schon erlebt hatten. Wer hätte gedacht, dass man mit Buchhalterinnen so viel Spaß haben konnte?

Carla drehte sich zu Riley um, der lässig hinter ihr an der

Wand lehnte, und ließ ihren Zeigefinger an seiner immer noch feuchten Brust entlang nach unten wandern.

»Noch mal danke, Hübscher«, schnurrte sie, bevor sie ihn auf den Mundwinkel küsste. »Das beste Lunch-Date, das ich seit einer ganzen Weile hatte. Ich bin sicher, wir sehen uns bald wieder.«

»Das denke ich auch«, antwortete er mit einem Augenzwinkern.

Sie lächelte, und mit einem letzten schwungvollen Zurückwerfen ihrer Haare ging sie. Riley lachte leise vor sich hin, bevor er zurück ins Bad ging, um sich den Sexgeruch abzuwaschen, der jeden Zentimeter seiner Haut bedeckte.

Keine halbe Stunde später arbeitete er schon wieder in O'Hare's Autowerkstatt unter einem heißen 1965er Ford Galaxie, genoss die laut hämmernde Rockmusik von Guns N' Roses und die Zufriedenheit, die er stets empfand, wenn er arbeitete. Riley liebte es, an den Fahrzeugen herumzuschrauben, die in die Werkstatt kamen – schon seit sein Vater ihn im Alter von zehn Jahren mit seinem ersten Motor bekannt gemacht hatte. Alles, was es über Autos zu wissen gab, hatte er von seinem Dad gelernt, der seine eigene Firma damit aufgebaut hatte, Klassiker zu kaufen, zu tunen und dann wieder zu verkaufen. Riley war der einzige von Park Moores vier Söhnen, der je Interesse am Geschäft gezeigt hatte, und Park hatte sein Bestes getan, ihn darauf vorzubereiten, die Firma zu übernehmen. Er hatte sogar Rileys Wirtschaftsstudium an der NYU bezahlt.

Nicht dass aus dem Mist was geworden wäre.

Seufzend nahm Riley einen Steckschlüssel. Von seiner heiklen Beziehung zu seinem Vater wollte er sich nicht die Laune verhageln lassen. Außerdem konnte er keinem anderen die Schuld dafür geben, nur sich selbst. Er war ein dämlicher Trottel gewesen. Besitz gestohlenen Eigentums in einem minderschweren Fall und eine Gefängnisstrafe von achtzehn Monaten in der Arthur-Kill-Justizvollzugsanstalt hatten Parks sämtliche Hoffnungen für Rileys geschäftliche Zukunft zunichtegemacht. Mit so einem Vorstrafenregister kam man nicht weit.

»Yo, Moore, bist du da drunter?«

Beim verzweifelten Klang von Max O'Hares Stimme musste Riley lächeln. »Ja, Mann, was willst du?«

Ein Paar Stiefel erschien neben dem Wagen auf der Höhe von Rileys Knöcheln.

»Du musst mit mir diese Quittungen durchgehen, Kumpel. Ich fang schon an zu schielen.«

Lachend rollte Riley unter dem Wagen hervor. Er kniff die Augen gegen die grellen Lichter über ihm zusammen und schaute zu Max hoch, der mit den Nerven völlig am Ende zu sein schien.

»Mathe ist einfach nicht mein Ding«, brummte Max. Er wedelte Riley mit einer Handvoll Papiere vor der Nase herum. »Hilfe!«

Schnaubend rappelte sich Riley vom Rollbrett hoch und nahm seinem Freund die Papiere ab. »Klar doch.«

Max hatte O'Hare's nach dem Tod seines Vaters geerbt. Die Geschäfte waren eine Weile lang gut gelaufen, aber vor gut eineinhalb Jahren war Max wegen seiner Drogensucht in eine Entzugsklinik aufgenommen worden. Es war eine verdammt trostlose Zeit gewesen, aber während Max wieder gesund wurde, hatte Riley mit finanzieller Unterstützung ihres guten Freunds Carter in der Werkstatt das Ruder übernommen und dafür gesorgt, dass der Laden weiterhin Geld abwarf.

Er und Max waren schon seit fast einem Jahrzehnt Freunde, und seinem Kumpel zu helfen war das Mindeste, was Riley tun konnte. Nachdem Max aus der Entzugsklinik entlassen worden war, hatten die beiden Männer beschlossen, ihr geschäftliches und handwerkliches Wissen zu vereinen. Sie wollten die Sache gemeinsam aufziehen, und Carter hatte bereitwillig finanziell investiert. Vor seiner Haftstrafe hatte Riley seit knapp zwei Jahren einen Abschluss der NYU in der Tasche gehabt und seine eigene kleine, aber aufstrebende Autowerkstatt auf der anderen Seite der Stadt besessen. Verständlicherweise hatte er nach seiner Zeit in Arthur Kill einen Haufen Kunden verloren, was ihn zu der Entscheidung zwang, den Laden dichtzumachen und zu verkaufen. Von dem Geld hatte er seine Wohnung und alle ausstehenden Schulden abbezahlt – nicht zuletzt die bei seinem Vater, der die hunderttausend Dollar Studiengebühren bezahlt hatte. Es hatte Riley fast umgebracht, seine Firma so aufgeben zu müssen, aber ihm war kaum eine andere Wahl geblieben.

Er wollte verzweifelt wieder auf die Beine kommen, und sich mit Max zusammenzutun war die perfekte Lösung.

Max war derselben Meinung, aber nun, da er seine Zeit zwischen West Virginia und New York aufteilte, hatte er den größten Teil der administrativen Verantwortung an Riley abgegeben, der mehr als glücklich darüber war. Die Leute sahen in ihm oft nichts weiter als einen tätowierten, muskelbepackten Frauenhelden – was zum Teil auch stimmte. Aber trotz seiner äußeren Erscheinung war Riley klug, und das Einzige, was er noch mehr liebte als Frauen und Autos, waren Zahlen.

»Bist du bereit für heute Abend?«, fragte er Max, als sie das Büro betraten.

»Paintball?«, erwiderte Max, während er die Tür hinter ihnen schloss. »Baby, ich wurde schon bereit geboren, verdammt.« Er ließ seine Fingerknöchel knacken. »Bereite du dich lieber darauf vor, dass ich dir den Arsch aufreiße.«

Riley lachte und ließ sich in den Sessel hinter dem großen hölzernen Schreibtisch fallen. »Du weißt, dass mein Bruder drei seiner alten Kumpel von den Marines mitbringt, oder? Ich glaube nicht, dass *mein* Arsch der einzige sein wird.«

Max winkte ab. »Wie auch immer, Mann. Solange sie mir verdammt noch mal nicht auf die Eier zielen, soll's mir recht sein.«

Riley zog eine Augenbraue hoch. »Das sind Marines. Die zielen nur auf die Eier.«

Sie lachten beide. Riley wurde warm ums Herz, Max so entspannt und glücklich zu sehen. Das war nicht immer so gewesen. Max hatte zwar jeden Tag darum gekämpft, nüchtern und clean zu bleiben, aber erst seine Freundin Grace hatte ihm neuen Lebensmut gegeben. Und Riley freute sich sehr für die beiden. Er war immer der Meinung gewesen, dass von all seinen Freunden Max derjenige war, der es am meisten verdiente, glücklich zu sein.

Scheiße, das letzte Jahr hatte ein paar gewaltige Veränderungen für Rileys Freundeskreis parat gehabt. Carter war seit fast zwölf Monaten verheiratet, und trotz eines etwas holprigen Starts ins Eheleben schien er verliebter zu sein denn je. Dann war da noch Max, rundum zufrieden, und die Jungs in der Werkstatt, die ständig von ihren Frauen und Kindern erzählten.

So lief es nun mal, wenn ein Mann und seine Crew an der Türschwelle zur Dreißig standen, schätzte Riley – eine Menge veränderte sich, und Leute wurden erwachsen. Aber Riley war nicht davon überzeugt, dass das jemals auf ihn zutreffen würde, ganz egal, wie alt er wurde. Und obwohl er sich fröhlich in die Arbeit stürzte oder seine übliche Liste von Spielgefährtinnen anrief, wann immer ihm danach war, ertappte er sich im Laufe des letzten Jahres immer öfter dabei, sich zu fragen, wie es wohl wäre, endlich sesshaft zu werden.

Seine Eltern waren seit über fünfunddreißig Jahren glücklich verheiratet und hatten vier Kinder, deshalb war die Vorstellung, sich an jemanden zu binden, nichts, wovor er zurückschreckte. Genau genommen war es etwas, an das er zum ersten Mal gedacht hatte, als er acht Jahre alt gewesen war …

»Also, was meinst du?«

Riley schaute hoch und sah, dass Max auf dem Stuhl auf der anderen Seite des Schreibtischs Platz genommen hatte und nervös auf die Quittungen schaute, die Riley angestarrt, aber nicht wirklich wahrgenommen hatte. Er hatte nicht die geringste Ahnung, was darauf stand. Bedächtig rieb er sich über das bärtige Kinn und lächelte trotzdem. »Sieht gut aus, Mann. Keine Sorge.«

Max kniff die Augen zusammen. »Bist du sicher?« Er lehnte sich zurück. »Bist du sicher, dass alles in Ordnung ist?«

Riley kannte diesen Ton. Immer wieder einmal holte Max ihn hervor, um Riley damit zu nerven. Aber daran war er selbst schuld. Er hatte vor einer Weile eine dumme Bemerkung gemacht, als Max Kummer wegen Grace gehabt hatte, über verlorene Liebe oder solchen Blödsinn, und Max hatte sich aus irgendeinem Grund daran festgebissen.

Natürlich machte sich sein Freund nur Sorgen, aber Riley wollte nicht über seine Vergangenheit sprechen, obwohl sein Traum von letzter Nacht – der in herrlicher Unschuld beschrieben hatte, wie er *sie* zum ersten Mal gesehen hatte, mit ihren blonden Rattenschwänzen und pinken Klamotten – im Hinterkopf immer noch an ihm nagte. Es war seltsam. So einen Traum hatte er schon eine ganze Weile nicht mehr gehabt, und er war auch der Auslöser dafür gewesen, dass Riley Carla für einen Quickie in der Mittagspause angerufen hatte – ein flüchtiger Balsam für die Reue, die immer noch in ihm tobte.

Er räusperte sich, als Bilder eben jenes schönen blonden Mädchens über die gedruckten Zahlen auf dem Blatt in seinen Händen tanzten und Erinnerungen hervorlockten, die Riley nach Kräften unter Verschluss zu halten versuchte.

Lexie.

Nein, schalt er sich stumm, dieser Mist war einfach nur, was er war: Vergangenheit. Und daran ließ sich verdammt noch mal nichts ändern, ganz egal, wie sehr Riley es sich auch anders wünschte.

»Alles bestens«, sagte er und breitete die Quittungen aus.

Riley war kein Lügner. Es war die Wahrheit. Alles *war* bestens. Er arbeitete viel. Er hatte tolle Freunde und Frauen, die ihm jede Nacht das Bett wärmten, wenn er wollte, und er lebte in einer Stadt, die er liebte. Weshalb sollte er sich elend fühlen?

»Hör auf damit«, bemerkte Riley, den Blick immer noch auf die Papiere gerichtet. »Ich kann die Rädchen in deinem Hirn bis hierher surren hören.«

Max verschränkte schnaubend die Arme. »Na schön. Dann behalte eben deine Geheimnisse.«

Riley blickte hoch. »Das werde ich auch.« Er konzentrierte sich wieder auf die Quittungen.

»Also, du bist heute ein bisschen spät aus der Mittagspause zurückgekommen«, merkte Max in ungezwungenem Ton an. Er versuchte es mit einer anderen Taktik. »Wer war sie denn?«

Riley stieß ein kurzes Lachen aus und schüttelte den Kopf. »Wie kommst du darauf, dass es eine Sie war?«

»Weil du bei Frauen wie Obi-Wan Kenobi bist.«

»Kumpel«, tadelte Riley ihn mit einem Stirnrunzeln und schaute hoch. »Bitte. Ich bin Han Solo.«

»Was auch immer.« Max machte eine wegwerfende Handbewegung. »Also, wer war es?«

Seufzend fand sich Riley mit der Tatsache ab, dass er seinen Freund zu gut kannte. Er würde die Sache nicht auf sich beruhen lassen. »Carla.«

Max' Augenbrauen schnellten hoch. »Die mit den Beinen? Die Buchhalterin?«

Riley nahm einen Bleistift vom Schreibtisch und kratzte sich damit den Nacken. »Jepp.«

Max lehnte sich auf seinem Stuhl zurück. »Cool. Die ist heiß.«

Ja, das war sie definitiv. Und toll im Bett. Aber so gut es auch gewesen war, die leichte Anspannung, die sich in seinen Schultern eingenistet hatte, seit er aus diesem verdammten Traum aufgewacht war, war immer noch da. *Sie drehte sich lachend, mit wirbelnden Farben und glänzend blondem Haar.* Riley spürte, dass bei der Erinnerung an diese elenden pinkfarbenen Badeschuhe, die Lexie den ganzen Sommer lang getragen hatte, ein Lächeln an seinen Mundwinkeln zu ziehen begann. *Gott.* Er rieb sich mit einem Finger über die Stirn. Sie waren acht Jahre alt gewesen, ohne einen Schimmer, was das Leben für sie bereithielt.

Und war das nicht traurig?

Riley wusste nicht mal, wo sie wohnte oder ob sie in Michigan, wo sie sich kennengelernt hatten, geblieben war. Zumindest hatte er sie da zuletzt gesehen, als er vor fünf Jahren zur Feier des dreißigsten Hochzeitstags seiner Eltern dort gewesen war.

Wieder zurück in New York und nachdem Lexie darauf bestanden hatte, er solle sich von ihr fernhalten und nie wieder mit ihr reden, hatte er sich darauf verlegt, alte Freunde nach ihr auszufragen, was denen ziemlich schnell auf den Senkel ging. Seit der Nacht, in der Riley sie weinend auf der Veranda ihrer Mutter zurückgelassen hatte, besaß er kein Recht mehr, sich um Lexie Pierce Gedanken oder Sorgen zu machen.

Diese Brücken hatte er hinter sich abgebrannt, und Gott wusste, dass sie nicht mehr zu reparieren waren. Zu vieles war gesagt und getan worden. Er hatte es zu oft verbockt und denen wehgetan, die er am meisten liebte.

Außerdem – Riley schnaubte leise, bevor er sich endlich auf

die Zahlen vor ihm konzentrierte –, dass ein Kerl die Frau bekam, die er seit einundzwanzig Jahren liebte, kam höchstens in diesen furchtbaren Liebesschnulzen vor, die seine Mutter sich so gern ansah.

»Himmelherrgott noch mal, ich glaube, du hast mir die Rippen gebrochen!« Carter hob zum hundertsten Mal sein T-Shirt an, um den kreisrunden dunkelblauen Bluterguss zu zeigen, der sich hübsch unter seiner linken Brustwarze bildete. »Schau, was sie mit mir gemacht haben«, rief er der Kellnerin zu, die gerade Eiswasser in Tates Glas goss. Sie lachte und schüttelte den Kopf, bevor sie zum nächsten Tisch weiterging.

Der Bluterguss war das Ergebnis eines von Rileys Schüssen aus seiner Paintball-Gun, mit einem hammergeilen Hechtsprung durch die Luft wie Will Smith in *Bad Boys*, und Carter jammerte schon seit fast drei Stunden deswegen rum. Es sah verdammt schmerzhaft aus. Riley kriegte sich immer noch nicht ein vor Lachen.

»Hör auf, so ein Baby zu sein«, meinte Rileys Bruder Tate lachend neben ihm und stieß seinen Marine-Kumpel Steve amüsiert mit dem Ellbogen an. »Sonst kommt noch jemand auf die Idee, das würde wehtun.«

»Leck mich«, brummte Carter. Er ließ das T-Shirt fallen und verlagerte sich mit leidender Miene ein wenig auf dem Stuhl. Spöttisches Gejohle machte die Runde um den Restauranttisch, und Carter holte aus, um Riley einen Vergeltungsschlag zu versetzen.

»Ich habe auch blaue Flecken«, protestierte Riley, während er Carters Angriff abwehrte. »Dank diesem Wichser hier.« Er boxte Tate in den Oberarm.

»Betrachte es als Dankeschön«, lächelte Tate mit einem kleinen Schulterzucken.

»Wofür denn?«

»Dass ich es mit dir aushalte.«

»Ja, echt super.« Riley verdrehte die Augen und trank von seinem Bier. »Wie rücksichtsvoll von dir. Du hättest mir auch gleich noch den Schwanz mit einer glühenden Nähnadel piercen können, wenn du schon dabei warst.«

Tate zögerte keine Sekunde. »Ich hätte eine Gabel da«, sagte er und hielt sie hoch.

»Schon okay«, versetzte Riley. »Die kannst du behalten. Schieb sie dir in den Arsch, damit der Stock, den du da schon drin hast, nicht so einsam ist.«

»Herrgott«, beschwerte sich Max und fuhr sich übers Gesicht. »Ich hatte ganz vergessen, wie ihr zwei seid.«

Die beiden Brüder sahen Max an, als wäre er völlig durchgeknallt, und riefen einstimmig: »Was?«

Gelächter wogte um den Tisch. Um die Wahrheit zu sagen, Riley war mehr als nur ein wenig stolz darauf, dass sein Bruder ein paar Treffer gelandet hatte. Nachdem Tate damals im Einsatz von einem auf der Strecke platzierten Sprengsatz verletzt worden war, hatten Riley und seine Familie wochenlang nicht gewusst, ob er je wieder die Augen öffnen, geschweige denn einen Haufen Spinner auf einem Paintball-Gelände aufmischen würde. Für einen Kerl, der achtzig Prozent der Zeit am Stock gehen musste und ein genesender Schmerzmittelabhängiger war, hatte Tate es ihnen allen gehörig gezeigt.

»Pack Eis drauf und wirf ein paar Ibuprofen ein – dann geht es dir wieder gut«, sagte Tate zu Carter.

»Danke, Doc«, murrte Carter.

»Hey, sieh es mal so«, schlug Carters Arbeitskollege Ben von seinem Platz neben Max vor. »Es ist ein guter Vorwand, damit Kat sich um dich kümmert.«

Carter zeigte auf ihn. »Das ist wahr.«

»Bitte«, schnaubte Max verächtlich. »Sie wird einen einzigen Blick auf dich werfen, fragen, was passiert ist, und sich den Arsch ablachen.«

Jetzt wanderte Carters Finger zu Max. »Das ist auch wahr.« Er kicherte in sein Colaglas. »Aber es könnte mir ein paar Macho-Punkte einbringen, oder?«

Riley und Max wechselten einen zweifelnden Blick, was Carter noch heftiger lachen ließ. Gott, Riley liebte das hier. Die Männerabende hatten nicht lange nach Carters Junggesellenabschiedsparty in Vegas angefangen, und heute war besonders viel los – sie waren zu zehnt, einschließlich Paul und Cam von der Werkstatt. Die Teilnehmerzahl variierte, je nachdem, wer Zeit hatte, aber Riley, Max, Carter und Tate versuchten, wenigstens einmal alle zwei Monate zusammenzukommen.

Trinken und durch die Clubs ziehen standen wegen Max' und Tates noch andauernder Genesung von ihren Suchterkrankungen nicht auf der Liste möglicher Aktivitäten, aber das war unwichtig. Sie spielten Paintball, gingen bowlen oder einfach nur zusammen essen. Wichtig war, dass sie Zeit miteinander verbrachten, Spaß hatten, ihre Freundschaft zusammenschweißten und sich über das Leben, die Arbeit und Frauen ausließen. Nicht dass Riley zu Letzteren viel beizutragen hätte – er und Tate waren inzwischen die einzigen Singles in ihrer regulären Gruppe. Aber das hinderte beide nicht daran, großzügig die Beziehungen aller anderen zu kommentieren.

»Also, kommt ihr Jungs immer noch zu Grace' Kunstausstellung dieses Wochenende?«, fragte Max, bevor er einen Riesenbissen von seinem Bacon-Cheeseburger nahm. Seine Freundin Grace war Fotografin, die in der Kunstwelt viel Aufmerksamkeit genoss.

Riley nickte. »Hab schon meine Eintrittskarte und alles.«

»Klar«, bemerkte Carter, während Ben zur selben Zeit den

Daumen nach oben hielt. Carters Blick flog hinüber zu Riley. »Wen bringst du diesmal als Date mit, Moore?«

»Die Latina?«, fragte Paul eifrig, die grauen Augen weit aufgerissen.

»Nee, Mann, die, die mal ein Victoria's-Secret-Model war«, warf Cam ein und hüpfte regelrecht auf seinem Stuhl auf und ab.

Riley schmunzelte. »Ich bringe die mit, die das Glück hat, ausgesucht zu werden.«

Carter schüttelte den Kopf, während Tate an seiner Seite etwas vor sich hin brummte. Riley warf seinem Bruder den Arm über die Schulter und drückte ihn. »Ach, komm schon, nicht neidisch sein. Ich kann teilen.«

Tate schüttelte ihn ab. »Das Einzige, was du verteilst, sind Geschlechtskrankheiten. Ich hoffe inständig, dass du den Lümmel eintütest.«

»Immer«, gab Riley zurück. Er warf sich eine Pommes in den Mund.

»Er allein sorgt schon dafür, dass die Kondom-Industrie nicht pleitegeht«, warf Max mit lachenden braunen Augen ein.

Riley legte gespielt ernst den Kopf schief. »Oh, schau an, wer da seit gerade mal fünf Sekunden in einer monogamen Beziehung ist und sich jetzt für die Jungfrau Maria hält.« Er duckte sich, um dem Ketchuptütchen auszuweichen, das ihm entgegenflog, und zeigte mit dem Finger über den Tisch. »Gewalt ist nie die Lösung.«

»Ja, aber damit fühle ich mich besser«, erwiderte Max und lehnte sich in seinem Stuhl zurück.

»Ich auch«, bemerkte Tate, bevor er Riley einen Schlag auf den Hinterkopf gab. Als Riley Anstalten machte, zurückzuschlagen, hob Tate abwehrend die Hand. »Ah, ah. Denk nach, bevor du einen Krüppel schlägst.«

Riley stieß ein kurzes Lachen aus und schubste seinen Bruder stattdessen. »Schöner Krüppel.«

Tate grinste, dann griff er in seine Tasche und zog sein vibrierendes Handy hervor. Beim Blick auf das erleuchtete Display runzelte er die Stirn. Er schob seinen Stuhl zurück, griff nach seinem Gehstock und hob das Handy ans Ohr, während er aufstand. »Hey, Mom.«

Während Riley sein Bier trank, sah er seinem Bruder zu, wie der zum Eingang des Restaurants ging, wo er sie vermutlich besser verstehen konnte. Eine eigenartige Sorge schnürte ihm kurz die Kehle zu. Es war nicht ungewöhnlich, dass ihre Mutter anrief – im Gegenteil, sie rief jeden ihrer Söhne mindestens einmal, manchmal zweimal die Woche an. Aber irgendetwas an der Uhrzeit – es war beinahe neun Uhr an einem Wochentag – ließ Riley die Nackenhaare zu Berge stehen.

»Alles okay?«, fragte Carter leise.

Riley nickte, die Augen immer noch auf Tate gerichtet. »Klar.«

Als sein Bruder jäh stehen blieb und die Schultern straffte, wusste Riley sofort, dass irgendetwas nicht stimmte. Die Angst bestätigte sich, als Tate sich mit gerunzelter Stirn umdrehte und sein besorgter Blick um Kellnerinnen und andere Gäste herum nach Riley suchte. Rileys Magen sank ihm in die Kniekehlen, und er stand so schnell auf, dass sein Stuhl über den Holzfußboden scharrte, während Tate immer noch telefonierend zum Tisch zurückkam.

»– das hat der Arzt gesagt?«

»Arzt?«, fragte Riley, während er die zusammengeknüllte Serviette auf seinen halb vollen Teller warf. »Was zum …?«

Tate schüttelte den Kopf, um Rileys Fragen zu unterbrechen. »Nun, das ist die übliche Vorgehensweise. Ja. Und seine Werte?« Er runzelte die Stirn und schluckte. »Ist Seb da?«

Riley holte seine Brieftasche hervor und ließ ein paar Zwanziger auf den Tisch fallen, um die beiden Essen zu bezahlen, die sie kaum angerührt hatten.

Carter und Max standen ebenfalls auf, mehr als bereit, den beiden in jeder Hinsicht zu helfen. Tate mochte mit Riley blutsverwandt sein, aber das hieß nicht, dass die beiden Männer an seiner Seite weniger seine Brüder waren.

Tate rieb sich mit den Fingerspitzen über die Stirn. »Ja, Mom, wir werden da sein. Halte einfach durch, okay? Wir nehmen so schnell wie möglich einen Flug.«

Carter zog sein Handy aus der Tasche.

»Was ist los, verdammt?«, fragte Riley seinen Bruder, sobald Tate den Anruf beendet hatte.

Tate seufzte. »Dad hatte noch einen Herzinfarkt.«

Zitternd stieß Riley den Atem aus, und seine Brust wurde ganz eng. »Scheiße. Ist es schlimm?«

Aufmerksam musterte Riley Tates Gesicht und bemerkte, wie der Mediziner in ihm sich regte und an die Oberfläche kam. »Sie bringen ihn gerade in den OP«, antwortete er.

Riley entging nicht, dass sein Bruder die Frage nicht beantwortet hatte.

»Seb ist schon da«, fügte Tate hinzu. Ihr jüngerer Bruder war also informiert. »Wir müssen einen Flug kriegen.«

Carter, das Handy am Ohr, hob die Hand und bedeutete ihnen, langsam zu machen und zu warten. »Ja, zwei Passagiere«, sagte er zu wem auch immer am anderen Ende der Leitung. »Sobald der Vogel bereit ist. Ja. Direkt nach …« Eine Augenbraue fragend hochgezogen, sah er Riley an.

»Cherry Capital Airport, Traverse City«, sagte Tate, bevor er sich wieder an Riley wandte. »Er ist in Munson. Das sind fünfzehn Minuten mit dem Taxi.«

Riley nickte, während Beklemmung und Hilflosigkeit durch

ihn hindurchströmten. Das war ungewohnt, und um ehrlich zu sein, machte es ihm eine Scheißangst. Sein Vater. Im Krankenhaus. Rileys Beziehung zu seinem Dad war seit seinem Abstecher in den Knast bestenfalls angespannt, und der Gedanke, ihn zu verlieren, bevor Riley ihre Differenzen wirklich wieder aus der Welt schaffen konnte, erfüllte ihn mit Panik. Er holte tief Luft und schloss die Augen. Was zum Teufel würde er tun, wenn seinem Vater etwas zustieß? Seine Mutter wäre am Boden zerstört. Das hier war der zweite Herzinfarkt in zwei Jahren, und die Ärzte hatten beim letzten Mal gesagt, dass …

Er presste sich eine Hand an die Stirn und räusperte sich, um sich ein wenig zu beruhigen.

Carter beendete das Gespräch und klopfte mit dem Handy gegen seine Handfläche. »Der Firmenjet wird in ungefähr neunzig Minuten für euch bereitstehen.«

Überwältigt vor Dankbarkeit starrte Riley seinen Freund an, bevor er ihm eine Hand auf die Schulter schlug. »Danke, Mann.«

»Was immer ihr braucht.«

»Komm schon«, drängte Tate. Er ging um die beiden Männer herum und machte sich auf den Weg in Richtung Ausgang. »Wir haben noch Zeit, ein paar Sachen aus deiner Wohnung zu holen, bevor wir aufbrechen. Wir gehen zu Fuß. Das geht schneller, als zu versuchen, ein Taxi zu bekommen.«

Riley nahm seine Jacke von der Rückenlehne seines Stuhls. »Besorg ein Taxi, Tate – dein Bein verkraftet die Entfernung nicht.« Er ignorierte den durchbohrenden Blick, den sein Bruder zu ihm zurückschoss. Dagegen war er immun. »Wir haben genug Zeit«, fügte er besänftigend hinzu. Er wollte in Gegenwart anderer nicht auf die Behinderung seines Bruders hinweisen, aber manchmal war der Arsch einfach sturer, als gut für ihn war.

Tate seufzte und kniff die Lippen zusammen, sein universelles Signal für »Über den Scheiß sprechen wir später«, und setzte sich wieder in Bewegung. Er stieß die Tür auf und trat hinaus auf die Straße.

Riley folgte ihm rückwärtsgehend, während er mit den Jungs sprach, die sich von ihren Stühlen erhoben hatten. »Ich rufe euch an, wenn wir angekommen sind.« Er sah Carter an. »Danke noch mal. Max, Kumpel, ich bin nicht dazu gekommen – die Geschäftszahlen müssen ...«

»Geh.« Max zeigte in die Richtung, in die Tate verschwunden war. »Das ist schon okay. Ich kümmere mich darum.«

Riley nickte, drehte sich um und stieß die Tür des Restaurants auf. Draußen hielt gerade das Taxi am Bordstein. Tate öffnete die Wagentür und schaute sich zu seinem Bruder um. Einen kurzen Moment lang hielt er inne, und sein Blick, sonst immer so sicher und bedacht, flackerte vor Angst. Es traf Riley eiskalt. Das einzige andere Mal, dass Riley Tate so gesehen hatte, war an dem Morgen gewesen, als Tate aus dem künstlich herbeigeführten Koma aufgewacht war, in das ihn die Ärzte versetzt hatten, um die schrecklichen Verletzungen zu behandeln, die er im Einsatz erlitten hatte.

»Scheiße«, stieß Riley hervor. »Was, wenn –?«

»Nicht«, unterbrach Tate ihn so ruhig, dass es Riley an die Zeit erinnerte, als sie noch Kinder waren. Er legte Riley eine Hand auf die Schulter.

»Tate, Mann.« Riley schaute zum Himmel. »Ich habe nicht mehr mit ihm gesprochen seit ...«

Gott, es war schon fast drei Jahre her. Seit dem Herbst nach Rileys Entlassung aus Kill, um genau zu sein. Es hatte hitzige Wortgefechte gegeben, dann Schweigen, was vermutlich noch schlimmer war als das enttäuschte und wütende Gift, das die Lippen seines Vaters ausgespuckt hatten. Als er vor zwei Jahren den ersten Herzinfarkt gehabt hatte, war Riley ins Krankenhaus gefahren und bei seiner Mutter geblieben, bis sein Vater das Bewusstsein wiedererlangt hatte, aber sie hatten nicht miteinander gesprochen. Sein Vater war immer noch zu wütend auf Riley gewesen, um ihn auch nur anzusehen. Da Riley wusste, was Park Moore für ein Mann war und dass er vor sich hin brüten und sich in seinem eigenen Tempo mit der Enttäuschung abfinden musste, hatte er einfach den Mund gehalten und sich mit eingezogenem Schwanz getrollt.

»Komm schon.« Tate gestikulierte in Richtung Taxi. »Wir müssen los. Es wird schon alles gut werden.«

Riley hoffte, dass sein Bruder recht hatte, denn wenn er wirklich ehrlich war, dann war es nicht nur der Gedanke, seinen Vater wiederzusehen, der sein Herz schneller hämmern ließ.

2

Einundzwanzig Jahre zuvor …

Er hatte sie drei Tage lang beobachtet, bevor sie mit ihm redete.

Vor Kurzem hatte er die zweite Klasse hinter sich gebracht, und es waren Sommerferien. Jeden Tag erzählte er seinen Eltern, er würde in den Park gehen, der fünf Minuten entfernt lag und der einzige Ort war, an den er ohne seine Brüder gehen durfte, aber »nicht länger als eine halbe Stunde«. Dann radelte er zu ihrem Haus, wo er an seinem Platz neben einem Baum auf der gegenüberliegenden Straßenseite stand, das Fahrrad zwischen den Knien, und beobachtete, wie das faszinierende blonde Mädchen in ihrem Vorgarten herumtanzte.

Sie hatte einen Hund und eine kleine Schwester, mit der sie oft spielte. Es sah aus, als würden sie sich wirklich gut vertragen, was Riley verwirrte, da er und seine Brüder ständig stritten und miteinander rangelten. Besonders er und Dex. Dex war der älteste und dachte, er könne Riley, Tate und Seb herumkommandieren. Seb nannte Dex einen Vollpfosten. Beim letzten Mal, als er das getan hatte, hatte Mom es gehört und ihm ein Wochenende Hausarrest aufgebrummt. Daraufhin hatten sie gelernt, dass Flüstern oder Handzeichen eine viel sicherere Methode waren, ihren Bruder zu beleidigen.

Heute hatte das Mädchen eine Wasserpistole, mit der sie auf Bäume und Blätter zielte, bevor sie sich auf die Hängepflanzen vor der Eingangstür verlegte. Und sie war eine gute Schützin. Viel besser als er. Sie pumpte die Pistole auf, legte den Kopf schief, kniff ein Auge zu, streckte die Zunge heraus und feuerte, und jedes Mal, wenn sie ins Schwarze traf, zog sie den Arm mit geballter Siegerfaust zum Körper.

Er hatte eine Wasserpistole zu Hause und fragte sich, ob es ihr wohl etwas ausmachen würde, wenn er mitmachte. Er war gerade damit beschäftigt zu überlegen, wie er zu ihr gehen und sie fragen sollte, wobei er sich wunderte, warum er dabei ein komisches Gefühl im Bauch bekam, als er bemerkte, dass sie aufgehört hatte zu schießen und ihn von der anderen Straßenseite her anstarrte, die Hand über den Augen, um sich gegen die Sonne abzuschirmen.

Er erstarrte wie ein Kaninchen im Scheinwerferlicht und fing an, an den Griffen seines Fahrrads herumzufummeln. Aus dem Augenwinkel sah er, dass sie in seine Richtung losging, an der Bordsteinkante anhielt, ohne sie zu übertreten, und die Hände in die Hüften stemmte.

»Hey, du!«, rief sie, die Wasserpistole kopfüber an der Seite, wodurch Wasser an ihrem Bein hinuntertropfte. »Hey, Junge!«

Er sah hoch, die Zunge völlig verknotet, und seine Augen flogen umher, bevor er fragend auf sich zeigte.

»Ja, du. Hast du dich verlaufen?«

Ihm fiel auf, wie laut ihre Stimme war, trotz ihrer Größe. Er schüttelte den Kopf.

»Hast du kein Zuhause?«

Er runzelte die Stirn und schüttelte wieder den Kopf.

»Bist du ein Spinner?« Als er verdutzt blinzelte, lächelte sie. »Wohnst du in diesem Baum? Du bist nämlich ziemlich oft hier.«

Seine Wangen loderten vor Scham. Es war nicht so, als habe er versucht, sich zu verstecken, aber dass sie ihn bemerkt hatte, sorgte dafür, dass er sich ein bisschen dumm vorkam.

»Spielst du gern mit Wasserpistolen?« Sie stemmte die Pis-

tole in die Hüfte. Alles, was ihr noch fehlte, um den Look zu vervollständigen, war ein Cowboyhut.

Diesmal nickte er.

»Kannst du reden?«

Er hielt den Mund geschlossen und nickte wieder.

»Darfst du über die Straße?«

Er warf einen Blick die Straße entlang, weil er wusste, dass er es eigentlich nicht durfte, aber es war ruhig, niemand war in der Nähe. Er nickte.

»Na, dann steh nicht einfach so rum. Komm spielen!« Sie hob die Pistole und schoss. So mächtig die Pistole auch wirkte, das Wasser streifte nur die Spitze seiner Sandale und spritzte auf seine Zehen.

Er lächelte breiter und schob das Fahrrad über die Straße zu ihr. Als er näher kam, erkannte er, wie hell ihre Augen waren, wie der Sommerhimmel über ihnen, und dass ihr Haar nicht einfach nur blond war, sondern weiß und golden und schimmernd wie der Teich in ihrem Garten. So etwas hatte er noch nie gesehen.

An einem ihrer Arme sah er etwas, das wie ein Tattoo in Form einer Blume aussah, und am anderen Arm eine pinkfarbene Katze. Wie hatte sie ihre Eltern dazu überredet?

Für einen kurzen Moment starrte sie ihn an, dann zeigte sie mit einem Nicken auf sein Batman-T-Shirt, anscheinend erfreut. »Also, hast du auch einen Namen, oder soll ich dich Batman nennen?«

Er hustete leise, bevor er sprach. »Riley.«

Sie lächelte und zeigte dabei zwei Lücken in ihrer unteren Zahnreihe. »Hi, Riley. Ich bin Lexie.«

In den nächsten zwei Wochen sah Riley Lexie so ziemlich jeden Tag. Er schoss mit ihr auf Aliens und lernte alles, was es über das fantastische Teleskop zu wissen gab, das sie auf ih-

rer Veranda hinter dem Haus hatte. Seiner Mom versicherte er, dass der Park wirklich unglaublich toll war, und fragte sie, ob er bitte, bitte jede Minute dort verbringen durfte, weil er schon acht und ganz vernünftig war.

Seine Mom stand an der Küchenspüle und wischte sich die Hände an einem gestreiften Geschirrtuch ab. Interessiert zog sie eine Augenbraue hoch.

»Was genau gefällt dir denn so an diesem Park, Riley?«, fragte sie mit einem leichten Lächeln.

»Da, ähm, ist es lustig«, bot er an und scharrte mit dem Zeh über den Linoleumfußboden. »Viele meiner Freunde sind da.«

»Und Mädchen.«

Riley fuhr herum, um einen Todesblick auf seinen Bruder Tate zu schleudern, der aus dem Nichts aufgetaucht war und über Rileys Gesichtsausdruck nur lachte.

»Sind da Mädchen?«, fragte seine Mutter, eher aufmerksam als neckend.

Rileys Wangen wurden ganz heiß, und er zog am Saum seines Superman-Shirts. »Nein.«

»Er geht gar nicht in den Park«, fügte Tate hinter ihnen hinzu, den Mund voll Erdnussbutter, die er direkt aus dem Glas löffelte. »Ich bin ihm nachgegangen. Er hängt bei einem Baum in der Wick Avenue rum.«

Riley drehte sich zu seinem großmäuligen Bruder um und schubste ihn heftig. »Halt die Klappe!«

»Riley«, schalt ihn seine Mutter. Sie scheuchte Tate fort und hielt Riley am Ellbogen fest. »Geschubst wird nicht, junger Mann.«

Schnaubend schüttelte Riley sie ab. Während sie Tate die Erdnussbutter wegnahm, stampfte er beleidigt zum Küchentisch, wo er einen Stuhl zu sich zog und sich darauf fallen ließ.

Das war echt kacke. Jetzt, da sein Geheimnis raus war, wusste er, dass seine Mutter ihm entweder Hausarrest aufbrummen oder ihm verbieten würde, wieder zu Lexie zu gehen. Bei dem Gedanken zog sich sein Magen zusammen.

Seine Mutter setzte sich ihm gegenüber und faltete die Hände auf dem Tisch. »Also«, sagte sie leise. »Willst du mir erzählen, was an der Wick Avenue so interessant ist?«

»Nein«, murmelte Riley in seinen Schoß.

»Bist du sicher?«

Riley stieß schwer den Atem aus. »Da ist nichts.«

»Hört sich aber nicht an wie nichts. Hört sich ziemlich interessant an, wenn du jeden Tag hingehst.«

Als Riley zu seiner Mutter hochschaute, sah er, dass ihre grünen Augen weich waren und ein kleines Lächeln um ihre Lippen spielte. Sie griff in die Obstschale zwischen ihnen, zupfte zwei Weintrauben von den Stielen und gab Riley eine davon. Er nahm sie und warf sie in den Mund. Grün und kernlos. Wie er sie am liebsten mochte.

»Ich … bin mit jemandem befreundet, der da wohnt«, murmelte er, das Kinn an die Brust gedrückt. Er konnte die Hitze spüren, die in seinem ganzen Gesicht pulsierte.

»Ein Freund?«, wiederholte seine Mutter. »Wie heißt er denn?«

Riley zappelte verlegen. »Sie heißt Lexie.«

Seine Mutter blieb stumm, dann reichte sie ihm noch eine Traube. »Das ist ein hübscher Name.«

Überrascht schaute Riley hoch. »Ja«, sagte er. »Das ist sie. Ich meine, das ist er. Hübsch. Ihr Name.«

Sie lachte, offenbar amüsiert über sein Unbehagen. Sie streckte die Hand aus und wuschelte ihm vorne durchs Haar. »Es ist toll, dass du eine neue Freundin gefunden hast. Aber ich will nicht, dass du allein zur Wick Avenue gehst. Das ist ein langer Weg, und auf der Straße kann ziemlich viel Verkehr sein.«

Riley schluckte heftig. Er hatte schon geahnt, dass das passieren würde, trotzdem machte es ihn traurig. Wie sollte er Lexie wiedersehen?

»Wenn du das nächste Mal hin willst, dann fahre ich dich.«

Rileys Kopf schnellte hoch. »Wirklich?«

»Wirklich.«

Riley sprang von seinem Stuhl auf und stolperte beinahe, weil sich seine Füße in den Stuhlbeinen verhedderten. »Können wir jetzt gleich hinfahren?«

»Jetzt gleich?«

»Ja. Ich hab gesagt, dass ich sie heute besuche. Da gibt es eine wichtige Weltraummission, aber dafür brauchen wir ein Raumschiff. Lexie kennt jeden Planeten mit Namen und sogar ein paar Sterne. Wusstest du, dass Sterne Namen haben? Sie hat sie mir durch ihr Teleskop gezeigt. Also bauen wir hinter ihrem Haus im Wald ein Raumschiff. Wir gehen aber nicht zu weit rein, weil ihre Mom gesagt hat, dass wir das nicht dürfen, aber ihr Dad hat uns ein bisschen Holz zugeschnitten, das wir nehmen können, solange er uns helfen darf, obwohl er mich immer nur ›dieser Junge‹ nennt statt bei meinem Namen, also wollen wir heute damit anfangen.«

Seine Mutter lachte wieder. »Ein Raumschiff für eine wichtige Mission, was?«

»Ja! Lex ist der Pilot. Ich bin der Kopilot, aber ich bin trotzdem Han Solo.«

»Na, warum hast du das nicht gleich gesagt? Raumschiffe sind eine wichtige Angelegenheit.«

»Ich weiß!«, pflichtete Riley ihr bei, erleichtert darüber, dass seine Mutter verstand, wie dringend es war.

»Dann lass uns gehen.«

Riley schämte sich nicht allzu sehr, als ihr Wagen vor Lexies Haus hielt, aber er hätte sich gern verkrochen, als seine Mutter darauf bestand, Lexies Mom Christine kennenzulernen, bevor sie wieder fuhr. Er stand im Vorgarten, Lexie an seiner Seite, während die beiden Frauen murmelnd miteinander redeten und über etwas kicherten, das sie beide äußerst witzig zu finden schienen. Dabei sahen sie ihn und Lexie auf eine Weise an, dass er am liebsten das Gesicht in den Händen versteckt hätte.

»Vielleicht kann Riley zum Abendessen bleiben?«, platzte Lexie heraus, worauf ihm vor Überraschung beinahe der Kopf von den Schultern purzelte. Sie warf einen schnellen Blick zu ihm rüber und trat von einem Fuß auf den anderen. »Was denn?«, flüsterte sie. »Willst du nicht?«

Er wollte. Er wollte auf jeden Fall. Das Einzige, was er bisher vom Inneren ihres Hauses gesehen hatte, waren die Küche und das Bad im Erdgeschoss. Der Gedanke, mehr zu sehen, war irgendwie aufregend. Und mehr Zeit mit Lexie zu verbringen, konnte nur gut sein.

»Ich finde, das wäre schön«, stimmte Christine mit einem Lächeln zu, das sich im Gesicht von Rileys Mom spiegelte. »Okay, Riley?«

»Ja«, antwortete er schnell. Er schaute zu Lexie und sah, dass sie grinste. »Ja.«

»Können wir jetzt gehen?« Lexie hüpfte regelrecht auf der Stelle, dann packte sie Riley am Ärmel und zog ihn von ihren Müttern fort. »Wir haben eine Mission zu erfüllen!«

»Ich bin um sieben wieder hier, um dich abzuholen«, rief Rileys Mom ihm hinterher, aber er antwortete nicht. Er winkte ihr nur über die Schulter zu, während er neben Lexie zur Rückseite des Hauses rannte.

Der Jet, den Carter für Riley und Tate organisiert hatte, war verdammt schick. Cremefarbene Ledersitze, zwanzig an der Zahl. Voll ausgestattete Bar, Mahagonitische, Flachbildfernseher und eine süße Stewardess, die jedes Mal kichernd errötete, wenn Riley um einen Drink bat. Er hätte sich gern zurückgelehnt und ihren Anblick in der Uniform genossen, aber ehrlich gesagt war er viel zu abgelenkt.

Nachdenklich schlürfte er seinen Bourbon aus einem Kristallglas. Es war zwei Jahre her, seit er zum letzten Mal zu Hause gewesen war. Er wusste, er hätte schon eher zurückkommen sollen, und er wünschte, er wäre nicht so ein Feigling, aber verdammt, so war das Leben nun mal. Das Flüstern der Schuldgefühle, das sich beim Anruf seiner Mutter bemerkbar gemacht hatte, dröhnte nun wie ein Kampfjet in seinem Schädel. Riley fuhr sich mit einer Hand übers Gesicht und ließ den Kopf zurück auf die Lehne sinken, während das Flugzeug von Turbulenzen geschüttelt wurde.

Tate warf einen Blick zu ihm hinüber. »Dad kommt wieder in Ordnung, Ri.« Seufzend rieb er sich das schlimme Knie. »Grübel nicht. Das passt nicht zu dir.«

Durchs Fenster blinkte das Licht am Ende der rechten Tragfläche unablässig weiter. »Ich grüble nicht«, erwiderte Riley. »Ich mache mir Sorgen.«

»Ich auch, Mann. Ich auch.«

Knapp neunzig Minuten später hasteten sie durch den Haupteingang des Munson Medical Center, wo Tate einer Schwester hinter dem Anmeldepult ein paar medizinisch klingende Worte und den Namen ihres Vaters zuwarf.

»Ihr Vater ist noch im OP«, sagte sie ihnen schließlich, nachdem ihre Nägel klickend über die Computertastatur geflogen waren. »Sie können hoch in den Familienraum im dritten Stock gehen. Der Doktor wird dort zu Ihnen kommen.«

Ihre Mutter wartete in dem Zimmer.

Riley vergötterte seine Mom. War er ein Muttersöhnchen? Vermutlich, aber das war ihm scheißegal. Es war eine Bezeichnung, die er mit Freuden trug. Joan Moore war und würde immer eine Naturgewalt sein. Die einzige Frau in einem Haus mit vier wilden Jungs und einem Mann zu sein, der sehr lange Arbeitstage hatte, wäre für jeden eine Herausforderung, aber sie hatte es immer geschafft, es leicht aussehen zu lassen.

Riley konnte sich nicht erinnern, dass er sie jemals gestresst oder unglücklich gesehen hätte, und die wenigen Male, als sie ihn, seine Brüder oder seinen Dad angeschrien hatte, konnte er an einer Hand abzählen. Sie besaß ein unendliches Maß an Geduld und Optimismus, von dem sie großzügigen Gebrauch machte, um Riley und seine Brüder im Zaum zu halten. Und es funktionierte. Obwohl der ordnende Teil stets sein Vater Park gewesen war, hatte sich Riley immer bemüht, seine Mutter nicht zu enttäuschen.

Nie würde er den Ausdruck auf ihrem Gesicht vergessen, als sie ihn zum ersten Mal in Arthur Kill besucht hatte. Es hatte ihm das Herz entzweigerissen. Obwohl Riley ihre ein Meter fünfundsechzig schon überragte, seit er sechzehn war, hatte Joans offenkundige Enttäuschung ihn zu einem daumengroßen Wicht schrumpfen lassen, der diesen Ausdruck in ihren Augen nie wieder sehen wollte.

»Mom?«, fragte er von der Tür her.

Rasch blickte sie hoch, die grünen Augen müde und gerötet. Bei dem Gedanken daran, dass sie geweint hatte, regte sich ein heftiger Beschützerinstinkt in Riley, und er überwand den Abstand zwischen ihnen so schnell wie möglich. Dann zog er sie an sich und in eine enge Umarmung, während Tate, der es nicht so mit Umarmungen hatte, sich zurückhielt. Joans Kopf passte unter Rileys Kinn, und der vertraute Duft des süßen Parfums in ihrem aschblonden Haar ließ Riley die Augen schließen. Sie lag so klein und verletzlich in seinen Armen, und das machte ihm Angst.

»Oh, Riley«, murmelte sie in seine Brust.

Riley beruhigte sie mit einem sanften *Schh* und drückte sie noch enger an sich. »Es ist okay, Mom. Er kommt wieder in Ordnung.«

»Was zum Teufel ist passiert?«, fragte Tate neben ihnen in einem seltenen Ausbruch.

Joan hob den Blick und ließ Riley los, um eine Hand auszustrecken und Tates Unterarm zu drücken. »Er hat das Dach dieses verdammten Anbaus repariert.«

Riley und Tate schnaubten.

»Ich habe ihm gesagt, dass das eine dumme Idee ist«, fuhr sie fort. Sie rieb sich die Handflächen an der Jeans und setzte sich wieder. »Aber ihr wisst ja, wie er sein kann.«

»Der sture alte Kauz«, bemerkte Tate kopfschüttelnd. »Wo war Seb?«

»Er war kurz weg, um was fürs Abendessen zu besorgen, und kam zurück, als euer Vater gerade in den Krankenwagen geladen wurde.«

Riley setzte sich auf den Platz neben seiner Mutter. »Hat Dad es noch geschafft, vom Dach runterzukommen, bevor er …?«

»Nein.« Joan befeuchtete die Lippen und presste sie zusammen. »Ich hörte ihn schreien und dann einen lauten Aufprall. Er ist auf dem Rasen gelandet, aber es war trotzdem ein Sturz aus drei Metern. Er hat sich den Kopf aufgeschlagen, und … ich habe sofort den Notruf gewählt.« Ihre Stimme zitterte, bevor sie sich eine Hand vor den Mund legte.

»Der Arzt sagt, sie haben vor, ihm einen Stent in die Herzklappe einzusetzen?« Fragend sah sie Tate an, der nickte. »Aber sie wissen nicht, wie schwer sein Herz geschädigt ist.«

Tate setzte sich an ihre andere Seite und legte einen Arm um ihre Schultern. »Ich bin sicher, es geht alles gut«, sagte er. »Sie haben ihn schnell hergebracht. Heutzutage gibt es so viel, was man für das Herz tun kann.«

»Ich weiß, aber sie sind besorgt … Es ist noch nicht lange her, seit …«

Riley biss die Zähne zusammen. Er hasste das Zittern in der Stimme seiner Mutter. Sie so mutlos zu sehen, war ebenso fremd wie furchteinflößend. Er wünschte, er könne etwas sagen, um sie aufzumuntern, aber er wusste nicht, was. Selbst Tate, stets der Ruhige und Objektive, sah ängstlicher aus, als er es sich für gewöhnlich anmerken ließ.

»Hey, Leute.« In der Tür, zwei Becher Automatenkaffee in den Händen, stand Seb. Riley hatte seinen kleinen Bruder seit sechs Monaten nicht mehr gesehen, zum letzten Mal, als Seb an Weihnachten von Chicago nach New York geflogen war, und er sah ebenso müde aus, wie Riley sich fühlte. Er ging zu ihnen, reichte Joan einen der Becher und nahm bereitwillig die Umarmung an, die Riley ihm anbot. Obwohl er professioneller Fitnesstrainer mit eigenem Studio war und eine Statur wie ein Rugbyspieler hatte, fehlten ihm noch einige Zentimeter zu Rileys ein Meter achtundachtzig, was ihm stets einen Vorteil verschaffte, wenn sie rauften.

»Hey, Mann.« Riley klopfte seinem Bruder auf den Rücken.

»Hey.« Seb trat zurück, die breiten Schultern verkrampft. Seine graublauen Augen wirkten trüb, er war unrasiert und sein braunes Haar so lang geworden, dass er es im Nacken in einem kleinen Knoten trug.

Wäre die Situation eine andere gewesen, hätte Riley ihn gnadenlos damit aufgezogen, solche Mädchenhaare zu haben. Aber so hielt er den Mund und sah zu, wie Seb Tate mit Handschlag begrüßte und fragte: »Irgendetwas Neues?«

Joan schüttelte den Kopf und drückte den Kaffeebecher enger an die Brust.

»Also, das ist doch scheiße«, bemerkte Seb, bevor er an seinem Kaffee nippte. Er verzog das Gesicht und sah angewidert auf seinen Becher hinunter. »Genauso wie der Mist hier.«

Die Stühle im Warteraum waren ein chiropraktischer Albtraum, was zur Folge hatte, dass alle vier in den nächsten zwei Stunden jede Menge auf und ab liefen. »Habt ihr von Dex gehört?«, fragte Riley, während er eine Anschlagtafel voller Flyer betrachtete.

»Er ist geschäftlich in Thailand«, antwortete Joan. Sie fuhr sich mit einer Hand durchs Haar und unterdrückte ein Gähnen. »Ich habe ihn angerufen, aber mit der Zeitverschiebung ...«

Rileys ältester Bruder Dex reiste um die Welt, um an Computern herumzuschrauben und damit ein Vermögen zu verdienen. Er war ein Hacker oder ... irgend so was in der Art. Wenn man Riley fragte, war er einfach nur ein besserer Computernerd.

Es dauerte weitere zwei Stunden, bis sich die Tür zum Warteraum öffnete und Riley und Seb aus einem unruhigen Halbschlaf hochschrecken ließ. Der Arzt trug immer noch seine grüne OP-Kleidung, die obligatorische Gesichtsmaske baumelte um seinen Hals. Er lächelte knapp, was den grau melierten Schnurrbart auf seiner Lippe zucken ließ. Bei seinem Anblick wechselte Riley in weniger als drei Sekunden von benommen zu hellwach. Er kam rasch auf die Füße und legte seiner Mutter eine Hand auf die Schulter, um sich an ihr sowie an seiner eigenen Zurechnungsfähigkeit festzuhalten, sollten es schlechte Nachrichten sein.

»Mrs Moore«, sagte der Arzt. »Mein Name ist Dr. Fitz. Ich habe Ihren Mann operiert.« Er warf einen Blick auf Riley und seine Brüder.

»Schon in Ordnung.« Joan wies um sich. »Das sind meine Söhne. Wie geht es Park?«

Der Arzt verschränkte die Arme, und Rileys Lungen zogen sich zusammen. *Scheiße.*

»Er ist auf der Intensivstation. Die Operation ist gut verlaufen. Ich konnte den Stent einsetzen und die Herzklappen überprüfen, die in Ordnung zu sein scheinen, aber sein Herz ist sehr schwach. Trotz Mr Moores körperlicher Fitness sind zwei Herzinfarkte in ebenso vielen Jahren viel für einen Mann von zweiundsechzig.«

»Kann ich ihn sehen?«, fragte Joan sofort.

Der Arzt seufzte leicht. »Ja, aber nur für zehn Minuten. Der Patient braucht Ruhe.«

Joan stand auf und nahm ihre Jacke und Handtasche. Riley wartete darauf, dass jemand anderes etwas sagte, während sein Puls in seinen Ohren pochte. Er schloss die Augen und kniff sich in den Nasenrücken, um das Pochen zu lindern. Tate sprach als Erster und stellte dem Arzt Fragen, die Riley nicht wirklich verstand, aber trotzdem zu schätzen wusste. Nicht dass sie seine Sorge irgendwie linderten. Er hatte den Arzt laut und deutlich gehört: Sein Dad war noch nicht über den Berg.

Als er die Augen wieder öffnete, waren der Arzt und seine Mutter fort.

»Also, was jetzt?« Seb schob die Hände in die Taschen seiner Jeans.

»Wir warten auf Mom und fahren dann nach Hause«, antwortete Tate und hob eine Hand, als Riley den Mund öffnete, um zu protestieren. »Es gibt nichts, was wir noch tun können. Er ist in den besten Händen. Wir können gleich als Erstes morgen früh wieder herkommen. Wir brauchen alle ein bisschen Schlaf.«

Riley schaute auf seine Armbanduhr, um festzustellen, dass es fast fünf Uhr früh war, und dann zu Seb, der mit den Schultern zuckte. »Also gut«, antwortete Riley und fühlte sich mit einem Mal wirklich verdammt müde. »Also gut.«

3

Achtzehn Jahre zuvor …

Lexies Mom Christine öffnete die Tür und lächelte. »Hi, Riley. Wie war's in der Schule?«

Statt zu antworten, schaute er über ihre Schulter zur Treppe, die zu Lexies Zimmer hinaufführte. Christine öffnete die Tür weiter, um ihn hereinzulassen.

Riley trat ein, stellte seine Schultasche wie immer an der Garderobe neben den Ranzen von Lexie und streifte seinen Mantel und die Januarkälte ab. »Geht es ihr schon besser?«

Lexie war seit drei Tagen nicht in der Schule gewesen, und das war, wie Riley zugeben musste, echt scheiße. Sein Schulweg und die Mittagspausen verliefen jedenfalls sehr ruhig. Und langweilig. Er war nicht zu cool, um einzugestehen, dass sie ihm fehlte.

»Sie war seit dem Mittagessen nicht mehr unten«, antwortete Christine, während sie zur Küche ging. »Ich habe gerade heiße Schokolade gemacht. Wie wär's, wenn du sie ihr raufbringst?«

Riley zuckte die Schultern und folgte ihr. Er fühlte sich bei Lexie zwar stets wie zu Hause, trotzdem war es immer noch komisch, mit ihrer Mom zu reden, wenn seine Freundin nicht dabei war. »Ist sie immer noch krank?«

Christine goss heißes Wasser in drei Tassen und schaute dabei ein paarmal zu Riley rüber, bevor sie antwortete. »Nein. Ich glaube, was immer sie hatte, ist jetzt vorbei.« Fragend hielt sie eine Tüte mit Zucker hoch, und Riley nickte. Er mochte seine heiße Schokolade süß. »Also, vielleicht kannst du mir bei etwas helfen, Riley«, fügte sie hinzu, während sie den Zucker in die Tassen löffelte.

Stirnrunzelnd kam Riley einen Schritt näher. »Ihnen helfen?«

Mit einem summenden Laut drehte Christine sich um und reichte ihm eine Tasse. Dann lehnte sie sich mit der Hüfte an die Küchenzeile und pustete auf ihre eigene heiße Schokolade. »Ich hatte mich gefragt, ob du in der Schule einen Jungen namens Blake Richards kennst.«

Beim Klang des Namens schürzte Riley die Lippen und schnaubte. Ja, er kannte Blake Richards. Jeder kannte ihn. Er war der Neue in der fünften Klasse. Er hatte kurz vor den Weihnachtsferien angefangen – und redete viel mit Lexie. Außerdem brachte er sie zum Lachen, und das gefiel Riley gar nicht.

Riley konnte ihn nicht leiden. Er war so eingebildet. Und er hatte komische Haare.

»Ist er ein netter Junge?«, fragte Christine.

Riley hob den Blick. Christine sah besorgt aus. »Ich kenne ihn eigentlich nicht richtig«, murmelte er. Das war keine komplette Lüge. Riley hatte sich einfach nicht die Mühe gemacht, den Trottel kennenzulernen. Lexie schien ihn zu mögen. Bei dem Stich, den ihm dieser Gedanke versetzte, fuhr er sich mit der Zunge über die Lippen. »Warum?«

Sie stellte ihre Tasse neben die Spüle. »Lexie wird es mir nicht sagen, weil ich ihre Mom bin, und ich weiß, es ist uncool für eine Elfjährige, mit ihrer Mom über solche Sachen zu sprechen, aber ich glaube, mit dir würde sie reden.«

Riley war völlig verwirrt. »Worüber?«

»Ich glaube, Blake Richards könnte Lexie … verärgert haben.«

Bei ihren Worten regte sich etwas Dunkles und Wütendes in Rileys Brust, das ihn dazu brachte, die Tasse in seiner Hand fester zu umklammern. Falls jemand Lexie wehgetan hatte, dann hatte Riley einiges dazu zu sagen. »Wie meinen Sie das?«

»Es ist nur so ein Gefühl.« Christine lächelte knapp. »Es könnte auch gar nichts sein. Vielleicht kannst du das für mich herausfinden?« Bevor Riley antworten konnte, drückte sie ihm die letzte Tasse heiße Schokolade in die Hand. »Hier. Bring das zu ihr rauf. Möchtest du zum Abendessen bleiben? Ich mache Lammkoteletts.«

Sein Lieblingsgericht. »Gern.«

»Dann rufe ich deine Mom an und sag ihr Bescheid.«

Die beiden Tassen heiße Schokolade in den Händen schlich Riley die Treppe hoch zu Lexies Zimmer und klopfte mit dem Ellbogen an ihre Tür.

Die Stimme, die er hörte, klang müde und völlig anders als die Lexie, die er kannte: »Was?«

»Ich bin's«, rief er zurück. »Ich habe heiße Schokolade dabei.«

»Komm rein.«

Vorsichtig öffnete Riley die Tür, indem er mit dem Ellbogen die Klinke niederdrückte. Das Erste, was er sah, war eine Lexie-förmige Beule auf dem Bett unter einer leuchtend rosa Decke. Genau genommen war das meiste in Lexies Zimmer rosa. Alles von ihrem Teppich bis zu ihren Vorhängen hatte irgendeine Schattierung von Flamingo. Die einzigen Dinge, die nicht rosa waren, waren ihr Schreibtisch und der Schrank, obwohl sie ihre Mom ständig damit nervte, sie passend streichen zu dürfen.

Riley ging zum Bett, dabei verdrehte er die Augen über die neuen Poster, die sie darüber aufgehängt hatte, neben den Postern von den Spice Girls und dem Sonnensystem, die sie schon seit Ewigkeiten hatte. Sie waren von diesem Typen aus Titanic, *dem mit der dämlichen Zottelfrisur. Lexie sagte, er sei »traumhaft«, was immer das auch bedeuten sollte.*

Wenn sich Riley die Poster so ansah, erinnerten sie ihn an Blake Richards und das neue Wort, das Tate ihm beigebracht hatte. Arschgeige.

Er stellte Lexies heiße Schokolade auf den Nachttisch, dann setzte er sich auf den Stuhl vor ihrem Schreibtisch und drehte sich leicht darauf hin und her, während er mit den Fingern über den Stapel Bücher und CDs im Regal neben ihm strich. Obwohl es in dem Musikstapel eine gute Auswahl an Bands und Sängern gab, hörte sie immer noch ständig die Spice Girls und die Backstreet Boys, aber das machte Riley nichts aus. Er sah ihr gern dabei zu, wie sie dazu sang und tanzte.

Die Bettdecke bewegte sich, und Lexies Kopf tauchte langsam darunter hervor. Sie blinzelte ihn mit zusammengekniffenen Augen über den Rand der Bettdecke an und verzog das Gesicht. Riley hatte sie noch nie so jämmerlich gesehen. Ihr blondes Haar stand in alle Richtungen ab, und ihre blauen Augen waren von großen dunklen Ringen umgeben.

»Wie fühlst du dich?«

»Scheiße«, antwortete sie mit leiser, heiserer Stimme. Sie griff nach ihrer Tasse und der Brille, die sie seit drei Monaten tragen musste, und lehnte sich seufzend ans Kopfteil des Betts. So sehr Lexie sich auch darüber beschwerte, die Brille tragen zu müssen, Riley gefiel sie. Sie war natürlich rosa und ließ sie – Rileys Meinung nach – weltgewandt und gebildet aussehen.

Als sie es sich auf dem Bett bequem machte, bemerkte er, dass sie das Suicide-Squad-*Hoodie trug, das er ihr eines Abends geliehen hatte, als sie sich im Wald hinter ihrem Haus herumgetrieben hatten und ihr kalt geworden war. Aus irgendeinem seltsamen Grund freute es ihn, sie darin zu sehen.*

»Kommst du morgen wieder in die Schule?«, fragte er hoffnungsvoll.

Lexie zog eine Schulter hoch, den Blick weiter auf ihre Tasse gerichtet. »Nur, wenn ich mich besser fühle.«

»Deine Mom hat gesagt, du bist nicht mehr krank.«

Sie antwortete nicht, zog jedoch die Decke enger um sich. Während er ihr dabei zusah, dachte Riley über das nach, was Christine gesagt hatte. Er konnte sich nicht erinnern, je gesehen zu haben, dass Blake Richards gemein zu ihr gewesen wäre, aber das hieß nicht, dass es nicht so war. Lexie und Blake hatten drei Unterrichtsfächer zusammen, was Riley gegen den Strich ging, also war es durchaus möglich. Aber sicher hätte sie dann etwas gesagt.

»Du würdest es mir doch sagen, wenn was nicht stimmt, oder?«, fragte er, während er an ihrem CD-Player auf Play drückte, nicht überrascht, Wannabe *von den Spice Girls zu hören.*

Anstatt mitzusingen, runzelte Lexie die Stirn. »Was meinst du damit?«

Riley biss sich in die Wange, da er Lexie gut genug kannte, um zu wissen, dass sie wütend werden könnte, wenn er ihr erzählte, was Christine gesagt hatte. »Ich weiß nicht«, murmelte er in Richtung seiner Füße. »Falls jemand, sagen wir, gemein zu dir war oder so was.«

Als er aufblickte, sah er einen Ausdruck, den er nicht oft an ihr sah: Panik. Er kniff die Lippen zusammen, weil er nur noch Blake Richards finden und ihn schlagen wollte. Riley hatte in seinem ganzen Leben noch nie jemanden geschlagen, abgesehen von seinen Brüdern, aber das war immer nur Spaß. Zumindest erzählten sie das ihrer Mutter.

»Lexie«, sagte er sanft. »Macht Blake Richards dir das Leben schwer?«

»Nein«, platzte sie heftig blinzelnd heraus. »Nein. Wie kommst du darauf? Was hat er gesagt?«

Riley lehnte sich auf seinem Stuhl zurück. Er ignorierte ihre Lüge und bedauerte, dass er nicht erkannt hatte, was mit ihr los war. »Er hat gar nichts zu mir gesagt. Das tut er nie. Ich dachte nur, ich frag mal.«

Lexie sah ihn mit schmalen Augen an, die plötzlich ein wenig heller wirkten. »Meine Mom hat was zu dir gesagt, oder?«

Riley antwortete nur mit einem Schluck aus seiner Tasse.

Lexie seufzte. »Er macht mir nicht das Leben schwer«, sagte sie schließlich, doch ihr Ton überzeugte Riley nicht.

»Aber du würdest es mir sagen, wenn er es täte.«

»Warum?« Ein Lächeln spielte um ihre Lippen. »Würdest du ihn dann verprügeln?«

»Vielleicht«, antwortete Riley lässig. »Wenn du es willst.« Und das meinte er ernst. Warum auch nicht? Lexie war seine Freundin. Sie war seine beste Freundin. Kopfschüttelnd klopfte er mit dem Finger gegen seine Tasse. »Ich weiß sowieso nicht, warum du ihn magst.«

»Tu ich gar nicht«, murmelte Lexie. »Außerdem ist das sowieso egal. Er geht jetzt mit Hannah Grand.«

»Hannah Grand?«, fragte Riley ungläubig. »Die dumme braunhaarige Kuh, die dich in der dritten Klasse fett genannt hat?«

Lexie nickte und verschränkte die Arme. Riley erinnerte sich, wie aufgebracht sie gewesen war, nachdem Hannah das gesagt hatte, und wie Lexies Schwester Savannah und ihre Mom versucht hatten, Lexie davon zu überzeugen, dass sie perfekt war.

Riley schüttelte den Kopf. »Dann ist er genauso dumm wie sie.«

Lexie antwortete nicht, sondern zupfte nur an ihrem Daumennagel herum.

Dann dämmerte es ihm.

»Hat sie was zu dir gesagt?«

»Nichts, was der Rede wert wäre«, antwortete sie mit einem Schulterzucken.

»Lexie.«

»Ist schon gut.«

Ohne eine Lösung oder tröstende Worte zu haben, antwortete Riley einfach: »Heißt das, du kommst morgen wieder zur Schule? Ist voll öde ohne dich.«

Lexie schaute Riley so lange an, dass er anfing herumzuzappeln. »Pfadfinderehrenwort«, murmelte sie.

Am nächsten Morgen wartete Lexie auf ihrer Veranda auf Riley, genau, wie sie gesagt hatte. Sie sah viel besser aus und lächelte sogar, als sie ihn die Straße entlanggehen sah. Das tat sie immer, aber jedes Mal war es, als wäre es das erste Mal. Während sie zur Schule gingen, redeten sie über das Spiel der Cardinals am nächsten Wochenende und den neuen Superman-Comic, den Rileys Mom ihm am Abend zuvor geschenkt hatte.

Wenn Riley angestrengt darüber nachdachte, dann war es der gemeinsame Weg zur Schule und wieder zurück, den er am liebsten mochte. Dann beobachtete er Lexie, wie sie wie eine Seiltänzerin auf der Bordsteinkante balancierte und sich jedes Mal, wenn sie das Gleichgewicht verlor, an seiner Schulter festhielt, und er lachte über ihren Eifer, die Harley Quinn zu seinem Joker oder die Catwoman zu seinem Batman zu sein. Er fand es toll, dass sie so viel Interesse für seine Comic-Leidenschaft zeigte. Er hatte sie sogar dazu gebracht, ein paar davon zu lesen.

»Ich hätte aber lieber einen langen Schwanz und niedliche Ohren«, beschwerte sie sich, nachdem Riley ihr Harley Quinns Hofnarren-Kostüm beschrieben hatte. »Ich will keine Glöckchen. Das war's. Dann muss ich eben Catwoman sein.«

»Schon okay«, beruhigte Riley sie, während sie den Schulflur entlang zu ihren Schließfächern gingen. »Ich bin sowieso lieber Batman.« Er zog sein Green-Lantern-Sweatshirt zurecht. »Du könntest auch immer noch Wonder Woman sein, weißt du? Dann hättest du wenigstens Sterne auf deinen Kleidern.«

»Wonder Woman und Batman? Redet ihr zwei eigentlich je über was anderes, ihr Freaks?«

Rileys Kopf fuhr herum, und er sah Hannah Grand an ihrem Schließfach stehen, gleich neben dem unvergleichlichen Blake Richards. Sein dämliches Haar sah so dämlich aus wie immer, während Hannah auf eine Art lächelte, die Riley an eine Schlange erinnert, die kurz davor war, zuzuschnappen. Sie war ein winziges kleines Ding, nichts als dürre Beine und große Zähne, und trug einen lila Pullover mit großen Herzen darauf. Sie wirkte harmlos, aber das Wissen, dass dieses Mädchen für den traurigen Ausdruck auf Lexies Gesicht verantwortlich gewesen war, schürte Rileys Wut.

»Was hast du für ein Problem?«, zischte er.

Lexies Hand auf seinem Handgelenk brachte ihn dazu, sich umzudrehen. »Nicht«, murmelte sie mit einem Kopfschütteln. Ihre Augen hinter der Brille nahmen langsam wieder diesen panischen Glanz an. »Das ist es nicht wert.«

»Schau nur, wie sie sich hinter ihrem Freund versteckt«, bemerkte Hannah mit einem Lachen, das ebenso falsch war wie die Freundinnen, die an ihrer Seite kicherten.

»Er ist nicht mein Freund*«, blaffte Lexie zurück. Die Schärfe ihrer Worte versetzte Riley einen Stich in der Brust.*

»Natürlich ist er das nicht«, gab Hannah, die Hand in die Hüfte gestützt, zurück. »Warum sollte er irgendetwas von dir wollen, wo du doch noch nicht mal einen BH trägst?«

Riley riss die Augen auf, während Lexie im selben Moment

keuchend die Luft wegblieb. Vor mitempfundener Scham liefen seine Wangen rot an, und da er keine Ahnung hatte, was er sagen sollte, flog sein Blick zu Lexie. Tränen standen in ihren Augen. Riley hatte Lexie bisher nur ein einziges Mal weinen gesehen – da war sie aus ihrem Raumschiff gefallen und hatte sich den Arm gebrochen. Als er sie nun so verletzt sah, wollte er sie fest in die Arme nehmen und gleichzeitig Hannah Grand eine knallen.

Zu seiner Erleichterung öffnete Lexie den Mund, um etwas zweifellos Boshaftes zu erwidern, doch es kam nichts. Stattdessen sanken ihre Schultern herab, sie machte den Mund wieder zu und drehte sich zu ihrem Schließfach um.

»Hast du gar nichts zu sagen?«, fuhr Hannah fort. »Das ist ja mal was Neues.«

»Lex«, flüsterte Riley, ohne Hannah Beachtung zu schenken. Er fand es schrecklich, dass sich seine normalerweise so schlagfertige und temperamentvolle Freundin in dieses stille, hilflose Mädchen neben ihm verwandelt hatte.

»Schon okay«, antwortete sie, wobei sie seinem Blick auswich, während sie ihre Bücher aus der Tasche nahm. »Lass uns einfach gehen.«

»Ja, geht nur«, bemerkte Hannah hinter ihnen, während sie ihr Schließfach zuschlug. »Geht und seid zusammen Freaks. Spinner. Komm, Blake.«

Wut stieg in Riley hoch und straffte seinen Rücken. »Hör mal!«, schrie er und zeigte auf Hannah und ihre Gruppe von Idioten. »Warum hältst du nicht einfach die Klappe?«

»Sonst was?«, fragte Blake Richards. Sein Feixen ließ Rileys Blut noch heftiger kochen.

Oh, wie gern würde er ihm zeigen, dass er sich nicht mit ihm anlegen sollte. Aber nach kurzem Überlegen ließ Riley die Hand wieder sinken.

Er wollte in der Schule nicht in eine Schlägerei verwickelt werden, so gern er sie auch alle vermöbeln würde, weil sie Lexie wehgetan hatten. Sein Vater würde ausflippen.

»Oh mein Gott«, rief Hannah lachend aus, als Riley nichts erwiderte. »Die sind beide jämmerlich. Die Grässliche Laterne und ihr Kumpel Wonder-Lexie, die BH-lose Brillenschlange!«

Lexie schniefte neben ihm und rückte ihre Brille zurecht, während um sie herum Gelächter wogte. Ohne nachzudenken, legte Riley ihr eine Hand auf die Schulter und drückte sie.

»Es geht mir gut«, murmelte sie, während ihr eine einsame Träne entschlüpfte, über ihre gerötete Wange rollte und Riley mitten in die Eingeweide traf.

Die Augen weiter auf Lexie gerichtet, holte er tief Luft und sagte: »Hey, Hannah?« Langsam drehte er sich zu ihr um. »Ich kenne dein Geheimnis.«

»Mein was?«

»Dein Geheimnis.«

Sie schnaubte verächtlich und verdrehte die Augen. »Und was für ein Geheimnis soll das sein?«

»Warum du so ein Miststück bist.«

Das schockierte Nach-Luft-Schnappen, das den Flur erfüllte, war ohrenbetäubend, und alle um sie herum schienen abrupt stehen zu bleiben, um zuzuhören. Lexie erstarrte neben ihm.

Hannah Grand wurde bleich. »Wie bitte?«

»Ich verstehe schon«, fügte er mit einem Schulterzucken hinzu. »Du bist neidisch. Und warum solltest du das auch nicht sein?«

»Neidisch?«, fragte Hannah. Ihre Stimme wurde schrill. »Auf die*?« Sie deutete auf Lexie, die Riley völlig entsetzt anstarrte.*

»Klar«, antwortete er. »Ich meine, Lexie hier«, er wies mit einer Hand auf seine Freundin, »hat so viele Möglichkeiten.

Versteh mich nicht falsch, sie ist auch jetzt schon schön, aber wenn sie älter wird, dann kann sie ihre Brille weglassen und sich Kontaktlinsen besorgen … und sich irgendwann so viele BHs kaufen, wie sie will.«

Hannah verzog spöttisch das Gesicht. »Das bezweifle ich. Worauf willst du hinaus?«

»Nun ja, welche Möglichkeiten hast du, Hannah?«

»Wofür?«

»Für dein Gesicht«, schnaubte Riley spöttisch. »Denn mal ehrlich – du wirst immer hässlich sein. Nicht dass ein BH und Kontaktlinsen bei der Fratze noch helfen könnten, oder?« Ohne Hannahs unbedeutender, aber lauten Antwort Beachtung zu schenken, drehte sich Riley zu Lexie um und musste bei ihrem breiten Grinsen lächeln. »Komm schon. Verschwinden wir.«

Als Rileys Mom durch einen besorgten Anruf der Schule erfuhr, was an diesem Morgen passiert war, verpasste sie ihm Hausarrest – wegen der schlimmen Ausdrücke, die er benutzt hatte, nicht, weil sie das, was er getan hatte, schlimm fand. Im Gegenteil, sie war stolz darauf, dass er sich für Lexie eingesetzt hatte, und gab ihm einen Kuss auf die Wange, den Riley zu schätzen wusste, sich aber schnell wieder vom Gesicht wischte.

»Das nächste Mal benutzt du vernünftige Wörter«, sagte sie.

Als er später auf seinem Bett lag und einen Comic las, hörte er das vertraute Geräusch von Steinchen, die leicht gegen sein Schlafzimmerfenster prasselten. Er sprang hoch, rannte zum Fenster, schob es auf und lächelte auf das blonde Mädchen mit der rosa Brille hinunter, das in seinem Garten stand.

»Hey. Bist du gekommen, um mir beim Ausbrechen zu helfen?«

Lexie lachte leise. »Nein«, flüsterte sie zu ihm hoch. »Ich kann nicht bleiben. Mom weiß nicht, dass ich hier bin. Ich bin hergekommen, um dir etwas zu geben.« Sie holte einen Fußball aus dem Rucksack, den sie auf dem Rücken trug. »Fang!«

Riley streckte die Hände aus und fing ihn beim ersten Versuch. Als der Ball in seinen Händen landete, bemerkte er, dass ein Stück Papier mit einem Gummiband daran befestigt war.

»Mach es auf«, verlangte Lexie.

Als Riley das Blatt auseinanderfaltete, sah er ein selbstgemaltes Bild der Erde, mit blauem Meer und grünen Kontinenten. Er runzelte die Stirn. »Wofür ist das?«, fragte er mit einem schiefen Lächeln, als er den Kopf wieder aus dem Fenster streckte.

Lexie zögerte ungewöhnlich lang mit ihrer Antwort und ließ die Hände an den Seiten herabbaumeln. »Um dir für heute Danke zu sagen.« Sie zog die Schultern ein. »Ich weiß, was ich gesagt habe … was ich zu Hannah gesagt habe … dass du nicht –«

»Dass ich nicht dein Freund bin«, beendete Riley den Satz. Ihre Worte schmerzten noch immer. Beinahe war es, als habe jemand ein Pflaster von seinem Herzen gerissen.

»Ja«, nickte Lexie ernst. »Es ist nicht so, dass ich nicht – ich wollte dir einfach nur etwas geben, das dir erklärt, was du für mich bist.«

Riley schürzte die Lippen und sah wieder auf die Zeichnung hinunter. »Ein Planet?«

Lexie schüttelte den Kopf. »Nein, du Dummkopf.« Ihr Gesicht wurde noch ernster. »Die Welt. Die ganze *Welt.«*

Riley stockte der Atem, als er endlich begriff, was sie ihm zu sagen versuchte. Du bist die ganze Welt für mich. *Sicher sah er aus wie ein Fisch auf dem Trockenen mit seinem aufgerissenen Mund, aus dem keine Worte kamen.*

»Oh.«

Lexie hob ihr Fahrrad auf und stieg in den Sattel. »Gute Nacht, Riley.«

Sie radelte in die Dunkelheit davon und ließ Riley mit einem warmen Gefühl im ganzen Körper zurück, trotz der kalten Nachtluft. »Gute Nacht, Lex.«

4

Riley war nicht überrascht, dass seine Träume so lebhaft waren. Schließlich lag er wieder in seinem Kinderzimmer, umgeben von den Gerüchen seines Elternhauses. Die von Erinnerungen durchsetzten Träume kamen immer, wenn er wieder hier war, so häufig, dass auch sie inzwischen zu den Gründen gehörten, warum er nicht öfter zu Besuch kam. Es war nicht so, dass er die Träume nicht mochte. Eher erfüllten sie ihn mit einer Wärme und Ruhe, die er so nur als Kind erfahren hatte. Es waren Erinnerungen, die er stets im Herzen bewahren würde, weil sie ihn an eine Zeit erinnerten, in der das Leben einfach gewesen war und nicht kompliziert durch irgendwelche, angesichts des Zustands seines Vaters völlig unnötige, Scheiße.

Er konnte sich glücklich schätzen, eine fröhliche, liebevolle Kindheit gehabt zu haben, und wenn er sich in seinem Zimmer umsah und die an die grauen Wände gehefteten Filmposter und die wenigen Schul-, College- und Familienfotos betrachtete, dazu die abgenutzten Möbel, die er hatte, seit er fünfzehn war, rief ihm das ein Lächeln aufs Gesicht. Er hatte herrliche Zeiten in diesem Zimmer, in diesem Haus erlebt.

Seufzend legte er eine Hand hinter den Kopf und schaute zum Fenster, durch das er Lexies Fußball und die Zeichnung gefangen hatte, die ihm so viel bedeutet hatte. Die Zeichnung, die ihm *immer noch* so viel bedeutete. Die Zeichnung, die er all die Jahre aufbewahrt hatte, sauber zusammengefaltet in einer Schachtel, weit hinten in einer Schublade seines New Yorker Apartments. Die Zeichnung, die er sich immer wieder einmal anzusehen erlaubte, nur um ein Lächeln auf sein Gesicht zu zaubern.

Vielleicht war er ein Idiot, so an einem Geschenk zu hängen, das für etwas stand, das nicht mehr existierte, aber wen interessierte das? Ihn sicher nicht.

Ein Blick auf seine Armbanduhr verriet ihm, dass es kurz vor zehn Uhr vormittags war. Er warf die Bettdecke zurück, und nachdem er in seiner hastig gepackten Tasche gewühlt hatte, schlüpfte er in eine Jogginghose. Er öffnete die Tür, ging ins Bad und schlenderte dann den Flur entlang zu Sebs Zimmer.

Nachdem er einmal geklopft hatte, stieß er die Tür auf. Seb war wach. Er lag auf seinem Bett und schaute Riley über sein Handy hinweg an, als wäre er verrückt. »Morgen«, sagte er trocken.

»Ich muss schon sagen«, bemerkte Riley, als er ohne Einladung eintrat, »ich bin erleichtert, dass du inzwischen dein Handy hast, um dran rumzuspielen, statt an dir selbst. Das wäre echt voll peinlich gewesen.«

Seb schnaubte kopfschüttelnd. »Wenn du vor zwanzig Minuten da gewesen wärst, hätte die Sache anders ausgesehen.«

»Rutsch rüber«, forderte Riley, und sobald sein Bruder Platz gemacht hatte, ließ er sich neben ihn plumpsen. Das hatten sie früher fast jeden Samstagmorgen gemacht, als sie beide noch zu Hause gewohnt hatten.

Riley würde zwar sagen, dass er von all seinen Brüdern Tate am nächsten stand, aber Seb und er hatten immer kleine eigene Traditionen gepflegt, die niemand sonst wirklich verstand.

Während Riley die Beine an den Knöcheln kreuzte und die Hände hinter dem Kopf verschränkte, stellte er fest, dass seine Mutter auch in Sebs Zimmer nicht viel verändert hatte. Die Wände waren immer noch hellblau und die Zimmerdecke immer noch von den kleinen, im Dunkeln leuchtenden Sternen übersät, die Seb an seinem achten Geburtstag bekommen hatte.

»Ist Tate schon vorbeigekommen?«, fragte Riley.

Seb legte sein Handy auf den Nachttisch. »Ja, so um sieben. Hat mir gesagt, ich soll bleiben, wo ich bin.« Er rieb sich mit der Hand übers Gesicht und schaute zu Riley hinüber.

»Hat nicht viel Sinn, wenn wir alle im Krankenhaus rumsitzen«, brummte Riley. Er nahm an, dass es seinem Vater nicht viel helfen würde, wenn sie alle vier im Warteraum herumlungerten, trotzdem wollte er etwas Nützliches tun.

»Also, wie läuft's so?«, fragte er Seb stattdessen. »Arbeit okay?«

Seb war vermutlich der ruhigste und am wenigsten selbstbewusste der vier Brüder, deshalb machte es Riley besonders stolz, dass er vor zwei Jahren sein eigenes Fitnessstudio eröffnet hatte.

»Alles bestens.« Sebs Handy summte einmal, und er griff hinüber. »Viel los.« Er las die Nachricht und seufzte, bevor er es wieder zurücklegte.

»Wie lange bleibst du hier?«

»Diese Woche ist mein freies Wochenende, also habe ich einen Flug für Sonntag gebucht. Freya passt auf den Laden auf.«

Freya war Sebs Geschäftspartnerin. Die beiden waren seit dem College befreundet, und die Sache war immer rein platonisch gewesen, soweit Riley wusste. Obwohl ihm schleierhaft war, wie das sein konnte: Freya war heiß.

Sebs Handy summte erneut.

»Da hat jemand aber Sehnsucht nach dir«, bemerkte Riley. »Ist sie dein neues Spielzeug?«

»Keine Ahnung, was du meinst.«

Riley lachte. »Blödsinn. Du arbeitest tagein, tagaus umgeben von durchtrainierten Leuten in hautengen Sportklamotten, was für einen Kerl wie dich praktisch wie Disneyland ist. Unmöglich, dass du nicht mit irgendwem rummachst.«

Seb zog lachend die Augenbrauen hoch. »Niemand, der erwähnenswert wäre.«

Seine Antwort verwirrte Riley. Seb erzählte normalerweise offen, mit wen er Sex hatte, und er hatte eine Menge Sex.

»Behandelt sie dich nicht gut?«, fragte Riley ernst, worauf Seb nur das Handy auf seine Brust legte und weiter an die Decke starrt. Riley ließ nicht locker. »Behandelt *er* dich nicht gut?«

Mit zwanzig hatte Seb sich als bisexuell geoutet, sehr zur Überraschung der Familie. Er hatte nie einen Mann mit nach Hause gebracht, aber Riley wusste, anders als viele andere, dass Seb mit einigen Männern unterwegs gewesen war. Wie ernst diese Beziehungen waren, wusste Riley nicht, aber er und der Rest der Familie unterstützten seinen Bruder.

Seb atmete aus und wandte sich zu ihm um. »Es geht mir gut, Ri. Ehrlich.«

Mit einem missbilligenden Brummen ließ Riley die Sache gut sein. Er schaute hinunter auf seine nackten Füße und wackelte mit den Zehen.

»Was ist mit dir?«, fragte Seb. »Triffst du dich mit jemandem?«

»Nicht länger als eine Mittagspause.«

»Immer noch ex und hopp, was? Und die Ladys lassen dich ran, sogar mit diesem Bart?«

Riley schnaubte und ignorierte, dass ihm bei den Worten seines Bruders, so zutreffend sie auch waren, eng in der Brust wurde. Herrgott, er würde nicht gerade mit den Kerben in seinem Bettpfosten angeben, aber sie waren nun mal, was sie waren, und er schämte sich nicht dafür. Er hatte Spaß mit den Frauen, die in sein Bett kamen, und er wusste mit verdammter Sicherheit, dass das Gefühl auf Gegenseitigkeit beruhte. Er praktizierte immer Safer Sex, und er behandelte sie gut.

Fühlte er sich elend, weil sein Bett nach Einbruch der Dunkelheit öfter leer war, als dass jemand darin lag? Nein. Aber es erfüllte ihn auch nicht mit wohliger Wärme. Jemanden zu haben, den man lieben und nachts im Arm halten konnte, war natürlich eine tröstliche Vorstellung, und gelegentlich erlaubte er ihr, durch seine Gedanken zu huschen, so wie am Tag zuvor in der Werkstatt.

Aber wie immer zerstob und verblasste sie, bevor sie sich irgendwie festsetzen konnte. Einen Sekundenbruchteil lang trieb Lexies lachendes Gesicht wieder durch seinen Verstand.

Du bist die ganze Welt für mich.

»Also, was hast du vor? Wirst du dich zusammenreißen und sie sehen?«, fragte Seb leise, als könne er Rileys Gedanken lesen.

Riley räusperte sich, um den ängstlichen Kloß loszuwerden, der ihm die Kehle zuschnürte. »Ich weiß nicht mal, ob sie wieder hier ist. Das Letzte, was ich gehört habe, war, dass sie mit ihrer Mom weggezogen ist, als sie das Haus verkauft haben.«

»Ja, das habe ich auch gehört«, bestätigte Seb. »Weißt du, wohin?«

Riley schüttelte den Kopf. Er traute sich nicht, die Wick Avenue entlangzufahren, für den Fall, dass das Haus immer noch leer stand. Das wäre ein verdammter Hohn.

»Wirst du versuchen, es herausfinden?«, bohrte Seb nach.

Das war wohl die Millionen-Dollar-Frage. »Ich habe keine Ahnung.«

Die Vorstellung, Lexie nach fünf Jahren Funkstille wiederzusehen, weckte alle möglichen Gefühle in Riley, die er nach Kräften zu ignorieren versuchte, und das nicht, weil er emotional verkrüppelt war. Er sah einfach nur nicht ein, was es bringen sollte, sich in einem Haufen Was-wäre-wenn, Aber und Vielleicht zu verstricken. Das Leben hatte Lexie und ihm Wege beschert, die in zwei sehr verschiedene Richtungen führten, und so beschissen das auch war – die Chance, dass ihre Wege sich je wieder kreuzen würden, war ausgesprochen gering.

Entschlossen, sich nicht in der Vergangenheit zu suhlen, setzte sich Riley auf, gleichzeitig gab sein Magen ein wütendes Knurren von sich. »Ich weiß ja nicht, wie's dir geht«, sagte er, als er aufstand und ihm bewusst wurde, dass er seit dem Abend zuvor in New York nichts mehr gegessen hatte, »aber ich brauche jede Menge Essen und Kaffee, um die verdammte Nostalgie hier loszuwerden.«

»Wem sagst du das«, brummte Seb, was Riley eine Augenbraue hochziehen ließ. Irgendwas in Sebs Stimme verriet ihm, dass er ihm nicht einfach nur aus Freundlichkeit beipflichtete. »Mom hat gesagt, es ist was zu essen da«, fuhr Seb fort, während er sich streckte. »Aber wir müssen einkaufen gehen, um die Vorräte aufzustocken. Tante Carol und Maggie kommen morgen.«

Riley lächelte bei dem Gedanken, seine Lieblingscousine wiederzusehen. »Na, dann beweg deinen Arsch.« Er stieß Seb so kräftig an, dass er ihn fast über die Bettkante schubste. »Ich brauche Speck.«

Riley machte Frühstück für sich und seinen Bruder, dann nahmen sie den Buick Riviera ihres Vaters, um zum Laden zu fahren und die wichtigsten Dinge einzukaufen. Und vielleicht ein paar nicht ganz so wichtige Dinge, wie Schokolade und Eiscreme – weil Seb und Tate lächerliche Naschkatzen waren –, und vielleicht ein paar Flaschen Alkohol, weil Riley nach dem Drama der letzten vierundzwanzig Stunden eine leichte Dröhnung brauchte.

Tate und ihre Mutter kamen kurz vor sieben nach Hause,

müde, niedergeschlagen und mit wenig Neuem im Gepäck. Der Zustand ihres Vaters hatte sich nicht verändert. Er war immer noch bewusstlos, aber sein Herz schlug. Nach Meinung der Ärzte war Park Moore eine Kämpfernatur, aber er hatte immer noch einen weiten Weg vor sich.

Da er ahnte, dass keiner von ihnen viel Appetit haben würde, ließ Riley das Kochen sein und bestellte ein paar Pizzen, bevor er seiner Mom ein Glas Wein einschenkte. Er reichte es ihr, nachdem sie sich im großen Lehnsessel in der Ecke des Wohnzimmers zusammengerollt hatte.

»Ich wusste gar nicht, dass wir Wein im Haus haben«, sagte sie, bevor sie einen Schluck nahm.

»Hattet ihr auch nicht«, antwortete Riley am Flaschenrand seines Heineken vorbei. »Ich dachte mir, du könntest welchen gebrauchen, um ein bisschen zu entspannen.«

»Danke«, sagte sie und ließ den Kopf zurück gegen die Lehne sinken. »Das brauche ich wirklich.«

»Wann werden sie Dad von der Intensivstation verlegen?«, fragte Seb, während Riley die Pizzakartons auf den Wohnzimmertisch stellte.

Tate öffnete den Deckel der Hackfleischpizza, obwohl er erst behauptet hatte, nicht hungrig zu sein. »Bis Dads Zustand sich verbessert, werden sie seine Fortschritte weiter sorgfältig überwachen.« Er nahm sich ein Stück und biss hinein. »Sie rufen an, falls sich irgendetwas ändert.« Tates Kiefer hielt mitten im Kauen inne, und er musterte Seb, als sähe er ihn zum ersten Mal. »Wo zum Teufel hast du das her?«

Seb hob seine Hand mitsamt Pizza, um sein T-Shirt zu zeigen. »Der Hammer, oder?«

»Ja«, stimmte Tate zu und sabberte geradezu beim Anblick des *Jurassic-Park*-T-Shirts. Rileys Reaktion war dieselbe gewesen.

»Woher?«

Schmunzelnd kaute Seb. »Ich kenne da einen.«

»Nur einen?«, bemerkte Riley. »Kein Wunder, dass du kribbelig bist. Übrigens, ist es noch zu früh, um was über die Haare zu sagen?«

Tate kicherte, während Seb die Augen verdrehte und sich eine Strähne aus dem Gesicht strich. Sie war lang genug, um sich hinters Ohr klemmen zu lassen. »Nicht, wenn du willst, dass ich diesen Bart in Ruhe lasse.«

Riley lachte. »Warum? Mein Bart ist doch nur ein klitzekleines bisschen länger als beim letzten Mal, als du mich gesehen hast.«

»Ja«, erwiderte Seb durch einen Mundvoll Pizza. »Und jetzt siehst du ein klitzekleines bisschen so aus, als hättest du dir einen Hamster ins Gesicht getackert.«

»Aber es ist ein *wirklich* toller Hamster«, sagte Riley und strich sich übers Kinn. Ursprünglich hatte er sich den Bart in Kill wachsen lassen, wo Rasierklingen aus offensichtlichen Gründen Mangelware gewesen waren. Er gefiel ihm gut genug, um ihn zu behalten. Egal, was Seb sagte, er wusste, dass er gut aussah.

Seb schaute wieder zu Tate und beantwortete endlich die Frage nach dem Shirt. »Ebay.«

»Ihr Jungs und eure T-Shirts«, bemerkte Joan von ihrem Sessel her, ohne die Beleidigungen, Servietten und deftigen Ausdrücke zu beachten, die in ihrem Wohnzimmer umherflogen. Seb hatte ihr einen Teller mit einem kleinen Stück Käsepizza auf die Armlehne gestellt, die sie noch nicht angerührt hatte. »Ich verstehe es einfach nicht.«

»Zerbrich dir darüber nicht den Kopf.« Riley tätschelte ihr gönnerhaft die Hand.

Mit schmalen Augen sah sie ihn an und zeigte auf seine

Brust. »Ich hoffe inständig, du hattest das da nicht zum Einkaufen an.«

Rileys T-Shirt war eines von nur vier Shirts, die er im Schrank seines alten Kinderzimmers zurückgelassen hatte. Er hatte es sich auf einem Trip durch Utah gekauft, kurz bevor er aufs College ging. Auf dem Shirt stand »I love Molly's Nipple« (ein echter Berg in einem Nationalpark in Utah), und selbst mit neunundzwanzig musste er dabei immer noch kichern wie ein Schulmädchen. Er hatte immer noch ein Foto von sich mit dem wie eine Brustwarze geformten Berggipfel im Hintergrund.

»Natürlich hatte ich es zum Einkaufen an, wo jede Menge deiner Freunde mich gesehen haben«, antwortete er seiner Mutter mit unschuldigem Augenaufschlag. »Wieso, war das schlimm?«

Joan lachte leicht, und zum ersten Mal, seit Riley und Tate angekommen waren, hellte sich ihre Miene auf.

Sie saßen noch ein paar Stunden beisammen, plauderten und versuchten nach Kräften zu vergessen, was sie alle so unvermittelt zusammengebracht hatte. So schön es auch war, mit seinen Brüdern im Wohnzimmer seiner Eltern zu sitzen, es ließ eine jähe Welle der Melancholie über Riley hereinbrechen. Er musste sich wirklich bemühen, seine Familie öfter zu sehen.

Mit Tate traf er sich mindestens einmal im Monat, aber Seb, Dex und seine Eltern verdienten mehr als seine Anrufe alle vierzehn Tage oder seine Besuche alle zwei Jahre.

Sicher, sie waren alle beschäftigt, sie hatten alle Berufe und feste Routinen, aber die Erkrankung seines Vaters machte Riley mit aller Heftigkeit deutlich, wie viel seine Familie ihm bedeutete und wie beschissen er darin war, mit ihr in Verbindung zu bleiben.

Joan schaffte ein paar Bissen von ihrem Stück Pizza und

trank die Hälfte des Weins in ihrem Glas, bevor sie sich aufmachte, ins Bett zu gehen. Riley folgte ihr leise, um sicherzugehen, dass es ihr gut ging.

»Du brauchst mich nicht wie ein Baby zu behandeln«, sagte sie liebevoll, als sie bemerkte, wie er sich vor ihrer Schlafzimmertür herumdrückte.

Er lächelte schulterzuckend und lehnte sich an den Türrahmen, um ihr dabei zuzusehen, wie sie ihre Ohrringe abnahm. »Ich weiß«, sagte er.

Sie setzte sich schwer auf den Rand ihres Betts und streifte die Schuhe ab.

»Es war ein langer Tag, was?«

Sie nickte, während sie ihre Uhr abnahm und auf den Nachttisch legte. Als sich Riley im Zimmer umsah, bemerkte er die Pantoffeln seines Vaters neben dem Schrank, an dem auch Parks Krawattensammlung hing. Er rieb über den leichten Schmerz in seinem Bauch und schluckte. »Er kommt doch wieder auf die Beine, nicht wahr, Ma?«

Seine Stimme zitterte und ließ Joans Augen weich werden. Sie klopfte neben sich aufs Bett. Mit schweren Füßen ging Riley zu ihr und setzte sich neben sie, dankbar für den Arm, den seine Mutter um seine Schulter legte.

»So, wie ich deinen Vater kenne«, flüsterte sie dicht an seinem Ohr, »wird er alles tun, was in seiner Macht steht, um wieder gesund zu werden, damit er dieses verdammte Dach fertig reparieren kann.«

Riley stieß ein schnaubendes Lachen aus und nickte. Joan drückte ihn fest.

»Das letzte Mal, als wir miteinander gesprochen haben, war …«, setzte er an, doch der Rest der Worte blieb ihm im Hals stecken, vom Augenblick überwältigt. Er versuchte es erneut. »Ich habe ihn enttäuscht. Ich habe euch alle enttäuscht.«

»Schätzchen«, murmelte Joan. »Wir alle machen Fehler. Das habe ich dir doch gesagt. Dein Vater *weiß* das. Glaub mir, er hat selbst genug davon gemacht. Der Mann kann stur wie ein Ochse sein, aber was immer vorher auch war, dein Vater liebt dich sehr. Daran darfst du nie zweifeln, okay?«

»Okay«, brachte er hervor, während sie ihn auf die Schläfe küsste, wie sie es immer getan hatte, als er noch klein war.

Rileys Tante Carol und seine Cousine Maggie kamen am nächsten Tag kurz vor Mittag an und betraten den Familienraum des Krankenhauses, wo Riley und seine Mom schon seit acht Uhr morgens warteten. Weder Tate noch Seb hatten etwas dagegen einzuwenden gehabt, als Riley erklärt hatte, er würde ihre Mutter diesmal begleiten.

Carol war Joans Zwillingsschwester und Rileys Lieblingstante. Sie war eine von diesen coolen Tanten, die immer eher wie eine ältere Schwester waren.

Maggie war das jüngste von Carols drei Kindern – ihre zwei Brüder waren wie ihr Vater in der Navy –, und da sie in dieser Generation der Familie als einziges Mädchen unter einer Menge Jungs aufgewachsen war, konnte sie in Sachen Scherzen und Raufen mit den Besten von ihnen mithalten.

Nicht dass sie jetzt noch viel raufen konnte mit ihrem Sechs-Monats-Babybauch und ihrer fünfjährigen Tochter Rosie, die sich an ihr Bein klammerte.

Maggie grinste Riley mit funkelnden braunen Augen an. »Hey, Fremder«, sagte sie, als sie einander umarmten. »Ist ganz schön lange her.«

Riley küsste sie auf die Wange. »Ich weiß. Ich bin furchtbar.«

»Ein bisschen wie dieser Bart«, bemerkte sie und stupste an sein Kinn.

Lachend scheuchte Riley ihre Hand fort, um als Nächstes seine Tante zu umarmen.

»Hör nicht auf sie«, sagte Tante Carol. »Der Bart lässt dich sehr attraktiv aussehen.«

»Und womöglich obdachlos«, fügte Maggie hinzu. Sie legte den Kopf schief, um ihn zu betrachten.

»Du hast Glück, dass du die hast, um dich hinter ihnen zu verstecken.« Riley zeigte auf Rosie und dann auf Maggies Bauch. »Sonst würde ich dir in den Arsch treten müssen.«

Maggie winkte ab. »Mach dir nichts vor. Ich würde immer noch gewinnen.«

Ihr Geplänkel lockerte rasch die angespannte Atmosphäre, die sich in den Familienraum geschlichen hatte, während die Stunden verstrichen, ohne dass es Neuigkeiten von Rileys Vater gab. In einer schlimmen Situation war das noch das Beste – keine Neuigkeiten waren schließlich gute Neuigkeiten –, trotzdem wäre Riley am liebsten die Wände hochgegangen. Es war eine Erleichterung, so mühelos wieder in den üblichen familiären Schlagabtausch zurückfallen zu können, obwohl er Maggie seit dem letzten Herzinfarkt seines Vaters nicht mehr gesehen hatte. Diese Erkenntnis brachte eine weitere Wagenladung Schuld mit sich, und Riley wusste, dass er sie verdiente.

Er schaute hinüber zu Rosie, als Joan sie gerade auf ihren Schoß hob, und lächelte. »Hey, Kleine, du bist ja groß geworden, seit ich dich zum letzten Mal gesehen habe.«

Rosies Augen waren wie die ihrer Mutter – ebenso wie das rabenschwarze Haar, das ihr geflochten über den Rücken fiel. Sie versteckte das Gesicht an Joans Hals, aber Riley konnte trotzdem ein Lächeln entdecken.

»Erschreck mein Kind nicht mit deinem Bart«, spottete Maggie.

Riley lachte laut auf. »*So* schlimm ist er auch wieder nicht!«

Er strich über seine bärtige Wange. »Du bist doch nur neidisch, weil du deinen jeden Morgen abrasieren musst.«

Er jaulte gespielt auf, als Maggie ihm auf den Arm schlug, und noch einmal, als Rosie, die offensichtlich die Nase voll davon hatte, schüchtern zu sein, ihm ebenfalls einen Klaps versetzte.

Es gelang ihnen, das kleine Mädchen eine Stunde lang zu unterhalten, bevor sie anfing, unruhig zu werden. Nicht dass Riley es ihr verübeln konnte; es war stinklangweilig, in dem stickigen Zimmer herumzusitzen, und in dem an die Wand montierten Fernseher lief nur Mist.

»Wie wär's, wenn du die Mädchen nimmst und ihr euch etwas zu Essen holt?«, schlug Joan Riley vor, als Rosie quengelte und alles von sich stieß, womit Maggie versuchte, sie aufzumuntern. »Geht eine Weile raus, nehmt sie mit in den Park.«

Riley runzelte die Stirn. Obwohl der Gedanke, von hier fortzukommen, ihn mit reiner Freude erfüllte, gefiel ihm die Vorstellung nicht, seine Mom allein zu lassen … oder womöglich Neues von seinem Dad zu verpassen. »Kommt ihr klar?«

»Geht nur«, befahl Tante Carol. »Ich bleibe hier. Schnappt ein bisschen frische Luft.«

»Und bringt mir was Süßes mit«, fügte Joan hinzu.

Nachdem Maggie die Klimaanlage ihres Wagens voll aufgedreht hatte, weil die Luft draußen höllisch heiß war, fuhren die drei zum nächsten McDrive. Riley war mehr als erfreut; Fastfood war sein Laster.

Der Park lag fünfzehn Minuten Fahrt vom Krankenhaus entfernt, und wegen des Wetters und weil Sommerferien waren, war er gut besucht. Sie saßen in der Sonne auf einer Decke, die Maggie aus dem Kofferraum zutage gefördert hatte, und sahen Rosie dabei zu, wie sie in dem großen Sandkasten spielte, den

Sand durch die Gegend warf und mit zwei anderen Kindern Burgen baute, die sie zu dem Projekt abkommandiert hatte.

»Also, wie geht es dir?«, fragte Maggie, während sie ihren Schoko-Milchshake schlürfte.

Riley zuckte die Schultern und lehnte sich auf die Hände gestützt zurück, während er Rosie durch seine Sonnenbrille beim Spielen zusah. »Die Ärzte sagen, Dad ist eine Kämpfernatur. Mehr kann man nicht verlangen.«

Maggie nickte. »Deine Mom sieht müde aus.«

Und das war auch kein Wunder. »Sie ist jeden Tag mindestens zwölf Stunden im Krankenhaus.«

»Wie lange bleibst du hier?«

»Solange sie mich braucht.«

Riley hatte erst heute mit Max telefoniert und ihn auf den neuesten Stand gebracht. Max hatte ihm gesagt, er solle sich die Zeit nehmen und bleiben, solange es nötig war, und Riley hatte nicht widersprochen. Er musste jetzt bei seiner Familie sein. So einfach war das.

Als Maggie den Deckel von ihrem Shake nahm und eine Pommes hineintunkte, verzog Riley das Gesicht. »Diese Schwangerschaftsgelüste machen mich fertig«, sagte sie als Erklärung.

Riley lachte, dann lächelte er, als Rosie zu ihm kam und ihm ein Blatt und einen Zweig reichte, die sie beim Spielen gesammelt hatte.

»Danke«, sagte er mit einem Grinsen.

Sie hüpfte zurück zum Sandkasten, ihr hübsches rosa Kleidchen voller Ketchup, Chicken-Nuggets-Stückchen, Saft und Sand. Ihr Haar, das zu niedlichen, ordentlichen Zöpfchen geflochten gewesen war, flog nun herum und klebte ihr im Gesicht.

»Es hat keinen Zweck, auch nur zu versuchen, sie manierlich

aussehen zu lassen«, sagte Maggie mit einem resignierten Seufzen. »Sie ist ein hoffnungsloses Schmuddelkind.«

»Wie die Mutter, so die Tochter«, schmunzelte Riley.

Maggie verlagerte ihre Haltung auf der Decke und lehnte sich an Rileys Schulter. »Und ich wollte sagen, wie schön es ist, dich wieder in Michigan zu haben.«

Bei dem blauen Himmel über ihnen, der Ruhe des Parks und der Hitze musste Riley ihr zustimmen. Trotz der Umstände war es schön, zu Hause zu sein. Sicher, er vermisste den Trubel in New York, aber Traverse City hatte immer etwas an sich gehabt, das etwas tief in ihm mit Wohlbehagen erfüllte.

»Hast du je daran gedacht, wieder hierher zurückzuziehen?«, fragte Maggie.

»Eigentlich nicht«, antwortete er ehrlich.

»Das Beste, was ich je getan habe.« Maggie war kurz vor Rosies Geburt von Indiana wieder zurück nach Michigan gezogen und hatte sich mit ihrem Mann ein Haus gekauft, keine zwei Stunden von Rileys Mom entfernt. »Ich wollte, dass meine Kinder hier aufwachsen wie wir.«

Das war ein schöner Gedanke. Riley war nicht sicher, ob er wollte, dass seine Kinder einmal in New York aufwuchsen, und Michigan war so perfekt dafür. Aber dazu müsste er erst einmal Kinder haben, und das sah im Moment alles andere als wahrscheinlich aus.

Rosie schleuderte ihre Sandalen fort und begann, ihre kleinen Füße im Sand zu reiben, sehr zur Verzweiflung ihrer Mutter. Riley musste zugeben, dass Rosie einfach zuckersüß war, und sie so völlig sorglos spielen zu sehen linderte die Steifheit zwischen seinen Schultern etwas.

Kichernd warf Rosie Sand in die Luft. Riley kam auf die Füße und schlenderte zu der Stelle hinüber, wo sie ein Loch buddelte und einen Haufen Sand zwischen ihren Beinen aufhäufte. Er ging in die Hocke und fing an, ihr zu helfen, ohne auf Maggies Beschwerden zu achten, dass sie überall Sand im Wagen haben würde.

Als er sich zu seiner Cousine umdrehte, um ihr ein »Reg dich ab«, zuzuwerfen, bemerkte er eine schlanke Frau mit hellbraunem Haar, die keine fünfzehn Meter entfernt neben der Rutsche stand. Er nahm die Sonnenbrille von der Nase und kniff die Augen zusammen, um sie deutlicher sehen zu können, obwohl sein Bauch haargenau wusste, wer sie war. Langsam stand er auf und wischte sich die sandigen Hände am Hintern seiner Jeans ab, dann bemerkte er den kleinen, blonden Jungen, mit dem sie spielte. Er konnte nicht viel älter als vier sein.

Maggie schaute über die Schulter in die Richtung, in die er starrte. »Wer ist das?«

»Das ist Savannah«, antwortete er. Rasch sah er sich um, und sein Puls raste bei der Vorstellung, dass Lexie hier irgendwo in der Nähe sein könnte. Aber er konnte sie nicht entdecken. Als er wieder hinsah, starrte Savannah ihn direkt an, die blauen Augen weit aufgerissen, als wäre er ein Geist.

»Sav«, brachte er hervor und machte einen kleinen Schritt vorwärts. Er hatte keine Ahnung, wie sie auf ihn reagieren würde. Schließlich war sie Lexies Schwester, und inzwischen war eine Menge Wasser den Bach hinuntergeflossen.

Savannah antwortete nicht. Stattdessen murmelte sie dem kleinen Jungen etwas zu, als er die Leiter zur Rutsche noch mal hinaufklettern wollte, und nahm seine Hand, um ihn regelrecht fortzuziehen, obwohl sich der arme kleine Kerl beschwerte, weil er weiterrutschen wollte. Anstatt mit ihm zu streiten, hob sie ihn hoch und setzte ihn auf ihre Hüfte.

Riley hielt den Atem an, bis sie beide in der Menge verschwunden waren, dann ließ er das Kinn auf die Brust sinken. *Scheiße.* Obwohl es dem Gesetz der Wahrscheinlichkeit nach einmal passieren musste, war er vollkommen unvorbereitet darauf gewesen, sich mit Lexie oder ihrer Familie auseinanderzusetzen. Adrenalin strömte durch ihn hindurch, nahm sein Herz und schlug es gegen seine Rippen.

»Alles okay?«, erklang Maggies Stimme neben ihm.

Riley wusste, dass Maggie nicht die ganze Geschichte über seine Beziehung mit Lexie kannte, aber er würde gutes Geld darauf verwetten, dass seine Mutter ihr irgendwann die Highlights erzählt hatte.

Er nickte sprachlos, dann drehte er sich wieder um, um mit Rosie zu spielen, und betete, dass ihm nicht hier mitten im Kindersandkasten der Burger wieder hochkam.

5

Lexie Pierce lehnte sich mit der Hüfte an den Tresen, der sich über die Hälfte der hinteren Wand des Ladens erstreckte, und lächelte die junge Frau an, die seit zwanzig Minuten überlegte, ob sie einen Ring für ihren Zeigefinger oder ein Armband kaufen sollte. Für manche wäre es außerordentlich frustrierend, jemandem dabei zuzusehen, wie er unschlüssig über einem Stück Schmuck herumdruckste, aber für Lexie war es das Beste an ihrem Job.

»Sie sind beide so hübsch«, sagte die Frau zum achten Mal und hielt den Ring in der einen Hand und das Armband in der anderen, als wiege sie deren Wert ab.

Dem musste Lexie zustimmen. Es waren ihre liebsten und neuesten Entwürfe, und beide – der Ring mit dem eingestempelten Wort *Lachen* und das Armband mit *Singen* – waren ausgesprochen schön. Seufzend ließ die Frau die Hände sinken. »Ich kann mich nicht entscheiden.«

Lexie lachte leise und legte der Frau eine Hand auf den Unterarm. Das war etwas, das sie bei all ihren unentschlossenen Kunden versuchte. Sie zu berühren, schien sie zu beruhigen und half ihnen für gewöhnlich dabei, eine klarere Entscheidung zu treffen. »Wie heißen Sie?«

»Amanda.«

»Amanda, ich heiße Lexie. Darf ich etwas vorschlagen?«

Die Frau sah sofort erleichtert aus. »Ja, auf jeden Fall.«

Lexie zeigte auf die gegenüberliegende Wand des Ladens – eine Wand, die ursprünglich völlig verspiegelt gewesen war, nun aber im Laufe der drei Jahre seit Eröffnung des Ladens langsam unter Hunderten von rosa Post-its begraben wurde. Lexie ging zu der riesigen Auswahl an Rosa und lächelte bei den Worten, die auf jedem Zettel geschrieben standen.

»Das hier ist die ›Liebeswand‹.« Sie schob die Brille höher auf die Nase, bevor sie eine Notiz nahm und sie vorsichtig vom Spiegel löste. »Ich bitte alle Kunden, die hereinkommen, eine Liebesnachricht zu hinterlassen, bevor sie wieder gehen. Hier.«

Sie reichte Amanda den Zettel, worauf diese fragte: »Eine Liebesnachricht an wen?«

»An sich selbst«, antwortete Lexie. Manche Nachrichten brachten Lexie zum Lachen, andere zum Weinen, und manche ließen sie einfach nur Gott für die Familie danken, die sie liebte, und für die Freunde, die sich um sie sorgten. »Ich bitte meine Kunden, in den Spiegel zu sehen und eine Nachricht zu schreiben, in der sie mindestens eine Sache auflisten, die sie an sich selbst lieben«, fuhr Lexie fort. »Jeder Zettel ist bereits unterschrieben.« Sie legte einen Finger auf das Ende der Nachricht, dort stand einfach nur:

In Liebe, Du.

»Der Name des Ladens«, murmelte Amanda, als sie die Nachricht las, die Lexie ihr gegeben hatte: *Ich liebe deine grünen Augen, dein rotes Haar und deine Beharrlichkeit.* In Liebe, Du.

Die Nachricht daneben lautete schlicht: *Deinen Hintern! LOL!* In Liebe, Du.

»Manchen Leuten fällt es leicht, ein paar Dinge aufzuschreiben«, sinnierte Lexie. »Manche finden es schwer, auch nur eine zu finden.«

»Das ist toll«, sagte Amanda, die Aufmerksamkeit auf eine Notiz gerichtet, die lautete: *Deine irren Kochkünste!*

Lexie lächelte. »Also, mein Vorschlag.« Amanda sah sich zu Lexie um, und die reichte ihr ein Post-it, das noch leer war, bis auf das *In Liebe, Du* am Ende. »Schreiben Sie drei Dinge auf, die Sie an sich selbst lieben, und ich gebe Ihnen zwanzig Prozent Rabatt auf das Armband.«

Amandas Augen weiteten sich. »Das würden Sie tun?«

»Wenn Sie ehrlich sind, dann ja.«

»Warten Sie, drei Dinge?«, fragte Amanda, offenbar von der Vorstellung in Panik versetzt.

Erneut legte Lexie ihr eine Hand auf den Arm. »Sehen Sie in den Spiegel. Es könnte leichter sein, als Sie denken. Kommen Sie zu mir, wenn Sie fertig sind.«

Lexie kehrte der »Liebeswand« den Rücken zu und ging durch den Laden, dabei lächelte sie ihren Stammkunden zu und blieb bei den Kunden, die neu waren, stehen, um sich vorzustellen. Sie warf einen Blick in die gegenüberliegende Ecke, wo Jaime, ihre Geschäftsführerin, einem jungen Mann, der eine Halskette für seinen Freund gekauft hatte, den Unterschied zwischen Gravieren und Prägen erklärte. Sie machten hier im Laden beides, und für gewöhnlich konnten die Kunden darauf warten. Jedes Schmuckstück konnte je nach Design mit einer persönlichen Botschaft von bis zu zehn Wörtern versehen werden.

»Lexie?« Als sich Lexie umdrehte, sah sie ihre neueste Mitarbeiterin Annie, die ein wenig nervös aussah. »Es tut mir leid, aber dieser Gentleman«, sie deutete auf einen gut gekleideten Mann, der bei der Kasse stand, »würde gern wissen, ob du ihm ein Schmuckstück für seine Verlobte entwerfen könntest – nun ja, seine zukünftige Verlobte. Er will ihr einen Antrag machen und möchte einen besonderen Ring.«

»Kein Problem.«

Ja, es würde arbeitsreicher Tag werden. Und Lexie liebte es.

So sehr sie sich auch gesorgt und gequält hatte, Geld in diesen langjährigen Traum zu stecken – jedes Mal, wenn sie die Quittungen und Preisschilder mit ihrem aufgedruckten *In Liebe, Du by Lexie* sah, spürte sie Stolz und Aufregung in sich aufwallen. Es war eine Menge Arbeit, Geduld und Widerstandsfähigkeit nötig gewesen, um dorthin zu gelangen, wo sie heute war, aber das war es wert gewesen.

Als sie auf dem Weg zu Annies Kunden in der verspiegelten Wand einen Blick auf sich selbst erhaschte, stellte sie fest, dass ihr auch das gefiel.

Ihr Haar, das sie zu einem Knoten gedreht und mit zwei Bleistiften festgesteckt hatte, war immer noch so blond wie damals, als sie noch klein gewesen war, und die Brille, die sie trug, wenn ihre Augen zu müde für Kontaktlinsen waren, hatte denselben Rosaton, den sie schon immer geliebt hatte. Die Tattoos von der linken Schulter bis zum Ellbogen sowie die auf der Innenseite ihres rechten Unterarms verliehen ihrer ansonsten langweiligen, blassen Haut Farbe und eine Geschichte, während die zahlreichen Piercings in jedem Ohr und das eine in ihrer Nase hübsch unter den Strahlern des Ladens funkelten.

Als sie älter geworden waren, hatte ihre Schwester Savannah ihr einmal bescheinigt, sie habe eine »sexy Unangepasstheit«, und Lexie stimmte ihr gern zu, besonders, weil es eine so schöne und intelligente Frau wie ihre jüngere Schwester sagte.

Eine Stunde später waren die Entwürfe für die Initialenringe von dem nervösen zukünftigen Bräutigam abgesegnet und Amandas Armband *und* Ring bezahlt und eingepackt, nachdem ihre Liebesbotschaft *Dein unbezähmbares Temperament, deine Kreativität und deine vollen Lippen* an die rosa Wand geheftet worden war. Stolz schnippte Lexie gegen den Rand der Notiz. Anfangs war Savannah skeptisch gewesen, was das Anbieten eines Rabatts gegen Notizen betraf, aber Lexies Argument hatte gezogen. Wenn es nötig war, ein paar Dollar Verlust bei einigen ihrer Stücke einzustecken, um jemanden dazu zu bringen, sich einen Augenblick Zeit zu nehmen und seinen eigenen Wert zu akzeptieren, dann sollte es eben so sein. Es mochte kitschig klingen, aber Lexie glaubte trotzdem daran.

Sie rückte gerade einen Aufsteller mit Halsketten zurecht, als die Tür des Ladens aufging und Savannah hereinkam. Als sie den Gesichtsausdruck ihrer Schwester bemerkte, sträubten sich Lexies Nackenhaare.

»Was ist passiert?«, fragte sie schnell. »Wo ist – ?«

Savannah hob beschwichtigend die Hände. »Es geht ihm gut. Er ist bei Mom.«

Lexie schluckte ihr Herz wieder hinunter und wies mit dem Kopf zu einer Tür, die zum Gravierraum, einer Kochnische, einem Lagerraum und der Treppe zu der Wohnung führte, die Jaime von Lexie gemietet hatte. Lexie hatte kaum die Tür hinter ihnen geschlossen, als ihre Schwester auch schon damit herausrückte: »Riley ist in der Stadt.«

Es war eigenartig, wie das Leben so friedlich, so perfekt dahinplätschern konnte, bis dann jemand ein paar Worte sagte, wie zum Beispiel »Dein Vater ist tot« oder »Ich habe es satt, so weiterzumachen«, und sich von einem Sekundenbruchteil auf den anderen alles veränderte.

Es war lange her, dass so etwas passiert war, aber das hier war einer dieser Augenblicke.

Lexie war nicht sicher, wie lange sie Savannah angestarrt hatte, bevor sie ihre Stimme wiederfand. »Wo?«

»Im Park.«

»Hat er dich gesehen?«

Savannah nickte und ging zu einem Kühlschrank in der Ecke der kleinen Küche. Sie nahm eine Flasche Wasser heraus und schraubte sie auf. »Ja, er hat uns gesehen.«

Uns. Ihre nächste Frage brauchte nicht ausgesprochen zu werden; die Antwort stand ihrer Schwester glasklar ins Gesicht geschrieben. Lexie sackte gegen die nächste Wand, da ihre Beine sich plötzlich wacklig anfühlten.

»Er war ein Stück entfernt, und wir sind gegangen, bevor er näher kommen oder noch etwas anderes sagen konnte.«

Lexie wurde blass. »Er hat mit dir geredet?«

»Er hat meinen Namen gesagt.«

Lexie nahm ihre Brille ab und kniff sich in den Nasenrücken.

»Scheiße.«

Ein Teil von Lexie wusste, dass es unvermeidlich war, Riley irgendwann wiederzusehen – das war ihr in dem Augenblick klar gewesen, als sie vor drei Jahren zurück nach Traverse City gezogen war und erfahren hatte, dass Joan und Park Moore immer noch hier lebten. Aber sie hatte auch gehofft, dass sie ihm einfach aus dem Weg gehen könnte, so wie beim letzten Mal, als Riley in der Stadt gewesen war. Ihre letzten Worte zueinander waren nicht gerade liebevoll und fürsorglich gewesen, und als sie es später dringend nötig gehabt hätte, ihn zu sehen und mit ihm zu reden, war er bereits für achtzehn Monate ins Gefängnis geschickt worden. Durch alles, was seitdem passiert war, neben ihrer endlosen Liste von Bedenken, Kontakt zu einem Mann zu haben, der im Gefängnis gewesen war, war die Zeit immer schneller verflogen und ihr regelrecht entglitten.

Von einer Freundin im Krankenhaus hatte sie erfahren, dass Park Moore eingeliefert worden war, und nachdem Lexie sich nach seinem Zustand erkundigt hatte, hatte sie tief durchgeatmet und den Schluss gezogen, dass Riley und seine Brüder ihre Tage fünf Meilen entfernt in Munson verbringen würden. Es würde schon alles gutgehen.

Nie hätte sie gedacht, dass er in diesem verdammten Park herumhängen würde.

»Mit wem war er dort?« Die Frage war heraus, bevor sie es verhindern konnte, obwohl sie wusste, dass sie kein Recht hatte, danach zu fragen.

Savannah zuckte die Schultern, die Augen auf den Fußboden geheftet. »Mit einer schwangeren Frau, die ich nicht kannte. Er hat mit einem kleinen Mädchen im Sandkasten gespielt.«

Lexies Herz schlug einen solchen Salto in ihrer Brust, dass sie nach der Türklinke neben sich griff, um nicht das Gleichgewicht zu verlieren. Ihr klingelten die Ohren. *Schwangere Frau. Ein kleines Mädchen.* Er hatte mit einem kleinen Mädchen im Sandkasten gespielt. Und gütiger Gott, wie gut sie sich ihn mit dem kleinen Mädchen vorstellen konnte! Zitternd atmete sie aus. *Nein.* Sie würde sich nicht erlauben, es sich vorzustellen oder die dunklen Fragen zulassen, die in ihrem Verstand hochkrochen. Es tat einfach zu weh, verdammt.

Savannah kam näher. »Was wirst du tun?«

»Nichts«, antwortete Lexie sofort mit einem Kopfschütteln und setzte ihre Brille wieder auf.

Savannah stieß einen durch und durch frustrierten Seufzer aus. »Lex.«

»Nein. Er wird hierbleiben, bis es seinem Vater besser geht, dann wieder nach New York zurückgehen, und alles ist wieder gut.«

Savannah leckte sich über die Lippen. »Vielleicht ist jetzt der Zeitpunkt, es ihm zu sagen. Ich weiß, du wolltest noch warten, aber im September fängt die Schule an. Das war immer deine Deadline.«

Lexie nickte knapp. »Ich weiß.« Aber sie hatte Angst. »Ich weiß.«

»Lex.« Savannah kam näher. »Was, wenn er beschließt, einen Abstecher auf diese Seite der Stadt zu machen?«

Lexies Puls schnellte in die Höhe. »Dann kümmern wir uns darum.« Sie schluckte. »*Ich* kümmere mich darum.«

Fünfzehn Jahre zuvor …

»Riley, komm und hilf mir hinter dem Haus.«

Riley, der sich auf dem Sofa fläzte, ignorierte seinen Vater, verdrehte nur die Augen und schaufelte sich einen weiteren Löffel voll Cornflakes in den Mund.

»Riley Lincoln Moore, das war keine Bitte!«

»Alter!«, prustete Dex vom Fußboden vor dem Fernseher her. »Du hast gerade den vollen Namen gekriegt, und dabei ist noch nicht mal Sonntag.«

Nein, es war nicht Sonntag. Es war Samstag. Der Samstag nach einer Horrorwoche, und das Letzte, was Riley tun wollte, war, seinem Vater dabei zu helfen … was auch immer er verdammt noch mal von ihm wollte. Dex' blaue Augen funkelten belustigt hinter der schwarzen Fassung seiner Brille, worauf Riley seinem ältesten Bruder eine Grimasse schnitt. Dex kicherte nur noch heftiger.

»Bin beschäftigt!«, schrie Riley als Antwort zurück. »Aber Dex ist ganz scharf drauf, dir zu helfen.«

Das Lächeln fiel Dex aus dem Gesicht wie ein Stein, der ins Wasser plumpste. »Im Ernst?«

Der Schlag auf Rileys Hinterkopf ließ ihm die freche Antwort, die er Dex geben wollte, im Hals stecken bleiben und gleichzeitig Milch über den Schoß seiner The-Flash-Schlafanzughose schwappen.

»Gottverdammt«, fluchte er und hielt die Schale mit einer Hand weit von sich. Dann hielt er den Atem an, als ihm bewusst wurde, was er da gerade in Gegenwart seines Vaters gesagt hatte.

»Steh auf«, befahl sein Vater. Er starrte finster auf Riley herab, ließ ihm das Fluchen aber anscheinend durchgehen.

»Aber Dad«, fing Riley mit dieser weinerlichen Stimme an, die ihm einen weiteren Klaps einbringen konnte.

»Nichts da, aber Dad«, brummte er und zeigte in Rileys Gesicht. »Schmeiß deinen Hintern in Klamotten, die schmutzig werden dürfen, und komm in zehn Minuten zu mir in den Garten. Und vertrau mir, Sohn, du willst nicht, dass ich noch mal reinkommen muss, um dich zu holen.«

Der Blick, den er Riley zuwarf, hatte alle vier Moore-Jungs schon immer mit Lichtgeschwindigkeit in jede Richtung springen lassen, in der ihr Vater sie haben wollte, und obwohl Riley sich absolut scheiße fühlte, war dieses Mal keine Ausnahme. Nachdem er seine Schale in die Spüle gestellt hatte, stampfte er die Treppe hoch, trocknete sich ab und zog dann eine alte Jeans und ein altes T-Shirt an, bevor er zu seinem Vater in den Garten ging.

Park Moore war ein großer, einschüchternder Mann. Er hatte Schultern so breit wie ein Scheunentor, ohne allzu viel dafür tun zu müssen, und Hände von der Größe von Schaufeln. Als Kind hatte Riley immer Ehrfurcht vor seiner Größe gehabt, aber nun war er neidisch. Er hoffte inständig, dass er auch einmal so massig werden würde, wenn er älter war.

Eigentlich hatte Riley keinen Grund, deprimiert zu sein – er hatte im letzten Jahr definitiv einen Wachstumsschub hingelegt und fast ein Meter achtzig erreicht, aber seine Arme und Beine waren immer noch schlank und schlaksig. Es war total unfair, dass sein jüngerer Bruder Seb schon mit zwölf Muskeln entwickelte. Und Tate, der davon träumte, zum Militär zu gehen, joggte und machte ständig bei Sportwettkämpfen der Schule mit, deshalb war er ziemlich durchtrainiert. Riley war kein fauler Sack – er joggte und spielte dreimal die Woche Football –, aber er war immer noch gebaut wie eine verdammte Bohnenstange.

Es war einfach nicht fair.

Das Leben *war nicht fair!*

Mit einem Schnauben musterte Riley den Stapel Holz und die Farbdosen, neben denen sein Vater stand. »Also, was machen wir?«, fragte er bockig.

»Wir bauen den Zaun, den deine Mutter möchte.«

Riley runzelte die Stirn. »Will sie nicht schon seit Weihnachten einen neuen Zaun?« Er sah sich um. »Es ist Mai.«

»Ja«, erwiderte Park mit einem genervten Seufzen. »Aber jetzt, wo ich Urlaub habe, habe ich die Zeit dafür, und ich brauche deine Hilfe.«

Riley schob die Hände in die Taschen seiner Jeans und zuckte die Schultern. »Hilfe wobei?«

»Du musst den alten Zaun für mich einreißen und mir helfen, den neuen aufzustellen.«

Riley musterte seinen Vater einen Moment lang, dann bemerkte er den großen Hammer, der an einem Stapel Holz lehnte. »Ich darf den da nehmen?«

Park folgte Rileys Blick. »Kann ich dir trauen, dass du dich oder andere nicht damit umbringst?«

»Ich kann nichts versprechen, falls Dex hier rauskommt, aber ich werde mein Bestes geben«, bot Riley an, woraufhin er tatsächlich ein kleines Lächeln um Parks Mundwinkel zucken sah.

»Dann ist es abgemacht.«

Riley hievte den großen Hammer hinüber zu dem alten Zaun, der in Wirklichkeit aussah, als könnte ihn schon ein leichter Windstoß einreißen, und sah zurück zu seinem Vater.

»Eine Hand dicht am Kopf«, wies Park ihn an und umklammerte einen unsichtbaren Hammer, die Hände in der Luft zu

Fäusten geballt. »Wenn du die Kontrolle über den Schwung verlierst, dann kriegst du Probleme.«

Riley tat wie geheißen und starrte den Zaun finster an, bevor er mit mächtigem Schwung ausholte und den Hammerkopf dagegenkrachen ließ. Das Holz und die Betonpfosten gaben mit einem befriedigenden Krachen unter der Wucht nach. Riley schlug noch härter zu, bis das Zaunpaneel und der Pfosten nach nur drei Schwüngen nur noch Schutt zu seinen Füßen waren.

»Das dürfte reichen«, bemerkte Park in zufriedenem, vielleicht sogar leicht überraschtem Ton. Er vollführte eine kreisende Bewegung mit dem Zeigefinger. »Und jetzt mach das Ganze auch noch mit dem Rest.«

Grinsend machte Riley sich daran, mit all seiner Kraft auf den Zaun einzuschlagen. Das köstliche Brennen in seinen Armen und die Befriedigung, das Krachen und Brechen zu hören, lösten die Wut, die seit einer Woche in seinen Eingeweiden kochte, beinahe völlig auf. Fast vergaß er, wie verletzt er gewesen war, als er erfahren hatte, dass Lexie mit dem verdammten Blake Richards statt mit ihm zum Junior-Ball gehen würde, und die Eifersucht, die ihn dazu gebracht hatte, den Kerl gegen einen Spind zu drücken, als er ihn vor seinen Kumpels mit Lexie angeben hörte, verwandelte sich langsam von einem lodernden Inferno zu einem leisen Köcheln.

Ja, es hatte einiges für sich, auf Dinge einzuschlagen, um Spannung abzubauen.

Nachdem sie sich zur Hälfte um den Garten herumgearbeitet hatten, holte Park zwei Dosen Limonade und zwei Sandwiches, um sie auf der Veranda zu essen. Riley setzte sich mit einem Stöhnen, weil die Muskeln in seinem Rücken bei der Bewegung protestierten, und machte sich daran, sein Mittagessen zu verdrücken.

»Das hast du gut gemacht«, sagte Park mit einem Blick auf Rileys Werk, bevor er ihn ansah. »Fühlst du dich besser?«

Riley hielt den Atem an. Er konnte ein vertrauliches Gespräch kilometerweit riechen, und ganz sicher wollte er nicht mit seinem Dad über Lexie reden. Es war schon schlimm genug, wenn seine Mutter Fragen stellte. »Es geht mir gut«, sagte er stattdessen.

»Deine Mutter macht sich Sorgen.«

»Es geht mir gut.«

»Das hast du schon gesagt, aber ich sage, das ist Blödsinn.«

Riley legte das halb aufgegessene Sandwich neben seine Füße und stieß den Atem aus. »Ich will nicht darüber reden.«

»Das verstehe ich.« Park nickte am Rand von Rileys Blickfeld. »Wirklich. Und ich will nicht neugierig sein.«

Riley verdrehte schnaubend die Augen. »Mom hat dir wahrscheinlich sowieso schon alles erzählt.«

»Da hast du wahrscheinlich recht.«

Darauf musste Riley schmunzeln. »Es ist nichts.«

Sein Dad stellte seinen Teller ebenfalls ab und rückte ein wenig näher, bis sich ihre Schultern berührten. »Du und Lexie seid schon lange Freunde.«

»Ja«, bemerkte Riley bitter. »Was ihr egal zu sein scheint.«

»Und das tut weh, weil du sie gernhast.«

Riley räusperte sich und zuckte die Schultern. »Sie ist meine Freundin.«

»Und ein sehr hübsches Mädchen.«

Der Laut, den Riley machte, lag irgendwo zwischen einem Protestieren und einem verlegenen Lachen. Er schüttelte den Kopf. Es spielte keine Rolle, dass sein Vater recht hatte. Ja. Lexie war hübsch. Er ballte die Fäuste zwischen den Knien.

Okay, wirklich *hübsch.*

In den letzten paar Monaten hatte Riley das mehr und mehr

bemerkt – wie ihr blondes Haar immer toll aussah, wie sie die Nase krauszog, wenn er sie zum Lachen brachte, oder wie weich ihre Haut war, wann immer er Gelegenheit bekam, sie zu berühren. Die Liste der Dinge, die er an ihr mochte, schien mit der Zeit immer länger zu werden, was in seinem Kopf völliges Durcheinander anrichtete. Riley war nicht sicher, wie es passiert war oder warum, aber seine beste Freundin, mit der er Raumschiffe gebaut und Würmer gesucht hatte, war jetzt ein Mädchen, bei dem es ihm ganz komisch im Bauch wurde, wenn sie sich berührten. Er wusste, dass er ihr gegenüber schon immer einen leichten Beschützerinstinkt gehabt hatte – er hatte sie beschützt und verteidigt, wann immer sie ihn gebraucht hatte; schließlich war sie seine beste Freundin –, aber das hier war anders. Er fühlte *sich anders an. Nur Freunde zu sein, erschien ihm auf einmal nicht mehr genug.*

Er hatte sein Bestes getan, um sich in ihrer Gegenwart normal zu verhalten, und soweit er es beurteilen konnte, war es ihm gelungen. Zumindest hatte niemand etwas gesagt. Außer vielleicht seine Mutter und Seb. Wie auch immer. Riley konnte nicht leugnen, dass ein Teil von ihm hoffte, Lexie würde ihn vielleicht auf die gleiche Art mögen, aber offenbar machte er sich da etwas vor, da sie mit einem anderen zum Ball ging.

»Das spielt keine Rolle«, murmelte er, bevor er einen großen Schluck von seiner Limonade nahm.

»Wegen diesem Richards-Penner?«

Bei der Art, wie sein Vater den Namen ausspuckte, schnaubte Riley zustimmend.

»Also geht sie lieber mit ihm zum Junior-Ball als mit dir?«

Riley fuhr sich mit der Hand durchs Haar.

Sein Vater brummte nachdenklich. »Also, was hat sie gesagt, als du sie gefragt hast, ob sie mit dir zum Ball geht?«

Riley runzelte die Stirn. »Nichts. Ich hab sie nicht gefragt.«

Park musterte ihn eindringlich. »Du hast sie nicht gefragt«, stellte er noch einmal klar, worauf Riley den Kopf schüttelte. »Aber ich dachte, du wolltest mit ihr hingehen?«

»Will ich auch. Wollte ich«, platzte Riley heraus.

»Warum zum Teufel hast du sie dann nicht gefragt?«

»Weil ...« Riley versuchte, eine Antwort zu finden, wurde aber jäh von dem überwältigenden Gefühl erfasst, dass er es wirklich verbockt hatte.

»Ich hatte einfach angenommen, dass sie –«

Das laute, herzhafte Lachen seines Vaters schnitt ihm das Wort ab. Es schallte durch den Garten, und obwohl es normalerweise ein ansteckendes Geräusch war, ließ es eine große Blase der Gereiztheit in Rileys Brust aufsteigen. »Freut mich, dass du das alles so witzig findest«, maulte er.

Park legte Riley eine Hand auf den Rücken, bevor der aufstehen und zurück ins Haus stürmen konnte. »Oh, Riley.« Sein Vater versuchte, sich zu beruhigen, indem er sich den Handrücken vor den Mund presste. »Sohn«, murmelte er in seine Hand. »Hör mal, wenn ich dir im Leben nur einen einzigen Rat geben dürfte, was Frauen anbelangt, dann wäre das, niemals irgendetwas anzunehmen!«

Riley verzog verwirrt das Gesicht. »Aber wir sind Freunde und ...«

»Und sie hat wahrscheinlich darauf gewartet, dass du sie fragst.«

Langsam sanken die Worte in seinen Geist ein. In letzter Zeit hatte sie sich tatsächlich *komisch verhalten. Jedes Mal, wenn der Ball erwähnt wurde, hatte sie einen gereizten Tonfall bekommen und häufig angemerkt, dass sie »sowieso kein neues Kleid wolle«.*

»Oh Scheiße.«

»Jepp«, pflichtete sein Vater ihm bei.

Riley ließ das Gesicht in die Hände sinken. »Was mache ich denn jetzt?«

Es war ihm egal, dass er verzweifelt klang. Er war *verzweifelt.*

»Du gehst hin und fragst sie.«

Wow. Klang das nicht einfach?

»Sie redet nicht mit mir«, gestand Riley. »Ich habe ihr gesagt, dass sie eine Idiotin ist, wenn sie mit Blake hingeht und … noch ein paar andere Dinge.« Er räusperte sich und hasste jedes scharfe Wort, das er ihr an den Kopf geworfen hatte. »Wir haben seit Montag nicht mehr miteinander geredet.«

Sein Vater lehnte sich vor, griff in die Gesäßtasche seiner Jeans und holte seine Brieftasche hervor. Aus ihren Tiefen nahm er zehn Dollar und reichte sie Riley. »Dann ist mein zweiter Rat in Bezug auf Frauen: Blumen funktionieren immer als Entschuldigung.«

Riley starrte ihn mit offenem Mund an. »Du willst, dass ich ihr Blumen kaufe?«

Park nickte. »Und dich wie verrückt entschuldigst.«

»Und was dann?«

»Dann fragst du sie, ob sie mit dir zum Ball geht.«

»Aber was ist, wenn –«

»Das wird sie nicht.«

»Aber wie kannst du dir sicher sein, dass –«

»Das wird sie.«

Riley stand auf, die zehn Dollar fest in der Hand. »Okay.« Er zeigte auf seinen Dad. »Blumen. Dann frage ich sie.«

Park stand ebenfalls auf, sein Lächeln breit und vielleicht ein bisschen stolz. »Klingt nach einem guten Plan.«

Riley nahm die Blumen, die er an den Lenker gebunden hatte, bevor er sein Rad auf den Rasen vor Lexies Haus fallen ließ. Er rannte die Stufen der Veranda hoch, hob die Hand, um an die Tür zu klopfen, und zögerte. Gott. *Es fiel ihm plötzlich schwer zu atmen, und sein Herz hämmerte so laut, dass er es hören konnte.*

»Reiß dich zusammen, du Weichei«, schimpfte er sich brummend selbst aus, weil er wusste, dass das genau das war, was Tate zu ihm sagen würde, wenn er da wäre. Er nahm seinen Mut zusammen und klopfte zweimal.

Nach einem kurzen Augenblick, in dem Riley ein paarmal tief durchatmete, um sich zu beruhigen, öffnete sich die Tür, und er fand sich von Angesicht zu Angesicht mit einem rot-blaukarierten Hemd und einer Wolke Zigarrenrauch wieder. »Mr Pierce«, murmelte Riley und schaute den Mann mit einem nervösen Lächeln an. Mr Pierce schüchterte ihn ein, und dieses Gefühl verabscheute er – besonders wenn er sah, wie nett der Mann zu seiner Frau und seinen Töchtern war. Lexie fand die Verachtung ihres Vaters für Riley zum Totlachen.

Andererseits war sie Daddys kleines Mädchen und würde es immer sein.

Mr Pierce musterte die Blumen in Rileys Hand und zog eine Augenbraue hoch.

Hitze strömte Riley ins Gesicht. »Ist Lexie zu Hause, Sir?«

Mr Pierce atmete auf diese mürrische Art aus, wie immer, wenn Riley in der Nähe war, und rief über die Schulter: »Alexis, dieser Junge ist an der Tür.«

Riley schnürte es die Kehle zu, als Lexies Stimme vom oberen Ende der Treppe erklang. »Was?«

Mr Pierce wandte sich zurück ins Haus, wobei er Riley beinahe die Tür vor der Nase zumachte. »Dieser Junge. Er ist an der Tür. Mit Blumen.«

»Er ist mit was *hier?«*

Riley schloss die Augen und hob das Gesicht zum Himmel. Das hier lief nicht gerade so, wie er es sich vorgestellt hatte.

»Was machst du hier?« Lexies Frage ließ Riley die Augen wieder aufreißen. Sie stand vor ihm, die Hand in die Hüfte gestemmt, die Miene streng.

Wie ihr Vater sah sie die Blumen mit einer Mischung aus Überraschung und Argwohn an. Er hüstelte und hielt sie ihr entgegen. »Hier. Die sind für dich.«

Sie sah ihn an, als wäre ihm ein zweiter Kopf gewachsen.

»Es sind Margeriten«, erklärte er das Offensichtliche. »Ich weiß, dass du die magst.«

Sie schaute zwischen den verdammten Dingern und Rileys Gesicht ein paarmal hin und her, bevor sie zögernd die Hand nach ihnen ausstreckte. »Ähm, danke.«

»Gern geschehen.« Riley sah zu, wie sie an ihnen schnupperte. »Sie sollen dir sagen, dass es mir leidtut.«

»Was denn?«, fragte Lexie hastig. Ihre Miene verriet, dass sie ganz genau wusste, wofür er sich entschuldigte.

»Dass ich ein Idiot war.«

»Riley«, stieß sie entnervt hervor. »Wenn du mir jedes Mal Blumen bringen würdest, wenn du ein Idiot bist, dann könnte ich einen Blumenladen aufmachen.«

Riley konnte nicht sicher sein, aber das Lachen, das er aus dem Innern des Hauses kommen hörte, klang wie das von Mr Pierce.

»Ich weiß«, stimmte Riley ihr zu. »Aber sie sollen auch Entschuldigung sagen, dass … ich dich nicht gefragt habe, ob du mit mir zum Ball gehst.«

Einen Sekundenbruchteil lang sah Lexie unglaublich erschrocken aus. »Schon okay.«

»Nein«, widersprach Riley. »Es ist nicht okay. Ich hätte … ich hätte dich fragen sollen.«

Sie scharrte mit den Zehen über den Boden. »Aber das hast du nicht, also …«

Obwohl er ihren bitteren Ton bemerkte, fuhr Riley fort. »Ich weiß, dass du eingewilligt hast, mit Blake zum Ball zu gehen. Und ich weiß, ich habe ein paar nicht so nette Dinge zu dir gesagt.«

Ihr Kopf fuhr hoch, und ihre Augen blitzten. »Du hast mich ein verzweifeltes Schaf genannt, eine Möchtegern-Hannah-Grand!«

Riley zuckte zusammen, den Blick auf seine Fußspitzen geheftet. Der unterschwellige Schmerz in Lexies Worten war offensichtlich, und er erkannte, was für ein Idiot er gewesen war. »Ich weiß. Es tut mir leid. Das habe ich nicht so gemeint.« Er zuckte mit den Schultern. »Na ja, das hab ich schon, aber nur, weil ich wütend war, weil er es nicht verdient hat, mit dir hinzugehen, und er will nur mit dir hingehen, weil du wunderschön aussehen wirst, und er will gut aussehen und, Lex, du bist besser als das und –«

»Riley.«

Er klappte den Mund zu und holte tief Luft. »Schau, ich hatte mich gefragt, ob –«

»Ob was?«

»Ob du stattdessen mit mir hingehen würdest.«

Sie schürzte die zusammengekniffenen Lippen und verzog sie nach links. »Du findest also, du hast es verdient, dass ich, wie hast du gleich noch gesagt, ›wunderschön‹ neben dir aussehe?«

Rileys Blick wanderte am Türrahmen empor, während er über seine Antwort nachdachte. »Nein.«

»Nein?«

»Du wirst wunderschön aussehen, egal, mit wem du hingehst«, sagte er und zog die Schultern hoch. »Aber das ist nicht der Grund, warum ich mit dir hingehen will.«

Lexie seufzte, offensichtlich verwirrt und allmählich mit ih-

rer Geduld am Ende. »Okay. Warum möchtest du dann mit mir hingehen?«

»Weil du meine beste Freundin bist«, antwortete er schnell. »Und weil …«

Seinen ganzen Mut zusammennehmend griff Riley in seine hintere Hosentasche und zog das Stück Papier heraus, das er während der letzten vier Jahre zusammengefaltet in einer Schachtel hinten in einer Schublade aufbewahrt hatte. »Weißt du noch, wie du mir das gegeben hast?«, fragte er, während er das Bild der Erde auseinanderfaltete, das sie ihm an dem Tag gemalt hatte, an dem er sie verteidigt hatte.

Etwas blitzte in Lexies blauen Augen auf, als sie nickte, etwas, das Rileys Magen einen Satz machen ließ. Gott, sie war so wunderhübsch. »Weißt du noch, was du gesagt hast, was es bedeutet, was ich für dich bin?«

Lexie leckte sich über die Lippen und nickte wieder. So still kannte er sie gar nicht, aber er weigerte sich, sich davon beunruhigen zu lassen. »Nun ja … ich habe es mitgebracht, um es dir zurückzugeben.«

Lexie blinzelte, als käme sie endlich wieder zu sich. »Was?«

»Ich gebe es dir zurück«, wiederholte Riley.

Der Strauß Margeriten traf ihren Oberschenkel, gleichzeitig tauchte eine v-förmige Falte zwischen ihren Augenbrauen auf. »Warum?«

Riley schluckte und hob das Kinn, um sie direkt anzusehen. »Weil ich möchte, dass du weißt, dass du dasselbe für mich bist.«

»Dasselbe?«, flüsterte Lexie.

»Die ganze Welt.«

Zum ersten Mal überhaupt sah Riley, wie sich eine wunderschöne rosige Farbe über ihre Wangen legte. Sie trat von einem Fuß auf den anderen und senkte das Kinn, als wollte sie ein Lächeln verbergen. »Oh.«

»Also«, hauchte er und straffte die Brust. »Ich weiß, ich war ein Vollidiot, aber ich wollte dich fragen … Würdest du gern mit mir zum Ball gehen?«

Das Lächeln begann in ihren Augen und breitete sich über ihre Wangen bis zu ihrem Mund aus. Ihrem Mund, bei dem Riley unvermittelt das Bedürfnis hatte, ihn zu küssen. Seine Brust zog sich zusammen.

»Okay«, antwortete sie leise.

Blinzelnd fand Riley ihren Blick. »Okay?«

»Hab ich doch gesagt, oder etwa nicht?«

Riley grinste bei ihrem frechen Tonfall. Dem Tonfall, den er bei jeder Gelegenheit so gern aus ihr herauskitzelte. »Ja. Okay. Super!«

»Alexis!«, kam Mr Pierce' Stimme aus den Tiefen des Hauses und klang sogar noch belustigter. »Sag diesem Jungen, er soll nach Hause gehen. Du hast Hausaufgaben zu machen, und dann fahren wir zu Oma.«

»Okay, Dad«, rief sie immer noch lächelnd zurück. Sie wandte sich zu Riley um und flüsterte: »Ich komme rüber, sobald wir wieder da sind.«

Und ohne ein weiteres Wort beugte sie sich vor und küsste ihn auf die Wange.

Bevor Riley irgendetwas sagen oder tun konnte, kicherte Lexie, drückte sich die Margeriten an die Brust und schloss die Tür.

6

»Dad ist wach.«

Tates Stimme riss Riley aus einem tiefen Schlaf voller süßer und lebhafter Erinnerungen an Margeriten, Bälle und rosa Kleider.

Als wäre es erst gestern gewesen, erinnerte sich Riley daran, wie er und seine Eltern Lexie am Abend des Balls abgeholt hatten, an ihr umwerfendes Kleid, die schüchternen Blicke und quälenden flüchtigen Berührungen und schließlich, *endlich*, wie er ihr so nahe gekommen war, dass er nicht widerstehen konnte, seinen Mund auf ihren zu legen. Ihr erster Kuss. *Sein* erster Kuss. Sie war so verdammt weich gewesen, und bei dem Geschmack von Vanille schwirrte ihm der Kopf. Er hatte ihre Taille umfasst, während sie sich an seinen Arm klammerte, und inständig gehofft, dass er es richtig machte. Denn es hatte sich *so* richtig angefühlt. Mit ihr immer.

Der Kuss hatte nur Sekunden gedauert, aber als sie sich wieder voneinander lösten, heftig atmend und beide ein bisschen benommen, wusste Riley durch den Ausdruck in ihren Augen, dass sich alles zwischen ihnen verändert hatte.

Als er seine eigenen Augen öffnete, sah er Tate neben seinem Bett stehen. Es war noch früh. Die Sonne schien noch nicht durch sein Schlafzimmerfenster, was sie immer ab acht Uhr morgens tat, aber Tate war bereits vollständig angezogen. Obwohl er seit über fünf Jahren kein aktiver Marine mehr war, stand er für gewöhnlich immer noch vor Sonnenaufgang auf.

Schließlich drangen Tates Worte in Rileys Bewusstsein und

brachten ihn dazu, sich rasch aufzusetzen. »Geht es ihm gut? Geht es Mom gut?«

Tate nickte. »Das Krankenhaus hat gerade angerufen; Mom hat mit ihnen geredet. Er ist noch schwach, aber es geht ihm gut. Er hat mit der Schwester gesprochen, und der Arzt ist auf dem Weg, um ihn zu untersuchen.«

Erleichtert ließ sich Riley zurückfallen und rieb sich mit den Handrücken die Augen. »Fährst du ins Krankenhaus?«

»Ja. Ich nehme Mom mit. Kannst du es Seb sagen?«

»Klar. Wir kommen später nach. Ist vielleicht am besten, ihn nicht zu überfordern.«

Und Riley war auch noch nicht ganz so weit, seinen Vater schon zu besuchen. Das würde er natürlich tun, aber er wollte in einem ohnehin emotionalen Moment nicht für noch mehr Anspannung und Belastung sorgen. Solange er wusste, dass es seinen Eltern und seinen Brüdern gut ging, war er zufrieden damit, im Hintergrund zu bleiben. Er und sein Vater würden sich unterhalten, das war unumgänglich, aber nicht, während er sich auf der Intensivstation von einem zweiten Herzinfarkt erholte.

»Schon verstanden.« Tate wandte sich zum Gehen. »Ich rufe dich an. Maggie kommt mit Rosie rüber. Ich glaube, sie hat Angst, wir könnten nicht für uns selbst sorgen.«

Riley schmunzelte. »Wir sind erwachsene Männer. Natürlich können wir nicht für uns selbst sorgen.«

Sobald Tate und ihre Mom das Haus verlassen hatten, machte Riley sich auf den Weg nach unten, kochte Kaffee und setzte sich mit seiner Tasse an den Küchentisch, wobei er versuchte, nicht darüber nachzudenken, wie es ihm damit ging, Savannah gestern gesehen zu haben. Gott, sie hatte völlig geschockt ausgesehen, als sie ihn entdeckt hatte, was ihn nicht sonderlich überraschen sollte – es war lange her, seit er zum letzten Mal zurück nach Michigan gekommen war. Aber er wurde das Gefühl nicht los, dass mehr dahintersteckte. Riley hätte schwören können, dass er Panik in ihrem Gesicht gesehen hatte.

Und dann der kleine Junge. Das war seltsam. Riley wusste, dass die Pierces nicht lange nach Rileys letztem Besuch vor fünf Jahren aus Traverse City weggezogen waren, aber sicher hätte es doch irgendjemand gewusst, wenn Savannah ein Kind bekommen hätte. Andererseits, was ging ihn das an? Nichts. Es ging ihn nichts an.

Seufzend schaute Riley durchs Küchenfenster hinaus in den Garten, wo der Zaun, den er vor fünfzehn Jahren mit seinem Vater gebaut hatte, immer noch stabil und solide stand. Er lächelte, als er daran zurückdachte, was für ein großartiger Tag das gewesen war. Die Gefühle waren allerdings deutlich stärker als sonst, da der Traum der vergangenen Nacht immer noch in seinem Kopf herumschwirrte.

Das Klingeln des Festnetztelefons riss Riley aus seinen Erinnerungen. Er sprang von seinem Hocker und nahm den Hörer von der Wand. Er musste dreimal Hallo sagen, bevor eine Antwort kam.

»Riley? Riley, hier ist Dex. Kannst du mich hören?«

Riley steckte sich den Finger ins andere Ohr. »Ganz schlecht.«

»Das ist dieses beschissene Handy«, brummte Dex. »Warte einen Moment.«

Riley hörte statisches Rauschen, ein Summen und dann einen Moment Stille. Als die Stimme seines Bruders wieder durch die Leitung kam, war sie deutlich klarer.

»Herrje, Mann«, neckte Riley ihn. »Für was für eine Mistfirma arbeitest du, dass du nicht mal ein ordentlich funktionierendes Handy hast?«

Dex schnaubte. »Wem sagst du das. Das Wetter hat hier mit

dem Internet und den Telefonleitungen völliges Chaos angerichtet. Das kann ich dir sagen, für eine Gruppe Computernerds und Geeks ist das kein Spaß.«

Riley lehnte sich mit dem Unterarm an die Wand und wurde sich verspätet bewusst, wie schön es war, Dex' Stimme zu hören. »Wie läuft's abgesehen davon? Thailand, was?«

»Ja«, antwortete Dex lässig. »Läuft nicht schlecht. Viel zu tun, weißt du? Wie geht es Dad? Ich habe eine SMS von Mom bekommen, dass er wach ist.«

»Ja, er ist heute Morgen aufgewacht. Es geht ihm gut. Tate und Mom sind zu ihm gefahren. Ich bin mit Seb hier.«

Vom anderen Ende der Leitung kam ein Seufzen. »Ich wünschte, ich wäre da.«

Riley nickte, obwohl Dex ihn nicht sehen konnte. »Ich weiß, Mann, aber abgesehen von besorgt sein und auf und ab laufen kann man nicht viel tun.«

Dex stieß ein schnaubendes Lachen aus. »Da hast du wohl recht. Aber das Wissen, dass er krank ist, gibt mir das Gefühl, noch weiter von zu Hause fort zu sein.« Er räusperte sich. »Aber schön, mit dir zu reden, Riley. Ist schon eine Weile her.«

Riley verzog das Gesicht. »Ich weiß. Wir sollten was auf die Beine stellen, wenn du das nächste Mal in New York bist.«

»Hört sich gut an, solange du mich nicht wieder mit in diesen Club nimmst. Es gibt Dinge, deren Anblick kann man nicht mehr ungeschehen machen.«

Riley lachte bei der Erinnerung an die Stripkneipe, in die er Dex an dessen Geburtstag vor zwei Jahren mitgenommen hatte. Sein Gesicht, als er den Laden betreten hatte, war unbezahlbar gewesen, und er hatte beinahe einen Schlaganfall bekommen, als Riley eines der Mädchen für einen Geburtstags-Lapdance bezahlt hatte. Beim Trinken und Feiern konnte Dex mit den Besten mithalten, aber von allen vier Brüdern war er wahrscheinlich derjenige, der in Sachen Sex am wenigsten offen war.

Und es war nicht so, als könne er keine heiße Braut an Land ziehen; er schien einfach kein Interesse zu haben. Es war beinahe schon lächerlich, wie ahnungslos der Mann von seiner Wirkung auf das andere Geschlecht war – der nerdige Schlips- und Brillenträger-Look war anscheinend ein ziemlicher Antörner.

Wenn Riley Dex nicht zufällig einmal in flagranti mit einem Mädchen erwischt hätte, das er auf dem College kennengelernt hatte, dann hätte er sich gefragt, ob Dex überhaupt wusste, was man mit einer Frau anstellte.

»Ich werde brav sein, das schwör ich«, sagte Riley.

»Das glaube ich erst, wenn ich es sehe«, gab Dex mit Belustigung in der Stimme zurück. »Bist du immer noch jung, frei und Single?«

»Jepp«, antwortete Riley, während ihm sein Traum von Lexie durch den Kopf huschte. »Das Beste, was man sein kann, Mann.«

Seb erschien in der Küchentür, die Haare zerrauft, und kratzte sich die nackte Brust. Bevor Dex Riley noch weiter über seinen Beziehungsstatus ausfragen konnte, sagte der: »Seb ist hier. Willst du mit ihm reden?«

»Klar. Und du, pass auf dich auf, ja?«

»Immer doch.« Riley gab den Hörer an Seb weiter und schlenderte zurück zu seinem Hocker, um den Kaffee zu schlürfen, der inzwischen abgekühlt war. Er lauschte Sebs Hälfte der Unterhaltung und seiner Reaktion darauf, dass Park aufgewacht war, bis sein jüngerer Bruder sich verabschiedete und auflegte.

»Also sind nur wir beide hier?«, fragte Seb mit einem Gähnen.

»Maggie kommt später.« Riley stand auf und ging hinüber zur Spüle, wo er seine Tasse abstellte.

Seb nickte und schenkte sich seinen eigenen Kaffee ein. Dann lehnte er sich mit der Hüfte an die Küchenzeile. »Also, wie lautet der Plan bis dahin?«

Riley schaute hinaus in den blauen Himmel. Die Sonne stand immer noch tief, aber durchs Fenster wurde es bereits wärmer. Es würde ein herrlicher Tag werden. Er lächelte. »Hast du Lust, dir die Hände schmutzig zu machen?«

Bei aller Fairness, Park hatte bei der Reparatur des Dachs keine schlechte Arbeit geleistet, aber es war immer noch viel zu tun. Nachdem Riley und Seb die Leiter zum Dach des Hauses hochgeklettert waren, begannen sie, die beschädigten Schieferplatten und Dachlatten herauszureißen und in Erinnerungen an ihre Kindheit zu schwelgen. Sie lachten Tränen über Tate, der sich mit einem Luftgewehr in den Hintern geschossen hatte. *»Ich wollte John McClane sein!«* Und über Dex, der sich die Seele aus dem Leib gekotzt hatte, nachdem er sich mit siebzehn betrunken hatte und ihr Dad ihn gezwungen hatte, zur Strafe noch mehr zu trinken. *»Wag es ja nicht, zu reihern und das gute Bier zu verschwenden, Sohn.«* Und über Seb, der als Dreijähriger mit dem Kopf im Kinder-WC-Sitz stecken geblieben war, und die drei Stunden, die ihre Mutter gebraucht hatte, um ihn wieder abzubekommen. *»Ich fahre ihn* nicht *mit einer Klobrille um den Hals ins Krankenhaus, Park!«*

Nach einigen Stunden Arbeit legten sich beide mit nacktem Oberkörper auf den Teil des Daches, das sie repariert hatten, und machten eine Pause. Riley bekam eine Nachricht von Tate, dass ihr Vater von der Intensivstation auf die Überwachungsstation verlegt wurde, wo er unter Beobachtung bleiben würde, aber der Chirurg war zufrieden. Das waren gute Nachrichten, und die Anspannung, die sich um Riley gelegt hatte, seit er von seinem kranken Vater erfahren hatte, löste sich ein wenig.

»Also, rate mal, wen ich gestern im Park gesehen habe«, sagte Riley beiläufig.

Seb schaute zu ihm hinüber, ein Auge gegen die blendende Sonne geschlossen.

»Savannah Pierce.«

»Ohne Scheiß!«

Riley hob die Augenbrauen. »Nicht wahr? Irgendwie komisch, sie dort zu sehen«

»Wie sah sie aus?«

Riley stieß belustigt den Atem aus. Seb und Savannah hatten während ihres Abschlussjahrs ein paar durch Alkohol angeheizte Nächte miteinander verbracht. Savannah war ziemlich anhänglich geworden, aber Seb hatte es nie ernst mit ihr gemeint. »Verdammt schockiert«, antwortete Riley.

»Zweifellos, aber das habe ich nicht gemeint.«

»Ich weiß.« Riley schloss die Augen gegen die Sonne. »Sie sah gut aus. Hast du irgendetwas davon gehört, dass sie ein Kind bekommen hat?«

Sebs Kopf fuhr zurück, als wäre er geschlagen worden. Seine Miene war fassungslos. »Sie hat ein Kind?«

»Sie war mit einem kleinen Jungen im Park«, sagte Riley schulterzuckend. »Hast du nichts davon gehört?«

»Nicht das Geringste. Ich habe überhaupt nicht viel gehört, nachdem sie weggezogen waren.«

Das hatte sich Riley bereits gedacht, und Tate hatte genau dasselbe gesagt, als Riley ihn gefragt hatte, trotzdem frustrierte es ihn. Er wollte sich dafür nicht mehr so verflucht interessieren, aber er konnte seine Gefühle für Lexie ebenso wenig ändern, wie er die Zeit zurückdrehen und alles zurücknehmen konnte, was sie je zueinander gesagt hatten.

»Jemand zu Hause?«

Als Riley und Seb über die Dachrinne spähten, grinste Maggie zu ihnen hoch, die Hände ins Hohlkreuz gestützt, sodass ihr Babybauch hervorstand und sogar noch größer aussah. Die Arme in die Luft gestreckt, wirbelte Rosie durch den Garten und sang laut vor sich hin.

»Wenn ihr zwei damit fertig seid, eure Astralkörper zu sonnen«, rief Maggie hoch, »dann kommt in die Küche. Ich habe Sandwiches mitgebracht.«

»Wir lieben dich, Mags!«, riefen die Brüder einstimmig zurück.

»Ja, ja«, brummte ihre Cousine und watschelte zurück ins Haus.

Die Überwachungsstation war deutlich einladender als die Intensivstation, obwohl Riley das dem greifbaren Gefühl von Angst und Kummer zuschrieb, das in diesem speziellen Teil des Krankenhauses an den Wänden zu kleben schien. Nicht dass er sich durch die lavendelblaue Wandfarbe und die freundlich lächelnden Schwestern besser fühlte, während er mit Seb und Maggie den Flur entlang zum Zimmer seines Vaters ging.

Tatsächlich war ihm regelrecht übel. Es lag nicht in seiner Natur, so ein Weichei zu sein, aber Riley war sich nur allzu deutlich bewusst, wie viel Wasser diesen speziellen Bach hinuntergeflossen war, und er war nicht sicher, ob da noch Platz für mehr war. Seine Mom begrüßte sie alle an der Zimmertür mit Umarmungen und Küssen auf die Wange, dann winkte sie sie herein und flüsterte ihnen zu, dass sie nur kurz bleiben könnten, weil »Daddy immer noch benebelt ist«.

Das Erste, was Riley bemerkte, waren die Schläuche und Maschinen mit ihrem sporadischen Piepsen und Zischen, das schrecklich furchteinflößend war. Auf die Brust seines Vaters war eine weiße Bandage geklebt und unter seiner Nase ein Sauerstoffschlauch befestigt. Das Zweite, was Riley bemerkte, war, wie klein sein Vater aussah. Klein und unglaublich schwach. Er biss die Zähne zusammen und schob die Hände in die Taschen, während er gegen das Gefühl der Hilflosigkeit ankämpfte, das über ihn hereinbrach.

Seb trat als Erster ans Bett und nahm Tates Platz ein. Er legte Park die Hand auf den Unterarm. »Hey, Dad.«

Parks Mundwinkel zuckte, als er die Augen öffnete, bevor er als Antwort blinzelte.

»Seine Stimme und der Hals sind noch ein bisschen wund«, erklärte Joan. »Er darf immer noch nichts trinken.«

»Schöner Vorwand, das Dach nicht reparieren zu müssen, was?«, scherzte Seb.

Alle lachten, als Park zitternd den Daumen hochhielt.

»Vielleicht machst du das beim nächsten Mal besser, bevor du die Leiter hochsteigst.« Seb beugte sich vor und gab seinem Vater einen Kuss auf die Stirn.

Lächelnd schaute Joan zu Riley, der sich unter ihrem wissenden Blick wand. »Riley ist auch hier, Park«, sagte sie, dabei streichelte sie Riley über den Arm.

Parks müde braune Augen wanderten hinüber zu ihrer Seite des Zimmers und begegneten seinem Blick, und unerklärlicherweise schnürte es Riley die Kehle zu.

»Schön, dich zu sehen, Dad«, brachte er hervor. Es war das Herzlichste, was er seit fast fünf Jahren zu dem Mann gesagt hatte.

Nach einem angespannten Moment, in dem sich Joans Griff um Rileys Arm verstärkte, blinzelte Park, wie er es auch bei Seb getan hatte, und nickte leicht zur Antwort. Die Geste verriet Riley, dass sie immer noch einen weiten Weg vor sich hatten, aber es war mehr, als er sich je hätte erhoffen können.

Eine mollige Krankenschwester betrat den Raum mit einem Infusionsbeutel und schob sich an Riley und seiner Mutter vorbei. »Rücken Sie mir meinem Patienten nicht zu sehr auf die Pelle«, warnte sie. »Noch fünf Minuten.«

»Nancy, das hier ist meine Nichte Maggie, und die beiden sind meine anderen Söhne«, sagte Joan der Schwester und zeigte reihum auf sie. »Riley und Sebastian.«

Nancy musterte die beiden, während sie Parkers Infusionslösung wechselte, und schürzte die Lippen. »Ihr seid gut aussehende Jungs«, bemerkte sie. »Aber Schönheit macht meinen Patienten auch nicht gesünder. Sie haben noch vier Minuten.«

Riley lachte heimlich, als er sah, wie Tate den Zeigefinger neben seiner Schläfe kreisen ließ.

»Hört mal, warum holen wir uns nicht was Leckeres zum Abendessen und bummeln vielleicht ein bisschen durch die Läden?«, schlug Maggie vor. »Ich muss Rosie von der Tagesbetreuung abholen. Wir lassen dich wieder in Frieden, Onkel Park. Rosie möchte unbedingt in den Disney-Laden.«

»Urgh, im Ernst?«, maulte Riley und schlug sich angewidert mit den flachen Händen auf die Schenkel.

»Was denn?«, fragte Maggie.

»Ignorier ihn einfach«, antwortete Tate mit einem selbstgefälligen Grinsen. »Er ist nur stinkig, weil Disney auf Marvel steht. Genau wie ich.« Er deutete auf sein T-Shirt, auf dem stand: »Wer zum Teufel ist Bucky?«

Mit einem verwirrten Kopfschütteln sah Maggie ihn an. »Wer zum Teufel *ist* Bucky?«

Riley stieß einen lauten Lacher in Tates Richtung aus, während Seb gleichzeitig flehte: »Nicht, Mags. Bitte!«

»Sie weiß nicht, wer Bucky ist«, feixte Riley mit einem lauten Schnauben über Sebs Flehen hinweg.

Tate verschränkte schmunzelnd die Arme vor der Brust. »Sie weiß auch nicht, wer Bane ist.«

»Halt die Klappe«, blaffte Riley und zeigte auf seinen Bruder, bevor er Maggie finster anfunkelte. »Ist das dein Ernst? Hast du etwa nicht einmal *The Dark Knight Rises* gesehen? Tom Hardy!« Alles, was er von seiner Cousine bekam, war ein leerer Gesichtsausdruck. »Herrgott, Mags, wie kann es überhaupt sein, dass wir miteinander verwandt sind?«

Seb stöhnte. »Macht, dass das aufhört!«

»Da schließe ich mich an«, fügte Joan hinzu und drängte Riley sanft zur Tür, während sie Tate zu sich winkte. »Geht mit Maggie. Sebastian kann hier bei mir bleiben.« Sie nahm Tates Gesicht in die Hände. »Du brauchst ein bisschen frische Luft, Schätzchen. Und durch das Herumsitzen in diesem Stuhl tust du deinem Bein keinen Gefallen.«

»Es geht mir gut, Ma«, protestierte er.

»Das mag ja sein, aber ich habe es satt, dein hübsches Gesicht zu sehen.«

»Pffft. Da hab ich schon hübschere Scheißhaufen gesehen.« Lachend wich Riley Tates Faust aus, die auf seinen Bizeps zusauste. »Echt mieser Zug von dir, Bro«, bemerkte er. »Du weißt, dass ich dich nicht schlagen kann, weil du ein Krüppel bist.«

»Riley!«, rief Joan aus.

»Was denn?«, fragte Riley ungläubig und zeigte auf Tate. »Er hat das doch selbst von sich gesagt.«

Aber Tate antwortete nicht, abgesehen von seinem Lachen, das den Flur entlanghallte.

»Das hier ist die Hölle«, brummte Riley und starrte mit finsterer Miene auf die Avengers-Figuren, die sich auf den meisten Regalen des Disney-Stores drängten. »Ich glaube, mir kommen meine Chicken Nuggets wieder hoch.«

»Ach, hör schon auf«, schalt Maggie ihn scherzhaft. »Rosie findet es toll hier.«

Riley sah hinüber zu Rosie, die summend durch den Laden flitzte, und konnte das Lächeln nicht unterdrücken. Sie war einfach zu süß in ihren glitzernden Schuhen und dem blauen Kleidchen.

»Weißt du eigentlich, dass sie von mir verlangt, ich solle ihr die Haare jeden Tag so frisieren wie Elsa? Weil sie auch eine Königin ist, weißt du.«

»Darauf möchte ich wetten. Und wie viel Spaß das machen muss«, fügte er scherzend hinzu.

Maggie seufzte, als Rosie eine Elsa-Puppe nahm und sie an sich drückte. »Scheiße, wem mache ich hier was vor? Ich bete nur, dass bald der Tag kommt, an dem Disney was Neues rausbringt, damit das ein Ende hat und ich endlich mal wieder andere Musik im Auto hören kann!«

»Den Soundtrack von *Frozen*?«

»Ich kann ihn Wort für Wort auswendig, ich schwör's bei Gott.«

Lachend klopfte Riley ihr auf die Schulter. »Gott segne Disney.« Als er bemerkte, dass Tate eine Wackelkopffigur von Iron Man hochnahm, und dann eine weitere, die aussah wie Thor, schüttelte er den Kopf. »Wenigstens gibt es hier *Star-Wars*-Zeug«, sinnierte er mit einem Blick auf die Plüsch-Yodas.

Er strebte auf die Lego-Sets des Millennium-Falken zu und bahnte sich dabei seinen Weg um Kinder und andere Erwachsene herum, die ebenfalls nicht in der Lage waren, der Anziehungskraft von allem, was George Lucas geschaffen hatte, zu widerstehen. Er nahm eines der Sets in die Hand und versuchte, sich davon zu überzeugen, dass es haarsträubend war, über sechzig Mäuse für Lego auszugeben, selbst *wenn* tolle Lego-Figuren von Han Solo und Chewy dabei waren.

»Verdammt, sogar als Lego sieht Han Solo gut aus.«

»Ich mag Luke Skywalker am liebsten.«

Die kleine, aber entschlossene Stimme kam von irgendwo neben Rileys Knie. Als Riley hinunterschaute, sah er einen blonden Haarschopf, der zwischen den Laserschwertern im zweiten Regal vergraben war.

»Das kommt daher, dass du es nicht besser weißt, Kleiner«, entgegnete er.

Der Junge tauchte mit einem blauen Laserschwert in der Hand wieder auf. »Han Solo hat aber nicht das hier.«

Bei der Art, wie das Lispeln des Jungen seine S-Laute wie ein reizendes Zischen klingen ließ, musste Riley grinsen. »Das stimmt«, pflichtete Riley ihm bei. Er wedelte mit der Schachtel in seiner Hand. »Aber Han hat den Millennium-Falken – und der ist viel besser als ein Laserschwert, findest du nicht auch?«

Immer noch auf den Knien und das Laserschwert an die Brust gedrückt, sah der kleine Junge zu ihm hoch. Seine Augen waren groß und haselnussbraun und erinnerten Riley so sehr an seine eigenen, dass er einen Augenblick lang sprachlos war.

»Nein«, antwortete der Junge, während seine Aufmerksamkeit zwischen Riley und seinem Spielzeug hin- und herflog. »Luke Skywalker hat die Macht.« Mit großen Augen schaute er zu Riley hoch, als fordere er ihn heraus, ihm zu widersprechen.

Lachend legte Riley das Lego-Set zurück ins Regal. »Ich nehme alles zurück. Wie könnte ich da widersprechen?«

»Kannst du auch nicht.« Der kleine Junge kam auf die Füße. »Ich mag *Star Wars* ganz sehr.«

»Und Batman«, bemerkte Riley mit einem Blick auf das T-Shirt des Jungen. »Das ist wirklich cool. Ich hab auch so eins.«

Der kleine Junge rümpfte die Nase. »Du kannst keinen Batman anziehen. Du hast einen Bart. Du bist schon erwachsen.«

Riley grinste. »Darüber lässt sich streiten, aber ich mag Batman sehr gern. Ich habe sogar Batman-Socken.«

Der Junge sah ihn mit offenem Mund an. »Ich auch! Und einen Schlafanzug. Den bekomme ich immer an Weihnachten.«

»Ist das dein Ernst? Du bist ja der coolste Junge *aller* Zeiten.«

»Ich weiß!«

Riley legte einen Arm um seinen Bauch und die andere Hand vor seinen Mund, um sein Lachen zu verbergen.

»Noah?«

»Oh-oh«, stieß der Junge hervor und schaute um Riley herum.

»Noah, ich hab dir doch gesagt, du sollst meine Hand festhalten und nicht – oh.«

Riley erkannte die Stimme, noch bevor er sich umdrehte, um zu sehen, wer hinter ihm am Ende des Gangs stand. *Heilige Scheiße.* Sie klang noch genauso, wie er es in Erinnerung hatte, und ließ sein Herz einen waschechten Salto schlagen. Ihr Name hauchte von seinen Lippen, als er sich schließlich erlaubte, sich umzudrehen, und kaum hatte er es getan, musste er die Hand ausstrecken und sich am nächstgelegenen Regal festhalten, weil seine Knie so verdammt heftig zitterten.

»Riley.« Lexies Augen flogen rasch zwischen Riley und dem Jungen an seiner Seite hin und her. Sie schien ebenso überrascht zu sein wie er. Genau genommen sah sie regelrecht entsetzt aus. »Ich … Was – wie – wie geht es dir?«

Riley räusperte sich. »Mir geht es gut.« Er versuchte zu lächeln, aber es fühlte sich gezwungen und straff an, und heilige Scheiße, hatte sie ein Nasen-Piercing? »Und dir? Wie geht es dir?«, stammelte er. »Du siehst … gut aus.«

Und was für eine verdammte Untertreibung das war. Sie war wunderschön. Ihr Haar war so blond wie eh und je, aber nun trug sie einen Pony, der ihr Gesicht einrahmte. Der Rest lag ihr als langer, geflochtener Zopf über der Schulter. Ihre Brille hatte er noch nie gesehen, aber sie war in dem obligatorischen Rosa, das er für immer mit ihr verbinden würde. Trotz der dicken Fassung konnte sie das Blau ihrer Augen nicht verbergen.

Sie trug ein schwarzes Trägershirt, das die Tattoos an ihrem Arm und der Schulter zeigte, Jeans-Shorts, die ihre Beine betonten, und an ihren Füßen? Nun. Schwarze Doc Martens. Ihm wurde warm im Bauch. Ganz egal, was sie einander angetan oder gesagt hatten, sie war immer noch das furchtlose Mädchen, mit dem er aufgewachsen war, das Mädchen, das ihn bei jedem Sport oder Spiel geschlagen hatte, das Mädchen, das sich von niemandem irgendwelchen Blödsinn gefallen ließ. Nicht mal von ihm.

Sie nickte knapp. »Mir geht es gut.«

»Gut.« Riley fuhr sich mit der Hand über die Stirn, wo ausgewachsene Kopfschmerzen einzusetzen drohten.

»Noah, wir müssen gehen.« Lexie streckte die Hand nach dem kleinen Jungen aus, der, wie Riley jäh bewusst wurde, derselbe Junge war, den er mit Savannah gesehen hatte.

»Ich hab das Skywalker-Laserschwert gefunden«, rief Noah und hielt es über seinen Kopf.

»Das sehe ich«, antwortete Lexie mit einem Lächeln, das sie sich früher nur für Riley aufgespart hatte. »Aber du hast erst in sieben Monaten Geburtstag, also leg es bitte wieder zurück. Vielleicht kannst du den Weihnachtsmann bitten, dass er es dir dieses Jahr bringt. Lass uns gehen – ich muss zurück zur Arbeit.«

Noah seufzte, widersprach aber nicht. Sehr langsam legte er das Schwert zurück ins Regal und schlurfte mit schweren, in Kinder-Chucks steckenden Füßen zu Lexie.

»Auch ein *Star-Wars*-Fan«, bemerkte Riley mit einem verlegenen Lachen. »Er wird richtig erzogen.«

Lexies Ausdruck war allerdings alles andere als amüsiert. »Ja. Okay.« Sie umklammerte Noahs Hand. »Bis dann.«

»Bye«, antwortete Riley. »Bye, Noah.«

Noah winkte zurück, drehte sich jedoch nicht um, als er hinter Lexie herstolperte.

»Verdammt, war das so unangenehm, wie es ausgesehen hat?«, fragte Tate leise hinter Riley.

»Schlimmer«, gestand er, stieß den Atem aus und sah sich zu seinem Bruder um. »Blute ich irgendwo? Es fühlt sich nämlich so an, als wäre ich gerade durch den Wolf gedreht worden.«

Tates Lächeln war schwach und mitfühlend. »Nein, du bist okay.«

»Gott, ich brauche ein Bier.« Riley zuckte schuldbewusst zusammen, als ihm wieder einfiel, dass Tate wegen seiner Suchterkrankung nichts trinken durfte. »Tut mir leid.«

»Alter«, tadelte ihn Tate. »Wenn du ein Bier brauchst, dann lass uns gehen und dir ein verdammtes Bier besorgen.«

»Ich wünschte, *ich* könnte ein Bier haben«, beschwerte sich Maggie, als sie näher kam, den Blick auf die Stelle geheftet, wo Lexie und Noah den Laden verlassen hatten. »Wer war das?«

Riley rieb sich den Bart und seufzte. »Eine alte Freundin.«

Maggie schüttelte einen Finger in Richtung Ausgang. »Wisst ihr, ich bin mir sicher, das ist die Frau, der der Laden gehört, in dem Mom und ich letzte Woche waren.«

Riley sah Tate an. »Laden?«

»Ja«, fuhr Maggie fort, während sie sich nach Rosie umsah. »Dieser coole Schmuckladen. Rosie, komm her, bitte. Da habe ich diesen Ring her.« Sie streckte ihre rechte Hand aus und wackelte mit dem silbernen Ring an ihrem Mittelfinger. Als sich Riley weiter vorbeugte, sah er das Wort *Gelassenheit* darin eingeprägt. Er war bezaubernd, und Riley musste einfach lächeln.

Sein Blick flog zu seinem Bruder. »Hast du Lust, morgen einen Ausflug in die Stadt zu machen?«

Tate grinste. »Warum nicht?«

7

Zwölf Jahre zuvor …

»Hey, Mann!« Riley betrat die Küche, wo Tate an der Frühstücksbar saß und Toast aß. Tate war vor etwas über einer Woche vom Medizinstudium nach Hause gekommen, und Riley musste zugeben, dass es toll war, seinen Bruder wiederzuhaben. Da Dex in San Francisco arbeitete und Seb nach der Schule in jeder freien Minute alle möglichen der Menschheit bekannten Sportarten trieb, konnte es im Haus manchmal ein bisschen zu still werden.

»Hey.« Riley konnte spüren, wie Tates Blick ihn durch die Küche verfolgte. »Du siehst schuldbewusst aus. Was ist los mit dir?«

»Nichts«, antwortete Riley über die Schulter hinweg, während er Cornflakes in eine Schüssel schüttete. Aber das war nicht ganz die Wahrheit. »Heute ist Lexies Geburtstag.«

Tate verschränkte die Arme auf der Frühstücksbar. »Ach ja?«

Riley nickte, dann drehte er sich um und lehnte sich an die Küchenzeile, um sich Cornflakes in den Mund zu löffeln. Wartend sah Tate ihn an. »Was brauchst du von mir?«

Riley reckte den Hals, um durch die Küchentür hinaus nachzusehen, ob seine Eltern irgendwo in der Nähe waren. Zufrieden, weil sie allein waren, holte er tief Luft. »Kann ich mir deinen Pick-up ausborgen?«

Tate zog fragend eine Augenbraue hoch.

»Den brauche ich für Lexies Geburtstagsgeschenk.«

»Und dein Auto ist dafür nicht geeignet?« Riley schüttelte den Kopf. »Soll ich es wagen zu fragen?«

Riley spürte, wie seine Wangen heiß wurden und sich sein Magen zusammenzog. »Besser, du tust es nicht.«

Tate schüttelte den Kopf. »Okay, du kannst den Pick-up unter zwei Bedingungen haben. Erstens: Du machst jede Schweinerei sauber, bevor ich ihn zurückbekomme, und ich meine jede verdammte Schweinerei. Zweitens: Du nimmst Kondome mit.«

Riley lachte, widersprach seinem Bruder jedoch nicht. Er plante den heutigen Abend seit Wochen und war zu gleichen Teilen aufgeregt und verdammt ängstlich. Er und Lexie waren seit ihrem ersten Kuss am Abend des Balls vor drei Jahren offiziell ein Paar, und heute Nacht wollte Riley den nächsten Schritt wagen. Natürlich hatten sie seit jenem Ball mehr getan als nur küssen, aber sie hatten noch nicht das volle Programm durchgezogen. Riley hatte sich daran erinnert, dass Lexie einmal etwas über ihren Geburtstag gesagt hatte, und wie romantisch es wäre und … Nun, um die Wahrheit zu sagen, er sehnte sich verzweifelt nach ihr.

Seit fast einem Jahrzehnt waren sie jetzt schon Freunde und hatten so viel miteinander geteilt. So viel getan. So viel erfahren. Alles außer Sex. Nein. Heute Nacht würde es nicht einfach nur um Sex gehen, dessen war sich Riley verdammt sicher. Nachdem er Stellen von Lexies Körper gesehen und gespürt hatte, die noch kein anderer Mann gesehen oder gespürt hatte, Gott, da konnte er sich nicht einmal vorstellen, wie es sich anfühlen würde, endlich in sie zu –

»Also, wie sieht der Plan aus?«, fragte Tate. Er stellte seinen Teller und die Tasse in den Geschirrspüler.

Mit einem Räuspern verbannte Riley die sinnlichen Bilder aus seinem Kopf und zuckte die Schultern. »Essen. Kerzenlicht. Vielleicht ein wenig Wein.«

»Du bist siebzehn.«

»Worauf willst du hinaus?«

»Du willst etwas trinken, obwohl du fahren musst.«

»Der Wein ist für Lex, du Hirni«, versetzte Riley. »Um sie zu entspannen.« Unter dem aufmerksamen Blick seines Bruders trat er unbehaglich von einem Fuß auf den anderen. »Ich weiß, dass sie nervös sein wird.«

Tate nickte, als bestätigten Rileys Worte, was er bereits vermutet hatte: Heute Nacht würde Riley seine Unschuld verlieren. Tate kam näher und verschränkte die Arme vor der Brust. Seit er angefangen hatte, Medizin zu studieren, hatte er Muskelmasse aufgebaut, und seine Arme waren verdammt gewaltig. Riley war mehr als nur ein wenig neidisch, obwohl er selbst auch an Masse zugelegt hatte. Er war ein Meter achtundachtzig und wog gute achtzig Kilo. Im Footballteam der Schule zu sein hatte seine Fitness auf jeden Fall verbessert.

»Du weißt, dass du mich alles fragen kannst, oder?«, bot Tate in diesem ruhigen Ton an, von dem Riley unerwartet begriff, dass er ihn vermisst hatte.

Riley stellte seine Schale ab und nickte. »Ja.«

»Und du wirst auf Nummer sicher gehen und euch schützen, richtig?«

Riley schnaubte. »Ich bin nicht dumm.«

»Hey«, sagte Tate bestimmt. »Ich weiß, dass du nicht dumm bist, Ri. Ganz im Gegenteil. Ich will nur sichergehen, dass du okay bist, dass du bereit dafür bist.«

Riley schaute aus dem Fenster zum Gartenzaun, erfasst von der Erinnerung daran, wie er ihn mit seinem Vater aufgestellt hatte und wie er an jenem Tag unter dem Wissen gelitten hatte, dass Lex mit dem verdammten Blake Richards zum Ball gehen würde. Er lächelte. Wie weit sie seitdem gekommen waren.

»Ich bin so was *von bereit, Mann.« Riley wandte sich zu sei-*

nem Bruder um. »Ich meine das nicht so, wie es sich angehört hat. Ich meine es, weil ...« Die Worte drängten aus seiner Kehle. »Ich liebe sie.«

Tates Mundwinkel hoben sich. »Das weiß ich.« Er legte Riley eine Hand auf die Schulter und drückte sie. »Mein kleiner Bruder wird erwachsen.«

Mit einem Lachen schubste Riley ihn weg. »Halt die Klappe.«

»Viel Spaß«, fügte Tate hinzu, als er Riley die Autoschlüssel zuwarf, die Küche verließ und die Treppe hochrannte.

Der Rest des Tages war von Vorbereitungen erfüllt. Riley gelang es, seine Mom zu überreden, ein paar von Lexies Lieblingsspeisen zu kochen, die sie liebevoll in Tupperbehältern verpackte und im Kühlschrank für ihn aufbewahrte. Riley packte alles, was er brauchte, auf die Ladefläche von Tates Pick-up und fuhr so nah er konnte zu einer Stelle im Wald, von der er wusste, dass sie dort vollkommen ungestört sein würden. Es war eine Stelle, die Lexie und er einmal als zehn Jahre alte Entdecker gefunden hatten, und sie war Riley immer als eine seiner liebsten Erinnerungen im Gedächtnis geblieben. Er bezweifelte, dass Lexie sich noch daran erinnerte, aber dort gab es eine Öffnung im Blätterdach des Waldes, durch die man Millionen Sterne sehen konnte. Lexie hatte versucht, jeden davon beim Namen zu nennen.

Riley begann, alles vorzubereiten. Es musste *alles perfekt sein.*

Sein Handy in der Tasche gab einen SMS-Ton von sich. Er zog das Nokia 3100 heraus und lächelte, als er auf das Display sah. Lexie.

Weißt du, dass ich heute Geburtstag habe?

Ja, weiß ich. Obwohl ich dir das auch schon eine Minute nach Mitternacht geschrieben habe: Happy Birthday!

Danke. Noch mal. Wo bist du?

Was erledigen :)

Was erledigen? Wann kann ich dich sehen?

Ich hole dich wie geplant um sechs ab.

Kann's kaum erwarten!

Mit besonders beschwingtem Schritt überprüfte Riley noch einmal sein Werk, dann sprang er zurück in den Pick-up und raste nach Hause, um kalt zu duschen und sich ernsthaft zu beruhigen. Er war kurz davor, die Wände hochzugehen, und je näher es an sechs Uhr heranrückte, desto nervöser wurde er, was … eigentlich lächerlich war. Lexie war der Mensch, dem Riley auf der ganzen Welt am meisten vertraute. So einen privaten, intimen Teil von sich mit ihr zu teilen, sollte einfach, leicht, sogar natürlich sein. Aber das hinderte sein Herz nicht daran, wie ein verdammter Schwarm Schmetterlinge zu flattern, als er vor ihrem Elternhaus hielt und auf die Hupe drückte.

Die Tür öffnete sich, und Lexie erschien in Shorts und einem rosa Tanktop, auf das in dunklerem Pink verschieden große Sterne gedruckt waren. Wegen der Sommerhitze hatte sie auf ihre üblichen Docs zugunsten pinker Flipflops verzichtet und ihr Haar zu einem unordentlichen Knoten gebunden. Gott, Riley liebte es, wenn sie ihr Haar so trug. Er mochte die Form ihres Nackens und die Tatsache, dass er diese Stelle von ihr küssen konnte. Aber er fand es auch toll zu wissen, dass ihr Haar durch einen einzigen Griff über ihren Rücken fallen würde und er sich in seinem Duft verlieren konnte.

Mr Pierce stand in der Tür und beobachtete Lexie mit dem

Blick eines Vaters, der ahnt, dass der Freund seiner siebzehnjährigen Tochter nichts Gutes im Schilde führt. Riley versuchte zu lächeln, aber es verpuffte, als Mr Pierce ihn nur finster anstarrte. Scheiße. *Selbst nach neun Jahren nannte der Mann Riley immer noch »diesen Jungen« und redete kaum mit ihm, wenn er bei Lexie war.*

Lexie lachte darüber und behauptete steif und fest, dass Mr Pierce Riley in Wirklichkeit mochte – dass seine Drohgebärden nichts als Fassade waren. Aber Riley glaubte diesen Mist keine Sekunde. Lexie war durch und durch Daddys kleines Mädchen, und der Mann war verdammt furchteinflößend. Einen Sekundenbruchteil lang, während Mr Pierce' allwissender Blick ihn über die fünf Meter Vorgarten hinweg durchbohrten, spielte Riley mit dem Gedanken, es sich noch mal zu überlegen. »Hey!« Grinsend hüpfte Lexie in den Wagen, schlug die Tür zu und beugte sich zu Riley, um ihn auf die Wange zu küssen. »Du hast mir gefehlt.«

Diese vier Worte ließen all seine Ängste und Zweifel aus dem Fenster fliegen, während Lexie ihrem Vater zuwinkte. »Du hast mir auch gefehlt«, gestand er. Er legte den Gang ein und fuhr los.

Lexie klatschte in die Hände. »Also, was ist die große Überraschung? Wohin bringst du mich? Was hast du vor?«

Riley lachte. »Moment mal. *Bist du heute siebzehn oder sieben geworden?«*

»Was denn?«, protestierte sie. »Ich bin eben aufgeregt. Verklag mich doch.«

Riley langte über den Sitz und nahm ihre Hand, um sie an seinen Mund zu ziehen und einen zarten Kuss auf ihre Knöchel zu hauchen. »Es freut mich, dass du aufgeregt bist, und wir werden in ungefähr fünfzehn Minuten da sein.«

Sie strahlte ihn an und hüpfte ein bisschen auf ihrem Sitz auf und ab. Sie war einfach zu bezaubernd, wenn sie so war. Als sie sich der Stelle im Wald näherten, wo Riley alles vorbereitet hatte, bemerkte er, dass Lexie verwirrt wirkte. Er schmunzelte. »Alles okay da drüben? Weißt du es nicht mehr?«

Lexie lehnte sich näher zum Fenster, als würde ihr das helfen, zu erkennen, wo sie war. Der Mund blieb ihr offen stehen. »Oh mein Gott, ist das hier, wo wir die Sterne gezählt haben?«

»Und du versucht hast, all ihre Namen aufzuzählen.«

»Wie zum Teufel hast du diese Stelle wiedergefunden? Wie alt waren wir da, zwölf vielleicht?«

»Zehn. Und warum sollte ich mich nicht mehr daran erinnern?« Er drehte den Kopf, um sie anzusehen. »Schließlich war ich mit dir zusammen.«

Lexies Gesicht wurde weicher, und ein kleines Lächeln spielte um ihren herrlichen Mund. Riley hatte Lexie schon immer hübsch gefunden, vom ersten Augenblick an, als er sie gesehen hatte. Aber im Laufe der Jahre war sie so schön geworden, dass er sich dabei ertappte, wie er sie anstarrte, nur weil er es konnte.

»Riley«, flüsterte sie.

Sein Herz flatterte, als sie seinen Namen aussprach, und seine Haut ging in Flammen auf, als sie die Hand ausstreckte und seinen Nacken streichelte.

Er gab sein Bestes, sich auf den Waldweg zu konzentrieren, und lenkte den Pick-up zu der Stelle, an der er ihn haben wollte. Als er den Motor abstellte, warf er Lexie ein breites Lächeln zu, bevor er aus dem Wagen sprang und auf ihre Seite hinüberlief. Er hielt ihr die Tür auf und schloss sie wieder hinter ihr, als sie ausgestiegen war und neben ihm stand. Er trat einen Schritt von ihr fort, doch ihre Hand auf seinem Handgelenk hielt ihn auf. Fragend sah er sie an.

»Komm her«, sagte sie mit dieser sanften, atemlosen Stimme, die Rileys Blut immer sofort pulsieren ließ.

Er tat es und senkte sein Gesicht zu ihrem hinab, damit sie sich küssen konnten. Gott, sie waren richtig gut im Küssen geworden seit jenem ersten Mal damals. Sie wussten mittlerweile genau, wie sie einander heiß machen konnten. Und dann knabberte Lexie auch noch an seiner Unterlippe. Wenn sie wirklich in Fahrt war und die Kleider verschwunden waren, dann verwandelte sich das Knabbern in leichte Bisse. Es machte Riley verrückt.

Als sie sich wieder voneinander lösten, lehnte Riley die Stirn an ihre. »Wofür war das denn?«

Lexie legte ihre Hände an sein Gesicht. »Das war, um dir zu sagen, dass egal, was heute Nacht geschieht, du es schon zum besten Geburtstag aller Zeiten gemacht hast.«

Rileys Herz jubelte. »Komm«, murmelte er, als er seine Stimme wiedergefunden hatte. Er gab ihr einen kleinen Schmatz auf den Mund. »Lass uns essen.«

»Essen?«, fragte Lexie mit einem ungläubigen Lachen, das sich im Abendwind verlor, als sie schließlich sah, was er vorbereitet hatte.

Riley hatte eine große Picknickdecke auf den Waldboden gebreitet, direkt unter der Öffnung im Blätterdach, sodass sie einen herrlichen Blick auf die Sterne haben würden, sobald es dunkel war. Er hatte ein paar Laternen aufgetrieben, genau solche wie damals bei ihrem Ball, und sie zusammen mit rosa Luftballons und rosa Luftschlangen in die Äste und Blätter der umliegenden Bäume gehängt. Auch ein paar zusätzliche Decken hatte er mitgebracht, für den Fall, dass es später kälter wurde, und es gab Teller mit Obst und Brot und die Tupperbehälter mit dem Essen, das Rileys Mom vorbereitet hatte.

Lexie blieb so lange stumm, dass Riley anfing, nervös zu werden. »Gefällt's dir?«

»Es ist … perfekt«, hauchte sie, eine Hand auf ihre Brust

gepresst. »Ich kann nicht glauben, dass du das für mich getan hast.«

Es verblüffte Riley immer noch, dass Lexie Mühe hatte, ganz zu begreifen, was sie ihm bedeutete. Das sollte es nicht. Sie hatten zwar nie wirklich »Ich liebe dich« zueinander gesagt, aber das war ja auch nie nötig gewesen. Es lag unausgesprochen immer zwischen ihnen, in ihrer neunjährigen Freundschaft, in den flüchtigen Blicken, Küssen und Berührungen.

Sie setzten sich auf die Decke, und Riley machte sich daran, das Essen auf die Teller zu verteilen. »Hat deine Mom das gemacht?«, fragte Lexie.

Lächelnd reichte Riley ihr die Lasagne, die immer noch ein bisschen warm war.

»Sie ist einfach legendär.«

»Wie die Mutter, so der Sohn«, bemerkte er und wackelte mit den Augenbrauen, was Lexie zum Lachen brachte.

Das Essen war fantastisch, und als sie satt waren, entzündete Riley die Laternen und Teelichter, die er aufgestellt hatte. Sie legten sich auf die Decke und schauten zu, wie der blaue Himmel indigofarben wurde, und redeten über alles und nichts, bis sich das Indigo in Schwarz verwandelte. Ihre Unterhaltung war erfüllt von Lachen und Wahrheit und hallte durch den Wald, während das Schweigen alles andere als unangenehm war. Sie legte ihren Kopf auf seine Brust und lauschte lächelnd seinem Herzschlag, während er mit ihrem Haar spielte. Sie zeigte auf Sterne und erzählte ihm Geschichten über sie, und er hörte so aufmerksam zu wie immer. Riley war nicht sicher, was er mehr liebte – wenn sie gesprächig und begeistert war oder wenn sie schwieg und lächelte. Nicht dass das eine Rolle spielte; sie war so oder so vollkommen.

Riley biss in eine Erdbeere, die sie ihm über den Mund hielt, und saugte dabei an ihren Fingern.

»Wo möchtest du in zehn Jahren sein?«

Bei Lexies Frage blinzelte Riley und schluckte die Erdbeere. »Was meinst du?«

»Ich meine … Arbeit, Leben.« Sie wischte sich die Hände an einer Serviette ab. »Wir müssen anfangen, übers College nächstes Jahr nachzudenken. Willst du immer noch auf die NYU?«

Den Kopf auf ihrem Arm wandte er sich ihr zu, um sie anzusehen. »Ich möchte Wirtschaft studieren. Dad sagt, das ist das Beste für meine Zukunft. Du weißt, dass Dad möchte, dass ich die Werkstatt übernehme. Ich arbeite dort genug für ihn, und von den anderen will es keiner.«

»Aber ist es auch das, was du willst?«

»Klar«, antwortete er aufrichtig. »Ich kann das, und ich arbeite gern mit Autos. Aber ich will vorwärtskommen. Die NYU Stern hat das beste Wirtschaftsprogramm. Dort würde ich die finanziellen Aspekte lernen, wie man ein erfolgreiches Unternehmen führt, mehr, als ich nur bei meinem Dad lernen würde. Er übernimmt gern die Studiengebühren, da habe ich Glück. Außerdem könnte ich mit diesem Abschluss eines Tages meine eigene *Firma haben. Eine ganze Kette, ein Franchise-Unternehmen, oder vielleicht sogar in etwas Größeres einsteigen, wie Teileherstellung vielleicht. Das ist es, was ich wirklich will.«*

Lexie stützte sich neben ihm auf einen Ellbogen. Sie musterte ihn eindringlich und strich dabei mit einem Finger über sein Green-Lantern-T-Shirt.

»Was ist mit dir?«, fragte er.

»Ich weiß nicht. Ich bin immer noch unentschlossen.«

Riley schmunzelte, da er wusste, dass sie sich wegen ihrer Unentschlossenheit völlig den Kopf zermartert hatte.

»Ich würde gern so etwas machen wie … vielleicht Astronomie.«

»Wirklich?« Riley setzte sich auf, was sie überrumpelte. »Weil, ehrlich, das wäre super! Das schaffst du mit links.«

Lexie kicherte. »Glaubst du?«

»Das weiß ich! Im Ernst«, er wies mit einer Handbewegung zum Himmel, »du kennst alle Namen und alles. Niemand weiß mehr über das Sonnensystem als du.«

Lexie schnaubte und legte sich wieder zurück. »Jetzt verarschst du mich.«

Riley beugte sich über sie. »Tue ich nicht.« Er senkte den Kopf und küsste sie auf die Schulter. »Du bist wie Stephen Hawking oder …« Er dachte einen Moment lang nach, ihm fiel jedoch niemand ein. »Wer auch immer sonst noch richtig gut in dem Weltallzeug ist.« Ihr Körper vibrierte unter seinem Mund, als sie kicherte. »Ich glaube, das wäre fantastisch«, sagte er und schaute zu ihr hoch. »Ohne Scheiß.«

Ihre genervte Miene wurde weich. »Weißt du, es gibt da ein tolles Physik-Programm, das ich gesehen habe«, murmelte sie. Riley summte in ihre Haut hinein. Er liebte den Geschmack ihrer Haut auf seinen Lippen. »Die machen Kosmologie und, na ja … Das ist auch an der NYU.«

Riley erstarrte einen Augenblick lang, bevor er den Kopf hob. Seine Augen wanderten über ihr Gesicht, kannten jede Sommersprosse, jedes Grübchen und jede kleine Narbe auswendig. »Was?«

»Der Kurs. Er ist an der NYU«, wiederholte sie mit vorsichtiger Stimme.

Riley zog den Kopf ein wenig zurück, damit er sie ganz sehen konnte. »Du würdest auf die NYU gehen?«

Sie zog eine Schulter hoch. »Ich habe die entsprechenden Noten, um finanzielle Unterstützung zu bekommen, und es ist eine großartige Schule, aber … was am wichtigsten ist, du wirst dort sein.«

Riley versuchte, den großen Kloß aus Begeisterung und Rührung hinunterzuschlucken, der ihm unvermittelt die Kehle zuschnürte. »Du würdest mit mir kommen? Nach New York?«

Sie hob eine Hand und strich ihm durchs Haar, worauf er genüsslich die Augen schloss. »Ich würde mit dir überallhin gehen.«

»Lex«, kam ihr Name über seine Lippen, bevor sie sich auf ihre pressten.

Gott. *Riley hatte noch nie so gute Nachrichten gehört, und seine Brust platzte fast vor Erleichterung. Er hatte sich solche Sorgen deswegen gemacht, Michigan zu verlassen, um aufs College zu gehen – und sogar über Möglichkeiten nachgedacht, die näher an zu Hause waren –, aber er hatte diese Sorgen verdrängt, weil er nicht darüber nachdenken wollte, was es seinem Herzen antun würde, von Lexie getrennt zu sein. Aber jetzt? Jetzt wollte er nichts anderes, als sich in ihr zu verlieren, und ihr dann zeigen, was ihre Worte ihm bedeuteten.*

Sie öffnete die Beine, und er legte sich vorsichtig zwischen sie, weil er sie spüren lassen wollte, was sie mit seinem Körper machte. Er war siebzehn und inzwischen mehr als nur ein wenig mit seinen Erektionen vertraut, aber verdammt, er war nie so hart wie dann, wenn er mit Lexie zusammen war.

Er kippte das Becken und drängte sich gegen sie, so wie er wusste, dass es ihr gefiel. Sie hatten einander schon oft so zum Höhepunkt gebracht, und jedes Mal war es unglaublich. Sie keuchte in seinen Mund hinein und zog ihn enger an sich. Ihre Fingerspitzen kniffen ihn in die Haut an seinem Hals und seinen Schultern, als sein Mund von ihren Lippen zu ihrer Wange wanderte, zu ihrem Kinn, ihrem Hals. Er war heißhungrig.

»Bitte«, wimmerte sie in sein Haar und wand sich köstlich unter ihm.

»Sag es mir.«

»Ich will dich.«

»Du hast mich.«

»Ich will dich in mir …«

Riley holte tief Luft und stützte sich links und rechts von ihrem Kopf auf die Hände. Ihr Gesicht war wunderschön gerötet. »Bist du sicher? Ich meine, ich weiß, dass du es gesagt hast, aber –«

Ihre Finger auf seinen Lippen hielten ihn auf. »Ich bin bereit.«

Er lächelte und küsste sie zärtlich. »Komm mit mir mit.«

Er rappelte sich auf die Füße und hielt ihr die Hand hin, um sie zurück zum Pick-up zu führen. Nachdem er ihr gesagt hatte, sie solle neben der Ladefläche warten, drehte er den Schlüssel im Zündschloss, sodass die Elektrik ein leises Summen von sich gab, und steckte ein Kabel in die Steckdose im Armaturenbrett.

Das Lachen, das er von Lexie kommen hörte, verriet ihm, dass sein Plan geklappt hatte.

Um die Rückseite der Fahrerkabine hatte er kleine rosa und weiße Lichterketten befestigt, und auf der Ladefläche selbst, als er die Persenning zurückzog, enthüllte er ein paar ausgebreitete große Decken und mindestens sechs Kissen.

Er zappelte unruhig, als sie sich zu ihm umdrehte. »Ich plane eben gern voraus.«

Mit einem Schnauben kletterte Lexie auf die Ladefläche und ließ sich auf die Decken fallen. Sie schleuderte die Flipflops fort und stieß den Atem aus. Riley sah zu, wie ihr Bauch und ihre Brust sich im Takt mit dem Herzklopfen in seinem Hals hoben und senkten. Sie war das Herrlichste, was er je gesehen hatte, aber die Tragweite der Situation begann schwer auf ihm zu lasten. Scheiße. *Sie würden es tatsächlich tun.*

Als Lexie bemerkte, dass er keine Anstalten machte, zu ihr zu kommen, sah sie hoch. »Alles okay?«, fragte sie, auf die Ellbogen gestützt.

Er lächelte und fuhr sich mit der Hand durchs Haar. »Ich … sehe dich einfach nur an.«

Sie lächelte. »Willst du die ganze Nacht nur gucken, oder kommst du zu mir?«

Ohne einen weiteren Gedanken schleuderte Riley seine eigenen Flipflops von den Füßen und kletterte auf die Ladefläche. Er kroch an ihrem Körper hoch und brachte sie zum Quietschen, indem er Prusteküsse auf die Stellen ihres Bauchs gab, die er sehen konnte. Er küsste sie immer wieder, bis sie aufhörte zu lachen und ihm entgegenschmolz, ihn so verdammt eng an sich zog und sich an ihn klammerte, als habe sie Angst, er würde wieder fortgehen.

»Es ist okay«, flüsterte er an ihrer Haut. »Es ist alles okay.«

»Ich liebe dich«, sagte sie. Ihre Worte waren leise, aber inbrünstig. »Gott, ich liebe dich so sehr.«

Zitternd wich Riley der Atem aus der Lunge, und sein Blick wurde rasch sehr heiß. Er stützte die Unterarme neben ihrem Kopf auf und rahmte sie ein, beschützte das, was ihm so kostbar war. »Ich liebe dich auch«, flüsterte er, die Nase an ihre Schläfe geschmiegt. »Wie die ganze Welt, Lex. Für immer.«

Langsam fielen ihre Kleider, beide ließen sich Zeit, obwohl Riley nichts mehr wollte, als tausend Stundenkilometer schnell zu machen. Lexie schob ihn auf den Rücken und übernahm die Führung, wie er es liebte. Sie küsste seine Brust und seinen Hals und brachte ihn damit beinahe um den Verstand. Ihr schienen zusätzliche Hände zu wachsen, wenn sie beide fast schon nackt waren, und sie streichelte ihn auf eine Art, die ihn fluchen ließ und gleichzeitig die Finger zwischen ihre Beine schieben, um sie zu berühren, bis sie um mehr bettelte. Er lernte und entdeckte immer noch neue Dinge, wie er sie dazu bringen konn-

te, seinen Namen zu rufen. Er liebte es, dass sie so mitteilsam war. Sie hatte nie schüchtern zurückgehalten, was sie wollte, sondern ihm genau gesagt, was ihr gefiel: Da. Mehr. Vorsichtig. Schneller. In mir. Mehr. Hör nicht auf. Oh Gott, hör nicht auf.

Sie zerstob in seinen Armen, seine Finger feucht, sein Herz voll von ihr und sein Mund sehnsüchtig nach mehr. Sie war herrlich unter dem Licht ihrer Sterne, das ihre Haut leuchten ließ. Mit zitternden Händen streifte Riley ein Kondom über und positionierte sich über ihr. Als er in Lexies Augen blickte, ihre Brille war zusammen mit ihren Kleidern verschwunden, sah er, was er sich immer erhofft hatte: Liebe, Bewunderung und immerwährende Freundschaft.

Er senkte die Brust auf ihre herab, auf ihre weichen Brüste, die so warm waren an seiner Haut, und ließ seinen Zeigefinger über ihre Wange tanzen. »Du bist so schön«, sagte er. »Danke.«

Sie stieß ein leises Lachen aus, und die Bewegung ließ ihren Körper an seinem entlangreiben. »Wofür bedankst du dich?«

»Dass du meine beste Freundin bist«, antwortete er. »Dass du mit nach New York kommst, und dass du mich liebst.«

Sie hob den Kopf und küsste ihn. »Wie die ganze Welt. Für immer.«

Und während sie sich küssten, drang Riley vorsichtig, langsam, zärtlich in sie ein, und wusste, dass er niemals eine andere lieben würde, solange er lebte.

8

Rileys Beine trieben ihn vorwärts, die Wucht seiner Füße, die auf den Asphalt trommelten, entsprach jedem schweren Schlag seines Herzens. Bei jedem Schritt betete er, dass die Erinnerungen an Lexies siebzehnten Geburtstag verblassten. Aber selbst nachdem er mit Seb über dreißig Minuten lang gelaufen war, hätte er schwören können, dass ihr Geruch von jener Nacht ihn immer noch völlig umgab.

Schweiß lief ihm übers Gesicht, als sie in die Straße ihrer Eltern einbogen und einen Endspurt zum Haus hinlegten. Seb gewann das Eigentlich-kein-Wettrennen-aber-doch-Wettrennen um Haaresbreite und ließ sich auf den Rasen fallen, um seine Beine und den Rücken zu dehnen. Riley ließ sich einfach neben seinen Bruder auf den Rasen fallen und schnaufte wie ein Achtzigjähriger mit Lungenemphysem.

»Du wirst langsam auf deine alten Tage, Sohn«, bemerkte Seb, während er seine Gesäßmuskeln dehnte.

»Halt's Maul.«

»Das liegt am Bart«, fuhr Seb unbeirrt fort. »Du bist nicht mehr windschnittig.«

Riley drehte sich zu seinem Bruder um und blinzelte dabei in die Junisonne. »Weißt du, je mehr du über meinen Bart herziehst, desto mehr glaube ich, dass du ihn eigentlich toll findest. Und umso entschlossener bin ich, ihn zu behalten.«

Seb lachte und hob die Arme über den Kopf.

»Außerdem weiß ich, dass du nur neidisch bist, weil du statt hammermäßiger Gesichtsbehaarung *Mädchenhaare* hast.«

Mit einem verkniffenen Lächeln zeigte Seb ihm den Mittelfinger, während sich Riley lachend auf alle viere rollte und sich hochstemmte.

Das Haus war still, als sie es betraten. Joan war mit Tante Carol im Krankenhaus, und da es Park von Tag zu Tag besser ging, waren Maggie und Rosie wieder nach Hause gefahren. Park lag immer noch auf der Überwachungsstation, aber er machte gute Fortschritte. Es war zwei Tage her, seit er die Augen geöffnet hatte, und inzwischen konnte er aufrecht sitzen und essen. Riley und seine Brüder wechselten sich dabei ab, mit ihrer Mutter bei ihm zu sein. Heute war Tate mitgegangen.

»Also, Tate hat mir von der unbehaglichen Sache im Disney-Store erzählt«, meinte Seb, sobald die beiden geduscht und sich umgezogen hatten. Sie lagen ausgestreckt auf dem Sofa im Wohnzimmer und ließen sich vom Fernsehprogramm berieseln.

Riley nickte seufzend. »›Unbehaglich‹ trifft es gut.« Bei der Erinnerung und den darauffolgenden Flashbacks, die seitdem auf sein Gehirn einprasselten, zuckte er zusammen. Es erschien schrecklich unfair, sich so lebhaft mit den Erinnerungen an die glücklichste Zeit seines Lebens auseinandersetzen zu müssen, wenn er und Lexie inzwischen praktisch Fremde waren.

Seb legte den Kopf schief. »Du wirkst griesgrämig, Alter.«

Riley warf die Fernbedienung auf den Couchtisch. »Es kotzt mich einfach an, weißt du?« Er rieb sich mit den Fingerspitzen die Schläfen. »Ich meine, wir waren so lange zusammen, und jetzt ist es, als würden wir einander gar nicht mehr kennen.«

Seb zuckte mit den Schultern. »Dann tu was dagegen.«

»Was denn?«

Seb wies zur Tür. »Geh hin und lern sie wieder kennen.«

Als ob das so verdammt einfach wäre.

Seb verdrehte die Augen, als Riley die Lippen zusammenkniff und wieder auf den Fernseher starrte. Er schnaubte. »Du bist ein elender Feigling.«

»Da hast du verdammt recht!«, schnauzte Riley, was seinen jüngeren Bruder und ihn selbst überraschte. Verlegen rutschte er ein wenig auf dem Sofa herum. Seine Nervosität, wieder zu Hause zu sein, war auf einem absoluten Höchststand. Normalerweise war er so gelassen, aber durch die Begegnung mit Lex und weil sein Vater im Krankenhaus lag, war er unglaublich angespannt. »Tut mir leid« murmelte er.

»Scheiß drauf.« Seb lehnte sich vor. »Schau, wir eiern da schon seit Jahren rum. Rede mit mir. Wovor hast du solche Angst? Dann hast du eben irgendwelche Scheiße gesagt, die nicht so nett war. Schon gut, verstehe ich, aber das Leben geht weiter. Ihr wart damals beide Idioten. Schau mich nicht so an – du weißt, dass Lex ihre Phasen hatte, genau wie du.«

Das stimmte. Lex konnte sich verteidigen und einen ins Mark treffen, wenn sie wollte, aber das war nicht der Grund, warum Riley so schreckliche Angst davor hatte, den Kontakt wieder aufzunehmen. Er fuhr sich mit der Hand durchs Haar und schloss die Augen.

»Ich bin einfach … Okay, was ist, wenn wir uns tatsächlich wieder neu kennenlernen, wieder Freunde werden? Was dann?«

»Dann wirst du dich besser fühlen?«

»Aber das ist es ja«, klagte Riley. »Das werde ich nicht. Ich war nie in der Lage, nur mit ihr befreundet zu sein. Und daran hat sich nichts geändert. Außerdem lebe ich in New York, und offensichtlich lebt sie wieder hier. Es würde nicht funktionieren. Es würde jetzt nicht funktionieren, und wir beide wissen, dass es auch damals nicht funktioniert hätte, was auch der Grund ist, warum wir …«

Herrgott, die Sehnsucht nach der Vergangenheit war erdrückend.

Seb starrte Riley lange an, und seine dunklen Augen blickten scharfsinnig. »Du hast Angst davor, verletzt zu werden.«

Scheiße, es klang so geschraubt, wenn man es so ausdrückte, aber Seb hatte den verdammten Nagel auf den Kopf getroffen. Riley war ein ziemlich offener Typ und konnte eine Menge Dinge zugeben, aber die Angst, wieder das Herz gebrochen zu bekommen, gehörte nicht dazu. Es war der Hauptgrund, warum er Carter oder Max nie von Lex erzählt hatte. Er wollte nicht an den Schmerz denken, oder an die Ereignisse, die zu dem absoluten Chaos geführt hatten, zu dem seine Beziehung mit Lex geworden war.

Riley schwieg lange, bevor er den Mut zu sprechen fand. »Hast du irgendeine Vorstellung davon, was es mich gekostet hat, von ihr fortzugehen?«

Sebs Blick fiel zu Boden. Mit zusammengepressten Lippen schüttelte er den Kopf.

»Es hat mich gebrochen. Es war, als würde ich einen Teil von mir selbst zurücklassen, und jedes Mal, wenn ich zurückkam und sie und ich – ich habe ihn nie zurückbekommen. Und das werde ich auch nie.« Riley rieb sich mit den Handflächen übers Gesicht und spürte, wie seine Wangen heiß wurden vor Scham, aber Scheiße, so war es.

»Riley«, sagte Seb sanft. »Du musst das hinter dir lassen.«

Riley öffnete den Mund, um zu argumentieren, dass er das bereits hatte oder wenigstens nach Kräften versuchte.

»Alles zu vögeln, was einen Puls und Titten hat, heißt nicht, es hinter sich zu lassen. Das nennt man kompensieren.«

»Und wen kompensierst *du*?«, fragte Riley scharf.

Seb zog eine Augenbraue hoch. »Dreh nicht den Spieß um, nur weil du weißt, dass ich recht habe.«

Riley stieß schwer den Atem aus und schaute aus dem Fenster. »Aber so einfach ist das nicht.« Er ließ die Hände zwischen die Knie fallen. »Als ich sie letztens gesehen habe … Mann, es war, als würde alles wieder zurückkommen – der Spaß, den wir hatten, das Lachen, wie glücklich wir waren.« Mit einem Kopfschütteln verdrängte er das Unbehagen, das er in ihren Augen gesehen hatte. »Aber das ist so lange her. Ich glaube, unsere Zeit ist vorbei.«

»Ich finde, du solltest mit ihr reden.« Abwehrend hob Seb die Hand. »Nur eine Unterhaltung. Um die Luft zu reinigen. Und dann kannst du vielleicht einen ordentlichen Schlussstrich ziehen.«

»Eine Unterhaltung?« Riley ließ sich in die Lehne zurücksinken. Ein kleiner Teil von ihm war sich widerwillig bewusst, dass Seb recht hatte. Vielleicht konnten er und Lex doch miteinander reden und das, was zwischen ihnen passiert war, Vergangenheit sein lassen – wo es hingehörte. Sicher, sie würden nie wieder so Freunde werden wie früher, aber vielleicht würde es Riley helfen, den Schmerz und die Schuldgefühle abzuschütteln, die jahrelang stumm in ihm gebrütet hatten. »Ich werde drüber nachdenken«, murmelte er, obwohl er selbst nicht wusste, ob es an Seb oder ihn selbst gerichtet war.

An nächsten Tag fuhr Riley seine Mom ins Krankenhaus und saß drei Stunden lang unbehaglich und unbequem auf dem einzigen Stuhl, der im Zimmer seines Vaters stand, während seine Mom an Parks Bettkante saß. Die Spannung zwischen den beiden Männern war immer noch greifbar, aber Joan tat ihr Möglichstes, sie zu bereinigen, indem sie die beiden indirekt dazu brachte, miteinander zu reden. Nicht nur, dass es lächerlich war, es war auch irgendwie aufreibend.

Riley wusste, dass er seinen Vater enttäuscht hatte, als er ins

Gefängnis geschickt worden war, nachdem er einem Freund einen Gefallen getan und einen Haufen gestohlener Autoteile in seiner Werkstatt aufbewahrt hatte … aber was konnte er denn noch tun oder sagen? Er hatte seine Zeit abgesessen, sich bei allen entschuldigt, die ihm wichtig waren, seine Schulden bezahlt und eine komplette Kehrtwende gemacht. Es war ein dummer Fehler gewesen, für den er bezahlt hatte, aber die hartnäckige Weigerung seines Vaters, mehr als zwei, drei Worte mit ihm zu reden, war wie ein unablässiger Stachel in seinem Fleisch.

Um die Wahrheit zu sagen, hatte Riley gehofft, die schlechte Gesundheit seines Vaters würde dem alten Mann einen Arschtritt verpassen, damit er erkannte, dass das Leben zu verdammt kurz war, um an seinem Groll festzuhalten. Dass er sich entschließen würde, einen Neuanfang zu machen. Aber es sah nicht danach aus.

»Was geht dir durch den Kopf, Schätzchen?«, fragte Joan, als sie durch die Stadt zurück nach Hause fuhren.

Als Antwort zuckte er nur mit den Schultern.

»Dein Vater wird schon noch einlenken«, fügte sie sanft hinzu und tätschelte sein Knie. »Er muss einfach erst damit aufhören, sich selbst im Weg zu stehen.«

Riley war sich da nicht so sicher, aber er wusste die Zuversicht seiner Mutter trotzdem zu schätzen.

»Tate hat mir erzählt, dass ihr beiden Alexis gesehen habt.« Rileys Rücken versteifte sich ein wenig, und er räusperte sich. »Ihr Kinder müsst eure Differenzen bereinigen. Es ist schon zu lange her.« Riley lehnte einen Ellbogen aus dem Fenster und hielt den Blick entschlossen auf die Straße gerichtet. »Eine solche Liebe geht nicht einfach weg, ganz egal, wie sehr du es dir wünscht, Schätzchen.«

Riley seufzte. »Sie hat mich weggestoßen.«

»Sie war nicht sie selbst, Riley. Sie war krank. Das weißt du.«

Ja, das wusste er, aber das machte es nicht leichter.

Joan fuhr fort. »Maggie hat mir gesagt, dass Alexis einen Laden nicht weit von hier hat – «

»Nein«, unterbrach Riley und unterband die Idee sofort.

Man musste seiner Mutter zugutehalten, dass sie ihn nicht weiter drängte. Das tat sie nie. Stattdessen tat sie, was sie bei ihren Söhnen schon immer getan hatte: Sie pflanzte ein Samenkorn. Und verflucht noch mal, das verdammte Ding wurde immer größer und lauter, während Riley weiterfuhr. »Wie weit von hier?«

Er hatte es ganze sechs Minuten lang geschafft durchzuhalten, bevor er fragte, wo sich Lexies Laden befand. Dabei wagte er es nicht, zu seiner Mutter hinüberzusehen.

»Bieg die Nächste links ab.«

Riley fragte nicht, woher sie das wusste. Es spielte keine Rolle.

Zehn Minuten später bog Riley auf einen großen Parkplatz, um den sich eine Reihe von Geschäften und Restaurants befanden. Er stellte den Wagen ab und lehnte sich zurück, den Blick auf den kleinen Laden geheftet, der zwischen einem Old Navy und einem Bed, Bath & Beyond lag.

In Liebe, Du by Lexie.

Stolz und Erleichterung ergriffen ihn. Als sie achtzehn war, hatte Lexie wegen niederschmetternder Umstände, die sich ihrer Kontrolle entzogen, ihren Traum begraben müssen, Kosmologin zu werden. Riley musste zugeben, dass er sich, obwohl seine Beziehung mit Lexie am Ende war, Sorgen um sie gemacht hatte. Nicht dass er nicht an ihren Erfolg geglaubt hätte. Gott, Lexie war der entschlossenste und klügste Mensch, den er kannte. Aber es hatte ihm das Herz gebrochen, zuzusehen, wie sie dem, was sie immer gewollt hatte, den Rücken kehrte, ganz egal, aus welchen Gründen.

Riley und seine Mutter stiegen aus dem Wagen und gingen auf den Laden zu. Ein Lächeln zog seine Mundwinkel auseinander, als er den Stern als i-Punkt auf ihrem Namen im Logo sah, dazu den Mond und die Sterne, die in elegantem Weiß in die Ecke des Schaufensters gemalt waren.

Die Auslage dahinter war umwerfend. Schmuckstücke in allen möglichen Variationen glitzerten, funkelten und schimmerten an rosa Schmuckständern. In manche davon waren Worte eingraviert oder geprägt, die Riley lächeln ließen: *glauben, vertrauen, überleben.*

»Sollen wir reingehen?«, riss Joans Stimme ihn aus seinen Gedanken.

Er holte tief Luft und nickte, dann bedeutete er seiner Mom, vorauszugehen. Sie drückte kurz seinen Arm, als sie an ihm vorbeiging, und er folgte ihr auf unsicheren Beinen. Das Erste, was Riley bemerkte, als er eintrat, war der Geruch. Er war ganz und gar Lexie, süß und blumig, und es schleuderte ihn kopfüber in eine Szene, in der sie sich in ihrem Zimmer für ihn auszog. Sie waren siebzehn und so verliebt gewesen. Er leckte sich über die Lippen und fuhr sich übers Gesicht.

»Hallo.« Eine zierliche Frau mit dunkelviolett gefärbtem Haar, das am Hinterkopf zu einem strengen Knoten gesteckt war, kam auf sie zu. »Ich bin Jaime. Sagen Sie Bescheid, wenn ich Ihnen helfen kann.« Sie erinnerte Riley an ein Hündchen, lebhaft, lächelnd und voller Eifer, gefällig zu sein.

»Danke«, sagten er und seine Mutter einstimmig, bevor Riley an eine verspiegelte Wand trat, die mit rosa Post-its übersät war. Als er näher kam, erkannte er, dass Kommentare darauf geschrieben standen: *Weil du die Dinge beim Namen nennst. Ohne Scheiß!!* In Liebe, Du.

Deine Sommersprossen. In Liebe, Du.

Deine Ringellocken und vollen Lippen. In Liebe, Du.

»Das ist so cool«, stieß er hervor und kniff die Augen zusammen, um die Zettel lesen zu können, die weiter oben am Spiegel klebten.

»Freut mich, dass es dir gefällt.«

Als er Lexie hinter sich hörte, fuhr Riley auf der Stelle herum und stieß dabei mit dem Arm gegen einen Schmuckständer. »Scheiße!« Mit fuchtelnden Armen versuchte er ihn zu packen, bevor er umfiel, während Lexie gleichzeitig vorwärtshechtete, um dasselbe zu tun. Sie bekamen ihn zu fassen und stellten ihn wieder auf, wobei die Halsketten und Ohrringe heftig schaukelten.

»Tut mir leid«, murmelte er, während ihm vor Peinlichkeit Hitze am Hals emporstieg.

»Schon gut«, erwiderte sie mit einem verlegenen Lachen. »So was passiert. Ich muss das Ding woanders hinstellen oder ein Warnschild aufstellen oder so was.«

Riley musterte sie, während sie sprach, und wieder bemerkte er das Nasen-Piercing und die Tattoos, die sie zu ihrer Kollektion hinzugefügt hatte. Das Tattoo an der Innenseite seines Arms wurde plötzlich heiß, so als wüsste es, dass sie in der Nähe war. Er sah, dass sie ihren eigenen Unterarm festhielt, um die Stelle zu verbergen, wo sie sich dasselbe Tattoo hatte stechen lassen, am selben Tag, und sein Herz zog sich ein wenig zusammen.

Sie drehte sich um und lächelte Rileys Mom an. »Hi, Joan. Wir haben uns lange nicht mehr gesehen. Tut mir leid, das von Park zu hören. Wie geht es ihm?«

Lexie wirkte überrascht, als sie von Joan in eine Umarmung gezogen wurde, aber sie erwiderte sie rasch und lächelte an Joans Schulter.

»Es geht ihm schon besser. Danke. Und du siehst sehr gut aus, Alexis«, bemerkte Joan, als sie sich wieder voneinander lösten. »Und dein Laden ist wunderbar. Herzlichen Glückwunsch.«

Lexie errötete unter Joans Lob und strich sich eine Haarsträhne hinters Ohr. Riley war noch nie neidisch auf seine Mom gewesen, aber ihre Ungezwungenheit mit Lexie war etwas, wofür er töten könnte. Warum war das nicht das Erste gewesen, was *er* zu ihr gesagt hatte? *Trottel.*

»Wie lange hast du ihn schon?«, fragte Riley stattdessen und schob die Hände in die Hosentaschen.

»Fast drei Jahre«, antwortete sie.

»Und du machst das alles selbst?«

Lexie nickte. »Hier im Haus entworfen und angefertigt. Es sei denn, es ist eine Sonderanfertigung, dann können wir sie außer Haus fertigen lassen. Aber wir versuchen, so viel wie möglich hier im Laden herzustellen.« Sie verschränkte die Arme. »Ich bin überrascht, dass du uns gefunden hast.«

Riley warf einen Blick zu seiner Mom. Er hatte die unterschwellige Botschaft in Lexies Worten wahrgenommen: Sie wollte ihn nicht hier haben. »Durch meine Cousine Maggie«, erklärte er. »Sie hat dich im Disney-Store erkannt. Sie war schon mal hier und sagte, wie toll der Laden ist.«

»Das war nett von ihr.« Lexie sah ihm nicht direkt in die Augen, sondern zappelte unruhig herum und zupfte an ihrer Nagelhaut. »Ihr könnt euch gern weiter umsehen.« Sie schaute zu Joan hinüber. »Wir haben ein paar tolle reduzierte Stücke dort drüben.« Sie zeigte auf den hinteren Teil des Ladens, wo eine Gruppe von drei Mädchen stand, die sich gegenseitig verschiedene Schmuckstücke anhielten, und Joan ergriff die Gelegenheit, ihren Sohn und Lexie allein zu lassen. Lexie ließ die Hand fallen und drehte sich langsam wieder zu Riley um. »Und wir haben auch ein paar tolle Teile für Männer.« Ohne ein weiteres Wort durchquerte sie den Laden.

Riley folgte ihr gehorsam, als habe er kaum eine Wahl. Er schämte sich nicht dafür, dass er bei Lexie immer schon so gewesen war. Es war eigentlich ganz einfach: Sie gab die Richtung vor, und er folgte ihr.

»Wir haben ein paar wirklich sexy Manschettenknöpfe und Halsketten«, sagte sie zu der Wand mit Männerschmuck.

Riley nahm sich einen Moment Zeit, um die Schmuckstücke und einen Typen, der eine Kette anprobierte, zu mustern, bevor er den Blick über Lexie gleiten ließ. »Du siehst toll aus«, sagte er leise. »Wirklich toll. Das hätte ich dir sagen sollen, als ich dich letztens gesehen habe.«

Ihre Schultern sanken leicht herab. »Danke.« Sie hob den Blick zu seinem. »Du aber auch.« Sie zog eine Augenbraue hoch. »Der Bart ist … mal was anderes.«

Verlegen hob Riley die Hand zum Kinn.

»Aber er gefällt mir«, fügte Lexie hinzu.

»Danke.«

Sie schob ihre Brille höher auf die Nase. »Das hier ist ziemlich unbehaglich, nicht?«

Ein kurzes Lachen brach aus Riley heraus. »Ja.«

Sie schluckte und fuhr mit den Schneidezähnen über ihre Unterlippe. Bei dem Anblick wurde Riley warm ums Herz. Es war eine Marotte, die sie schon immer gehabt hatte, und die sich zeigte, wann immer sie nervös war. »Das ist nicht meine Absicht, aber …«

»Aber?«

»Aber es ist lange her.«

Riley nickte. »Das ist es.«

»Und es war ein Schock, dich hier zu sehen.«

Riley nickte knapp. »Ich weiß. Tut mir leid.«

»Das braucht dir nicht leidzutun«, murmelte sie. »Es ist schon gut. Es freut mich, dass du den Laden gesehen hast.«

»Er ist toll, Lex. Du solltest wirklich stolz auf dich sein.«

»Das bin ich auch.«

Riley wandte seinen Körper ihr zu, und das jähe und überwältigende Bedürfnis, ihre Haut zu berühren, durchzuckte ihn von Kopf bis Fuß.

»Hör mal, Lex, ich werde noch eine Weile hier sein, bis es meinem Dad besser geht, und ich hatte mich gefragt, ob – solange ich hier bin, ob wir, du weißt schon, vielleicht –«

Sie schüttelte den Kopf, bevor er überhaupt zu Ende gesprochen hatte. »Nein.«

»Ich möchte nur reden.«

»Riley, ich kann nicht.«

»Nichts weiter. Das schwöre ich.« Er hob eine Hand.

Lexie lachte trocken und sah auf eine Art zu Riley hoch, bei der ihm ein wenig schwindlig wurde. »Aber wir konnten doch nie einfach nur miteinander *reden*«, sagte sie leise. »Oder?«

Dieser Blick und ihre Worte steckten sein Blut in Brand. Aber sie hatte recht. Jedes Mal, wenn sie sich in der Vergangenheit getroffen hatten – zum letzten Mal, als er vor fünf Jahren zum Hochzeitstag seiner Eltern zurückgekommen war –, um einfach nur zu reden und die Luft zu bereinigen, waren sie miteinander im Bett gelandet. Oder an einer Wand. Oder das eine Mal in seinem Auto. Riley verlagerte das Gewicht von einem Fuß auf den anderen, weil er hart wurde. Gott, nichts hatte sich geändert; die Frau war wie verdammtes Viagra.

»Nein«, brachte er hervor. »Schätze nicht.« Er bemerkte die Röte in ihren Wangen. »Aber diesmal meine ich es wirklich ernst.« Und das war die Wahrheit. So sehr er sich auch wünschte, sich in ihr zu verlieren, sie zu küssen und alles wieder so zu haben, wie es gewesen war, als sie Teenager waren und das Leben einfach … noch mehr als das wollte er mit ihr befreundet sein. »Ich vermisse meine beste Freundin.«

Sie schloss eine Sekunde lang die Augen. »Riley.«

»Hör mich einfach an, okay?«

In diesem Moment klingelte die Glocke über der Ladentür. Lexies Augen weiteten sich ein wenig, als sie an Riley vorbeisah. Instinktiv drehte er sich um und sah Savannah und den kleinen Jungen, Noah, in ihren Armen. Er sah verdammt süß aus mit seinem beschmierten Gesicht – es sah verdächtig nach Schokolade aus – und einem an seinem Handgelenk befestigten *Star-Wars*-Luftballon, der über ihnen schwebte.

Savannah erstarrte, als die Tür hinter ihnen ins Schloss fiel, und nach einem Augenblick, in dem keiner sprach, begann Riley, zwischen den beiden Schwestern hin- und herzublicken, um herauszufinden, was zum Teufel sie einander ohne Worte sagten. Wieder sah er Noah an, der ihn angrinste, und etwas in seinem Bauch zog sich zusammen, während sich ihm gleichzeitig die Haare im Nacken sträubten.

»Tut mir leid«, sagte Savannah rasch. »Ich wusste nicht, dass – ich nehme einfach Noah und –«

»Mommy, schau!«, rief Noah.

»Noah, nicht –« Er begann so heftig in Savannahs Armen zu zappeln, dass sie gezwungen war, in die Hocke zu gehen und ihn auf den Boden zu stellen, bevor er runterfiel.

Er rannte auf Lexie zu, den Luftballon-Arm in die Höhe gestreckt, während Rileys Gedanken plötzlich mit einer Million Stundenkilometer zu rasen begannen.

Moment mal.

Mommy?

Lexie trat schnell um Riley herum und bückte sich zu dem kleinen Jungen hinunter, der munter weiterplapperte. »Die Party war so gut! Ich hab einen Luftballon bekommen! Und ich hatte Kuchen.«

»Ja, das sehe ich. Ich kann es kaum erwarten, alles darüber

zu hören, Baby«, sagte Lexie, während sie dem kleinen Jungen durchs Haar strich. »Aber Mommy ist gerade ein bisschen mit Kundschaft beschäftigt. Ich bin in zwanzig Minuten fertig, und dann können wir nach Hause gehen. Geh mit Tante Sav mit, und ich komme gleich nach, okay?«

»'kay«, antwortete Noah ohne Widerspruch. Seine Aufmerksamkeit sprang im Nu von dem Luftballon zu Riley. »Du bist der Mann von Disney. Gefällt dir mein Luftballon?«

Riley öffnete den Mund, stellte jedoch fest, dass keine Worte herauskamen. Auf Antwort wartend schaute Noah zu ihm hoch, die haselnussbraunen Augen so vertraut, genau wie sie es in dem Disney-Store gewesen waren. Aber jetzt, als er genauer hinsah, konnte Riley noch andere Züge in Noahs Gesicht sehen, die er jeden Tag sah, wenn er in den Spiegel schaute. Gott, sogar Noahs Nase und Kinn waren …

Riley taumelte zurück, als die Erkenntnis ihn traf wie ein verdammter Vorschlaghammer. Seine Hüfte stieß gegen den Schaukasten hinter ihm. Wieso zum Teufel war ihm das vorher nicht aufgefallen? Aus dem Augenwinkel sah Riley, dass seine Mutter näher kam. Ihr weit aufgerissener Blick war auf den kleinen Jungen geheftet, selbst als Savannah ihn bei der Hand nahm und nach hinten durch eine Tür aus dem Geschäftsraum führte. Konnte sie es auch sehen? Konnte es sein, dass Noah …?

Als Joans Blick seinem begegnete, wusste er, dass die Antwort unmissverständlich Ja lautete. Sie sah ebenso geschockt aus, wie Riley sich fühlte. »Er sieht aus wie –«

»Lex?« Riley war nur noch zu einem ungläubigen Krächzen fähig. Er konnte kaum atmen. Heiliger Herr Jesus, er konnte nicht mehr *denken*. Was um alles in der verdammten Welt war hier los?

Lexie stand aus der Hocke auf, ihr Gesicht war blass, ihr Blick überall, nur nicht bei Riley.

Er drängte seine nächsten Worte durch einen Nebel aus Panik und Verwirrung hervor. »Gibt es da etwas, das du mir sagen solltest?«

Sie sog schwer den Atem ein, hielt ihn und drehte sich dann zu ihm um. »Wir müssen reden.«

Riley versuchte, Luft zu holen, aber seine Lunge fühlte sich an, als wäre sie auf die Hälfte ihrer Größe geschrumpft. »Ist er – ?«

»Nicht hier«, stieß Lexie mit einem Blick auf die anderen Kunden und Jaime hervor, die sich hinter Joan herumdrückte und anscheinend ebenso perplex über die ganze Szene war wie Riley.

Abrupt brachte Wut Riley wieder dazu, klar zu denken. Er straffte sich und trat näher an Lexie heran, bis er drohend vor ihr aufragte, aber sie hob trotzig das Kinn und hielt seinem Blick stand. »Nicht hier? Willst du mich verarschen?«, knurrte er. Sein Puls dröhnte in seinen Ohren. »Sag es einfach, verdammt noch mal.«

Kurz zuckte Angst über Lexies Gesicht, bevor Selbstvertrauen sie die Schultern straffen ließ. »Ja«, sagte sie ruhig und ließ damit Rileys Welt auf die Größe eines Stecknadelkopfs zusammenschrumpfen. »Er ist von dir.«

9

Elf Jahre zuvor …

Riley lag auf seinem Bett, die Augen geschlossen, den Mund geöffnet und die Hände in die Kissen unter seinem Kopf gekrallt. Er bog den Kopf zurück und bäumte die Hüften auf. Lexies Mund. Heilige Scheiße, *Lexies Mund. Sie saugte und leckte und küsste seinen ganzen Schwanz, lockte eine so intensive Lust aus ihm hervor, dass er nichts anderes von sich geben konnte als kehlige Laute, Knurren, gestöhntes* Ja, bitte, Gott, hör bloß nicht auf.

Sie war so gut darin geworden und hatte bei ein paar Gelegenheiten zugegeben, dass sie es gern tat, was für einen achtzehnjährigen Jungen, der beinahe ständig wegen seiner Freundin hart wurde, absolut fantastisch war. Und um ehrlich zu sein, beruhte das Gefühl auf Gegenseitigkeit; er liebte es, sie zu lecken. Er liebte ihre Laute, ihren Geruch, ihren Geschmack, und wenn sie unter seiner Zunge kam, sich in sein Haar klammerte und seinen Namen rief, dann fühlte er sich verdammt noch mal wie der Größte. Ja, Sex mit Lexie war wirklich der Hammer, und sie taten es, wann immer sie konnten – seit ihrem ersten Mal an Lexies Geburtstag vor fast einem Jahr hatten sie kaum mal damit aufgehört.

Sie umfasste seine Hoden und nahm ihn noch tiefer in sich auf. Riley stöhnte. »Gleich«, keuchte er und hob den Kopf, damit er ihr zusehen konnte. Sie zwinkerte ihm zu. »Oh, Scheiße, ich komme gleich. Mach weiter.«

Sie schmunzelte und sog ihn immer wieder in sich hinein, zugleich massierte sie den Teil seines Schwanzes, den sie nicht aufnehmen konnte. Ihr Mund war so feucht, so warm und einfach das Vollkommenste auf der ganzen Welt. Riley stieß mit den Hüften zu und besann sich nur noch schwach, sie nicht zum Würgen zu bringen, bis ihn sein Orgasmus in den Bauch traf und beinahe sein Innerstes nach außen kehrte und er unglaublich heftig in Lexies Mund kam.

Er stöhnte und schrie auf und keuchte und dankte Gott, dass sie das Haus für sich allein hatten, denn es war vollkommen unmöglich, dass er dabei hätte leise bleiben können, und wie verdammt peinlich wäre das gewesen? Schwer atmend brach er auf dem Bett zusammen und nahm nur schwach wahr, wie Lexie lachte und nach der Wasserflasche griff, die sie auf seinem Nachttisch bereitgestellt hatte.

»Ich schwör's bei Gott, du bist der Wahnsinn.« Er schloss die Augen, während sie sich neben ihn kuschelte und ihren nackten Körper warm und weich an ihn schmiegte. Er legte den Arm um ihre Schultern und küsste sie auf die Stirn. »Der Wahnsinn.«

Wieder lachte sie und streichelte mit der Hand über seinen Bauch. »Freut mich, dass es dir gefallen hat.«

Riley gelang es, ein Auge zu öffnen. »Oh ja.«

Sie hob die Hand, legte sie an seine Wange und küsste ihn, und bei dem unterschwelligen Geschmack von ihm selbst auf ihrer Zunge keimte schamlos Hitze in seinem Bauch auf. Er brummte genüsslich an ihren Lippen und lächelte. Wenn er wüsste, wie man die Gefühle, die er für das Mädchen in seinen Armen hatte, in Flaschen abfüllen könnte, dann hätte er einen Verkaufsschlager. Niemand würde sich je wieder elend fühlen. Er wusste, dass sie schon fast ekelerregend glücklich waren, und seine Brüder zogen ihn deswegen auf, aber Riley hätte das nicht egaler sein können.

»Wann musst du fort?«, fragte er, während er nach unten langte, um die Bettdecke über sie zu ziehen. Es war Mitte Juli und heiß, aber er schirmte gern die Außenwelt ab, damit es nur sie beide gab.

»Dad möchte, dass ich um drei wieder zurück bin«, antwortete sie. Ihr Finger kreiste um seine Brustwarze. »Unser Flug geht um sieben.«

Riley schaute zur Wand. Es war ein Uhr. »Ist es dumm, dass ich dich jetzt schon vermisse?«

Sie lächelte an seiner Schulter. »In einer Woche bin ich wieder da. Du wirst es kaum merken.«

Aber sie wussten beide, dass das nicht stimmte. Lexie und ihre Familie flogen für eine Woche nach Florida, als Geschenk zu Lexies Schulabschluss, ein letzter Familienurlaub, bevor sie und Riley nach New York aufbrachen. Die Familie hatte schon seit vor Weihnachten darauf gespart und Mühe gehabt, die Reise zu bezahlen, nachdem Lexies Mutter im Februar ihren Job verloren hatte. Ihr Vater hatte Extraschichten im Sägewerk gearbeitet, und Lexie hatte etwas beigetragen, indem sie im örtlichen Café jobbte. Einmal hatte Lexie gefragt, ob Riley mit ihnen kommen könnte, aber der Ausdruck auf Mr Pierce' Gesicht hatte Bände gesprochen, besonders in Anbetracht der Tatsache, dass er Riley die alleinige Schuld für ihr neues Tattoo gab.

Eindeutig kannte er seine Tochter alles andere als gut. Natürlich war das Tattoo Lexies Idee gewesen. Riley war ihr einfach gefolgt, wie immer.

Er zog Lexie enger an sich. Es spielte ohnehin keine Rolle; in ein paar Wochen würden sie in New York sein, ohne Eltern in der Nähe, und er würde sie endlich ganz für sich allein haben. Aufregung durchströmte ihn. Er konnte es nicht erwarten, mehr solche Tage wie heute zu haben – ohne Unterbrechungen

Lexies Körper zu genießen, Spaß zu haben und an der NYU zu studieren. Er hatte sich das alles seit dem Moment, in dem sie beide ihre Aufnahmebestätigung mit der Post bekommen hatten, genau überlegt. Sie hatten es geschafft, ins selbe Studentenwohnheim zu kommen – keine geringe Leistung –, und er hatte alles arrangiert, wo sie während des Studiums auf dem Campus wohnen würden, was sie nach den Abschlussprüfungen tun würden, nach der Abschlussfeier und danach und wie und wo er ihr einen Antrag machen würde.

Vielleicht war es merkwürdig für einen Achtzehnjährigen, so romantische Vorstellungen zu haben, aber er und Lexie waren anders als alle andern. Riley hatte Freunde, die von einem Mädchen zum nächsten sprangen, ihr Leben war ein nie endendes Drama, und das konnte Riley nicht im Geringsten reizen. Er hatte schon im Alter von acht Jahren gewusst, dass Lexie die Richtige für ihn war, und zehn Jahre später hatte sich nicht das Geringste daran geändert. Lexie bewegte sich neben ihm, und ihre Brüste drückten sich köstlich an seine Seite.

Na ja, ein paar Dinge hatten sich womöglich doch geändert.

Er drehte sich zu ihr, bis er über ihr lag, zwischen ihren Beinen, und hauchte sanfte Küsse über ihr Gesicht, zu ihrem Mund und wieder zurück. Er würde nie genug davon bekommen, wie sie schmeckte, wie sie duftete oder wie sich ihr Haar in seinen Händen anfühlte. Er hielt einen Moment lang inne und ließ den Blick über ihr Gesicht tanzen, prägte sich jede Sommersprosse, jede Mulde und Wölbung ins Gedächtnis ein. »Ich liebe dich«, flüsterte er.

Sie streckte den Finger aus, um die Kontur des zwei Wochen alten Tattoos auf seinem Unterarm nachzuzeichnen, dem Tattoo, das ganz genau dem ihren glich. Es zeigte die Welt und befand sich unmittelbar unter seiner Armbeuge. Die Blautöne der Meere und das Grün der Kontinente hoben sich hell von seiner sonnengeküssten Haut ab. »Die ganze Welt«, antwortete sie, und ihre blauen Augen waren voller Gefühl. »Für immer.«

Riley fuhr sie rechtzeitig nach Hause. Er war nie unpünktlich, was Mr Pierce betraf. Und tatsächlich stand der Mann schon auf der Veranda und tat so, als würde er die Blumen gießen, als sie vor dem Haus hielten. Riley lächelte gutmütig, als Lexie kicherte und ihrem Vater durchs Fenster zuwinkte. Sie drehte sich zu Riley um und griff nach seiner Hand. »Ich werde dich vermissen«, flüsterte sie mit belegter Stimme.

»Du wirst es kaum merken«, echote er lächelnd. Er beugte sich über den Ganghebel zu ihr und küsste sie sanft. Sie erwiderte den Kuss mit hungrigen Lippen, doch sie fuhren auseinander, als es energisch an Lexies Fenster klopfte.

»Alexis«, drang die Stimme ihres Vaters gedämpft durch die Tür. »Lass diesen Jungen in Ruhe und pack deinen Koffer fertig.«

Lexie lächelte. »Komme schon, Daddy.« Sie drehte sich wieder zu Riley und küsste ihn noch einmal schnell, bevor sie aus dem Wagen sprang. Nachdem sie die Tür hinter sich geschlossen hatte, grinste sie durchs Fenster, presste ihr Tattoo gegen die Scheibe und formte lautlos mit den Lippen: »Ich liebe dich.«

Wie die ganze Welt.

Die folgenden Tage vergingen im Schneckentempo. Riley gab sein Bestes, sich zu beschäftigen, indem er trainierte, seinem Dad in der Werkstatt half, las und mit Seb rumhing, aber trotzdem schienen die Uhren im Haus ohne Lexie in der Nähe rückwärts zu laufen, besonders, da er seit zwei Tagen nichts von ihr gehört hatte. Rückblickend hätte Riley wissen sollen, dass etwas nicht stimmte – Lexie blieb nie so lange stumm –, aber er versuchte, sich keine Sorgen zu machen. Sie war schließlich im Urlaub.

Es war drei Uhr morgens am fünften Tag, als Riley vom sanften Rütteln seiner Mom geweckt wurde. Langsam kam er zu sich und rieb sich die Augen, dann bemerkte er seinen Vater, der hinter seiner Mutter im Morgenmantel in der Tür seines Zimmers stand.

»Was ist los?«, fragte Riley sofort und tastete suchend erst unter seinem Kissen und dann unter der Bettdecke nach seinem Handy.

Als er keine Nachricht und keinen verpassten Anruf sah, rutschte ihm das Herz in die Hose. »Ist etwas mit Lex?«

Joan schüttelte den Kopf. »Nein, Schätzchen. Es ist ihr Dad«, antwortete sie. »Er ist tot.«

Riley erstarrte. Seine Augen suchten im Gesicht seiner Mutter nach einem Hinweis, einem Scherz, einer deutlichen Erklärung für den Haufen Scheiße, den er empfand. Und Gott, sein Herz tat weh. Es zog sich schmerzhaft zusammen – für Christine, für Savannah und natürlich für Lexie. Das Mädchen vergötterte ihren Vater. Er sackte zurück in die Kissen und presste die Fingerspitzen in seine Augenhöhlen, hasste es, dass er nicht bei ihr war, hasste es, dass sie so weit weg war. Er versuchte, sie anzurufen, aber die Anrufe gingen direkt auf ihre Mailbox, und das auch während der nächsten zwei Tage.

Es war Lexies Tante gewesen, die Joan in jener Nacht angerufen hatte, und sie wurde für Riley zur Informationsquelle, während er den Stunden beim Verstreichen zusah und sich sehnlichst wünschte, Lexie wäre zu Hause. Riley erfuhr, wie Mr Pierce gestorben war: Während er sich fürs Abendessen umgezogen hatte, war ein Aneurysma in seinem Gehirn geplatzt. »Er dürfte nicht viel davon mitbekommen haben«, waren Parks tröstende Worte gewesen, aber ehrlich gesagt konnten sie den Strom des Kummers, den Riley um Lexies willen empfand, nicht zum Stillstand bringen.

An dem Tag, an dem Lexie und ihre Familie wieder zurück nach Michigan kamen, fuhr Riley zu ihrem Haus, ging in den

Wald hinter ihrem Grundstück und fand schließlich das Raumschiff, das sie mit Mr Pierce gebaut hatten, als sie acht Jahre alt gewesen waren. Es stand immer noch, fest und solide, anders als Lexies Dad, und Riley erlaubte sich ein paar Tränen für den Mann, während er stumm dem Himmel über ihm schwor, dass er Lexie jeden Tag seines Lebens lieben und beschützen würde.

Das Geräusch brechender Zweige hinter ihm ließ Riley sich umdrehen und brach ihm gleichzeitig das Herz. Lexie stand ein paar Schritte entfernt, das Haar ungewaschen, das Gesicht vom Weinen aufgequollen. Einen kurzen Augenblick lang starrten sie einander an. Tage, Wochen, sogar Jahre später verstand Riley, dass diese wenigen kostbaren Sekunden den Moment symbolisierten, in dem sich alles veränderte – er wusste, dass sie nicht mit ihm nach New York gehen würde. Tief ihn seinen Knochen und seiner zersplitterten Brust wusste er, dass sie sich entschieden hatte, bei ihrer Familie in Michigan zu bleiben, und so sehr es ihn auch entzweiriss, er konnte nicht wütend sein. Wie sollte er?

»Lex.«

Sie rannte los und warf sich in seine Arme, schlang die Arme um seinen Hals, schluchzte lauter in seine Schulter, als er es je gehört hatte, und sagte ihm, wie leid es ihr täte, Gott, so leid, dass sie bei ihrer Mom bleiben und ihr helfen müsse, aber bitte Riley, geh. Du bist zu groß, um hierzubleiben. Geh. Und nimm mein Herz mit dir. Ich werde auf dich warten. Jeden Tag.

Riley weinte ebenfalls. Er hielt sie so verdammt fest, hielt ihren Hinterkopf und küsste immer wieder ihre Wange, während er ihr erklärte, dass er sie wie die ganze Welt liebte, mehr, als er je erklären könne, und dass alles wieder gut werden würde. Er versprach *ihr, er* schwor *ihr, ganz egal, was oder wo sie waren, sie würden für immer zusammen sein.*

Das Haus erbebte unter der Wucht, mit der Riley die Haustür hinter sich zuschlug. Joan drehte sich um und sah ihn an, während sie ihre Handtasche und die Schlüssel auf den Wohnzimmertisch legte. Ihre Augen waren mitfühlend und besorgt.

»Hast du es gewusst?«, bellte Riley, während Wut und Aufruhr durch ihn tobten. Er wollte kein Arschloch sein, und tief in seinem Innern wusste er, dass er nur um sich schlug, weil er so verdammt entsetzt war, aber er konnte nicht anders. Er wollte auf irgendetwas einschlagen, etwas zerschmettern und dann die Welt anschreien, bis er sich besser fühlte. »Na, was ist, hast du es gewusst?«

Joan fiel beinahe die Kinnlade herunter. »Wie kannst du mich das fragen? Natürlich habe ich es nicht gewusst.«

»Hast du nichts gehört?«, schrie Riley, während er auf und ab marschierte. »Keinen neugierigen Klatsch? Wie ist das möglich, wo du doch jeden in diesem Scheißloch von einer Stadt kennst?«

»Riley, sie hat jahrelang nicht mehr hier gewohnt«, sagte Joan ruhig. »Sie sind alle nach dem letzten Mal, als du hier warst, weggezogen. Woher hätte ich es wissen sollen?«

Und nun war offensichtlich, warum Lexie auf diese Weise verduftet war. *Scheiße. Scheiße. Scheiße.*

Riley raufte sich die Haare, und sein Kopf pochte. »Herrgott, ich meine … wie konnte sie nur?«, fragte er die Decke. »Mom? Ich meine, wie zum Teufel? Der kleine Junge ist – wie kann ich …?«

Joans Kinn zitterte, ein Mutterherz, das für ihren Sohn brach. »Ich weiß es nicht, Schätzchen. Ich weiß es nicht.«

Tate und Seb tauchten in der Wohnzimmertür auf.

»Was zum Teufel ist los?«, fragte Tate und stellte sich besorgt neben seine Mutter. »Ri?«

Aber Riley konnte nicht antworten. Er würgte, als sich ihm der Magen umdrehte. Seine ganze Welt geriet aus den Fugen und wirbelte um ihre eigene Achse, während Lexies Worte bei jedem Herzschlag in seinen Ohren widerhallten. *Ja. Er ist von dir. Ja. Er ist von dir.* Wie konnten vier kleine Worte so eine vernichtende Wucht haben? Wie hatte sie ihm das vorenthalten können? Wie konnte er einen Sohn haben? Wie konnte er all diese Zeit leben, ohne von dem Kind zu wissen, das er gezeugt hatte? Wie konnte sein Herz zugleich brechen und überquellen, verdammt?

Fragen prasselten wirbelnd auf ihn ein, bis er, unfähig, sich zurückzuhalten, herumfuhr und mit einem schrecklichen Brüllen die Faust in die Trockenmauer rammte.

Seb war sofort neben ihm und packte seinen Arm. »Scheiße, Mann. Hör auf! Was zur Hölle tust du da?«

Unfähig zu antworten, ließ Riley die Stirn gegen die Wand sinken und schrie. Wie kam es, dass er sich immer nur dann so fühlte, wenn er wieder in Traverse City war? Wie kam es, dass es immer wegen Lexie war? Seine Haut kribbelte so heftig vor Wut, dass er zitterte. Seb rieb ihm den Rücken. »Riley, komm schon. Du blutest. Lass uns dich sauber machen, ja?«

Tate war an seiner anderen Seite, eine Tüte gefrorener Erbsen und ein feuchtes Tuch in der Hand. »Lass mal sehen.« Er griff nach Rileys Arm und wickelte rasch das Tuch um seine Knöchel. Riley dachte sich, dass es eigentlich wehtun sollte, und vielleicht tat es das auch, aber der Rest von ihm schmerzte so viel mehr, dass er es kaum bemerkte. »Na komm, mein Großer«, überredete Tate ihn mit dieser Doktorstimme, die er gelegentlich hervorkramte. »Du musst dich hinsetzen. Seb, geh und hol mir eine Dose mit irgendetwas Zuckerhaltigem und ein Glas, ja?«

»Alles klar.«

Auf schweren Füßen ließ sich Riley von seinem älteren Bruder hinüber zum Sofa führen. Er setzte sich langsam und ließ Tate an ihm herumdoktern. »Verdammt, Mann, die könnte gebrochen sein.«

Als ob Riley das einen Scheiß interessierte.

»Ich habe einen Sohn«, flüsterte er als Antwort.

Tate erstarrte neben ihm, die möglicherweise gebrochene Hand war vergessen. »Was?« Sein Blick schnellte zu Joan, die an Rileys anderer Seite saß. »Wie – was hast – warte mal. Du hast einen – warum hat sie nicht …?«

Riley stieß ein humorloses Lachen aus. »Ja, genau das hab ich auch gesagt.«

Eine Dose Cola und ein Glas erschienen vor Riley auf dem Wohnzimmertisch. »Hab ich da gerade richtig gehört?«, fragte Seb ungläubig. »Einen *Sohn*?«

Riley ließ das Gesicht in die heile Hand sinken und stieß den Atem aus, während das Pochen in seinen Schläfen in einem fiesen Takt weiterschlug. Er hörte zu, wie seine Mom die Sache mit Noah erklärte und wie Lexie Riley überredet hatte, den Laden zu verlassen, obwohl er ihn am liebsten zu Kleinholz geschlagen hätte. Wie sie ihn angefleht hatte, keine Szene zu machen. Dass sie ihn überall, jederzeit treffen und es ihm erklären würde, wenn er einfach nur ging. Im Nachhinein war Riley nicht sicher, wie Lexie es geschafft hatte, ihn umzustimmen, aber mal realistisch gesehen, was hätte es ihm gebracht, sie vor einem Haufen Fremder anzubrüllen?

Sowohl Tate als auch Seb feuerten mit Fragen um sich, die Joan zu beantworten versuchte, während Riley nach Kräften versuchte, seine rasenden Gedanken zu beruhigen.

»Und das Miststück hat das einfach vor ihm geheim gehalten?«

»Hey!« Rileys Kopf fuhr hoch. Wütend starrte er Seb an.

»Lass das.« So sehr Riley auch wusste, dass Lexie Scheiße gebaut hatte, er ließ nicht zu, dass irgendjemand sie beleidigte.

Seb verdrehte die Augen.

»Er sagt nur, was wir alle denken«, meinte Tate, während er die gefrorenen Erbsen auf Rileys Hand drückte und das Tuch darumwickelte. »Hier, halt das an deine Brust. Mom, haben wir hier irgendwo Ibuprofen im Haus?«

»Im Badschrank, erstes Fach.«

»Ich hol es«, brummte Seb, bevor er zwei Stufen auf einmal nehmend die Treppe hochlief.

Riley ließ sich auf dem Sofa zurückfallen, die Hand an die Brust gedrückt.

»Also, wann triffst du dich mit ihr?«, fragte Tate.

»Morgen«, antwortete Riley. Er hielt die Augen geschlossen. »Im Park. Auf neutralem Boden.«

»Ich habe ihm gesagt, dass wir alle mitkommen, wenn er will.« Joan legte Riley eine Hand auf die Schulter.

»Auf jeden Fall, Mann«, bestätigte Tate. »Wenn du uns brauchst, sind wir für dich da.«

Riley nickte. »Danke, das weiß ich zu schätzen.«

»Wird sie Noah mitbringen?« Als er den Namen des kleinen Jungen hörte, regte sich ein Teil von Riley, von dem er bis zu diesem Augenblick nicht gewusst hatte, dass er ihn besaß. Er spürte Hitze, Bewunderung und einen so heftigen Beschützerinstinkt, dass er ihn beinahe schmecken konnte. Es war etwas, das er nicht einmal versuchen würde, in Worte zu fassen, aber es hieß, dass alles andere auf der Welt nun nur noch einen Dreck bedeutete. Alles außer Noah.

Noah. Sein kleines, lächelndes Gesicht blitzte hinter Rileys geschlossenen Lidern auf, nichts als haselnussbraune Augen und eine Stupsnase.

Gott, er war wunderschön.

»Ich habe sie darum gebeten«, antwortete Riley schließlich, als Seb wieder die Treppe herunterkam und zwei Tabletten neben das Glas Cola legte. »Ob sie es auch tut, ist eine andere Geschichte.«

»Du musst in die Notaufnahme.« Tate zog den Rand des Tuchs fort, um sich Rileys Hand noch mal anzusehen,

Riley schüttelte schwach den Kopf. »Ich habe heute schon drei Stunden in einem Krankenhaus gesessen. Einen Scheiß werde ich tun und da noch mal hingehen. Das wird schon werden.« Als Tate zu widersprechen begann, stöhnte er genervt. »Hör mal, Doc, wenn es morgen noch geschwollen ist, dann gehe ich hin. Okay?«

Die vier schwiegen eine Weile, bevor Joan aufstand. »Wie wär's, wenn ich uns allen etwas zu essen mache?«

Seb und Tate äußerten dankbare Worte, aber Rileys Magen gurgelte vor Abneigung. »Für mich nicht, danke«, sagte er. Er setzte sich auf, nahm die Tabletten und spülte sie hinunter. »Ich werde mich eine Weile hinlegen.«

Seine Brüder und seine Mutter standen um ihn herum und sahen ganz so aus, als würden sie darauf warten, dass er wieder abging wie eine verdammte Rakete, aber Riley konnte kaum noch den Kopf heben. Das Adrenalin war drastisch gesunken, was seinen Körper schwach und seine Knochen müde machte. Sein Gehirn war nun benommen und träge, und obwohl er kein Wort davon zu Tate sagen würde, schmerzte seine Hand wie die Hölle.

Er hielt sie immer noch an die Brust gedrückt, während er einen Blick zu der Delle warf, die er in die Wand geschlagen hatte. »Tut mir leid, Mom«, sagte er schuldbewusst. »Das hätte ich nicht tun sollen – das war dumm. Ich werde die Reparatur bezahlen.«

Joan trat zu ihm und legte ihm die Hand an die Wange.

»Mach dir keine Sorgen, Schätzchen.« Zärtlich küsste sie ihn auf den Mundwinkel. »Es war ein schlimmer Tag. Ruf, wenn du irgendetwas brauchst.«

Er nickte, und nach einem kurzen Blick zu seinen Brüdern ging er die Treppe hoch in sein Zimmer. Mit einem sanften Tritt schloss er die Tür, streifte die Schuhe ab und kroch aufs Bett. Erst dann, in der Stille seines Zimmers, ließ er seinen Tränen freien Lauf.

10

Er hatte sich den verdammten Knöchel gebrochen.

Während der Nacht hatte Riley sich unruhig hin- und hergewälzt und noch mehr Schmerztabletten genommen, bevor er, kurz davor, sich das verdammte Ding aus dem Gelenk zu reißen, bei Tate geklopft und ihn geweckt hatte, um seine professionelle Meinung einzuholen. Ein einziger leichter Druck auf den Knöchel, und Riley fluchte wie ein Verrückter, während Tate sich anzog, um ihn ins Krankenhaus zu fahren. Die gute Nachricht war, dass der Bruch ohne Gips oder Operation zu richten war.

Nichtsdestotrotz verbesserte die Vorstellung, Mittel- und Ringfinger für die nächsten drei Wochen aneinanderbandagiert zu haben, seine Laune kein bisschen. Nun fühlte er sich neben hundemüde obendrein auch noch dumm und betreten.

»Hör auf, dran rumzufummeln«, schalt Tate ihn mit einem Klaps auf Rileys neugierige Finger, die an dem Pflaster an seiner Hand herumzupften.

»Lass mich in Ruhe«, brummte Riley und hielt die Hände außer Tates Reichweite. »Konzentrier du dich lieber auf die Straße.«

Da Seb an diesem Abend abreiste, war er mit Joan ins Krankenhaus gefahren, um noch etwas Zeit mit ihrem Vater zu verbringen. Verdammt, wenigstens da gab es gute Nachrichten. Park wurde von der Überwachungsstation in ein normales Zimmer verlegt, was Gemunkel über seine mögliche Entlassung mit sich brachte, wenn er weiterhin Fortschritte zeigte.

Riley war ziemlich deprimiert wegen Sebs Abreise, besonders angesichts der Bombe, die Lexie am Tag zuvor hatte platzen lassen, aber sein kleiner Bruder hatte versprochen, dass er versuchen würde, so bald wie möglich wieder nach Michigan zurückzukommen. Riley wollte gar nicht daran denken, wann Tate ebenfalls wieder gehen musste. Wer hätte gedacht, dass er so klammern konnte?

Besorgt wegen seines eigenen Jobs rief Riley Max an, um nachzufragen. Er erzählte seinem Kumpel nichts von den Neuigkeiten, weil, scheiße, er versuchte selbst immer noch, damit klarzukommen, aber er war erleichtert zu hören, dass in der Werkstatt alles gut lief. Max versicherte ihm, dass er sich gern alle Zeit nehmen konnte, die er brauchte, als Riley ihm erklärte, dass sein Aufenthalt in Michigan noch ein paar Wochen länger dauern konnte. Er sagte Riley, dass er es toll fand, einen Vorwand zu haben, um Grace bei sich in New York zu behalten – statt wieder in ihrer Heimatstadt in West Virginia zu gehen –, während sie an ihrem nächsten Fotoprojekt arbeitete.

Während er seinem Freund dabei zuhörte, wie der von seinem Mädchen schwärmte, hätte es Riley eigentlich warm ums Herz werden sollen, so wie sonst auch immer, wenn Max von Grace sprach. Aber nun versetzte es seinem erschöpften Herzen einen Stich, und das war beschissen, wenn man bedachte, was Max alles durchgemacht hatte, um sie zu finden. Warum konnte das Leben nicht einfach sein, verdammt?

Riley brauchte einen Augenblick, um zu bemerken, dass Tate auf den Parkplatz an der Rückseite des Parks bog. Da es Sonntagnachmittag war und die Sonne herunterbrannte, wimmelte es im Park vor Leuten und ihren Kindern.

Kinder. Riley hatte seit Jahren keinen Gedanken daran verschwendet, einmal Kinder zu haben. Natürlich hatte er mal daran gedacht, mit Lexie Kinder zu haben, aber unter deutlich anderen Umständen.

Panik begann sich in ihm festzusetzen.

Was, wenn Lexie Noah *tatsächlich* mitbrachte? Was zum Teufel sollte Riley zu ihm sagen – *Hey, Kleiner, ich bin dein Daddy, wollen wir Star Wars spielen?* Er lächelte leicht, als er sich an Noahs Begeisterung für das Laserschwert erinnerte, das er in dem Disney-Store aufgetrieben hatte, und an den Luftballon, der um sein kleines Handgelenk gebunden gewesen war. Tatsächlich klang das irgendwie perfekt für den kleinen Kerl.

Vielleicht hätte er ihm etwas mitbringen sollen.

Das Abstellen des Motors ließ Rileys Aufmerksamkeit wieder in die Gegenwart zurückkehren. Er atmete ein und fuhr sich mit einer verschwitzten Handfläche über die Stirn. Tate neben ihm blieb stumm, und dafür war Riley dankbar. Worte konnten ihn ohnehin nicht beruhigen. »Okay«, murmelte er zu sich selbst, bevor er die Autotür öffnete und ausstieg. Er zog seine Ray-Ban aus der Tasche seiner Shorts und setzte sie auf, dabei verfluchte er seine wunde Hand.

»Ich bin bei Mom. Ruf mich an, wenn du mich brauchst, okay?«, sagte Tate über das Autodach hinweg.

Riley schaute hinaus über den Park und entdeckte Lexie sofort, als würde sein Blick wie magnetisch von ihr angezogen. Sie war allein. Riley wusste nicht, ob er erleichtert oder begeistert sein sollte. »Danke, Mann.«

Tate nickte und stieg wieder ins Auto, während Riley sich in Bewegung setzte, die Augen fest auf Lexie gerichtet. Dass sie so unglaublich aussah, brachte Rileys Blut noch stärker in Wallung. Ihr Haar war hochgebunden, was immer schon sein Lieblingslook an ihr gewesen war. Sie trägt einen Rock, schwarze Flip-Flops und ein *Sons-of-Anarchy*-Trägershirt, das ihre tollen Tattoos zeigte. Sterne, Planeten, Blumen und der Name ihres Vaters übersäten den oberen Teil ihrer Arme, wie eine Landkarte ihres Lebens, und das war unglaublich sexy.

Wie unfair war es, dass er sich immer noch so zu ihr hingezogen fühlte? Er seufzte. Wie unfair war es, dass er immer noch so verliebt in sie war? Er stockte kurz, als der Gedanke ihn traf. *Gott.* Was zum *Teufel* bedeutete das, und noch wichtiger, spielte das überhaupt eine Rolle? Würde das überhaupt etwas ändern? Er bezweifelte es, und da er nicht in der Lage war, den Gedanken zu verarbeiten, schüttelte er ihn ab. Sein Gehirn war bereits zu vollgestopft, um sich mit diesem Mist auseinanderzusetzen, und im Moment musste er seine Sinne beisammenhaben.

Er näherte sich dem Baum, unter dem Lexie stand. Als er sich umschaute, erkannte Riley, dass sie weit genug von allen anderen weg waren, um einen Hauch Privatsphäre zu haben. Er blieb vor ihr stehen. Sein Kiefermuskel zuckte, als er die Zähne zusammenbiss, um ruhig zu bleiben. Man musste ihr zugutehalten, dass sie so nervös aussah, wie er sich fühlte. Unruhig trat sie von einem Fuß auf den anderen, während sie ihn zaghaft anlächelte. »Hey.«

Seufzend rang Riley, hin- und hergerissen von dem Drang, sie wie wild zu schütteln, weil sie so egoistisch und gedankenlos gewesen war, und seinem Verlangen, sich mit ihr in den Schatten des Baums zu setzen und zu reden wie früher. Ach, zum Teufel mit den Nettigkeiten. »Ich bin hier, um über Noah zu reden«, sagte er und bemerkte, wie Lexie zusammenzuckte.

Sie kniff die Lippen zusammen und nickte. Mit einer Handbewegung wies sie hinter ihn. »Er ist da drüben mit Savannah.«

Als er über die Schulter blickte und den kleinen Jungen auf dem Klettergerüst sah, war jedes Wort aus Rileys Gehirn wie weggeblasen.

Alles, was er Lexie an den Kopf hatte werfen wollen, ihr vorhalten wollen, verpuffte und ließ ihn wie einen Idioten einfach nur dastehen, seinen Sohn betrachten und den Mund auf- und zuklappen wie ein Fisch auf dem Trockenen. Traurigkeit fegte durch ihn hindurch bei der Erkenntnis, dass er zu viele erste Male verpasst hatte, zu viele Male, in denen Noah etwas getan hatte und Riley hätte dabei sein sollen.

»Warum?«, flüsterte er, als er sich wieder zu Lexie umdrehte. »Warum zum Teufel hast du es mir nicht gesagt?«

»Ich habe es so oft versucht«, antwortete sie mit versagender Stimme. »Als ich gemerkt habe, dass ich schwanger war, griff ich zum Telefon, um dich anzurufen. Ich habe wirklich deine Nummer gewählt, aber niemand ging ran.«

Riley rechnete im Kopf nach. »War das im Juni?«

Lexie nickte, und Rileys Magen sank wie ein Stein. »Da war ich in Kill.«

»Ja. Das fand ich durch meine Mom heraus, die von deiner Verurteilung gehört hatte.«

Riley verschränkte die Arme, bestürzt, dass seine dummen Entscheidungen auch noch Auswirkungen auf etwas anderes Wichtiges in seinem Leben gehabt hatten. »Wann ist Noahs Geburtstag?«

»Am fünfzehnten Februar.«

»Warum hast du mich nicht angerufen, als ich entlassen wurde, wenn du es wusstest?«

»Ich habe darüber nachgedacht – «

»Darüber *nachgedacht*, verdammt?«, blaffte Riley.

»Ja«, versetzte Lexie, deren Furchtsamkeit sich vor seinen Augen in Luft auflöste, »das habe ich. Jeden verdammten Tag habe ich darüber nachgedacht. Ich wollte es dir so sehnlichst sagen, habe mich gefragt, was du dann sagen würdest, wie du dich fühlen würdest, und hatte dabei die ganze Zeit über Todesangst, dass du einfach wieder von uns weggehen, von mir weggehen würdest, so wie du jahrelang immer wieder weggegangen bist.«

Riley wäre beinahe rückwärts getaumelt, so vor den Kopf geschlagen war er von ihren Worten und ihrer Hitzigkeit. »*Weggegangen?* Ist das gerade dein verfluchter Ernst, oder hörst du wirklich nicht, was du da redest?«

»Ich höre sehr gut.«

»Dann lass mich dir mal was sagen.« Er machte einen gewaltigen Schritt auf sie zu. »Das einzige Mal, dass ich jemals von dir weggegangen bin, war, als du es mir gesagt hast. Das einzige Mal, als du mich gebeten hast, wegzubleiben, habe ich auf dich gehört. Ich habe getan, worum du mich gebeten hast, also wag es verdammt noch mal nicht, mir das vorzuwerfen, da du mich beim letzten Mal, als ich dich gesehen habe, angefleht hast zu gehen und nie wiederzukommen.«

Das Feuer loderte zischend im Blau ihrer Augen hinter der Brille, bevor sie es fortblinzelte. »Wann hast du *je* auf mich gehört?«, fragte sie mit einem Kopfschütteln und schaute über den Park hinweg zu Noah.

»Es hat mich fast umgebracht, mich von dir fernzuhalten«, gestand Riley in Richtung seiner Füße, bevor er sie wieder wütend anstarrte. »Stell es nicht so hin, als wäre es meine Entscheidung gewesen oder als wäre es leicht gewesen.«

Dem Anschein nach zerknirscht nickte Lexie langsam. »Du hast recht. Tut mir leid.«

Riley drehte sich um und trat neben sie, um Savannah und Noah dabei zu beobachten, wie sie um die Rutsche herumliefen.

Lexie holte tief Luft. »Ich hatte so verdammte Angst, Riley. Du hast keine Vorstellung davon. Ich wusste, dass es alles ändern würde, aber dann, als ich hörte, dass man dich ins *Gefängnis* geschickt hatte, und für *so* lange, hatte ich keine Ahnung, was ich tun sollte. Ich war wütend auf dich.« Sie schaute zu ihm hoch. »Wie hast du so dumm sein können?«

Riley versuchte, sich nicht anmerken zu lassen, wie sehr ihn ihre Worte trafen, oder wie sehr er sich immer noch deswegen schämte.

»Natürlich wollte ich dich anrufen, als du entlassen wurdest«, fuhr sie fort. »Das wollte ich wirklich, aber ich wusste nicht, wie du nach der Zeit in Haft sein würdest, ob du überhaupt noch derselbe Mensch wärst. Ich meine, der Riley, den ich kannte, hätte nicht einmal *im Traum* daran gedacht, sich gegen das Gesetz zu stellen. Ich wusste nicht mehr, wer du warst. Und ich wollte keinen Fremden in unser Leben lassen. Dann verging die Zeit, und ehe ich mich versah, war Noah ein Jahr alt, fing an zu laufen und zu sprechen. Wir kamen wieder hierher zurück, und ich eröffnete mein Geschäft. Ich habe diese perfekte kleine Welt für Noah und mich erschaffen. Wir sind glücklich; mein Laden läuft toll und … Ich wusste nicht, was passieren würde, wenn ich dich mit hineinhole. Alle Male davor war es ein Albtraum gewesen, und ich habe hier ein gutes Leben, Riley. *Noah* und ich haben hier ein gutes Leben. Ich werde nicht zulassen, dass sich das ändert.« Sie verstummte, und ihre Worte fielen um sie herum zu Boden wie totes Laub. »Ich will tun, was das Beste für meinen Sohn ist.«

»Seinen Vater um sich zu haben, wäre das Beste gewesen«, bemerkte Riley, dessen Scham sich in Gereiztheit verwandelte. »Das müsstest ausgerechnet du doch sicher verstehen.«

Lexies Kinn fuhr zu ihm herum. »Das ist nicht fair.«

»Fair?«, schnaubte Riley. »Was hier nicht fair ist, ist, dass du Noah hast aufwachsen sehen. Du warst bei all den Dingen dabei, die ich versäumt habe. Sicher, ich war die ersten acht Monate nach seiner Geburt in Kill, aber danach wäre ich da gewesen. Was auch immer zwischen uns vorgefallen ist, ist nichts im Vergleich zu dem, wie sehr es mich schmerzt, dass du mir das vorenthalten hast.«

Lexie schwieg einen Augenblick lang mit schmerzerfüllter Miene. »Ich hatte Angst. Ich dachte, ich würde meinen Sohn beschützen. Für dich mag das dumm und egoistisch klingen, und nun, da du wieder da bist, ist es das vielleicht auch. Aber das ist alles, was ich dir sagen kann.«

Riley schüttelte den Kopf. »Ich bin immer noch ich, Lex. Der Knast hat das nicht geändert.«

Dann standen sie ein paar schweigende Momente lang da und betrachteten ihren blonden Jungen, der lachte und kicherte und winkte, als er sie dabei ertappte, dass sie ihn beide beobachteten. So wütend Riley auch auf Lexie war, er konnte das Lächeln nicht leugnen, das Noah auf sein Gesicht zauberte. »Er sieht aus wie ich.«

Lexie schnaubte gutmütig. »Ja, nicht wahr? Meine Gene hatten keine Chance. Es ist manchmal regelrecht unheimlich. Wenn er mich auf eine bestimmte Art ansieht, dann sehe ich so viel von dem kleinen Jungen, an den ich mich erinnere.« Sie schlang die Arme um sich. »Dann merke ich, wie sehr ich dich vermisst habe.«

Riley seufzte. Ihr Geständnis ließ seine Wut ein wenig abkühlen. »Ich habe dich auch vermisst, Lex. Das habe ich immer. Aber hier geht es nicht um uns, hier geht es um Noah, und ich will ihn kennenlernen.«

Lexie nickte. »Natürlich. Er ist dein Sohn. Du hast jedes Recht dazu, aber ich muss wissen, welche Pläne du hast.«

Riley wandte sich ihr wieder zu. »Pläne?«

Lexie strich sich den Pony zur Seite. »Schau, Riley, dich wiederzusehen, bringt so viel zurück. Es ist schön, aber es macht mir auch unglaubliche Angst. Wir haben das schon so oft gemacht, du und ich: Du kommst zurück, du bleibst eine Weile, und dann läuft alles schief, und du gehst wieder fort.« Abwehrend hob sie die Hand, als er den Mund öffnete, um zu widersprechen. »Und das ist okay. Ich komme damit klar. So läuft das eben zwischen uns, schon seit Jahren. Aber ich werde nicht damit klarkommen, dass du dasselbe mit Noah machst. Ich werde nicht tatenlos danebenstehen und zulassen, dass er dich kennenlernt, dass er dich in sein Herz schließt und du dann verschwindest und es mir überlässt, die Scherben aufzulesen.«

»Ich lebe in New York, Lex. Ich habe ein Leben dort, einen Job. Irgendwann muss ich wieder dorthin zurückgehen.«

»Ja, das verstehe ich. Aber wenn du ein Teil von Noahs Leben sein willst, dann kannst du nicht Jahre zwischen deinen Besuchen vergehen lassen.«

Verletzt nahm Riley langsam seine Sonnenbrille ab und sah Lexie fest in die Augen. »Ist das meine Schuld?«

Lexie runzelte die Stirn. »Ist was deine Schuld?«

»Dass du so schlecht von mir denkst.«

Lexies Ausdruck wurde weicher und ihr Blick nervös, als er über sein Gesicht glitt. »Nein«, antwortete sie vorsichtig. »Nein … ich denke nicht so schlecht von dir, Riley. Ich – ich will einfach nicht, dass Noah verletzt wird.«

»Das würde ich niemals tun.«

»Ich weiß.« Lexie wandte den Blick ab und scharrte mit dem Fuß über den Boden. »Ich weiß. Es tut mir leid. Gott, es tut mir so leid. Wegen allem.«

Als Riley sah, wie sie sich quälte, nahm er Lexies Handgelenk, zog es sanft von ihrem Körper weg, legte seine Hand um ihre und drückte sie. Zugegeben, sie sah überrascht aus, aber sie entzog sich ihm nicht. Er versuchte, das Knistern ihrer Haut an seiner zu ignorieren. »Ich wollte nie, dass es zwischen uns … so wird.«

Ihr Kinn zitterte. »Ich auch nicht. Ich hätte nicht – ich hätte dir vertrauen sollen. Du hast Besseres von mir verdient.«

Riley blinzelte überrascht. »Das wird wieder«, sagte er und ließ ihre Hand los.

Sie bemerkte seine bandagierten Finger. »Was hast du mit deiner Hand angestellt?«

Er zuckte mit den Schultern. »Mich wie ein Trottel verhalten.«

»Manche Sachen ändern sich nicht, was?«

Belustigt zog Riley eine Augenbraue hoch. Die Anspannung zwischen ihnen verschwand zwar nicht ganz, aber sie schien sich ein wenig zu lösen, was ihnen erlaubte, ein wenig durchzuatmen, als sie einander ansahen. Erleichtert merkte Riley, dass sie die Luft, die ihnen viel zu lange die Sicht vernebelt hatte, ein wenig gereinigt hatten, aber er musste immer noch die Frage stellen, die ihn schon plagte, seit er von Noahs Existenz erfahren hatte. »Sag mir eines.«

»Okay.«

»Wenn ich jetzt nicht hier wäre, hättest du es mir dann je gesagt? Sei ehrlich.«

Lexie stieß den Atem aus, hielt aber seinem Blick stand. »Ja, das hätte ich. Mein Plan war, es dir zu sagen, bevor er in die Schule kommt.«

Riley beobachtete sie aufmerksam. »Und hättest du es getan?«

Sie nickte. »Er braucht seinen Vater, Riley.« So angestrengt er auch suchte, er konnte keinen Funken Unaufrichtigkeit entdecken. »Würdest du deinen Sohn gern offiziell kennenlernen?«

Rileys Puls schnellte nach oben. »Ähm … ja.«

Lexies Lächeln wurde breiter. »Es wird schon gutgehen.«

Riley wischte sich die Hände an seinen Shorts ab. »Was soll ich zu ihm sagen? Ich meine, soll ich ihm sagen, dass ich …?«

Lexie schien einen Augenblick lang darüber nachzudenken. »Schau, Noah ist ein aufgewecktes Kind. Er bekommt sehr viel mit, aber wir haben noch nicht wirklich über die Daddy-Sache gesprochen. Also wie wär's, wenn du einstweilen nur Riley bist, und um das andere kümmern wir uns, wenn es so weit ist.«

Anstatt enttäuscht zu sein, ließ die Panik in Riley nach.

Er war nicht sicher, ob er schon bereit war, »Daddy« zu sein, so groß dieses Privileg auch war. Er war zufrieden damit, einfach nur einen Schritt nach dem andern zu machen. »Okay.«

Sie gingen durch den Park auf Noah und Savannah zu. Noah hatte die Arme weit ausgebreitet und machte Flugzeuggeräusche, als er auf sie zurannte. »Schau mich an, Mommy, ich bin ein Kampfjet!«

»Das ist toll«, sagte Lexie lachend. Sie streckte die Arme aus und schnappte nach ihm, als er vorbeirannte. Kichernd wich er ihr aus. »Du bist so schnell!«

Riley nickte Lexies Schwester zu. »Hey, Sav.«

Offensichtlich erleichtert darüber, dass Riley und Lexie noch an einem Stück waren, lächelte sie zurück. »Schön, dich zu sehen, Riley. Ist Seb zu Hause?«

Lexie schnalzte mit der Zunge. »Schön brav sein, ja?«

Völlig gefesselt schaute Riley Noah zu. Seinen Sohn fröhlich spielen zu sehen ließ heftigen Stolz in ihm aufkeimen. Die Vorstellung, dass dieser kleine Mensch ein Teil von ihm war, war unfassbar. Noah existierte wegen Riley, wegen ihm und Lexie. »Es ist unglaublich«, murmelte er. Er hatte nicht beabsichtigt, dass irgendjemand es hörte, deshalb erschrak er ein wenig, als Lexies Hand seinen Unterarm drückte.

»Hey, Noah, komm und sag Hallo zu Riley«, rief Lexie.

Noah drehte im Kreis um und stürmte auf sie zu. »Der Disney-Mann?«

Beim Lispeln des Jungen musste Riley lachen. Es war wohl das Putzigste, das er je gehört hatte. »Stimmt. Der Disney-Mann.«

Noah kam näher, aber er hörte nicht auf, schießend und fliegend ein imaginäres Flugzeug zu spielen. Riley ging in die Hocke, weil er ihn nicht so sehr überragen wollte. »Wie läuft's, Kumpel? Wo hast du denn deinen *Star-Wars*-Luftballon?«

»An meinem Bett festgebunden«, plauderte Noah und drehte sich dabei auf der Stelle im Kreis. »Mommy hat gesagt, da kann ich ihn hintun, wenn ich meine Legos aufgeräumt hab.«

Rileys Augen huschten kurz hoch zu Lexie. »Guter Deal. Also, was magst du sonst noch gern, Noah?«

Noah hielt einen Moment lang mit dem Schießen inne, die haselnussbraunen Augen in den strahlend blauen Himmel gerichtet, bevor er antwortete. »Batman, Tattoos wie die von Mommy.« Er hob sein T-Shirt hoch, um Riley ein Abziehbild von einem Löwen auf seinem runden Bäuchlein zu zeigen, und sofort überfiel Riley eine Erinnerung an Lexie und ihre Besessenheit für glitzernde Klebe-Tattoos.

»Hey«, fügte Noah hinzu. »Du hast auch ein paar Tattoos.« Sorgfältig musterte er Rileys Schultern. »Und das da ist wie das von meiner Mommy.« Noah zeigte auf die Weltkugel an der Innenseite von Rileys Unterarm und kam näher. Mit dem Wind fing Riley den Geruch des kleinen Jungen auf, nichts als sanfte Sonnenstrahlen und Weichspüler. »Schau, Mommy, genau das gleiche. Ihr passt zusammen.«

»Ja, Baby«, bestätigte Lexie sanft. »Das tun wir.«

Riley sah hoch und hielt den Atem an, als er die Sehnsucht in Lexies Blick sah. Es ließ sich nicht leugnen, was er sah, und er wusste, dass sich in seiner Miene dasselbe widerspiegelte. Er wusste, dass sie an jenen Tag dachte, an den Tag, an dem sie beschlossen hatten, sich dauerhaft füreinander zu zeichnen, und danach hatten sie sich auf einer Decke an ihrem Platz im Wald geliebt. Sie hatten sich heiß, laut und wunderschön unter der Sommersonne geliebt, eng aneinandergeklammert, und es dann gleich noch mal getan. Gott, er hatte sich so heftig in ihr bewegt an jenem Tag. Sie hatte ihn angefleht, ihr von innen ebenso sein Zeichen aufzudrücken, wie sie sein Zeichen außen trug, also tat er es und stieß noch tiefer in sie hinein, noch schneller, musste ihr so nah kommen, *noch* näher.

Ein wenig atemlos ließ Riley den Blick an Lexies Arm hinunter zu der Stelle gleiten, wo ihr Tattoo war, und lächelte, als er das *Noah* sah, das sie sich in Schreibschrift in einem Bogen darüber hatte stechen lassen. »Hübscher Zusatz«, sagte er.

Seine Aufmerksamkeit kehrte jäh wieder zu Noah zurück, als er spürte, wie eine kleine Fingerspitze die Kontur der Motive auf seinem Bizeps nachzog. Riley war erstaunt, wie mutig Noah war, und Gott, er war so nah und so echt, dass Riley plötzlich den überwältigenden Drang verspürte, ihn zu umarmen und fest an sich zu drücken.

»Gefallen sie dir?«, fragte er stattdessen mit leicht zitternder Stimme.

Noah nickte. »Die sind cool. Was ist das?«

»Das ist eine Pusteblume«, erklärte Riley. »Siehst du, wie die kleinen Teile meinen Arm hinaufwehen?«

Die kleine Fingerspitze folgte dem Kunstwerk.

Riley grinste. »Wenn du mal ein großer Junge bist, kannst du dir vielleicht ein echtes machen lassen.«

»Vielleicht«, warf Lexie ein, bevor Noah antworten konnte. Sie lächelte auf die beiden hinunter.

»Hast du wirklich Batman-Socken?«, fragte Noah leise.

Riley blinzelte. »Natürlich. Ich bin überrascht, dass du dir das gemerkt hast.«

Noahs Lippen zuckten, und sein Finger hielt an der Spitze von Rileys Schulter an. Mit unschuldigem Blick sah er Riley in die Augen. »Weißt du, was ich noch mag?«

Riley senkte die Stimme, als wäre es ein Geheimnis. »Was denn?«

»Eis.«

»Wirklich?«, rief Riley aus. »Das mag ich auf der ganzen Welt am liebsten. Welche Sorte?«

Noah lächelte. »Schokolade.«

»Das ist verrückt, Kumpel, Schokolade ist auch meine Lieblingssorte.«

Noah musterte Riley mit schiefem Kopf. Die Reinheit und das Vertrauen in diesem Blick brachten Rileys Herz dazu, sich zu überschlagen. Was er in diesem Moment empfand, war so stark, dass es ihn beinahe erdrückte und seine Rippen schmerzen ließ, als hätten sie Mühe, sein überquellendes Herz zu halten.

Über Noahs Schulter entdeckte Riley in der Ferne einen Eiswagen. »Wenn Mommy sagt, dass es okay ist, dann könnte ich mit dir vielleicht ein Eis holen gehen.« Riley warf einen Blick zu Lexie, die den Eiswagen ebenfalls bemerkt hatte.

»Dürfen wir, Mommy?«, fragte Noah sofort mit weit aufgerissenen Augen und klatschte in die Hände.

Lexie lachte. »Okay.« Sie langte nach hinten in ihre Rocktasche, um, wie Riley annahm, ihre Geldbörse hervorzuziehen, doch er hielt sie mit einem Kopfschütteln davon ab, während er sich aufrichtete.

»Das geht auf mich. Was willst du?« Sie kniff die Lippen zusammen, und er wusste sofort, was sie wollte. »Erdbeer?«

»Was sonst?«

Riley wandte sich zu Lexies Schwester um, die während der ganzen Unterhaltung stumm danebengestanden hatte. »Sav?«

»Für mich auch Schokolade.«

»Komm, Tante Sav!«, schrie Noah und packte ihre Hand. »Der Disney-Mann –«

»Riley«, korrigierte Lexie.

»Der Disney-Mann Riley holt uns Eis!«

Lexie und Riley folgten ihrem Sohn, während er Savannah zum Eiswagen zog. »Das hast du großartig gemacht«, meinte Lexie.

Riley nickte, unfähig, seine Aufmerksamkeit von dem fröhlich hüpfenden Noah loszureißen. »Ja, ich … Er ist toll. Ich kann nicht glauben, dass wir das gemacht haben, Lex.«

Lexie blieb neben ihm stehen, als sie den Eiswagen erreichten. »Ich weiß.«

»Mommy?« Beim Klang von Noahs Stimme drehten sie sich um. »Können wir das Eis jetzt haben?«

Riley bestellte Eis für alle vier, und während die Eistüten herausgereicht wurden, sah er zu, wie Noah und Lexie sich darüber hermachten.

Es war so merkwürdig, Lexie nach so langer Zeit wieder so nah zu sein. Wut und Enttäuschung lagen im Widerstreit mit Nostalgie und Hoffnung. Es gab immer noch so viel, über das sie reden mussten, so vieles zu entscheiden und zu arrangieren, wenn Riley einen festen Platz in Noahs Leben haben sollte. Und er wollte nicht weniger. Er musste ehrlich sein; so sehr er sich auch wünschte, wieder eine Verbindung mit Lexie herzustellen, es ging nun nicht mehr nur um sie beide – sie mussten auch an Noah denken, und er war Riley viel zu wichtig, um die Sache mit ihm zu versauen, weil er wegen Lexie durcheinander war. Die Sache war zu kompliziert und zu zerbrechlich, um irgendwelche dummen Fehler zu machen. Er musste erst lernen, ein Vater zu sein, bevor er auch nur daran denken konnte, dass aus Lexie und ihm mehr werden könnte.

Und um ehrlich zu sein, wollte er das überhaupt?

»Danke, Riley«, sagte Noah mit dem Mund voll Schokoladeneis und einem breiten Lächeln. »Das ist das Allerbeste.

Riley nickte. »Gern geschehen, Kumpel.«

»Also das war's?«, spuckte Tate aus, als sie am Esstisch ihrer Eltern saßen. »*Das* hat sie als Grund genannt, warum sie dir nichts von Noah gesagt hat?«

Riley seufzte. »Ja.«

»Das ist doch völliger Blödsinn«, versetzte Tate kopfschüttelnd und unterstrich es mit der Heftigkeit, mit der er sein Getränk hinunterkippte. »Sie hätte es dir schon früher sagen sollen. Sie hat dir deinen *Sohn* vorenthalten, Mann.«

Als Antwort zog Riley nur die Augenbrauen hoch. Natürlich hatte sein Bruder recht, und wenn er nur lange genug darüber nachdachte, würde auch sein Blut anfangen zu kochen. Er würde vergessen, was für einen schönen Nachmittag er mit Lexie und Noah verbracht hatte, und stattdessen anfangen, darüber nachzugrübeln, wie verletzt und aufgebracht er war, weil sie ihn von seinem Sohn ferngehalten hatte.

»Da muss ich ihm zustimmen«, sagte seine Mom neben ihm. »Ich kann nicht verstehen, warum sie nicht wenigstens versucht hat, sich mit dir in Verbindung zu setzen.«

Riley zog die Schultern hoch. »Was wollt ihr von mir hören? Ich kann euch nur sagen, was sie mir gesagt hat.«

»Ich weiß, Schätzchen«, erwiderte sie. »Aber das macht es noch lange nicht fair. Ich hätte mehr von ihr erwartet.«

Ja, das hatte Riley auch. Andererseits hatte Lexie schon immer unüberlegte Entscheidungen getroffen, wenn es um Herzensangelegenheiten ging. Er schob seinen halb leeren Teller fort und lehnte sich zurück, die Arme defensiv vor der Brust verschränkt. Riley fühlte sich nicht gern so auf der Hut, und Gott wusste, dass er gewiss keinen Grund dazu hatte – schließlich war er hier nicht im Unrecht –, aber frustrierenderweise war es bei Lexie immer schon so gewesen.

»Also, was passiert jetzt?«, fragte Joan mit vorsichtigem Blick.

Riley zuckte die Schultern. »Ich habe ihr gesagt, dass ich vollen Zugang zu Noah möchte. Ich möchte ihn kennenlernen. Ich habe schon so viel verpasst.«

Sie nickte, und um ihre Lippen zuckte etwas, das wie der Ansatz eines Lächelns aussah. »Und werden wir auch Gelegenheit bekommen, ihn kennenzulernen?«

Riley kratzte sich am Kinn. »Ich habe Lex gesagt, dass ich ihn hierherbringen möchte, um euch alle zu treffen, aber erst einmal muss Noah mich kennenlernen.«

»Da bin ich deiner Meinung«, erklärte Joan. »Er ist noch ein kleiner Junge. Du willst ihn nicht überfordern.« Sie zog die Schultern zusammen, und der misstrauische Ausdruck, den sie an den Tag gelegt hatte, seit Riley von seinem Treffen mit Lexie und Noah zurückgekommen war, verwandelte sich in etwas Weicheres, Sehnsüchtigeres, Mütterlicheres. »Ich … kann es immer noch nicht ganz glauben, dass ich Großmutter bin.« Sie verschränkte die Finger und stützte das Kinn darauf.

Tate stieß ein schnaubendes Lachen aus. »Wenigstens brauche *ich* mir jetzt keine Sorgen mehr zu machen, dir Enkel zu schenken.«

Riley versuchte zu lächeln, aber es fühlte sich zu schwer an, zu gezwungen. Stattdessen seufzte er und rieb sich über die Stirn, wo die Vorboten ausgewachsener Kopfschmerzen unablässig gegen seinen Schädel pochten.

»Ich weiß, das hört sich alles in allem lächerlich an«, sagte Tate sanft, dessen Ärger auf Lexie für den Moment nachgelassen hatte, »aber geht es dir gut?«

Riley schüttelte den Kopf, denn nein, es ging ihm nicht gut. Er war völlig durch den Wind – verwirrt, aufgewühlt und völlig planlos, wie er sich in dieser chaotischen Situation zurechtfinden sollte. Dass er Vater war, wusste er erst seit vierundzwanzig Stunden, in denen er an nichts anderes mehr gedacht hatte, und sein Gehirn fühlte sich an, als könnte es ihm jeden Augenblick aus den Ohren herauslaufen. Da er die meiste Zeit ein optimistischer und unbekümmerter Mensch war, konnte er mit Frust und Wut nur schwer umgehen. Es machte ihn erschöpft und reizbar, und er sehnte sich nach einer Lösung.

Tates Worte über Lexies Egoismus und Dummheit hallten in Riley wider und fachten seinen eigenen Zorn an, was seinen Körper zum Handeln trieb. Er musste raus, ein bisschen frische Luft schnappen, den Kopf freikriegen.

Mit einem unbestimmten »Ich geh mal raus« und einer kurzen Entschuldigung, weil er mitten während des Abendessens abhaute, schnappte sich Riley die Autoschlüssel. Tate bot an, ihn zu begleiten, weil Rileys Finger immer noch bandagiert waren, aber er winkte ab, stieg ins Auto, fuhr rückwärts aus der Einfahrt und raste mit quietschenden Reifen die Straße hinunter.

Zwanzig Minuten lang fuhr er einfach nur ziellos herum, während sein Verstand raste und sein Herz schmerzte. Der Ausdruck von Panik in Lexies Augen, als Sav mit Noah in den Laden gekommen war, zuckte durch seine Gedanken und verwandelte sich allmählich in das Gesicht seines Sohns, lachend und voller Eiscreme. Wie unfair war es, dass er nicht einmal lange wütend bleiben konnte? Allerdings brodelte immer noch Enttäuschung in ihm, machte ihm das Herz schwer und ließ ihn die Fäuste ballen.

Er hielt den Wagen an, stieg aus und wurde sich jäh bewusst, dass er auf dem Krankenhausparkplatz stand. Er schob die Hände in die Taschen und ging ins Gebäude, wo er in den Fahrstuhl stieg und den Knopf für das Stockwerk drückte, auf dem sein Vater lag. Er hatte keine Ahnung, warum er hier war oder was sein Vater sagen würde, wenn er allein hereinspazierte, aber die Ruhe der Krankenstation linderte den chaotischen Rummel, der sich in Rileys Kopf eingenistet hatte. Er ging zum

Schwesternzimmer und war dankbar, das bekannte Gesicht der Schwester zu sehen, von der er wusste, dass sie sich um seinen Vater kümmerte.

»Die Besuchszeit endet in einer halben Stunde«, informierte sie ihn, dann zwinkerte sie ihm zu. »Aber meine Uhr geht ungefähr eine halbe Stunde nach.«

Riley nickte dankend und wanderte den Flur entlang zum Zimmer seines Vaters. Nervös streckte er den Nacken, dann klopfte er an den Türrahmen. Park saß aufrecht im Bett, seine Lesebrille auf der Nase und eine Zeitung auf dem Schoß. Der Fernseher in der Ecke des Zimmers lief leise vor sich hin. Überrascht sah Park zu Riley herüber.

»Hey«, sagte Riley, während er ein paar zögerliche Schritte ins Zimmer machte.

Park nahm die Brille von der Nase. »Ist deine Mom da?«

Riley schüttelte den Kopf. »Nur ich.«

Park hob das Kinn. »Ich verstehe.« Er räusperte sich und faltete die Zeitung zusammen, bevor er sie auf das Tablett des rollbaren Nachttischs neben seinem Bett legte. »Alles okay bei dir?«

Das war wohl die Millionen-Dollar-Frage. Riley ging zu einem der beiden Stühle im Zimmer und setzte sich. »Mir geht viel durch den Kopf. Ich will dich nicht stören. Ich habe nur einen ruhigen Ort gebraucht, wo ich hingehen und … nachdenken kann, schätze ich.«

Park schnaubte. »Das ist wahrscheinlich der am wenigsten ruhige Ort, den du dir hättest aussuchen können. Schwester Ratched kommt alle fünfzehn Minuten hier rein, pikst und piesackt mich mit irgendeinem Gerät und fragt mich, wie es mir geht.«

»Ich kann wieder gehen, wenn dir das lieber ist«, bot Riley an.

Park machte eine wegwerfende Handbewegung und griff

mit der anderen Hand nach der Fernbedienung. »Wenn du schon mal da bist.«

Rileys Brust entspannte sich vor Erleichterung, trotz der geringschätzigen Antwort. »Wie fühlst *du* dich?«

»Es geht mir gut. Ich sage ihnen immer wieder, dass es mir gut geht, aber sie wollen einfach nicht hören.«

Riley konnte sich ein Lächeln nicht verkneifen, während sein Vater vor sich hin grummelte. Er sah auf jeden Fall besser aus. Park vermied es immer noch, Riley anzusehen, als er hinzufügte: »So, wie es sich anhört, geht es mir besser als dir.«

Riley ließ die Hände zwischen die Knie fallen und nickte in Richtung Fußboden. Er wusste, dass seine Mom ihm sicher alles erzählt hatte. »Ja.«

Als er aufblickte, sah er seinen Vater mit zusammengekniffenen Lippen auf den Fernseher starren, so als ob er etwas sagen wollte, aber nicht wusste, wie. Traurigkeit keimte in Rileys Magen auf. Um die Wahrheit zu sagen, vermisste er seinen Dad, und einen väterlichen Rat hätte er im Moment wirklich dankend angenommen.

Er ließ sich gegen die Lehne seines Stuhls zurücksinken. Alles fühlte sich so verkorkst an. Er konnte sich nicht erinnern, wann er sich je so ohne Kontrolle, so unsicher gefühlt hatte, und er hasst es. Er ließ den Kopf nach hinten fallen, schloss die Augen und ließ die Hintergrundgeräusche auf sich wirken, während er sein Bestes gab, den Kopf freizukriegen.

Er hatte keine Ahnung, wie viel Zeit vergangen war, als er durch eine Hand auf seinem Arm geweckt wurde.

»Sie waren völlig weggetreten, Schätzchen«, flüsterte die Schwester. »Die Besuchszeit ist vorbei.«

Riley setzte sich auf und rieb sich mit den Handrücken die Augen, während er das Gähnen unterdrückte, das in seiner Kehle hochstieg. »Es tut mir leid.«

»Nicht nötig«, erwiderte sie. »Ihr Dad hat uns gesagt, wir sollen Sie schlafen lassen.«

Rileys Augenbrauen schnellten hoch. Er schaute hinüber zu Park, der wieder seine Zeitung las. Ein leerer Teller und ein halb ausgetrunkenes Glas Saft standen auf seinem Tablett.

»Schien keinen Sinn zu haben, dich zu stören«, meinte Park gleichgültig in Richtung seines Schoßes.

»Danke.« Riley streckte die Arme so weit über seinen Kopf, dass die Wirbel in seinem Rückgrat ein befriedigendes Knacken von sich gaben. Er stand auf. »Ich lass dich dann mal allein. Danke, dass … du mich reingelassen hast.«

Park hob den Blick und ließ ihn rasch über Riley wandern, bevor er ihn wieder auf seine Zeitung richtete. »Du musst auf dich achtgeben. Du hast jetzt viel mehr als nur dich selbst, woran du denken und wofür du verantwortlich sein musst.«

Seine Worte sollten vielleicht streng klingen, aber die Art, wie Park das sagte, so sanft und wissend, ließ Riley die Kehle eng werden. »Ja, Sir. Ich weiß.« Er zögerte ein wenig, weil er sich wieder setzen und noch weiterreden wollte, aber er wusste, dass sie immer noch zu weit voneinander entfernt waren, dass das Fundament noch weiter ausgebaut werden musste, bevor sie annähernd wieder so wie früher sein konnten. Riley zeigte mit dem Daumen über die Schulter. »Ich lasse dich jetzt in Frieden. Noch mal danke.«

Park nickte als Antwort. Riley konnte nicht ganz sicher sein, aber die letzten Worte, die er zu hören glaubte, als er aus dem Zimmer ging, waren: »Pass auf dich auf, Sohn.«

11

Zwanzig Jahre zuvor …

»Was macht ihr heute, du und dieser Junge?«, fragte Lexies Vater und stellte eine Schale Frühstücksflocken vor sie hin.

»Sein Name ist Riley, Daddy.«

»Ich weiß«, brummte er, während er sich neben sie setzte. »Ich sorge nur gern dafür, dass er nicht vergisst, wo er im Gesamtsystem hier steht.«

»Im Gesamtsystem?«

Lächelnd hob ihr Vater seine Kaffeetasse an die Lippen. »Zerbrich dir darüber nicht den Kopf. Also, was macht ihr zwei?«

»Wir spielen im Raumschiff«, antwortete sie und schaufelte sich Cornflakes in den Mund. »Wir fliegen zum Jupiter.«

»Hört sich toll an. Seid vorsichtig, ja? Mommy und Sav kommen in einer Stunde oder so vom Einkaufen zurück.«

»Wir sind immer vorsichtig«, erwiderte Lexie locker.

Sie hüpfte von ihrem Stuhl, als es leise an der Haustür klopfte, und warf den Löffel in die halb leere Schale. »Das ist Riley!«

»Er ist früh dran. Es ist erst neun vorbei.«

»Mommy hat gesagt, es ist okay, Daddy«, rief Lexie über die Schulter zurück. »Wir haben viel zu tun.«

Das Lachen ihres Vaters folgte ihr den Flur entlang bis zur Haustür. Als sie öffnete, standen Riley und Joan auf der Veranda.

»Hi«, begrüßte Lexie ihn mit einem Lächeln, das sich auf Rileys Gesicht widerspiegelte. Die beiden spielten schon seit ei-

nem Jahr zusammen, und Lexie betrachtete ihn eindeutig als ihren besten Freund.

»Christine meinte, es ist okay, wenn ich Riley vorbeibringe«, sagte Joan zu Lexies Dad, der nun hinter ihr stand. »Park ist auf der Arbeit, und ich wurde angerufen, dass ich einspringen muss.«

»Kein Problem. Alexis hat mir gesagt, dass sie heute zum Jupiter fliegen.«

»Dad!«, rief Lexie frustriert aus. »Das ist doch eine geheime Mission!« Sowohl Lexies Dad als auch Joan lachten, was Lexie und Riley finster dreinblicken ließ. Ihre Eltern verstanden das einfach nicht. »Komm, Riley«, sagte Lexie. »Wir müssen los.«

»Bye, Mom«, stieß er schnell hervor, bevor er Lexie durchs Haus und die Hintertür hinaus in den Wald zu dem Raumschiff folgte, das sie mit Lexies Vater gebaut hatten. Es thronte gut drei Meter über dem Erdboden, und obwohl Lexie und Riley es ihr Apollo nannten, nannten ihre Eltern es ein Baumhaus.

Lexie begann die Holzstücke hinaufzuklettern, die an den Baum genagelt waren, und wusste, dass Riley direkt hinter ihr war. Das war er immer, und es machte sie froh, einen so guten Freund zu haben. Sie kletterten beide in ihr Apollo-Raumschiff und begannen, die Kisten, Dosen, Pfannen und anderen Schnickschnack herumzuschieben, woraus sich die Sitze und Bedienelemente des Raumschiffs zusammensetzten.

»Fliegen wir wirklich zum Jupiter?«, fragte Riley, als er den Pilotensitz (eine große Kiste) vor sie stellte.

»Klar«, antwortete Lexie. »Wir können überallhin fliegen.«

»Was ist mit dem Mars?«

Lexie lachte. »Überallhin.« Sie breitete die Arme aus und wirbelte herum. »Überallhin. Wir können alle Sterne besuchen und alle Galaxien. Zusammen.« Sie drehte sich in die ande-

re Richtung. »Wir können schwarze Löcher erforschen und durchs ganze Universum reisen.«

Riley lachte. »Und Pluto?«

»Überallhin.« Lexie hüpfte und drehte sich, bis ihr schwindlig wurde und sie seitwärts kippte.

Unvermittelt wurde sie sich zweier Dinge bewusst. Das erste war, dass Riley sie anstarrte, als wäre sie das Schrecklichste, was er je gesehen hatte, und das zweite war, dass ihr Fuß nichts als Luft berührte. Einen Sekundenbruchteil später fiel sie.

Lexie hatte nie darüber nachgedacht, wie lange es dauern würde, drei Meter tief zu fallen, aber es kam ihr vor wie eine Ewigkeit. Sie hörte einen Schrei, sie hörte ihren Namen, und dann prallte sie auf den Boden, und alles, was sie spürte, war Schmerz.

Ihr Arm stand in Flammen, und sie konnte nur noch nach Riley rufen, nach ihrer Mom, nach ihrem Dad. Rileys Gesicht tauchte über ihrem auf, Tränen in den Augen. »Lexie? Lexie? Bist du okay?« Er nahm ihre Hand, die Hand an dem Arm, der sich nicht anfühlte, als würde er in Flammen aufgehen, und drückte sie. »Dein Dad kommt schon, Lexie. Halt dich an mir fest.«

»Lexie!«, kam die Stimme ihres Vaters. Es hörte sich beinahe an, als wäre er unter Wasser. Dann bewegte sie sich, und der Schmerz in ihrem Arm ließ sie aufschreien. »Ich weiß, Baby. Atme einfach tief durch. Wir müssen dich ins Krankenhaus bringen. Riley? Wir müssen los.«

Im Auto saß Riley neben ihr, hielt ihre Hand und sagte ihr, dass er sie nicht verlassen würde. Die Fahrt zur Notaufnahme und die darauffolgende Wartezeit vergingen für Lexie wie in einem quälend schmerzhaften Nebel. Sie wusste nur, dass Riley wie versprochen die ganze Zeit über bei ihr war, voller Sorge, und ihr immer wieder sagte, dass sie wieder gesund werden würde. Natürlich würde sie das, aber der gebrochene Arm und der rosa Gips, den sie nun zur Schau trug, würden den Rest des Sommers ganz schön schwer machen. Sie zupfte an einem kleinen Stück Gips herum, das noch nicht ganz fest war, und seufzte. Die Farbe machte den Schmerz und die Peinlichkeit des Ganzen wohl wieder wett, hoffte sie.

»Wenigstens passt er zu all deinen Klamotten«, bemerkte Riley von seinem Platz am Rand ihres Krankenhausbetts her, wo er saß, seit sich Lexies Eltern wegen irgendeiner Unterschrift auf die Suche nach einem Arzt gemacht hatten. Er lächelte, und Lexie konnte ihr eigenes Lächeln nicht zurückhalten.

»Ja. Aber damit wird das Raufklettern zu Apollo jetzt schwieriger werden.«

Rileys Augenbrauen schnellten in die Höhe. »Du willst wieder zurück ins Raumschiff?«

Lexie blinzelte verdutzt. »Natürlich. Das ist meine Lieblingsbeschäftigung mit dir.«

Riley spielte mit dem Saum seines T-Shirts. »Mir gefällt es auch. Aber wir müssen vorsichtig sein, Lex. Du hast mir wirklich Angst eingejagt.«

Lexie betrachtete ihren Freund einen Augenblick lang, während der Schmerz in ihrem Arm von etwas anderem, etwas Warmem und Tröstlichem überwältigt wurde. Sie streckte ihre heile Hand aus und legte sie Riley auf die Schulter. »Es tut mir leid.«

Riley zog die Nase hoch. »Schon okay. Es war ein Unfall, aber ich dachte … Als du geschrien hast … Das war wirklich furchtbar.«

»Ich werde vorsichtiger sein. Versprochen.«

»Ich bin froh, dass ich da war«, sagte Riley sanft. »Obwohl ich Angst hatte.«

»Ich bin auch froh, dass du da warst.«

»Vielleicht, wenn du mir versprichst, immer vorsichtig zu sein, dann verspreche ich dir, immer da zu sein, nur für den Fall.«

Lexie schmunzelte und streckte ihren kleinen Finger aus. »Pfadfinderehrenwort?«

Riley schnaubte und schüttelte den Kopf, bevor er seinen kleinen Finger bei ihr einhakte. »Pfadfinderehrenwort.«

Lexie stand vor dem Ganzkörperspiegel in ihrem Schlafzimmer und hasste jeden Zentimeter von dem, was ihr daraus entgegenblickte. Wenn sie die Frau in dem Geschäft, die ihr eingeredet hatte, Rot wäre ihre Farbe und ein Bikini das Richtige, ohrfeigen könnte, würde sie es tun.

Gott. War das Ding im Laden auch schon so klein gewesen?

Sie rückte das Oberteil erneut zurecht und drehte sich seitlich, um zu überprüfen, wie viel Sideboob sie tatsächlich zeigte, und zu überlegen, wie viel Sideboob in einem öffentlichen Freibad wohl als geschmacklos betrachtet wurde. Das Einzige, was ihr daran gefiel, war die Tatsache, dass er ihre zwei neuesten Tattoos zeigte, die rosa Orchidee, die sich an ihrer rechten Seite vom Ansatz des Oberschenkels bis zu den Rippen emporrankte, und den Kolibri an ihrer linken Hüfte. Die Farben kamen auf ihrer Haut gut zur Geltung, Blau und Gold, Grün und Orange.

Je bunter, desto besser, war ihre Meinung. Nicht dass sie schlichtes Schwarz nicht mochte; sie bevorzugte einfach Farbe auf ihrem Körper. Riley hatte nur schwarze – bis auf die Weltkugel an der Innenseite seines Arms – und seine Tattoos waren wirklich schön. Wirklich, *wirklich* schön. Er hatte sich so viele neue Motive stechen lassen, seit sie einander zum letzten Mal gesehen hatten – Muster aus konzentrischen Kreisen auf seinen Schultern, Wörter auf Bizeps und Unterarm, die sie nicht hatte entziffern können, weil sie nicht nah genug gewesen war, und etwas, das wie ein Schwarm Schwalben aussah, die um sein Schlüsselbein herumschwirrten. Als er im Park auf sie zugekommen war, groß, tätowiert und mit seiner Ray-Ban auf der Nase, wäre sie beinahe durchgedreht, so heiß sah er aus. Der Mann konnte ein Tattoo rocken wie kein anderer. Und dieser Bart? *Scheiße.* Zuerst war es komisch gewesen, diesen Teil seines Gesichts nicht sehen zu können, einen Teil, mit dem sie aufs Intimste vertraut war, aber je mehr sie ihn anstarrte – und sie hatte ihn angestarrt –, desto mehr verstand sie, warum Männer sie sich wachsen ließen: Bärte waren verteufelt sexy.

Lexie blies die Backen auf und rieb sich die Schläfen. Es waren Gedanken wie diese, die sie in eine *Menge* Schwierigkeiten bringen konnten. Sie hatte dieses allzu vertraute Knistern durch ihren Körper zucken gespürt, als er sie berührt hatte, aber sie wusste, dass sie vernünftig sein mussten. Außerdem, der Schmerz und die Wut in Rileys Augen verrieten ihr, dass sie eine Menge wiedergutzumachen und zu erklären hatte, bevor sie einen Schritt weitergehen konnten. Sie durfte sich nicht erlauben, zu vergessen, was gewesen war, oder dass Noah das Wichtigste im ganzen Universum für sie war. Das alles zu vergessen und wieder mit Riley im Bett zu landen, wäre ein gewaltiger Fehler. Sie hatten diese Szene schon zu oft durchgespielt, und Lexie wusste, wie sie endete.

»Mommy!« Noah rannte in ihr Schlafzimmer und krabbelte aufs Bett. »Kann ich das anziehen?«

Er stand auf, die nackten Füße auf der Bettdecke, und zeigte stolz seine Batman-Badeshorts, die Lexies Mom ihm zu Ostern geschenkt hatte. Lexie grinste, als sie sah, wie weit er sie hochgezogen hatte. Die Shorts bedeckten seinen Bauchnabel und reichten fast bis unter die Brust.

»Siehst du aber gut aus!«, sagte sie, während sie zu ihm ging und die Shorts zurechtzog, sodass sie in der Taille saßen.

»Riley hat gesagt, er mag Batman, also kann ich ihm die zeigen.« Unbewusst spielte er an den Zugbändern herum.

Lexie betrachtete ihn einen stummen Moment lang. »Magst du Riley, Noah?« Seit ihrem Treffen im Park hatten sich die vier – Savannah eingeschlossen, denn sie war der perfekte Puffer zwischen Lexie und Riley – wieder getroffen, nur auf einen schnellen Kaffee und einen Saft für Noah im selben Café, in dem Lexie damals mit sechzehn gejobbt hatte.

Riley hatte erwähnt, dass er Noah seinen Eltern und Brüdern vorstellen wolle, was Lexie mehr als recht war. Sie konnte einfach nicht vergessen, wie geschockt und enttäuscht Joan gewirkt hatte, als sie Noah gegenüberstand. Wieder einmal prallten Vernunft und Dummheit in ihrem Herzen aufeinander. Sie hatte versucht, Riley zu erklären, warum sie es ihm nicht gesagt hatte, und um ehrlich zu sein, stand sie zu hundert Prozent hinter ihrer Entscheidung. Ihre oberste Priorität war Noah, und daran würde sich nie etwas ändern. Sicher, sie war mehr als bereit, Brücken zu bauen und sich allem zu stellen, was Riley und seine Familie ihr vorwerfen würden, aber sie würde immer ihren Sohn beschützen. Ganz egal, was geschah.

»Ich mag seinen Bart«, sinnierte Noah.

Lexie lachte und zog ihn enger an sich, um ihn auf die Wange zu küssen und seinen Geruch einzuatmen. Es war eigenartig, dass er manchmal genau wie Riley roch, als sie noch Kinder gewesen waren. So vieles an ihrem Sohn erinnerte sie an ihn, und so schön es auch war, die beiden zusammen zu sehen, es war auch ein bisschen unheimlich. Riley hatte nicht unrecht, wenn er sagte, dass sie sich ähnlich sahen – sie glichen sich wie ein Ei dem anderen –, aber es war nicht nur äußerlich, sondern sie ähnelten sich auch in ihren Eigenheiten. Sie legten beide genau gleich den Kopf schief, wenn sie neugierig waren, und zogen die Augenbrauen auf die gleiche spöttische Art hoch.

Selbst mit seinen vier Jahren hatte Noah diese Moore-Eigenschaft schon perfekt drauf.

»Ich hab dich lieb«, flüsterte sie ins Haar ihres Sohns.

»Wie die ganze Welt, Mommy. Können wir jetzt ins Freibad fahren?«

Lexie küsste Noah auf die Stirn und ging zurück zum Kleiderschrank. »In einer Stunde. Wir treffen uns mit Riley dort, aber er holt vorher noch seinen Daddy vom Krankenhaus ab.«

»Ist sein Daddy krank?«, fragte Noah, während er zurück auf den Boden hüpfte.

»Es geht ihm schon wieder besser. Jetzt geh und hol deine Sachen. Du musst dich noch entscheiden, welche Spielsachen du mitnehmen willst.«

Und damit sauste Noah davon und ließ Lexie mit einem Seufzer der Erleichterung zurück, da sie wusste, dass sie noch mal verdammt glimpflich davongekommen war.

»Es geht mir gut, Joan. Um Himmels willen, hör auf, so viel Getue zu machen!«

Tate lachte, und Riley schüttelte den Kopf, als die beiden ihren Eltern ins Haus folgten. Bei Parks Entlassung hatte das Krankenhaus vorgeschlagen, sie sollten ihn, sobald sie zu Hause angekommen waren, mit einem Rollstuhl vom Auto zum Haus bringen, aber Park hatte mit ein paar deftigen Worten darauf reagiert. Als Alternative hatte Joan seinen Arm gepackt, so als würde der arme Mann jeden Augenblick umkippen, und führte ihn wie ein Baby bei jedem Schritt. Es war offensichtlich, dass Parks Geduld sich dem Ende neigte.

»Oh, hör auf zu jammern«, gab Joan zurück, als sie alle ins Wohnzimmer gingen. »Setz dich.«

Vorsichtig ließ sich Park auf seinem Lieblingssessel nieder

und verdrehte die Augen. »Es sind doch nur ein paar Stiche, Joan. Entspann dich.«

»*Du* entspannst dich. Ich will kein Wort mehr hören. Du musst deinen Blutdruck niedrig halten.« Sie drehte sich zu Riley und Tate um. »Ich mache Tee.« Sie schauten ihr nach, wie sie in Richtung Küche stolzierte, und brachen in beinahe lautloses Lachen aus.

»Ja, lacht nur, ihr zwei«, brummte Park, während er sich die Kissen im Rücken zurechtrückte.

»Ich *darf* lachen«, sagte Tate mit einem Grinsen. Er ging zu seinem Vater, um ihm zu helfen, es sich bequem zu machen. »Mit mir hat sie das Gleiche gemacht, als ich aus dem Krankenhaus kam, jetzt bist du an der Reihe.«

Park brummte wieder und rieb sich mit der Hand über die Brust.

»Alles okay, Dad?«, fragte Riley mit einem besorgten Stirnrunzeln.

Park nickte und machte eine gleichgültige Handbewegung in seine Richtung. »Es würde mir besser gehen, wenn ihr alle aufhören würdet, mich anzusehen, als würde ich gleich explodieren. Husch, husch. Geht. Geht, und macht irgendwas anderes.«

»Ich gehe mal und sehe nach, ob Mom Hilfe braucht«, meinte Tate. Er humpelte in Richtung Küche und ließ Riley und seinen Vater mit einem engagierten Daumen-hoch zurück. *Bastard.*

Riley stand noch etwa eine Minute lang da, sah seinen Dad an und hasste das unangenehme Schweigen zwischen ihnen. Dann setzte er sich auf das große Sofa, weit vorne auf die Kante, die Hände zwischen den Knien verschränkt. »Es ist schön, dich wieder zu Hause zu haben«, meinte er, worauf Park nur die Augenbrauen hochzog. Riley seufzte. »Schau, Dad, ich weiß, dass Mom dich über alles auf dem Laufenden gehalten hat, aber ich wollte dir selbst sagen, dass ich noch eine Weile in Michigan bleiben werde. Mom meinte, ich kann gern weiter hier im Haus wohnen, aber wenn du damit nicht glücklich bist, dann kann ich auch eine Alternative –«

»Das ist okay, Riley«, antwortete Park mit einem tiefen Atemzug. Sein Blick flog kurz zu seinem Sohn, bevor er langsam nickte. »Es ist okay.«

Riley räusperte sich. »Danke, Sir.«

»Tu du nur, was du tun musst«, fügte Park hinzu. »So lange es auch dauert.«

Donnerwetter. Riley nickte. »Okay, nun, ich gehe mich jetzt mit Lexie und Noah treffen. Wir sehen uns später.«

Park brummte und griff nach der Fernbedienung. Als Riley in die Küche schlenderte, erwischte er Tate und seine Mutter dabei, wie sie miteinander flüsterten wie zwei Schulkinder. Als sie Riley sahen, verstummten sie. »Mir klingen die Ohren«, witzelte er, während er den Kühlschrank aufmachte und eine Flasche Wasser herausnahm. »Irgendetwas, das ich wissen sollte?«

Joan schüttelte den Kopf. »Nein.« Geziert nippte sie an ihrem Tee. »Ich habe nur Tate gerade gefragt, ob er weiß, was zwischen dir und Alexis läuft.«

»Und ich hab ihr gesagt«, verteidigte sich Tate, »dass ich nichts weiß.«

»Du weißt nichts, weil es nichts zu wissen gibt«, säuselte Riley schmunzelnd. »Ich lerne meinen Sohn kennen. Ende der Geschichte.«

»Und das ist wunderbar.« Joan stellte ihre Tasse auf die Arbeitsplatte. »Aber was ist mit dir und Lexie?«

Riley zog die Schultern hoch. »Was soll mit uns sein?« Er wusste, dass er sich absichtlich dumm stellte, und die geschürzten Lippen seiner Mutter verrieten ihm, dass sie es auch wusste, aber er wollte sich nicht in Grübeleien über irgendetwas anderes als seine Beziehung zu Noah verlieren.

»Ich mache mir Sorgen«, sagte Joan ernst. »Sie und du, ihr habt eine lange Geschichte, und ihr wurdet beide verletzt. Sie hat dich wegen Noah angelogen. Ich möchte nur, dass du vorsichtig bist.«

Riley stieß den Atem aus. Die Sorge seiner Mutter war tröstlich, aber auch unnötig. Riley konzentrierte sich nur auf eine Sache: Noah. »Du brauchst dir keine Sorgen zu machen«, erklärte er den beiden. »Ich weiß, was ich tue.« Er hielt sich nicht damit auf, sich zu fragen, warum die Worte beinahe wie eine Lüge schmeckten.

Joans Blick durchbohrte ihn prüfend, wie es nur der Blick einer Mutter konnte. »Na schön«, sagte sie, nachdem sie anscheinend gesehen hatte, was sie sehen wollte, bevor sie wieder ins andere Zimmer ging, um sich um Park zu kümmern.

»Wir sehen uns bald, ja?«, fragte Riley seinen Bruder, als der seine Tasche nahm und zur Haustür ging. Tate fuhr an diesem Nachmittag wieder zurück nach Pennsylvania, um zu arbeiten.

»Ja, Mann. Wann bist du wieder in New York? Ich habe Ende des Monats ein Treffen mit Max.« Tate war Max' Sponsor bei den Narcotics Anonymous und arbeitete seit dessen Entlassung aus der Entzugsklinik mit ihm.

Riley stutzte. »Geht es ihm gut?«

»Oh ja, ja, ihm geht's großartig – wir treffen uns nur aus Prinzip mindestens einmal im Monat, um uns auf dem Laufenden zu halten und über schlechte Tage zu reden, falls er welche hatte.«

»Klar. Ich werde wahrscheinlich zur gleichen Zeit in der Stadt sein, aber ich …« Riley stockte und fuhr sich mit der Hand durchs Haar. Das Gewicht der Verantwortung und der Fragen, wie er sein Leben organisieren würde, jetzt, da es

Noah in seinem Leben gab, lastete schwer auf ihm. »Ernsthaft, ich habe keine Ahnung, was ich wegen all dem machen soll. Ich meine, wie kann ich in New York sein, wenn Noah hier ist?«

Tate legte Riley sanft die Hand auf die Schulter und drückte sie. »Zerbrich dir darüber noch nicht den Kopf, Mann«, beruhigte er ihn. »Immer nur einen Schritt nach dem andern. Du schaffst das schon. Du hast schon mit Max und Carter geredet, oder? Und die beiden sind in Ordnung, sie werden es verstehen.«

Riley nickte und zog seinen Bruder in die Arme. »Danke, Mann.«

Sie klopften einander auf den Rücken und traten dann wieder auseinander. »Pass auf dich auf, Arschloch«, lächelte Riley und öffnete die Tür.

»Du auch, Sackgesicht.«

Zehn Jahre zuvor …

Das freudige Quietschen, das aus Lexies Brust kam, als sie Riley auf sich zulaufen sah, die Haare zerzaust und seine Tasche über der Schulter, hätte peinlich sein sollen. Es sorgte jedenfalls für überraschte Blicke von den anderen Leuten am Flughafen, aber das war ihr egal.

Sie rannte auf ihn zu und sprang auf ihn, ihre Arme um seinen Hals und ihre Beine um seine Taille geschlungen. Gott, es war so schön, ihn zu sehen! Sie erstickte sein Gesicht mit Küssen, ohne auf sein Flehen um Gnade zu achten, und prägte sich fest ein, wie sein lautes Lachen die breiten Schultern unter ihren Händen beben ließ.

»Ich hab dich so vermisst«, brachte sie zwischen ihren Küssen hervor. »So sehr.« Es war so lange her, seit sie ihn in den

Frühlingsferien zum letzten Mal gesehen hatte. Lexie hatte jeden Tag gezählt, den sie getrennt waren, und jeden davon gleichermaßen gehasst, weil sie ihn wieder bei sich brauchte, seine Hände auf ihrer Haut und seinen Atem in ihrem Ohr. Die Dunkelheit, die ihr wie ein schwerer Umhang auf Schritt und Tritt folgte, war so viel erdrückender, wenn Riley nicht in der Nähe war. Dick und zäh, sodass sie müde auf ein Loch hoffte, in dem sie sich verkriechen konnte. Ihn an ihrer Seite zu haben vermochte stets die gnadenlose Leere zu lindern, die von ihr Besitz ergriffen hatte, seit ihr Vater gestorben war.

»Ich habe dich auch vermisst, Baby«, flüsterte er an ihrem Hals und hielt sie fest im Arm. Langsam ließ er sie hinunter, bis ihre Füße wieder Boden fanden. Sein Blick wanderte über ihr Gesicht, besorgt und liebevoll. »Wie geht es dir?«

Sie wollte ihm sagen, dass das Leben ein endloser Kampf war, der ihr alle Kraft raubte, und Schlaf das Einzige war, worauf sie sich freute, aber stattdessen lächelte sie, weil sie ihn nicht mit dem Begriff Depression beunruhigen wollte, mit dem ihr Arzt ständig um sich warf. »Besser, jetzt, wo du hier bist.«

Er legte ihr einen Arm um die Schulter, während sie sich weiter an seine Taille klammerte, dann machten sie sich auf den Weg zum Parkplatz. Lexie behielt die Nase dicht an seiner Brust und atmete ihn ein. Sein Duft hatte sich ein wenig verändert, seit er in New York war, von einem eher natürlichen, holzigen Geruch zu einem metallischen, städtischen Aroma, das nicht ganz unangenehm war. Sie hatte sich daran gewöhnt und sogar das T-Shirt, das er bei seinem letzten Besuch zu Ostern dagelassen hatte, unter ihrem Kissen, damit sie immer noch tiefe Züge seines Rasierwassers einatmen konnte. Sie holte es hervor, wenn sie ihn vermisste – was so ziemlich immer war – oder wenn sie miteinander telefonierten und sie das Gefühl brauchte, er wäre bei ihr.

Es war ein langes Jahr gewesen, seit er im September fortgegangen war, aber nun, da er nach seinem ersten Jahr an der NYU den Sommer über zu Hause war, konnte Lexie vergessen, wie schwer die vergangenen neun Monate – von sporadischen Besuchen abgesehen – ohne ihn gewesen waren.

»Also, ich muss dich gleich nach Hause fahren, weil deine Mom dich sehen will, aber dann kann ich dich ganz für mich allein haben«, sagte sie, während sie ihr Auto auf die Schnellstraße lenkte.

»Klingt perfekt«, antwortete er. Er hob ihre freie Hand an den Mund und küsste ihre Fingerspitzen. »Und was hast du mit mir vor, wenn du mich ganz für dich allein hast?«

Ihr Bauch zog sich vor Aufregung zusammen. »Da hab ich schon meine Pläne.«

»Ich mag Pläne. Beinhalten diese Pläne, dass du nackt sein wirst?«

Sie kicherte. »Kann sein.«

Er rückte näher, sein Mund an der Rückseite ihres Ohrs. »Beinhalten sie mein Gesicht zwischen deinen Beinen?«

Scheiße. *Er war so verdammt gut darin, genau das zu sagen, was ihr Körper hören wollte. Hitze sammelte sich in ihrem Bauch, und Riley kicherte, als sie unruhig auf ihrem Sitz herumrutschte. »Wie wär's, wenn du abwartest«, erwiderte sie mit ein wenig zitternder Stimme.*

»Okay. Ich werde brav sein.« Er küsste ihren Hals, und seine Zunge schnippte an ihr Ohrläppchen. »Aber ich schwör's bei Gott, ich kann es nicht erwarten, wieder in dir zu sein, Lex. Es ist schon zu verdammt lange her.«

»Riley«, keuchte sie. »Hör auf damit, bevor ich noch anhalte und dir gleich hier am Straßenrand einen blase.«

Riley lachte laut. »Als ob das für mich ein Ansporn wäre aufzuhören!«

Eines der Dinge, die Lexie am meisten an ihrer Beziehung mit Riley liebte, war die relative Leichtigkeit, mit der sie sofort wieder zu dem zurückfanden, was sie beide ausmachte. So sehr sie auch ein Paar waren, und Lexie liebte ihn mit jeder Faser ihres Seins, war Riley auch ihr bester Freund. Obwohl sie nichts mehr wollte, als ihn auszuziehen und nach Strich und Faden zu vernaschen, wann immer er nach Hause kam, freute sie sich doch auch darauf, einfach nur mit ihm zusammenzusitzen und zu reden.

Im Haus der Moores wurde Lexie von Joan wie immer mit einem Kuss und einer herzlichen Umarmung begrüßt. Sie sah zu, wie Riley seinem Vater die Hand schüttelte. Tate, Seb und Dex begrüßten ihren Bruder mit spielerischen Boxhieben und Rückenklopfern. Auch das hatte Lexie gefehlt. Joan lud Lexie regelmäßig ein, zum Abendessen rüberzukommen, wenn Riley fort war, aber so dankbar sie dafür auch war, es war nicht das Gleiche ohne Riley. Wenn überhaupt, spürte sie seine Abwesenheit dadurch nur noch schmerzhafter.

Sie aßen an einem von scherzhaftem Geplänkel erfüllten Tisch, dann ging Riley duschen, bevor die beiden wieder in Lexies Wagen stiegen, um zu ihr nach Hause zu fahren. Savannah war eine wahre Lebensretterin: Sie hatte es geschafft, ihre Mutter zu überreden, das neue Steakhouse in der Stadt auszuprobieren, und für danach hatte sie Karten für die neueste romantische Komödie im Multiplex, wodurch das Haus wenigstens für ein paar Stunden leer sein würde.

Sobald die Tür hinter ihnen ins Schloss fiel, stürzte sich Riley auf sie. Er schob sie an die Wand, sein gieriger Mund stöhnend und keuchend an ihrer Haut, während seine Hände mit dem Knopf ihrer Shorts kämpften. Sie verfluchte seine Gürtelschnalle und den Reißverschluss, während sie beides aufriss, und lachte, als Riley knabbernd an ihrem Hals saugte, bevor sie obszön laut aufstöhnte, als seine Finger zwischen ihre Beine stießen.

»So feucht, Lex«, stöhnte er und schob seine Finger in sie, worauf sie den Rücken durchbog und seinen Namen schrie. »So ist's recht. Spür es. Stell dir meinen Schwanz dort vor.«

Verdammt. *Er hatte ein schmutziges Mundwerk, und Lexie liebte es. Nachdem er sein Selbstvertrauen gefunden hatte, wenn sie miteinander im Bett waren, hatte er kurz bevor er nach New York gegangen war, angefangen, so mit ihr zu reden, und brachte sie häufig dazu, in den Telefonhörer zu keuchen. Der Mann war für Dirty Talk geboren, und je härter und erregter er wurde, desto schmutziger wurden seine Worte. Sie konnte nicht mehr zählen, wie viele Orgasmen er ihr geschenkt hatte, während er ihr teuflisch versaute Dinge ins Ohr flüsterte.*

»Wir werden es nicht bis ins Bett schaffen, oder?«, stöhnte sie. Vor verzweifelter Sehnsucht nach ihm packte sie seinen Schwanz mit beiden Händen

»Wie lange haben wir Zeit?«

»Zwei Stunden.«

»Dann nein, werden wir nicht.«

Er hob sie hoch, legte ihre Beine um seine Taille, und stieß heftig in sie hinein. Ihr Schrei hallte durch das Haus. Riley versuchte, ihn mit seinem Mund zu ersticken, aber sie war zu laut, und es fühlte sich zu gut an. Die Leere in Lexie löste sich augenblicklich auf, und ihre Lungen weiteten sich, als könne sie jetzt, da sie vereint waren, endlich wieder richtig atmen. Sie griff in sein Haar und zog seine Lippen zu ihren, als er sich in ihr zu bewegen begann.

»Ja«, rief sie immer wieder, während sie unter der Wucht seiner Stöße mit dem Rücken an der Wand des Flurs auf- und abrutschte.

»Das fühlt sich so gut an«, keuchte er. »Du fühlst dich so gut

an.« Seine Hand fand den Weg unter ihr Shirt und unter ihren BH. »Spürst du, wie hart ich für dich bin.« Er drückte sie. »Spürst du es?«

»Ja.«

»Nur für dich. Gib mir deine Zunge.«

Sie gehorchte, ohne nachzudenken, und ließ Riley ihre Zunge einsaugen und seine eigene darum winden. Er war überall, sie fühlte sich wie erstickt von ihm, und es war perfekt. Sie klammerte sich an die Rückseite seines T-Shirts, als sie spürte, wie ihr Orgasmus sich aufbaute, und kam seinen Stößen entgegen. Ihr heftiges Atmen war der einzige Laut neben dem Klatschen feuchter Haut und dem Rascheln von Kleidung.

»Oh Gott, du bist kurz davor«, stöhnte er. »So eng um meinen Schwanz.« Sie schrie auf, als er noch schneller wurde. »Scheiße, ja. Komm. Komm für mich, Lex.«

Da waren sie. Die Worte, die sie außer Kontrolle brachten. Es war beinahe, als habe er Macht über ihren Körper, und während er ihr immer wieder zurief zu kommen, überließ sie ihm ihren Körper, gab sich dem Zucken ihres Rückgrats, dem Krümmen ihrer Zehen und den Schreien köstlicher Lust hin, als sie um ihn herum explodierte. Riley schrie mit ihr. Sein Schwanz zuckte in ihr, als er kam und zitternd und Gott dankend an ihrer Schulter keuchte.

Unfähig, sie beide aufrecht zu halten, sank Riley auf die Knie, immer noch in ihr, bevor er sich zurückzog und mit dem Kopf auf ihrem Schoß auf dem Fußboden zusammenbrach. Sie hockten ein paar Augenblicke lang da und versuchten, wieder zu Atem zu kommen. Lexie schaute auf Riley hinunter, sah, dass er die Augen geschlossen hatte, und begann, ihm durchs Haar zu streichen. Sie lachte, als sie bemerkte, dass seine Jeans immer noch um seine Knöchel hing.

»Willkommen zu Hause«, flüsterte sie.

Er lächelte mit geschlossenem Mund. »Danke.« Zufrieden atmete er aus. »Gott, Lex, es wird jedes Mal besser.«

Dem musste sie zustimmen. Die Gefühle, die dieser Kerl vor ihr in ihrem Körper heraufbeschwor, waren unbeschreiblich. Sie bezweifelte stark, dass irgendjemand sonst dasselbe beim Sex empfand.

Er streckte sich ein bisschen, um es sich bequemer zu machen, und bewegte ihren Oberschenkel, als wäre er ein Kissen. »Wer braucht schon London, wenn ich das hier habe, was?«

Lexie runzelte die Stirn. »Wovon redest du?«

Er schwieg kurz, die Augen immer noch geschlossen. »Nichts. Ich mache nur Spaß.«

»Über London? Das ist seltsam.« Das Schulterzucken, das er als Antwort gab, überzeugte Lexie davon, dass er nicht einfach nur Spaß machte und mehr hinter dem steckte, was ihm da herausgerutscht war. »Riley?«

Langsam öffnete er die Augen, sah ihren Gesichtsausdruck und stieß seufzend einen Fluch aus, dann setzte er sich mit einem Stöhnen auf. »Es ist nichts, Lexie, versprochen. Es ist nur …« Als sie die Arme vor der Brust verschränkte, lachte er unbehaglich. »Okay, also da gibt es die Gelegenheit für alle Studenten im zweiten Jahr meines Hauptfachs, bei einer Firma im Ausland zu arbeiten, um das Geschäft von einer anderen Seite kennenzulernen. Das Ganze dauert den Großteil des Studienjahrs; es ist Teil des Programms und bringt zusätzliche Bewertungspunkte, und die Uni übernimmt sämtliche Kosten der Reise. Dieses Jahr war es Japan. Nächstes Jahr ist es London.«

Lexies Herz pochte alarmiert. »Du fährst nach London?«

»Ich könnte *nach London fahren, falls meine Noten gut genug sind und ich mich eintrage, klar.«*

Und natürlich waren seine Noten gut genug. Das wusste Le-

xie mit Sicherheit. Riley traute sich selbst nie genug zu, obwohl er so klug war.

»Riley.« Sie rückte näher zu ihm, während sich der schwarze Umhang um ihre Kehle zuzog. »Hast du dich eingetragen? Wirst du hingehen?«

Er legte ihr die Hand an die Wange und küsste sie. »Nein.«

Einen einzigen selbstsüchtigen Herzschlag lang erfasste Lexie heftige Erleichterung. Dass Riley in New York war, war eine Sache, aber bei der Vorstellung, dass er in ein völlig anderes Land ging, wollte sie sich wie eine Klette an ihn klammern und nie wieder loslassen. Sie musterte ihn aufmerksam, und das war der Moment, in dem sie den Funken Enttäuschung in seinen Augen sah.

Vor jedem anderen hätte er ihn gut verbergen können, aber sie kannte ihn besser. Er wollte nach London. Natürlich wollte er nach London, so viel war klar, aber er leugnete es vor sich selbst. In Anbetracht des vergangenen Jahres war das eigentlich kein Wunder. Lexie wusste, dass sie schwierig gewesen war, trotz ihrer Versuche, fröhlich zu sein, wenn sie miteinander sprachen, aber es war einfach so schwer, ihn so weit weg zu wissen.

Es machte ihr Angst, dass Riley vielleicht nie wieder zu ihr zurückkommen würde. Sie hatte sich Mühe gegeben, auch in jeder SMS und E-Mail positiv zu klingen, aber um die Wahrheit zu sagen, wartete sie nur darauf, dass er sagte, er würde in New York bleiben, oder dass er eine andere kennengelernt hatte. Was, wie ihr bewusst wurde, verdammt lächerlich war. Sie wusste, dass Riley sie liebte, ebenso, wie sie ihn liebte, aber der Verlust ihres Vaters hatte ihr die wahre, beschissene Realität des Lebens eingehämmert: Nichts war für immer. Und das war verdammt furchteinflößend. Noch jemanden in ihrem Leben zu verlieren, besonders Riley, würde sie ganz sicher umbringen.

Ihr Herz würde es einfach nicht ertragen, und dennoch wusste sie, falls sie ihn zurückhielt, würde er ihr das übel nehmen. Risse würden entstehen, und dann wäre es nur noch eine Frage der Zeit.

Lexie holte tief Luft und hielt ihn eng an sich gedrückt. »Du musst nach London gehen, Riley.«

Für einen kurzen Augenblick sah er erstaunt aus. »Was?«

»Das ist eine einmalige Gelegenheit. Wann willst du je wieder so eine Chance bekommen?«

»Aber es ist für das ganze Studienjahr«, erwiderte er leise. Er strich ihr das Haar hinters Ohr. »Ich weiß, wie hart dieses Jahr für dich war, und ich würde für lange Zeit nicht nach Hause kommen.«

Lexie schluckte heftig und versuchte, den Stich des Unbehagens zu ignorieren. »Ich weiß, aber im Ernst, das ist deine Zukunft.« Riley schwieg so lange, dass Lexie nervös wurde. »Was?«

Er stieß ein schnaubendes Lachen aus. »Ich hätte wirklich nicht gedacht, dass du so reagieren würdest.« Er fuhr mit der Handfläche über die Seite seines Gesichts. »Bist du sicher? Ich meine, meinst du das wirklich ernst?«

Lexie lächelte und krabbelte rittlings auf seinen Schoß. »Ich liebe dich, Riley. Wie die ganze Welt. Das wird sich nie ändern. Ich bin so stolz auf dich.« Sie drehte eine Strähne seines Haars um ihren Zeigefinger. »Du warst immer schon zu groß für diesen Ort hier.« Für mich. *Sie rieb die Nasenspitze zärtlich an seiner und kämpfte die Panik nieder, die dieser Gedanke mit sich brachte. »Du musst hier raus. Du brauchst … mehr.«*

Rileys Augenbrauen trafen sich leicht über seiner Nase. »Lex. Ich werde dich jeden Tag anrufen.«

Sie lächelte trotz des Schmerzes in ihrer Brust. »Und du wirst zurückkommen, ja?«

Er schlang die Arme um ihre Taille, hielt sie fest und küsste sie so sanft, dass Lexies Herz es kaum ertragen konnte. »Wenn du mich immer noch willst. Ich werde immer zu dir zurückkommen.«

»Ich werde dich immer wollen.«

Es war die Wahrheit, und vier Monate später, als Lexie ihn zusammen mit seiner Familie zum Flughafen brachte, damit er seinen Flug nach London bekam, sagte sie ihm dasselbe noch einmal. Er umarmte sie fest und flüsterte ihr seine Liebe ins Ohr, während er die Tränen fortwischte, die Lexie so verzweifelt vor ihm hatte verbergen wollen. Ihn fortgehen zu sehen, selbst wenn sie ihm gesagt hatte, er solle es tun, war eines der schwersten Dinge, die Lexie je hatte tun müssen.

Und es wurde nur noch schwerer.

Sie telefonierten, so oft sie konnten, aber die Zeitverschiebung und ihre unterschiedlichen Zeitpläne waren schrecklich. Lexie hatte von einem Teil des Geldes aus der Lebensversicherung ihres Vaters einen Onlinekurs in Betriebswirtschaft belegt, weil sie ihren Verstand beschäftigen und sich in etwas ausbilden wollte, das ihrer Familie langfristig helfen würde. Ihre Mom hatte nur in Teilzeit wieder angefangen zu arbeiten, weil sie nicht in der Lage war, mehr zu bewältigen, und Savannah war noch auf der Highschool, was Lexie zur Hauptverdienerin machte. Sie arbeitete eine Neun-Stunden-Schicht und loggte sich dann in ihren Kurs ein. Manchmal schlief sie vor ihrem Computer oder am Telefon mit Riley ein, wenn er es geschafft hatte durchzukommen.

Sie wusste, dass er frustriert war wegen ihrer Stimmungsschwankungen, und sie konnte es ihm nicht verübeln. Sie war so müde und fühlte sich so verloren, und weil sie ihn so sehr vermisste, hatte sie angefangen auszuflippen, wenn er sie nach ihrem Kurs fragte oder danach, was sie mit ihrer Zeit anstellte.

Welche verdammte Antwort erwartete er? Er war ausgezogen, um die Welt zu sehen, und genoss jeden Moment, und sie machte jeden Tag dieselbe Scheiße und rieb sich dabei auf. Die Medikamente, die ihr Arzt ihr verschrieben hatte, schienen auch nicht zu wirken. Sie hoben eine Zeit lang ihre Stimmung, bis der schwarze Umhang sie wieder zu ersticken drohte, enger und heftiger als zuvor.

Um fair zu sein, Riley besaß eine Engelsgeduld und schien ihr Bedürfnis, ihrem Ärger und ihrer Unzufriedenheit Luft zu machen, zu verstehen. Widersinnigerweise machte Lexie das nur noch unfreundlicher. Sie wusste, dass er ihre scharfe Zunge nicht verdiente, vor allem nicht so weit weg von zu Hause, so weit weg von seinen Freunden, seiner Familie und ihr, aber sie hatte einfach zu verdammt große Angst, ihn zu verlieren, sobald er erkannte, was draußen in der Welt alles wartete. Nichts davon konnte sie ihm vorwerfen. Sie hatte ihm schließlich gesagt, dass er gehen sollte, um Gottes willen. Sie konnte nicht wütend darüber sein, dass er etwas aus seinem Leben machte. Er verdiente das alles.

Außerdem, wenn er nicht in London wäre, dann wäre er in New York, und … Gott!

Lexie warf sich aufs Bett und starrte an die Decke, während sie ihr Bestes gab, sich zu beruhigen und sich nicht wegen allem das Hirn zu zermartern. Sie wartete auf Rileys Anruf. Es war Donnerstagabend, da rief er immer an. Es war zu ihrer Tradition geworden und sollte sie eigentlich froh und aufgeregt stimmen, und natürlich füllte seine Stimme die Leere in ihr bis zu einem gewissen Grad aus, aber es erinnerte sie auch an das, was sie nicht hatte.

Sie hatte Riley nicht neben sich, sie hatte die Zukunft nicht, von der sie schon geträumt hatte, seit sie ein kleines Mädchen gewesen war, und sie hatte ihren Vater nicht mehr.

Selbst über ein Jahr nach seinem Tod war die Wunde seiner Abwesenheit immer noch schmerzhaft offen. Es tat so weh. Wenn Riley nicht zurückkam, wenn er entschied, dass er andere Dinge wollte, und sie ihn auch noch verlor …

Sie wischte die Tränen fort, als die Gedanken, die bei Rileys Abreise als leises Flüstern begonnen hatten und nun zu einem regelrechten Brüllen angeschwollen waren, durch ihren Verstand kreisten: Du bist nicht gut genug, Lex. Du bist nicht gut genug für ihn. Er verdient mehr. Er verdient Besseres. Lass ihn gehen, bevor er dich zuerst verlässt.

Das Klingeln des Telefons ließ sie zusammenzucken. Sie schloss die Augen für einen kurzen Moment, dann drückte sie auf die Verbindungstaste und hob das Telefon an ihr Ohr. »Hey.«

»Hey, meine Schöne. Wie geht's dir?«

Lächelnd ließ Lexie ihre Leere vom Klang seiner Stimme füllen. »Mir geht's gut. Müde. Wie geht's dir?«

»Gut. War ein guter Tag. Du fehlst mir.«

Widersprüchliche Gefühle sammelten sich in ihrer Kehle. »Du fehlst mir auch.«

»Was ist los?«

Lexie verfluchte ihre zitternde Stimme und presste eine Hand an ihre Stirn. »Nichts. Alles okay. Erzähl mir von deinem Tag.«

Und das tat er. Er schwärmte davon, wie fantastisch London war, wie die Firma, für die er arbeitete, mit seinen Fortschritten zufrieden war, und wie die Familie, bei der er wohnte, ihn mit Black Pudding bekannt gemacht hatte. Es hörte sich unglaublich widerlich an, aber Riley versicherte ihr, dass es gut schmeckte. Er klang so glücklich, so zufrieden, dass es Lexie noch tiefer in ihre Gedankenmühle hineinzog. Sie schaute hinüber zu ihrer Pinnwand, an der Hunderte Fotos von ihr und

Riley hingen, sogar noch aus ihrer Kindheit. Da waren die Fotos von ihrem Abschlussball: er so umwerfend in seinem Anzug, sie lächelnd und stolz an seiner Seite. Ihr Vater hatte das Foto gemacht. Sie erinnerte sich daran, als wäre es gestern gewesen.

»Lex?«

»Hmm?«

»Du hast kein Wort von dem gehört, was ich gerade gesagt habe, oder?« Das Lächeln in seiner Stimme war zurückhaltend.

»Tut mir leid, ich hab nur nachgedacht.«

»Worüber?«

Lexie schloss die Augen und holte tief Luft. »Uns.«

In der Leitung knisterte es lange vor toter Stille. Lexie zählte mindestens sieben Herzschläge. »Und was denkst du?«, fragte er schließlich.

Lexies Verstand begann unerbittlich zu feuern: Ich denke, dass ich schreckliche Angst habe, dich zu verlieren. Ich habe schreckliche Angst, mich selbst zu verlieren. Ich denke, ich werde sterben, wenn du mich nicht mehr willst, aber ich denke, du verdienst mehr. Ich denke, ich muss dich gehen lassen, bevor du mich verletzt.

»Lex?« Er seufzte. »Baby, du machst mir Angst. Ich weiß, du warst in letzter Zeit nicht du selbst … Ich weiß, dieses Jahr war wirklich schwer für dich, aber ich habe das Gefühl, dass ich dich verliere.«

Lexie legte eine Hand über ihren Mund, um das Schluchzen zu unterdrücken, das hervorzubrechen drohte.

»Tue ich das?«, fragte er mit leiser Stimme. »Verliere ich dich, Lex?«

Ihre Antwort war so ehrlich, wie sie sein konnte. »Ich kann das hier nicht mehr.«

Lexie und Noah standen am Eingang des Schwimmbads, beide blond und gebräunt im strahlenden Sonnenschein. Riley nahm sich ein paar Augenblicke Zeit, sie zu betrachten, bevor er auf sie zuging, erstaunt darüber, wie schön sie beide waren. Lexie beugte sich hinunter und küsste Noahs Kopf, während er zu ihr hochschaute und munter drauflosplapperte, was er, wie Riley erkannte, wirklich oft tat.

Wären die offensichtlichen körperlichen Merkmale nicht gewesen, die sie gemeinsam hatten, dann hätte Riley sich gefragt, ob Noah überhaupt von ihm war – er war so ein kluges Kind. Schon in der kurzen Zeit, die er mit ihm verbracht hatte, war das offensichtlich geworden. Lexie hatte recht: Er war verdammt aufgeweckt und hatte sich sogar daran erinnert, dass Riley ihm von seinen Batman-Socken erzählt hatte. Er konnte sich ein Lächeln nicht verkneifen.

Der Anblick von Lexie mit Noah, wenn sie sich völlig unbeobachtet fühlte, wärmte ihn bis tief in seine Seele. Trotz allem war es so offensichtlich, was für eine fantastische Mom sie war. Noah hing bei jedem Wort an ihren Lippen, und sie lächelte und berührte ihn öfter, als ihr vermutlich bewusst war. Die Mutterrolle wirkte so natürlich bei ihr. Und warum auch nicht? Sie war schon immer zärtlich und liebevoll gewesen, aber das hier, das hier war etwas anderes, etwas Tieferes.

Rileys glühende Bewunderung wurde kurz von einer tiefen Traurigkeit getrübt, als er wieder einmal darüber nachdachte, wie völlig anders es zwischen ihnen hätte sein können. Flüchtig fragte er sich, wie ihre Schwangerschaft gewesen war, ob sie um drei Uhr morgens eigenartige Gelüste bekommen und ob sie unter Morgenübelkeit gelitten hatte. Dann dachte er daran, wie ihre Wehen gewesen sein mochten, wie schmerzhaft, und wer bei ihr gewesen war. All diese kostbaren Momente zu Beginn von Noahs Leben verpasst zu haben schmerzte Riley beinahe ebenso sehr wie die Tatsache, dass er die ersten Schritte seines Sohns versäumt hatte, seinen ersten Zahn, seinen ersten Geburtstag.

»Scheiß drauf«, murmelte er, als Lexie ihn auf der anderen Straßenseite bemerkte. Daran konnte er jetzt nicht mehr das Geringste ändern, und um ehrlich zu sein, die beiden lachenden Gesichter seines Sohns und seiner Jugendliebe zu sehen, machte den Schmerz der Vergangenheit beinahe erträglich.

»Hey, Leute«, sagte er, als er näher kam. »Sind wir alle bereit, schwimmen zu gehen?«

»Das bin ich! Das bin ich!«, rief Noah und hüpfte auf und ab. Er zeigte auf seine Badehose. »Ich habe Batman!«

Riley bog ein paar Zentimeter vom Bund seiner Khakihose um, und Noah riss die Augen auf. »Du hast auch eine Batman-Badehose?«

»Die haben nur die Besten, Kleiner.« Er hielt ihm seine Hand hin, und Noah schlug kräftig ein. Lexies Lachen zog Rileys Aufmerksamkeit auf sich. »Keine Sav heute?«

Lexie schüttelte den Kopf. »Nur wir.« Sie zog ihre Tasche höher auf die Schulter. »Ist das okay?«

Riley versuchte zu ignorieren, wie glücklich ihn diese Nachricht machte. Nicht dass er Savannah nicht mochte, weit gefehlt, aber Lexie und Noah den ganzen Tag lang für sich zu haben, klang fantastisch. »Es ist toll.«

»Können wir jetzt schwimmen gehen, Mommy?«

»Ja.« Lexie klatschte in die Hände. »Wir gehen jetzt schwimmen!«

»Juhu! Komm schon, Riley!«

Riley sprang beinahe das Herz aus der Brust, als Noahs kleine Hand nach seiner griff. *Gott.* Er schaute auf den kleinen Jungen hinunter, während der Riley mit mehr Begeisterung, als er je gesehen hatte, zum Kassenhäuschen zog. Lexie wirkte ebenso verblüfft, als sie ihn von der Seite ansah, aber das Lächeln, das um ihre Lippen spielte, beruhigte Riley genug, um Noahs Hand zu drücken und sie festzuhalten.

Im Schwimmbad war eine Menge los, aber Gott sei Dank hatte Lexie die weise Voraussicht besessen, zwei Liegestühle zu reservieren. Sie breiteten ihre Handtücher aus und stellten ihre Taschen unter die Liegen, dann zog Riley sein T-Shirt und die Khakihose aus. Er tat so, als würde er Lexies Augen nicht bemerken, aber die Spur heißer Lust und Erinnerungen, die sie hinterließen, als sie über seine Brust wanderten, war zu köstlich. Ihre Blicke trafen sich, und sein Bauch zog sich zusammen. Nachdem Noah dick mit Sonnenschutz eingecremt auf dem Liegestuhl saß und mit seiner Taucherbrille spielte, zog sie sich ihr Trägertop über den Kopf.

Der rote Bikini darunter war perfekt. Er schmiegte sich genau an den richtigen Stellen an sie und zeigte genug von dem, was Riley von ihrem Körper in Erinnerung hatte, sodass ihm unvermittelt die Spucke wegblieb. Und gütige Mutter Gottes, ihre Tattoos waren absolut unglaublich und schrien geradezu nach Rileys Zunge, danach, jede Linie davon nachzuzeichnen.

Seine Augen wünschten sich verzweifelt, an ihr hinunterzugleiten und zuzusehen, wie ihre Shorts zu Boden fielen, aber mit der Willensstärke eines Titans wandte er sich ab, um seine Sachen in seine Tasche zu stopfen. *Scheiße.* Würde es je leichter werden? Würde sein Körper je aufhören, ihren zu wollen? Vermutlich nicht.

Als er sich wieder gefasst hatte, drehte er sich um. »Herrje«, stöhnte er und fuhr sich mit der Hand über den Mund.

»Was denn?«

»Du spielst nicht fair. Ganz und gar nicht fair.«

»Wie kannst du das sagen«, gab sie ungläubig zurück, »wenn du so dastehst und so aussiehst?«

Riley schaute an sich und seinen schwarzen Batman-Shorts hinunter und wusste nicht, was sie meinte. »Was denn?«

Lexies Nase kräuselte sich, als sie lachte. Sie drehte sich wieder zu Noah um und nahm dabei ihre Brille ab. »Bist du bereit, Kumpel?«

»Ja!« Noah nahm ihre Hand, und dann gingen die drei zum Beckenrand.

Ohne lange Vorrede nahm Riley Anlauf und machte eine Arschbombe ins Wasser. Als er die Wasseroberfläche wieder durchbrach, hörte er Noahs begeistertes Jauchzen. Riley streckte die Arme aus und ermutigte Noah zu springen, was er auch tat. Wie eine Rakete schoss er direkt in seine Arme und vertraute Riley bedingungslos und ohne einen Zweifel.

Wenn Riley an die Momente seines Lebens zurückdachte, die er für immer im Herzen bewahren würde, dann scheute er sich nicht zuzugeben, dass Lexie in den meisten davon vorkam – ihre erste gemeinsame Nacht war die unangefochtene Nummer eins. Und dennoch, seinen Sohn in den Armen zu halten, während er lachend im Wasser spielte, sich an Rileys Hals festhielt und wie auf einem Pferd auf seinem Rücken ritt, löschte sie alle aus. Das hier, genau dieser Moment, war es, den er für den Rest seines Lebens am höchsten in Ehren halten würde. Selbst als er mit Noah um den Pool herum Fangen spielte, anderen Schwimmern auswich und ihn hochhob, in die Luft warf und wieder auffing, wusste Riley, dass keine andere Erinnerung dieser hier je nahe kommen konnte.

Nach gut neunzig Minuten Herumplanschen im Wasser setzte Lexie Noah auf den Liegestuhl und wickelte ihn im Schatten in ein Handtuch. Er schlürfte glücklich Saft und knabberte an etwas Obst, das sie aus ihrer Tasche hervorgezaubert hatte. Riley setzte sich auf seinen Liegestuhl und sah ihm lächelnd dabei zu. Es war eigenartig, wie der bloße Anblick seines Sohns diese Reaktion hervorrufen konnte. Lexie kam mit zwei Bier in großen Plastikbechern vom Kiosk am Pool zurück. Riley nahm seines mit einem dankbaren Brummen an, und Lexie setzte sich bei Noahs Füßen auf den Liegestuhl. Sie murmelte und gurrte dem kleinen Jungen ins Ohr, was ihn kichern ließ, dann überließ sie ihn sich selbst.

Riley prostete ihr zu, und sie stieß ihren Plastikbecher gegen seinen. »Prost.«

Riley nickte. »Das war ein guter Tag.«

Lexie zog mit dem Finger Linien durch das Kondenswasser an ihrem Becher. »Das war es.«

Riley hob die Hand und zeigte auf die Narbe, die er vorhin bemerkt hatte und die knapp über ihrem Bikinihöschen zu sehen war. »Du hattest einen Kaiserschnitt?«

Lexie sah an sich hinunter. »Ja.« Sie tätschelte Noahs Fuß. »Der kleine Kerl hier war eine Steißgeburt.«

»Ich war verkehrt rum«, fügte Noah hinzu, ohne von der kleinen Yoda-Figur aufzublicken, die er mit Apfelspalten fütterte.

»Und die Ärzte wollten ihn nicht zu lange drin lassen«, fuhr Lexie fort. »Also entschieden sie, dass ein Kaiserschnitt das Richtige sei.«

Riley schaute auf sein Bier, dann wieder zurück zu Lexie. »Wer war bei dir?«

»Mom. Und Sav.«

Wenigstens sah sie bedauernd aus, doch Rileys Herz schmerzte trotzdem.

Lexie presste die Lippen zusammen und seufzte. »Riley, meiner Meinung nach habe ich damals die richtige Entscheidung für mich getroffen. Aber jetzt? Jetzt bedauere ich, dass ich dir diesen Moment genommen habe. Wirklich. Und ich würde alles dafür geben, die Zeit wieder zurückdrehen zu können.«

Riley schaute hinaus auf den Pool und beobachtete ein junges Pärchen, das sich im Wasser umarmte und küsste. Er wusste, dass Lexie auf den Streit wartete, auf den Widerspruch, das Fordern von Antworten, aber das wollte er nicht vor Noah tun. Er *würde* so sicher wie das Amen in der Kirche darauf bestehen, dass sie ihm erklärte, warum sie es nicht angestrengter versucht hatte, zu einem späteren Zeitpunkt mit ihm Verbindung aufzunehmen, aber wie er hier an diesem wolkenlosen Tag in der Sonne saß, während das Gefühl von Noahs Hand immer noch in seiner Handfläche brannte, war Riley damit zufrieden.

»Worauf hattest du Gelüste?«, fragte er unvermittelt.

Lexie blinzelte verständnislos.

»Als du schwanger warst, nach welchem Essen?«

»Skittles.« Sie kicherte. »Besonders nach den roten.«

»Ich liebe Skittles!«, rief Noah aus und strampelte vor Aufregung mit den Füßen. »Aber ich darf keinen Zucker essen. Nur wenn ich brav war, zur Belohnung.«

Riley lachte in sein Bier. Der kleine Kerl klang manchmal wie ein alter Mann. Lexies Lächeln versiegte langsam, während sie Riley musterte. Sie hatte ihre Brille noch nicht wieder aufgesetzt, und ihre blauen Augen blickten vorsichtig.

»Frag mich«, ermutigte er sie.

»Wie war es?«, fragte sie, bevor sie einen Blick zurück zu Noah warf, der wieder damit beschäftigt war, mit seinem Obst zu spielen. »Als du drin warst.«

Überrascht über die Wendung drehte sich Riley so auf seinem Liegestuhl, dass er seitlich darauf saß, die Füße auf dem heißen Asphalt, die Knie nur Millimeter von Lexies Knien entfernt. Er nahm einen Schluck von seinem Bier. »Langweilig hauptsächlich. Ich habe vierzehn Monate von einer achtzehnmonatigen Haftstrafe abgesessen, und das hat mir gereicht. Nie wieder.«

»Warum hast du es getan? Ich meine, brauchtest du das Geld *so* dringend?«

Riley schüttelte den Kopf. »Nein. Das Geld war nur eine Dreingabe. Ich habe einem Freund einen Gefallen getan. Ich habe die Autoteile für ihn in meiner Werkstatt gelagert, obwohl ich wusste, dass sie gestohlen waren. Ich hatte das immer wieder mal gemacht, ohne Schwierigkeiten zu bekommen, also wurde ich übermütig und wurde erwischt. Ende der Geschichte. Es war eine dumme Entscheidung, aber ich habe sie getroffen, sie zugegeben und meine Zeit dafür abgesessen.«

Die Antwort schien sie zufriedenzustellen. »Ich schätze, wir haben beide dumme Entscheidungen getroffen, was?«

Riley stieß den Atem aus. »Schätze ja.« Er schluckte schwer, als ihre Blicke miteinander verbunden blieben und er sie an Stellen in seinem Innern spürte, die nur sie je hatte berühren können. »Ich habe an dich gedacht.« Bei seinen Worten strichen ihre Schneidezähne über ihre Unterlippe.

»Ich habe auch an dich gedacht«, gestand sie.

Scheiße, sie war so verdammt schön, wie sie hier so atemlos und mit großen Augen saß, dass Riley nichts sehnlicher wollte, als sich vorzubeugen und sie zu küssen. Er warf einen Blick zu Noah, der von allem nichts mitbekam und immer noch mit seinem Apfel und Yoda spielte, und brachte das Gefühl rasch wieder in Zaum. Es war zu verdammt einfach, in ihrer Nähe den Kopf zu verlieren.

Lexies Mund öffnete sich ein wenig. »Meine Gefühle für dich haben sich nie geändert, Riley«, flüsterte sie. »Aber die Dinge sind jetzt anders.«

Ihr Geständnis ließ Rileys Blut noch schneller durch seinen Körper pumpen, und sofort begann er alle Bedenken zu ignorieren, die er Tate gegenüber geäußert hatte. Natürlich beruhte das Gefühl auf Gegenseitigkeit. Verdammt, Riley hatte nie eine Frau mehr gewollt. Sie hatte die Messlatte himmelhoch gelegt, und keine würde je in ihre Nähe kommen.

»Vielleicht ist es gut so, dass die Dinge anders sind«, meinte er ausweichend. »Vielleicht war das der Fehler, den wir so oft gemacht haben, dass wir die Dinge wieder so haben wollten, wie sie einmal waren.«

»Vielleicht«, antwortete Lexie mit nachdenklicher Miene.

»Vielleicht können du und ich irgendwann mal ausgehen und darüber reden. Nur wir zwei.«

Ihr Blick tanzte über seinen. »Das würde mir gefallen.«

12

Wie immer während des jährlichen National Cherry Festivals sah die E State Street aus, als ob sich eine Kirsche über die ganze Gegend übergeben hätte. Der Platz wimmelte vor Leuten, die sich darauf vorbereiteten, die Parade zu sehen. Eine sanfte Brise von der Bucht her kühlte die heiße Nachmittagsluft etwas ab, die nach Kirschen, Burgern und Hot Dogs duftete, während in der Ferne der Jahrmarkt dröhnte. Es war schon zu lange her, dass Riley das Festival besucht hatte, und als er inmitten des ganzen Trubels stand und Luftballons und Leuten jeder Größe und Altersstufe auswich, wurde ihm bewusst, dass es ihm gefehlt hatte.

Er wusste, dass viele der Ortsansässigen den Lärm und die Unordnung hassten, die der Festivalverkehr hinterließ, aber er hatte den Trubel immer genossen, und dass er nun hier war, um Lexie und Noah zu treffen, machte es nur noch aufregender.

Seine Mom war irgendwo in der Menge mit Tante Carol, Maggie und Rosie, aber sie machten sich rar, da sie Noah nicht zu sehr verwirren wollten – obwohl Joan beinahe Schaum vorm Mund hatte vor Aufregung, ihren Enkelsohn besser kennenzulernen. Außerdem wollten sie Lexie nicht überfordern. Rileys Dad hatte sich entschieden, die Parade ausfallen zu lassen, da er sich immer noch nicht fit genug fühlte, um so lange auf den Beinen zu sein. Er war mehr als zufrieden damit, sagte er, zu Hause zu bleiben und ein Buch zu lesen.

Riley schaute hinunter auf sein Handy, als es in seiner Hand vibrierte. Eine Nachricht von Lexie. Sein Herz schlug einen

Purzelbaum in der Brust, als er ihren Namen auf dem Display sah, was eigentlich zum Totlachen war; schließlich war es ja nicht so, als hätten sie sich noch nie geschrieben. Es war nur schon so verdammt lange her.

Schau mal hoch.

Als er es tat, sah er Lexie, Noah, Savannah und Jaime, das Mädchen aus Lexies Laden, die alle mit riesigen kirschroten Schaumstofffingern von der anderen Straßenseite her in seine Richtung winkten. Er winkte zurück, bevor er zu ihnen hinübertrabte. Noah trug das obligatorische Traverse-City-T-Shirt einschließlich Kirschemblem und präsentierte dazu stolz eine umwerfende leuchtend rote Sonnenbrille, die praktisch die Hälfte seines kleinen Gesichts bedeckte.

Riley ging in die Hocke und hielt Noah die Hand hin, damit er einschlagen konnte, was er ohne zu zögern tat. Es wurde langsam zu ihrem Ding, und Riley fand es toll. »Kannst du durch das Ding überhaupt was sehen, Kumpel?«

»Klar, ich kann dich super sehen«, sagte Noah, wobei sein Lispeln besonders zur Geltung kam.

Riley wuschelte dem Jungen ein wenig durchs Haar, dann stand er wieder auf und sah Lexie an. »Hey«, sagte er, bevor er Sav und Jaime zulächelte. »Also, was steht auf dem Plan, Leute?«

»Parade!«, schrie Noah und hüpfte neben Riley auf und ab.

»Hört sich gut an«, erwiderte Riley. Er legte Noah eine Hand auf die Schulter. »Habt ihr alle schon was gegessen?«

»Nein, wir sind am Verhungern«, bemerkte Jaime, während sie sich die Sonnenbrille ins Haar schob. »Ich muss was essen, bevor ich meine Freunde treffe und wir zu trinken anfangen.«

»Ich will Kirschen!«, fügte Noah hinzu. »Darf ich, Mommy?«

Lexie lächelte auf ihn hinunter. »Klar, lass uns gehen. Aber pass auf, dass du immer von jemandem die Hand hältst, okay? Hier sind zu viele Leute, und ich will nicht, dass du verloren gehst.«

»Ich geh nicht verloren«, versicherte er ihr unschuldig, wobei er mit seinem Schaumstofffinger wedelte. »Versprochen.«

»Braver Junge. Nimm jemanden bei der Hand.«

Riley konnte sein Grinsen nicht zurückhalten, als die erste Hand, nach der Noah griff, seine war. Er spürte, wie sich die kleinen Finger um seine legten, und hielt ihn instinktiv so fest, wie er konnte. Er wusste, nichts würde den Griff um die Hand seines Sohns losreißen können, und begriff mit einem Schlag, wie groß sein Beschützerinstinkt für diesen kleinen Kerl war. Wie war es möglich, so schnell etwas so Starkes zu empfinden? Er hatte keine Ahnung, aber er nahm es ohne jedes Zögern an.

Die fünf schlenderten zu den Kirsch-Buden und beantworteten dabei Noahs Schnellfeuer an Fragen: Was ist das? Warum sind es Kirschen und keine Bananen? Können wir auf den Jahrmarkt gehen? Kriege ich einen Luftballon? Kann ich einen Burger haben? Er war unermüdlich und offensichtlich besessen vom Essen, aber Riley stellte fest, dass er völlig hin und weg von ihm war, und er versuchte, jede Frage zu beantworten, ohne Lexies Regeln zu unterlaufen. Es war eine verzwickte Gratwanderung, aber Lexie schien offen für Rileys Meinung zu sein, was die leichte nervöse Verspannung in seinem Nacken linderte.

Nachdem sie drei Körbchen Kirschen gekauft hatten, beschlossen sie, zwischen den anderen Buden umherzubummeln, und erkundeten die hausgemachten Speisen und Kunstgegenstände, von Töpfen und Gläsern über Bilder bis hin zu Wein. Die Unterhaltung zwischen Lexie und Riley floss leicht dahin, aber Riley wurde das Gefühl nicht los, dass sie in Gegenwart ihrer Schwester und ihrer Freundin vorsichtig war, und ehrlich gesagt war er nicht sicher, wie er das aufnehmen sollte. Ihr Tag im Schwimmbad war so entspannt gewesen. Sie hatten geplaudert und mit Noah gespielt und die Spannung zwischen ihnen beinahe völlig vergessen. Jetzt allerdings waren das Unbehagen und die Besorgnis wieder viel stärker.

Ein kaltes Gefühl von Déjà-vu überkam ihn. Er hätte es wohl kommen sehen müssen. Lexie schützte sich und ihr Herz, indem sie die Leute von sich stieß. Das tat sie schon seit Jahren, es war der Grund, warum ihre Beziehung so verheerend sporadisch gewesen war. Riley wusste, dass es seinen Ursprung im so plötzlichen Verlust ihres Vaters hatte, aber selbst nach all diesen Jahren machte das ihre zurückhaltende Vorsicht nicht leichter zu ertragen.

»Alles okay?«, fragte er, als sie sich auf eine hölzerne Bank setzten, während Jaime und Savannah mit Noah in einer Schlange warteten, um sich das Gesicht bemalen zu lassen.

Lexie nickte, dabei wechselte ihre Konzentration zwischen ihrem Sohn und den Kirschen in ihrer Hand hin und her. Einen Moment lang schloss sie die Augen und seufzte. »Eigentlich nicht.«

Riley versuchte, seine Angst zu zügeln, und schob sich eine Kirsche in den Mund. »Irgendetwas, wobei ich helfen kann?«

»Nein«, antwortete sie schnell. »Es liegt an mir. Ich – um die Wahrheit zu sagen, hatte ich letzte Nacht einen Traum von uns.«

Schwer schluckte Riley seine Kirsche. »Oh.«

Sie sah ihn an. »Von damals, als du nach London gegangen bist.«

Rileys Brust zog sich vor schmerzhafter Wehmut ein wenig zusammen.

Lexie lehnte sich zurück. »Ich bin heute Morgen mit dem Gefühl aufgewacht …« Sie legte eine Hand auf ihre Stirn. »Gott, Riley, ich war – ich war eine Katastrophe damals, und ich –«

»Du hast getrauert, Lex. Warst depressiv. Du hast dir nie erlaubt, deine Gefühle rauszulassen, weil du dich um deine Mom und Sav gekümmert hast. Das musste irgendwann geschehen.«

»Ich weiß«, stimmte sie ihm leise zu. »Aber ich hätte dich nicht so von mir stoßen sollen.« Sie schob ihre Brille höher auf die Nase. »Ich dachte, ich würde das Richtige tun.« Sie lächelte bitter. »Das scheine ich oft zu denken.« Sie fuhr sich mit einer Hand durchs Haar. »Und offensichtlich liege ich öfter falsch. Ich habe dich so schlecht behandelt, und dafür gibt es keine Entschuldigung.«

Riley war vorübergehend sprachlos. Sie hatten nie wirklich darüber gesprochen, was vor all diesen Jahren zwischen ihnen vorgefallen war. Sie hatten einander deswegen bei verschiedenen Gelegenheiten angeschrien, sicher – sein Besuch vor fünf Jahren mit eingeschlossen –, aber nie wie zwei vernünftige Erwachsene darüber gesprochen. Als Riley sie nun darüber reden hörte, brachte das die Erinnerungen schnell und heftig zurück.

Er erinnerte sich daran, dass er aus London zurückgekommen war und sie angefleht hatte, es sich noch einmal zu überlegen, nur um noch weiter von ihr fortgestoßen zu werden, während sie sich in einer Depression verlor, die so schwer war, dass er das Mädchen, das er liebte, kaum noch wiedererkannte.

Monatelang versuchte er, zu ihr durchzudringen, indem er sie anrief, Nachrichten schickte, ihr sogar Briefe schrieb, aber es war nutzlos. Es war, als kämpfe er gegen eine Gezeitenwelle an; je heftiger er kämpfte, desto stärker wurde die schwarze Strömung und zog sie mit sich in die Tiefe.

Nach beinahe einem Jahr hatte Riley erschöpft und gebrochen aufgegeben und sich kopfüber ins Partyleben auf dem College gestürzt, gefeiert und herumgevögelt, verzweifelt bemüht, sich von der Trauer und dem Elend zu reinigen, die in seinem einundzwanzigjährigen Herz wüteten. Etwa zu der Zeit hatte er Carter und Max kennengelernt.

»Es tut mir so leid«, flüsterte Lexie. »Mir tut so vieles leid. Du hattest nichts davon verdient.«

Unvermittelt schnürte es Riley leicht die Kehle zu. Er griff hinüber und nahm ihre Hand, um sie sanft zu drücken. »Du warst nicht du selbst, Lex. Es war … es ist vorbei. Es geht uns gut.«

Außerdem war es nicht so, als habe er sie damals nicht schon genug dafür gestraft. Mit seinem gebrochenen Herzen hatte er sich schrecklich benommen, ihr seine Eroberungen unter die Nase gerieben und ein paar wirklich verachtenswerte Dinge gesagt. Es hatte jedes Mal wehgetan, wenn er sie sah, und alles, was er wollte, war, ihr ebenso wehzutun, indem er so tat, als bedeute sie ihm nichts. Entweder das, oder vor ihr auf die Knie fallen und sie anzuflehen, ihn zurückzunehmen. Sie waren beide noch jung gewesen und hatten einander tief verletzt, und das, obwohl er sie mit jeder Faser seines Seins geliebt hatte.

»Also, hör mal«, fuhr Lexie fort. »Meine Mom kommt heute Abend vorbei. Sie möchte morgen mit Noah zum Festival gehen, um die zweite Parade zu sehen. Sie wird bei mir übernachten und hat gesagt, dass sie auf Noah aufpassen würde, falls ich ausgehen möchte.«

Es dauerte eine Sekunde, bis der Groschen fiel. »Heute Abend?«

»Ja, wenn du immer noch willst. Dann könnten wir. Heute Abend.«

Riley lächelte, trotz des wirbelnden Gefühls in seinem Magen. »Hört sich gut an. Vielleicht könnten wir auf das Bayside-Konzert gehen. Ein bisschen was trinken.«

Lexie lächelte. »Sieben Uhr? Ich kann dir meine Adresse schicken.«

»Perfekt.«

»Mommy, schau!«, ließ Noahs Schrei beide ihre Köpfe zu ihm herumfahren. Er rannte zu ihnen herüber, das Gesicht ein riesiges Batman-Symbol aus Schwarz, Gelb und glitzerndem Silber. Sav und Jaime folgten ihm, beide mit einer aufgemalten Blume auf der Wange.

»Sieh dich nur an!«, lachte Lexie, als Noah sich in ihre Arme warf.

»Riley, siehst du das?«, fragte Noah und patschte Riley aufgeregt ans Knie. »Ich hab gefragt, ob ich Batman kriege, und sie hat es gemacht!«

Riley kniff die Augen zusammen, als inspiziere er kritisch das Werk, und Noah wartete geduldig auf sein Urteil. »Das ist das Allercoolste aller Zeiten, Kumpel. Ich bin total neidisch.«

»Lässt du dich auch anmalen?«

»Nee, Mann«, sagte Riley lächelnd. Noahs Ernsthaftigkeit ließ ihm beinahe das Herz übergehen. »Da kann ich nicht mithalten. Heute bist du Batman.«

Noah lachte und drehte sich zu Lexie um. »Können wir uns jetzt die Parade ansehen?«

»Klar«, antwortete Lexie. »Gehen wir.«

»Kannst du mich tragen, damit ich sie sehen kann?«

»Du bist zu schwer, Baby«, erwiderte Lexie, als sie aufstand. »Du bist inzwischen schon so ein großer Junge. Wir finden schon eine Stelle, wo du sie gut sehen kannst. Versprochen.«

Riley kratzte sich den Nacken. »Er könnte auf meinen Schultern sitzen, wenn er will.«

Blinzelnd schaute Lexie zu ihm hoch, dann hinunter auf

Noah, dessen Augen so groß geworden waren, dass Riley befürchtete, sie würden ihm aus den Kopf fallen. »Darf ich, Mommy?«

»Klar. Aber du musst dich gut festhalten und auf alles hören, was Riley sagt.«

»Das schwöre ich!«

Riley ging in die Hocke. »Na, dann komm schon, Mann. Spring rauf.«

Kleine Füße und Finger packten, drückten und pikten Rileys Hals und Schultern, als er auf ihn kletterte, aber das war Riley schnurzegal. Schließlich baumelten kleine Beine und Knie links und rechts von seinem Hals, während Riley die Hände hob, damit Noah sich festhalten konnte. »Bist du bereit, Batman?«

Noah nahm Rileys Hände. »Bereit!«

»Gut festhalten.« Vorsichtig stand Riley auf, und Noah quietschte vor Lachen.

»Du bist ein Riese! Und dein Bart kitzelt meine Knie.«

Riley lachte mit ihm, dabei bemerkte er den liebevollen Blick, den Lexie ihnen beiden zuwarf. »Na los, sehen wir uns die Parade an.«

Lexie konnte nicht anders, als ein bisschen stolz auf sich zu sein, dass sie ihr Outfit vor ihrem Treffen mit Riley nur ein paar Mal über den Haufen geworfen hatte. Schließlich hatte sie sich für ein ärmelloses gemustertes Maxikleid, einen breiten braunen Gürtel und Flipflops entschieden. Es war ein schwüler Abend, und sie wollte sich wohlfühlen. Sie wusste, dass das Konzert an der Uferpromenade gerammelt voll sein würde, trotzdem war sie aufgeregt.

Ein Date mit Riley Moore. Es war, als wäre sie wieder sechzehn, nichts als heiße Wangen und Herzklopfen. Auch nervöses

Kribbeln durchströmte sie, was nicht überraschend war. Was allerdings überraschend war, war Rileys Reaktion auf ihre Entschuldigung heute Nachmittag gewesen. Es war eine Schande, dass sie so lange gebraucht hatte, um sie auszusprechen, aber dass er die Entschuldigung so rasch angenommen hatte, hatte ihre Schuldgefühle ein wenig gemildert.

Da sie wusste – und sich deswegen selbst fertiggemacht hatte –, dass sie den Kummer zwischen ihnen beiden verursacht hatte, war sie für seine Vergebung dankbarer, als sie je für möglich gehalten hatte. Im Lauf der Jahre hatte Lexie verschiedene Psychologen und Ärzte wegen ihrer Trauer und der darauffolgenden Depression aufgesucht. Sie wollte versuchen zu verstehen, warum sie sich so abschotten und alle, die sie liebte, von sich fortstoßen wollte.

Natürlich war die Antwort ziemlich offensichtlich – der Tod ihres Vaters hatte ihr die natürliche Fähigkeit genommen, anderen Menschen und Situationen zu vertrauen. Wenig überraschend hatte es ihr massiv geholfen, Noah zu bekommen. Ein kostbares, zerbrechliches Geschöpf zu haben, das vollständig auf sie angewiesen war, schenkte Lexie endlich Vertrauen zu jemandem, dem sie seit Jahren nicht mehr vertraut hatte: sich selbst. Ihr nächster Schritt, den Rest der Kontrolle wiederzuerlangen, war es gewesen, *In Liebe, Du* zu eröffnen. Ein solches Projekt mit der Unterstützung ihrer Mom und Savannah in Angriff zu nehmen hatte ihr ein unglaubliches Gefühl gegeben und sie überzeugt, dass es gar nicht so furchteinflößend war, bei Dingen und Menschen etwas zu riskieren.

Jetzt war es ihre Aufgabe, daran zu arbeiten, wieder eine Brücke zu Riley und seiner Familie zu schlagen. Sie hatte Riley über alles geliebt, und seine Familie – besonders Joan – war sehr wichtig für sie geworden. Sie konnte den schockierten und verletzten Ausdruck nicht vergessen, der Joan so deutlich im

Gesicht gestanden hatte, als sie Noah zum ersten Mal gesehen hatte, und es machte Lexie fertig, dass sie der Grund dafür war. So sehr die Entscheidung, die sie für sich und Noah bei seiner Geburt getroffen hatte, auch richtig gewesen war – das Bedauern, das sie deswegen hegte, zeigte sich mehr als deutlich im Spiegelbild, das ihr entgegenstarrte. Mit einem Seufzen und dem Vorsatz, all ihre Fehler wiedergutzumachen, wandte sie sich vom Spiegel ab und ging die Treppe hinunter.

Lexies Mom Christine war im Wohnzimmer mit Noah, der bereits in seinem Schlafanzug steckte. Sie schaute von dem Malbuch hoch, an dem sie gerade arbeiteten, und lächelte. »Das Kleid gefällt mir.«

»Du siehst hübsch aus, Mommy«, kommentierte Noah, nachdem er schnell hochgeblickt hatte.

»Danke, Baby«, sagte Lexie mit einem Lächeln, während sie ihn auf den Kopf küsste. »Du gehst ins Bett, wenn Grandma es sagt, okay? Du kannst noch einen Snack und etwas Saft haben, wenn du willst.«

»Okay«, murmelte er, seine Konzentration immer noch auf den Buntstift und das Bild gerichtet, das er ausmalte.

Lexie nahm ihre Tasche und ging zur Haustür, als sie spürte, dass ihre Mutter hinter ihr war. »Alles okay bei dir?«, fragte Christine.

Lexie hatte ihrer Mom wie immer alles von Riley erzählt. Und wie immer unterstützte Christine sie, so wie sie es schon ihr ganzes Leben lang getan hatte. Als Lexie vor all den Jahren mit Riley Schluss gemacht hatte, hatte Christine ihr Bestes versucht, um es ihr auszureden. Sie hatte schon immer eine Schwäche für den kleinen Jungen gehabt, der zum ersten Mal auf der anderen Straßenseite aufgetaucht war, als er acht Jahre alt war, und sie kämpfte entschieden für seine Seite. Doch es war vergeblich gewesen. Lexie hatte ihre Entscheidung getroffen.

Sie atmete tief durch und lächelte. »Klar. Es geht mir gut. Bin nur nervös.«

Christine trat näher und streichelte Lexie über den Arm. »Schätzchen, du brauchst nicht nervös zu sein. Wenn es sein soll … lass dir einfach nicht von der Vergangenheit die Sicht auf das vernebeln, was du willst. Noah hat jetzt oberste Priorität.«

»Ich weiß, Mom.« Sie wusste, dass ihre Mutter besorgt war, und vielleicht hatte sie recht damit, aber Lexie war sich sicher, dass sie und Riley das Geschehene hinter sich lassen konnten. Das mussten sie. Für Noah. Sie beugte sich vor und küsste ihre Mutter auf die Wange, als es an der Tür klopfte. Lexies Herz flatterte, als sie öffnete.

Riley stand auf der Veranda. Er war herrlich sexy in seiner dunkelblauen Jeans, den schwarzen Flipflops und einem ärmellosen roten T-Shirt, das seine Tattoos zeigte. Es sah aus, als habe er auch seinen Bart ein wenig gestutzt, und sein Haar war weit genug zurückgestrichen, dass es sich leicht hinter seinen Ohren kringelte. Der schelmische Ausdruck seiner haselnussbraunen Augen berührte Lexie in ihrem Innern und beruhigte sie durch und durch.

»Hey«, sagte er mit einem breiten Grinsen, bei dem ihr ein wenig schwindlig wurde. Sie wünschte sich verzweifelt, die Hand auszustrecken und ihn zu berühren. Er lächelte über ihre Schulter hinweg. »Hey, Christine. Wie geht es dir?«

Lexies Mom kam um sie herum und zog Riley in die Arme. »Meine Güte, du wirst jedes Mal hübscher, wenn ich dich sehe.«

Lachend erwiderte er die Umarmung. »Danke. Es ist schön, dich zu sehen.«

Christine zog sich zurück und tätschelte ihm zärtlich das Gesicht. »Dich auch, Riley. Es ist schon viel zu lange her.«

»Riley!« Noah raste den Flur entlang auf die drei zu, die Arme weit ausgebreitet. Staunend sah Lexie zu, wie er sich auf Riley stürzte, der ihn auffing, hochhob und in die Luft warf, bevor er ihn sich auf die Hüfte setzte.

»Hey, Kumpel!«, strahlte Riley, als sie sich abklatschten. »Toller Schlafanzug.«

Es war so schön, die beiden miteinander zu sehen, und das schürte erst recht die Schuldgefühle in Lexies Brust, sie so lange voneinander getrennt zu haben. Sie war fest entschlossen, ihren Fehler wiedergutzumachen, egal, wie. So viel war sie den beiden schuldig. Im Lauf der vergangenen Woche, seit Riley wieder da war, hatte Lexie überlegt, wie sie Noah ihre Entscheidungen erklären sollte. Machte ihr das Angst? Natürlich, aber welche andere Möglichkeit gab es? Sie wollte vollkommen aufrichtig zu ihrem Sohn sein, und sie wusste, dass sie ihm irgendwann die Wahrheit sagen würde, ganz egal, was zwischen ihr und Riley geschah.

»Gehen Mommy und du miteinander aus?«, fragte Noah, dabei bohrte er mit einem kleinen Finger durch Rileys Bart.

»Ja«, antwortete Riley und drückte ihn an sich.

»Kann ich mitkommen?«

»Vielleicht nächstes Mal, Kumpel.«

Noah schmollte ein wenig. »Können wir wieder miteinander spielen?«

»Klar.«

»Morgen.«

»Eigentlich«, Rileys Blick glitt hinüber zu Lexie, »fahre ich morgen für ein paar Tage wieder zurück nach New York. Ich muss bei ein paar Dingen in meinem Laden nach dem Rechten sehen.«

Ein Gefühl der Enttäuschung kitzelte Lexies Nacken.

»Du hast einen Laden?«, fragte Noah mit großen Augen und

schief geneigtem Kopf. Die beiden waren sich so verdammt ähnlich.

»Und ob.«

»Einen Süßigkeitenladen?«

Riley lachte. »Nein, Mann. Einen Laden, wo ich Autos und Motorräder repariere.«

Noah schien darüber nachzudenken. »Kann ich mitkommen?«

»Eines Tages.«

»Und kann ich dein Haus sehen?«

»Klar.« Riley räusperte sich. »Wenn deine Mommy sagt, dass das okay ist.«

Lexie nickte. »Ich bin sicher, das geht in Ordnung.«

»Okay, Mann.« Vorsichtig setzte Riley Noah wieder zu Boden. »Wir müssen los.«

Seufzend stellte sich Noah neben Christine. Lexie beugte sich hinunter und küsste ihn auf die Wange. »Sei schön brav. Ich hab dich lieb.«

»Wie die ganze Welt.«

Als sich Lexie aufrichtete, bemerkte sie den verblüfften Ausdruck in Rileys Gesicht. »Bist du so weit?«

Er nickte, dann lächelte er Christine noch einmal zu und hielt Noah eine Faust hin, damit er mit seiner dagegenschlagen konnte. »Wir sehen uns in ein paar Tagen.«

Noah schien nicht mal darüber nachzudenken, bevor er Rileys Bein fest umarmte und die Wange an seinen Oberschenkel drückte. »Bye.«

Lexie entging das Schimmern in Rileys Augen nicht, als er sich hinunterbeugte und Noahs Haar küsste, und es wärmte sie bis tief in ihre Seele. Sie war mehr als erleichtert, dass die beiden einander so schnell ins Herz geschlossen hatten. Nicht dass sie das überraschen sollte. Noah hatte ein offenes und geselliges Wesen, und Riley war leicht zu lieben. Er würde auch ein außergewöhnlicher Vater sein. Wie die meisten Dinge nahm er es so natürlich und selbstverständlich an. Es war offensichtlich, dass er bereits völlig vernarrt in den kleinen Jungen war.

Noah ließ los, sie verabschiedeten sich noch einmal voneinander, und dann machten Riley und sie sich auf den Weg zum Auto. Es war etwas so Vertrautes, Riley an ihrer Seite zu haben, seine Hand an ihrem Rücken, sein Rasierwasser dezent und doch intensiv um sie herum. Er öffnete ihr die Tür und lächelte, als sie einstieg, was ihr prickelnde Gänsehaut über jeden Zentimeter ihres Körpers laufen ließ. Er spielte wirklich nicht fair. So sehr sie auch zustimmte, dass sie vernünftig sein und die Folgen bedenken mussten, die Anziehungskraft, die sie spürte, wenn er in der Nähe war, ließ sich beinahe unmöglich ignorieren. Als wäre ihr Herz mit dem seinen durch ein unsichtbares Band verbunden, wurde ihr die Brust zugleich weit und eng, wenn er sie auf diese typische Art ansah, zärtlich und geradezu verheerend sexy.

Gott wusste, dass es ein Leichtes gewesen war, sich vor all diesen Jahren in Riley zu verlieben. Es war so einfach gewesen, so mühelos. Sie verglich es mit dem Gefühl, in einem sauberen Pyjama in ein frisch bezogenes Bett zu schlüpfen: warm, beruhigend, sicher und nur schwer wieder aufzugeben. Sobald sie alt genug gewesen war, um zu erkennen, was ihre Gefühle für ihn bedeuteten, gab es keine Frage mehr, dass sie ihn für immer lieben würde. Er war alles, was sie wollte, und wenn sie ihn jetzt ansah, wusste sie, dass sich daran nichts geändert hatte. Sie wollte ihn immer noch. Sie wollte ihn sehnsüchtigst. Ihn wiederzusehen hatte mehr Hitze und Erregung in ihr entfacht, als sie seit fünf Jahren gespürt hatte. Es war eine berauschende Kombination aus Lust, Sehnsucht und einer Liebe, die sie so angestrengt wie möglich hinter sich zu lassen versucht hatte.

Es hatte andere Männer in der Zeit gegeben, in der sie getrennt waren, vor Noah natürlich, aber keiner von ihnen hatte je auch nur annähernd dieselbe Leidenschaft und Tiefe in ihr geweckt wie Riley. Das Brennen, die Sehnsucht, das köstliche Verlangen, das sinnlich durch ihre Adern strömte und bis in ihre Knochen drang, war nie da gewesen. Der Mann steckte ihr im Mark, und dort würde er immer bleiben, ganz egal, was zwischen ihnen geschah.

Sie beobachtete ihn, während er fuhr, den Blick auf seine Unterarme und die Tätowierungen geheftet, die sich bewegten und veränderten, wenn er schaltete oder lenkte. Und mit seiner Pilotensonnenbrille sah er ebenfalls unglaublich aus. So von Riley fasziniert zu sein, war nichts Neues für Lexie, und sie gestattete sich das Vergnügen, ihn anzustarren und völlig in sich aufzunehmen.

»Alles okay?«, fragte er mit einem schnellen Blick zu ihr.

»Ja«, antwortete sie rasch, weil es die Wahrheit war. Sie hatte sich lange nicht mehr so gut gefühlt. So zufrieden sie mit ihrem Leben in Rileys Abwesenheit auch gewesen war, es war deutlich, dass ihrem Herzen etwas gefehlt hatte. »Ich sehe dich nur gern an.«

Er nickte und sah erneut zu ihr hinüber, während sie sich einer Kreuzung näherten. »Ich mag es, wenn du mich ansiehst.«

Trotz der Schwierigkeiten, die er zu haben schien, das zuzugeben, flammte die schwelende Glut in Lexies Bauch auf, als er sich mit der Zunge über die Lippen fuhr. »Du machst es mir nicht leicht, oder?«

Sein Lachen erfüllte den Wagen. »Ich wusste nicht, dass ich das sollte.« Er lehnte einen Ellbogen aus dem Fenster. »Außerdem denke ich, dass wir erst mal viel zu besprechen haben. Findest du nicht auch?« Er zog die Augenbrauen über seiner Sonnenbrille hoch.

»Auf jeden Fall. Es ist nur … ich fürchte, so zusammen zu sein, ist das Einzige, worin wir gemeinsam gut sind.«

»Das stimmt nicht ganz.« Riley legte den Kopf schief. »Wir haben ein ziemlich tolles Kind zusammen gemacht.«

Lexie biss sich auf die Unterlippe, da seine Worte das Verlangen in ihr nur noch mehr anfachten.

Riley schwieg einen Moment, bevor er fortfuhr. »Erinnerst du dich noch an die Nacht, in der wir – ?«

»Ja.«

Natürlich erinnerte sie sich an die Nacht, in der Noah gezeugt wurde. Sie hatte unablässig daran gedacht, seit Riley wieder hier war. Wie verzweifelt sie einander hatten näher kommen wollen, mehr Haut spüren wollten, einander um den Verstand vögeln wollten, und das sogar trotz der beißenden Worte, die sie einander an den Kopf geworfen hatten. Die Hitze ihrer Frustration und des Schmerzes war zwischen ihnen explodiert, was dazu geführt hatte, dass er ihr das Kleid hochgeschoben und die Unterwäsche zerrissen hatte. Er war brutal gewesen, als er sie genommen hatte, und sie hatte jede Sekunde davon geliebt und sein Hemd ebenso zerrissen, während er immer wieder in sie hineinstieß. Sie waren so heftig zusammen gekommen, dass sie seinen Namen geschrien hatte, während er herrlich in ihr Ohr stöhnte. Sie nahm die Pille und verschwendete keinen weiteren Gedanken daran, dass sie zum ersten Mal seit Jahren ohne Kondom miteinander geschlafen hatten – bis schließlich ihre Periode zwei Monate überfällig war.

Der Sex mit Riley war wie immer so überwältigend gewesen, dass es Lexies ohnehin bereits verwirrten Verstand noch mehr durcheinanderbrachte, darum hatte sie ihm gesagt, er solle gehen und sich nie wieder bei ihr melden. Sie hatten dasselbe Spiel schon zu lange gespielt, und Lexies Herz war völlig wund davon. Sie hätte es nicht ertragen, wieder von ihm verlassen zu werden, deshalb stieß sie ihn von sich, wie sie es bereits getan hatte, als sie neunzehn gewesen waren. Er hatte ihr nicht einmal widersprochen, was ihr sagte, dass er den Mist zwischen ihnen ebenso satt hatte wie sie. Er hatte nur kurz so ausgesehen, als würde er darüber nachdenken, mit diesem gequälten Ausdruck in den Augen, bevor er seine Jeans zugeknöpft hatte und gegangen war.

Nun streckte Lexie ohne nachzudenken eine Hand aus und legte sie auf seinen Unterarm. Er schaute zu ihr hinüber, teilte seine Aufmerksamkeit zwischen ihrer Berührung und der Straße auf, dann zog er den Arm fort. Das hätte sie nicht überraschen sollen, dennoch schmerzte es.

Der Wagen kam auf dem Parkplatz zum Stehen, und Riley stellte den Motor ab. Er saß einen Moment lang da und klopfte mit den Fingern aufs Lenkrad, bevor er die Sonnenbrille abnahm und sie ansah. »Lex, wir müssen beide damit aufhören, uns wegen der Vergangenheit fertigzumachen. Du hast Scheiße gesagt, ich habe Scheiße gesagt, und wir haben einander mit Sex immer wieder dafür bestraft. Das war ein jahrelanges Chaos.«

Unerwartet sprudelte ein Lachen aus Lexies Kehle. »Wie wortgewandt du das ausdrückst.« Es spielte keine Rolle, dass es die reine Wahrheit war. »Aber ich verstehe, was du meinst.«

»Gut.« Er schaute hinunter zu der Stelle, wo sie seinen Arm berührt hatte. »Ich möchte, dass wir Freunde sind, Lex. Das möchte ich wirklich. Aber eines muss ich klarstellen: Ich kann nicht zulassen, dass das mit *uns* meinem Kennenlernen von Noah dazwischenfunkt. Ich würde es mir nie verzeihen, wenn irgendetwas zwischen uns vorfällt, und du mich daran hinderst, ihn zu sehen.«

Lexies Augen weiteten sich. »Das würde ich niemals tun.«

Rileys Miene wurde traurig. »Du *hast* es bereits getan, Lex.

Du hast dich entschieden, mir nichts von ihm zu sagen. Du hast uns vier Jahre lang voneinander getrennt gehalten.«

Lexie schluckte schwer und ballte die Hände in ihrem Schoß.

»Ich muss dir wieder vertrauen können«, sagte er leise, den Blick auf die Passanten gerichtet, die über den Parkplatz zur Bucht gingen. »Ich muss verstehen, warum; ich muss … mir Zeit nehmen und darüber nachdenken, was ich will.«

Als sie den Widerstreit in seinen Augen sah, atmete sie tief durch. Es brachte sie beinahe um, daran schuld zu sein. »Was immer du brauchst«, sagte sie sanft.

Die Luft im Wagen begann zu knistern, als sie einander ansahen. Ihr Puls schnellte in die Höhe, und das verzweifelte Bedürfnis, ihn zu berühren, veranlasste sie dazu, die Hand auszustrecken und an seine Wange zu legen. Das Gefühl seines Barts an ihrer Haut ließ ihr die Kehle trocken werden. Einen atemberaubenden Moment lang lehnte er sich in ihre Berührung, bevor er seufzte und sich wieder zurückzog. »Komm«, sagte er, und seine Stimme war tief. »Ich brauche ein Bier.«

Sie stiegen aus dem Wagen und gingen die sechs Blocks zur Bucht hinunter, wo die Bühnen für die vielen Bands errichtet worden waren. Musik erfüllte die Abendluft, zusammen mit dem Geruch nach Bier und Barbecue.

Lexie blieb dicht an Rileys Seite, während sie sich durch die Menge schlängelten, bevor sie sich für einen relativ ruhigen Platz an einer Absperrung entschieden, von wo aus sie die Show sehen konnten, ohne von den Menschenmassen erdrückt und umhergeschubst zu werden. Riley kaufte ihnen beiden Bier und einen Hotdog, den sie genüsslich in der Zeit aßen, die der Sommerhimmel brauchte, um dunkel zu werden. Um Pfosten und Bäume geschlungene Lichterketten begannen um sie herum zu leuchten, während sie sich unterhielten und gegenseitig auf den neuesten Stand brachten.

Riley erzählte von seiner Arbeit und seinen Freunden in New York, und Lexie erzählte ihm von ihrem eigenen Geschäft und ihrem Traum, damit zu expandieren. Sie erzählte ihm von Noah und dem ersten Mal, als er sich aufgesetzt hatte, wann er stehen konnte und wann er seine ersten Schritte gemacht hatte. Sie beschrieb ihm, wie er wie ein Verbinde-die-Zahlen-Rätsel ausgesehen hatte, als er die Windpocken bekam, und wie aufgeregt er war, im September in die Schule zu kommen. Sie erzählte immer weiter und freute sich über den Ausdruck von Stolz in Rileys Gesicht, hasste es jedoch, wie sein haselnussbrauner Blick gelegentlich traurig wurde, wütend und verletzt. Sie verstummte und stützte die Arme auf die Absperrung.

»Ich weiß, du hättest bei all dem dabei sein sollen, Riley«, murmelte sie.

Er spiegelte ihre Haltung. »Ja, das hätte ich.« Seine Worte waren knapp und ehrlich. Er schüttelte kurz den Kopf. »Aber du hast fantastische Arbeit geleistet, Lex. Du bist eine tolle Mom.«

Sie hatte nicht gewusst, wie wichtig es ihr war, das zu hören. »Danke. Er macht es mir leicht.« Sie verstummte kurz. »Und er wird es dir auch leicht machen. Du wirst bei allem anderen dabei sein, und ich werde dir nie wieder etwas vorenthalten.« Im Lauf der Jahre hatte sie so viel vor ihm verheimlicht – das Ausmaß ihrer Depression, ihre verzweifelte Sehnsucht nach ihm, obwohl sie ihn weggestoßen hatte. Und ihren Sohn.

»Schwörst du es?«, fragte er leise. »Keinen Scheiß. Ich muss dir wieder vertrauen können.«

»Ich weiß, und ich schwöre es. Keinen Scheiß.«

Riley nahm einen Schluck von seinem Bier. Sie stieß ihn leicht mit der Schulter an. »Also, erzähl mir von dir.« Mit dem Finger strich sie über den Rand ihres Plastikbechers. »Hattest du je was Ernstes mit jemandem?«

Er schüttelte den Kopf und starrte hinaus auf die Bucht.

»Abgesehen von dir? Nein. Ich habe versucht, uns zu vergessen, es hinter mir zu lassen, und ehrlich gesagt hatte ich geglaubt, dass ich das ganz gut hinbekomme, aber … Nein. Keine ist da je rangekommen.«

Es gefiel Lexie nicht, dass sie so erleichtert war. Sie hatte wirklich kein Recht dazu, so wie sie sich verhalten hatte. »Und du?«

Sie schüttelte den Kopf. »Es hatte nie einen Sinn, es zu versuchen.«

Während die Musik von der Bühne herüberhallte, unterhielten sie sich weiter, und je länger sie redeten, desto leichter wurde es. Es war wirklich wunderbar, wieder flüchtige Blicke auf die Freundschaft zu erhaschen, die sie so schätzten, während sie miteinander plauderten wie früher. Es gab keinen Druck, keine Spannung.

Das einzige weitere Mal, dass die Unterhaltung ernst wurde, war, als sich Lexie nach Rileys Vater erkundigte. Da war eindeutig eine Spannung, die Riley nach Kräften herunterspielte, und es brach Lexie das Herz, weil sie wusste, wie wichtig Parks Anerkennung immer für Riley gewesen war.

»Ich hatte mich gefragt, was du davon hältst, wenn ich mit deiner Mom rede«, meinte Lexie vorsichtig.

Riley zog fragend eine Augenbraue hoch.

»Und vielleicht auch mit deinem Dad. Mit deiner ganzen Familie eigentlich. Ich möchte alles erklären. Ich weiß, du hast ihnen wahrscheinlich von meinen Gründen erzählt, aber ich würde gern Gelegenheit bekommen, selbst reinen Tisch zu machen. Ich schulde deiner Mom … so viel. Und sie sind auch Noahs Familie.«

Riley schaute hinaus auf die Bucht. »Ich glaube, das wäre eine gute Idee.« Er brauchte es nicht auszusprechen, sie konnte es in seinem Gesicht sehen: Joan war enttäuscht von ihr.

Lexie strich sich das Haar zurück, weil sie sich plötzlich verlegen fühlte. »Okay. Dann komme ich in ein paar Tagen mal vorbei. Damit dein Dad sich noch ein wenig erholen kann.«

Unvermittelt wurde sich Lexie der Musik bewusst, die gerade spielte, und sie musste kichern. Der Song, der aus den Lautsprechern in der Nähe kam, war *I Want It That Way* von den Backstreet Boys. »Gott, das weckt Erinnerungen!«

Riley lachte. »Oh ja. Du hast mich mit diesem verdammten Lied in den Wahnsinn getrieben.«

Es stimmte, sie hatte es mindestens eine Woche lang auf Dauerschleife laufen lassen, während sie mit Sav die Tanzschritte einstudiert und alle Nick-Carter-Stellen playback mitgemimt hatte. Sie wusste, dass Riley diese Art Musik nie gemocht hatte, aber er hatte sie ertragen, nur für sie. Unschuldige und sorgenfreie Erinnerungen zuckten durch ihren Kopf und raubten ihr den Atem.

Ihre Wangen wurden warm. »Mein Herz hat nie so heftig geklopft wie damals, als ich dich am Abend des Junior-Balls auf der Veranda gesehen habe, wie du auf mich gewartet hast.« Sie wandte sich ihm zu. »Weißt du, als ich schwanger war«, flüsterte sie, »und ich mich an einige der Dinge erinnert habe, die wir zusammen gemacht haben, da hat Noah so heftig in mir gestrampelt, als wüsste er, dass ich an dich denke.«

Für eine Sekunde schien Sehnsucht über Rileys Gesicht zu huschen, aber es war so schnell wieder verschwunden, wie es gekommen war. Lexies Herz krampfte sich zusammen. »Ich habe bedauert, was aus uns geworden war.«

Rileys Schultern sanken herab. »Ich weiß. Ich auch. Das tue ich noch, aber –« Er öffnete den Mund, bremste sich jedoch und kniff die Lippen wieder zusammen.

»Sag es mir«, flehte Lexie. »Sei ehrlich zu mir. Sag mir, was du empfindest.«

»Ich fühle mich beraubt, Lex«, platzte es aus ihm heraus. Seine Augen loderten. »Ich fühle mich im Stich gelassen. Ich bin so verdammt wütend auf dich, dass ich gar nicht – es ist scheiße, dass du nichts gesagt hast. Ich meine, okay, du hättest es mir nicht persönlich sagen brauchen, das verstehe ich, aber irgendwas, irgendeine Nachricht, eine verdammte SMS, ein Anruf.« Er hatte sich zu seiner vollen Größe aufgerichtet, und seine Wut nahm mit jedem Wort, das er ausspuckte, Fahrt auf. »Du hast mir die wichtigste Sache in meinem Leben vorenthalten, vor mir geheim gehalten.« Ein Muskel an seinem Kiefer zuckte. »Welches Recht hattest du dazu?«

»Keins«, antwortete Lexie. »Ich hatte kein Recht dazu. Aber ich wollte mich schützen, Noah schützen.«

»Wovor?«, rief Riley ungläubig aus. »Ich habe einen Fehler gemacht, Lex. Ich habe eine Haftstrafe abgesessen. Na und, verdammt. Ich war immer noch der Mann, den du gekannt hast, der Mann, der alles für dich getan hätte, für dich da gewesen wäre, euch beide geliebt hätte.« Seine Brust hob und senkte sich.

Lexies Augen brannten. Es war lange her, dass sie ihn so aufgebracht gesehen hatte. Sie hatte beinahe vergessen, wie herrlich er war.

Langsam begann der Zorn in ihm zu versiegen. Er trank mit großen Schlucken den Rest seines Biers und warf den leeren Becher in einen nahen Abfalleimer. Dann schob er die Hände in die Hosentaschen und trat von einem Fuß auf den anderen. Es brauchte viel, um Riley so rasend zu machen, und beinahe genauso lang, bis er sich wieder beruhigte. Lexie wartete neben ihm, ließ seine Vorwürfe und bösen Worte zu und wusste, dass sie nichts anderes verdiente. Sie blieben beide lange stumm, bevor sie wieder sprach. »Ich werde alles tun, was ich kann, um es wiedergutzumachen«, murmelte sie. »Das verspreche ich.«

Vorsichtig sah sie ihn an, und die Heftigkeit seines Blicks traf sie wie ein Schlag. Sie wollte lachen und weinen zugleich. Sein Schweigen lastete schwer zwischen ihnen und war ebenso laut, als habe er es ihr ins Gesicht geschrien: Er glaubte ihr nicht.

13

Lexie hatte sich in ihrem Leben nur selten so nervös gefühlt wie jetzt, als sie auf der Veranda der Moores stand. Unruhig trat sie von einem Fuß auf den anderen und schwitzte in der gottverdammten Hitze. Sie schloss für einen kurzen Moment die Augen und atmete tief durch. Sie musste einfach nur ruhig bleiben. Sie wusste, dass sie sich die Suppe, die sie gleich und längst überfällig auslöffeln musste, selbst eingebrockt hatte, aber das half auch nicht gerade.

Das Einzige, was sie ein wenig beruhigte, war die Tatsache, dass das Haus selbst nach so vielen Jahren immer noch dasselbe war. Der Rasen war immer noch akkurat gemäht und vom selben leuchtenden Grün, auf das Park stets äußerst stolz gewesen war. Da waren die wunderschönen Farbexplosionen der zahlreichen Topfpflanzen – Geranien waren Joans Lieblingsblumen –, und der Gartenschlauch, mit dem Lexie und Riley den ganzen Sommer gespielt hatten, lag immer noch da, als hätte jemand die Zeit angehalten. Es war mehr als tröstlich.

Lexie fasste sich ein Herz und klopfte. Sie hatte Riley gebeten, seinen Eltern zu sagen, dass sie sie besuchen wollte, und hoffte, dass sie ihr Gelegenheit geben würden, ihnen alles zu erklären. Wenn sie Joan und Park auch nur ein bisschen kannte, brauchte sie sich darüber eigentlich keine Sorgen zu machen. Dennoch half das wenig, um den Knoten in ihrer Brust zu lösen.

Sie wurde aus ihren rasenden Gedanken gerissen, als die Tür aufging. Joan stand vor ihr, anscheinend nicht überrascht, Lexie zu sehen. Ihr aschblondes Haar war kurz und elegant gewellt, was sie viel jünger wirken ließ, als sie war. Als Lexie sie im Laden gesehen hatte, war ihr aufgefallen, dass Joan sich nur sehr wenig verändert hatte. Sie war immer noch die Frau, an die sie sich aus ihrer Kindheit erinnerte und die wie eine zweite Mutter für sie gewesen war.

Eine Welle der Scham und des Bedauerns brach über Lexie herein, nahm ihr den Atem und ließ sie sich verzweifelt danach sehnen, in eine von Joans legendären Umarmungen gezogen zu werden, die stets dafür gesorgt hatten, dass sie sich besser fühlte.

Stattdessen trat sie verlegen auf der Stelle und versuchte zu lächeln. »Hi, Joan.«

»Alexis«, antwortete Joan. »Riley hat zwar gesagt, dass du uns vielleicht besuchen kommst, aber ich muss zugeben, ich bin überrascht, dich zu sehen.« Ihr Tonfall war knapp, aber ihr Gesicht voll mütterlicher Liebe.

Lexie nickte. »Ist es okay, wenn ich reinkomme? Ich bleibe auch nicht lange.«

Joan musterte sie kurz, bevor sie zurücktrat und Lexie bedeutete einzutreten. Das Haus roch immer noch genauso. *Ganz genauso.* Es war der Duft langer Kindheitssommer, stürmischer Nächte, frischgebackener Kekse und wilder Jungs. Als sie sich umsah und die sauberen Fußböden und fleckenlosen, mit Teppich bezogenen Treppenstufen betrachtete, erinnerte sich Lexie daran, wie sie immer darüber gestaunt hatte, dass Joan es schaffte, das Haus trotz vier Jungs makellos sauber zu halten.

»Komm rein«, bot Joan an und ging an Lexie vorbei in Richtung Küche, durch den Flur, der mit Fotos von Riley und seinen Brüdern übersät war. »Ich habe gerade etwas Saft eingeschenkt. Möchtest du welchen?«

»Ja, bitte«, antwortete Lexie, deren Kehle trocken und kratzig war. In der Küchentür blieb sie stehen. Die großen Terrassentüren standen offen und ließen eine sanfte Brise hereinwehen. Sie nahm den Orangensaft, der ihr angeboten wurde, und umklammerte das Glas. »Das Haus sieht toll aus.«

Joan sah sich ebenfalls um. »Park sagt mir ständig, dass wir anbauen und die Küche renovieren lassen, sobald er in den Ruhestand geht.« Sie nippte an ihrem Saft. »Aber ich schätze, da kann ich noch lange warten.«

Lexie kicherte. »Es wird mehr als ein Herzinfarkt nötig sein, um ihn dazu zu bringen, in den Ruhestand zu gehen.« Joan lächelte leicht.

»Wie geht es ihm?«

»Er sitzt draußen. Komm.«

Lexie folgte Joan hinaus in den hellen Sonnenschein, wo Park in einem hölzernen Liegestuhl saß, Saft in der einen Hand, ein Sudoku-Buch in der anderen. »Wer war –?« Die Worte erstarben ihm auf der Zunge, als er aufblickte. »Lexie.«

»Hi, Park. Es ist schön, zu sehen, dass es dir so gut geht.«

Er nahm seine Lesebrille von der Nase. »Ich bin überrascht, dich überhaupt zu sehen.«

Joan hüstelte leicht und zog damit einen schnellen Blick von Lexie auf sich. »Ich hatte Riley gebeten, euch zu sagen, dass ich vorbeikomme. Ich wollte mit euch beiden reden.«

Entschlossen legte er sein Sudoku-Buch weg und lehnte sich zurück.

Joan setzte sich in den Stuhl neben ihm und wies auf den Stuhl an Lexies Seite. »Setz dich«, sagte sie leise. Das Lächeln, das sie Lexie schenkte, war klein, aber es war da.

Lexie setzte sich, nahm sich ein Herz und das bisschen Mut zusammen, das sie an diesem Morgen hatte aufbringen können, und gab ihr Bestes, Parks glühenden Blick zu ignorieren. Er war immer schon ein einschüchternder Mann gewesen.

»Also«, setzte sie an. Sie stellte ihren Saft auf den Boden und faltete die Hände. »Ich wollte rüberkommen und versuchen zu erklären, was los ist.« Sie nagte an ihrer Unterlippe. »Es waren ein paar emotionale Wochen. Für Riley nicht minder, da bin ich sicher.«

»Emotional?«, fragte Park, als störe er sich gewaltig an ihrer Wortwahl.

Lexie räusperte sich erneut. »Ich wollte nie jemandem wehtun«, sagte sie aufrichtig. »Ich *habe* zum Hörer gegriffen und ihn angerufen.« Sie seufzte. »Das entschuldigt nicht, dass ich es nicht intensiver versucht habe, und es entschuldigt nicht den Schmerz und die Verwirrung, an der ich schuld bin. Ich … weiß, dass ich ehrlich zu allen hätte sein sollen. Ich weiß, ich hätte Riley von Noah erzählen sollen, sobald er aus Kill entlassen worden war. Ich weiß, ich hätte *euch* beiden von Noah erzählen sollen.«

»Aber du hast es nicht getan«, stieß Park hervor.

»Park«, sagte Joan leise, bevor sie ihn ansah. »Lass sie sprechen.«

Er gab ein missbilligendes Brummen von sich und verschränkte die Arme vor der Brust.

Lexie senkte den Blick auf ihre Füße. »Das ist okay. Ich weiß, dass ihr beide wütend auf mich seid, und ich weiß, ich habe es verdient. Ich habe eine Entscheidung getroffen, von der ich dachte, dass sie die richtige für mich ist, und für Noah. Dazu stehe ich, aber das macht es nicht richtig.« Sie setzte sich aufrechter und sah Rileys Eltern direkt an. »Es tut mir leid, dass ich euch euren Enkelsohn vorenthalten habe.«

Joans grüne Augen wurden sanft. Sie schaute kurz zu Park, dann lehnte sie sich mit aufrichtiger Miene vor. »Du hättest mit allem zu uns kommen können, Alexis. Als kleines Mädchen hast du das immer getan.«

Das stimmte. Lexie erinnerte sich daran, wie sie ihre erste Periode bekommen hatte, während sie bei den Moores war. Sie hatte geglaubt, sie würde sterben. Joan war einfach wundervoll gewesen. Sie hatte sie beruhigt und ihr besorgt, was sie brauchte, während Riley um sie herumschwirrte und sich Sorgen machte und fragte, was los war. Joan hatte sich mit Riley hingesetzt und ihm alles erklärt, während Lexie sich sauber machte. Das war nur ein Moment von vielen, in denen Joan Lexie unterstützt und sich um sie gekümmert hatte.

»Es tut mir so leid«, flüsterte Lexie, und ihre Stimme brach unter der Last der Erinnerungen.

»So überfällig diese Entschuldigung auch ist«, sagte Park mit Nachdruck, »Riley ist derjenige, der sie noch mehr verdient.«

»Ich weiß, erwiderte Lexie mit einem Nicken. »Ich verspreche, ich werde versuchen, es bei ihm wiedergutzumachen.«

»Du hast ihm seinen Sohn vorenthalten«, schoss Park zurück. »Als Vater von vier Söhnen kann ich dir sagen: Da hast du eine verdammte Menge wiedergutzumachen.«

»Ja, Sir«, gab Lexie ihm recht. »Das verstehe ich. Und ich werde alles tun, was ich kann, damit Riley mir wieder vertraut. Aber ich wollte euch beiden sagen, dass ich nie jemandem wehtun wollte, ganz besonders nicht ihm.«

»Aber das hast du«, murmelte Joan, ihr Tonfall klar erkennbar als der einer beschützenden Mutter. »Er mag es nicht oft oder sogar überhaupt nicht zeigen, aber er ist am Boden zerstört, dass er so viel verpasst hat.«

Lexie leckte sich über die Lippen und schluckte ihre Tränen hinunter. Weinen würde hier auch niemandem helfen. »Es tut mir leid«, wiederholte sie, denn was gab es noch mehr zu sagen? Es war alles, was sie anzubieten hatte, und so ermüdend es auch war, allen zu versichern, dass sie es ernst meinte, sie würde so lange nicht damit aufhören, bis sie ihr glaubten.

»Es steht mir vielleicht nicht zu, das zu sagen«, setzte Joan an, und Lexie hob den Kopf, »aber Riley liebt dich sehr. Das hat er immer getan, ganz egal, was ihr einander angetan habt. Und ich kann sehen, dass du immer noch genauso für ihn empfindest. Aber ich kenne meinen Sohn, Alexis, und ich kann dir sagen, es wird mehr nötig sein, als einander einfach nur zu lieben, um das hier wieder in Ordnung zu bringen.«

Trotz des Schraubstocks, der sich um Lexies Herz zuzog, waren Joans Worte die reine Wahrheit. Es würde Zeit brauchen. Aber der heutige Tag war ein weiterer Schritt, das Fundament für die Brücke zu legen, die sie so sehnsüchtig wieder aufbauen wollte. Lexie hatte sich damit abgefunden, dass es ein langer, manchmal schmerzhafter Prozess werden könnte, aber das war ihr egal, solange es bedeutete, dass Riley ihr wieder vertrauen würde. Joan hatte recht; Lexie liebte Riley wirklich. Eigentlich war es ganz einfach: Sie liebte ihn seit einundzwanzig Jahren, und das würde sich nie ändern. Doch es spielte keine Rolle. Was eine Rolle spielte, war, dass die beiden wichtigsten Menschen in ihrem Leben – Noah und Riley – glücklich und vereint waren. Alles andere konnte warten.

Max und Carter starrten Riley über den Tisch des Diners hinweg an, als hätte er sich gerade komplett ausgezogen, auf die Sitzbank der Nische gestellt und vor allen anderen Gästen seine Eier geschüttelt. Riley konnte sich das Kichern nicht verkneifen, als er einen großen Bissen von seinem Cheeseburger nahm. Gott, es ging einfach nichts über einen New Yorker Burger!

Max lehnte sich vor und presste einen Finger auf den Tisch zwischen ihnen. »Du bist Vater? Im Ernst?«

Riley wischte sich den Mund mit seiner Serviette ab und nickte. »Ja. Er heißt Noah. Und er ist der coolste kleine Kerl, den ich je gesehen habe.«

Max sah Carter an, der ungläubig blinzelnd zurückstarrte. »Wow.« Max lehnte sich zurück und nahm zwei Pommes von seinem Teller. »Und du hattest keine Ahnung?«

Riley schüttelte den Kopf.

»Wer ist das Mädchen?«, fragte Carter schließlich.

»Lexie«, antwortete Riley. »Wir waren lange zusammen, als wir noch jünger waren, und dann … starb ihr Vater, und alles ging den Bach runter, aber jedes Mal, wenn ich zurück nach Michigan gefahren bin, hatten wir was miteinander. Das letzte Mal war beim Hochzeitsjubiläum meiner Eltern. Sie wurde schwanger mit Noah.«

Max nickte, und in seinen dunklen Augen leuchtete Verständnis auf. »Sie war diejenige, die du gemeint hast, als du so dunkel und vage davon gesprochen hast, jemanden zu lieben.«

Riley lächelte schwach. »Ja. Das war sie.«

»Liebst du sie immer noch?«

Auf Carter war Verlass – er zielte mit seinen Fragen immer genau dahin, wo es wehtat.

Riley atmete aus und rieb sich übers Gesicht. »Ich … weiß es nicht. Ich weiß nicht, was ich empfinde.« Die Wahrheit war, dass er nicht wusste, ob er Lexie je *nicht* geliebt hatte. Sie hatte es ihm einfach im Lauf der Jahre schwerer gemacht, ihr das zu zeigen.

Carter rieb sich mit einem Finger über die Stirn. »Ich schätze, das haut hin. All die Frauen, die du hattest. Das konnte nur ein Darüber-Hinwegtrösten sein.«

Riley verschränkte die Arme vor der Brust. »Ich habe nur versucht, sie zu vergessen, Mann. Mit jeder Frau, mit der ich etwas hatte, hatte ich Spaß, und ich habe sie gut behandelt, aber sie haben mir nichts weiter bedeutet.«

Carter nickte. »Bist du glücklich?«

»Wenn ich mit Noah zusammen bin«, setzte Riley an, »dann

ist es, als würde mein ganzes Leben endlich Sinn ergeben, wisst ihr?«

»Und mit dem Mädchen, mit Lexie?«

Seit ihrem Tag beim Festival, als er endlich einen Teil seiner Wut herausgelassen hatte, hatte Riley eine deutliche Veränderung an Lexie festgestellt. Sie war kühler – nicht weniger lieb und fröhlich, aber es war beinahe, als wäre sie einen Schritt zurückgetreten, um ihm Luft zum Atmen zu geben und ihn seinen Weg finden zu lassen. »Lex und ich haben noch viel zu bereden«, sagte Riley nachdenklich. »Eine Menge wiederaufzubauen. Meine Schutzmauern sind immer noch oben. Ich vermisse sie, aber das habe ich immer getan.« Er verdrängte das Gefühl von Wehmut. »Aber ihr solltet Noah mal sehen, Jungs. Er ist einfach unglaublich. Er ist so schlau, und er hat dieses Lispeln, bei dem man einfach sofort hin und weg ist. Und er liebt Batman.«

Max schnaubte. »Dann muss er dein Sohn sein.«

Carter rutschte ein wenig auf seinem Stuhl herum. »Wie ist es denn so, ein Dad zu sein?«

Riley warf sich die Pommes in den Mund. Er wusste, dass Carter an sein eigenes Verhalten dachte, als seine Frau Kat geglaubt hatte, schwanger zu sein … kurz nachdem sie geheiratet hatten. »Zuerst hatte ich schreckliche Angst davor, was für eine Sorte Vater ich abgeben würde, aber wenn ich mit ihm zusammen bin, fühlt es sich einfach richtig an. Ich meine, so etwas habe ich noch nie empfunden.«

Max drehte sich so, dass er mit dem Rücken an der Wand lehnte, und drapierte seinen Arm über die Lehne. »Also, wie soll das funktionieren, wenn die beiden in Michigan leben?«

Riley lehnte sich zurück. Ihm war klar, dass er und Max sich über die Werkstatt unterhalten mussten, aber er hatte keine Ahnung, wo er anfangen sollte. Noah hatte oberste Priorität. Er wollte seinen Sohn kennenlernen, und Riley wusste, dass er das nicht konnte, wenn er Vollzeit in New York lebte, aber was sollte er tun? Wieder zurück nach Michigan ziehen? Es hörte sich jedenfalls nach einer besseren Idee an, als ein Wochenend-Dad zu sein und alle fünf Tage hin- und herzufliegen. Aber natürlich brauchte er auch ein Einkommen.

Er zog die Augenbrauen hoch und schob seinen Teller weg, weil er plötzlich keinen Hunger mehr hatte. »Ich weiß es nicht.«

Max schien Rileys Besorgnis zu spüren und beugte sich vor. »Hör mal, Mann. Zerbrich dir jetzt darüber nicht den Kopf, okay? Ich kann während der nächsten paar Monate die Stellung halten, da Grace wegen ihres Kunstprojekts in der Stadt ist, und Paul kann sich um alles kümmern, wenn ich mir mal ein paar Tage frei nehme. Wir sind Partner, wir finden schon eine Lösung.«

Riley stieß einen erleichterten Seufzer aus. »Danke, das weiß ich zu schätzen, Mann.« Er streckte die Faust über den Tisch, und Max stieß mit seiner dagegen.

»Das ist das Mindeste, was ich tun kann«, entgegnete Max. »Du hast auf den Laden aufgepasst, als ich in der Entzugsklinik war. Und ich werde dasselbe für dich tun.«

Die Last, die Riley von den Schultern fiel, war unglaublich. Er wusste, dass er irgendwann eine Entscheidung treffen musste, aber ein wenig mehr Zeit zu haben, ließ ihn erst mal aufatmen.

Die drei hingen noch ein paar Stunden zusammen ab, brachten sich gegenseitig auf den neuesten Stand und machten einen drauf, bevor Riley wieder zurück in seine Wohnung fuhr. Es war merkwürdig gewesen, als er an diesem Nachmittag das Apartment betreten hatte. Die Sommerhitze des Tages war durch die Fenster hereingeströmt, trotzdem fühlte es sich immer noch kalt an, so als fehle etwas.

Er duschte rasch, dann sah er auf die Uhr, weil er wusste, dass Noah vor sieben ins Bett ging, und wählte Lexies Nummer.

Zuerst hörte er Lexies Stimme. »Halt das Telefon vorsichtig.«

»Riley?«

Beim Klang von Noahs Stimme ging ihm das Herz auf. »Hey, Mann! Wie geht's dir?«

»Gut. Bist du jetzt in New York?«

»Ja, bin ich.«

»Was kannst du sehen?«

»Nun ja, ich liege gerade auf meinem Sofa, aber wenn ich aus dem Fenster sehen würde, dann würde ich eine Straße mit viel Verkehr sehen und das Empire State Building in der Ferne.«

»Wie bei Spiderman!«

Riley lachte. Er konnte es dem Kind nicht übel nehmen, dass es Spiderman mochte. »Ja, wie bei Spiderman.«

Noah war einen kurzen Moment still. »Wann kommst du wieder zurück?«

Rileys Magen zog sich auf eine Art zusammen, die er noch nie zuvor gespürt hatte. Die kleine Stimme am anderen Ende der Leitung erzeugte ein schmerzliches Sehnen in ihm, das fremdartig und verstörend war. »Ich werde in ein paar Tagen wieder da sein.«

Noah summte zustimmend. »Und können wir dann wieder spielen?«

»Klar, Kumpel. Was immer du gern machen willst, machen wir dann.«

»Okay. Komm bald wieder zurück. Bye.«

»Bye, Noah. Sei schön brav, für deine Mom, okay?«

»Ja!«

Riley grinste, als er hörte, wie das Telefon bewegt wurde.

»Riley?«

»Hey, Lex.«

»Sein Gesicht hat richtig aufgeleuchtet.«

»Meins auch.«

»Gut.« Die Stille war, als träfe ihn eine Pistolenkugel. Er hasste die Entfernung zwischen ihnen – räumlich und emotional.

»Kannst du immer noch dieses Wochenende wiederkommen?«

»Ja.«

Wieder blieben beide ein paar Herzschläge lang stumm, bevor Lexie das Schweigen als Erste brach. »Ich kann es kaum erwarten.«

Sehnsucht wand sich in Rileys Bauch. »Ich auch nicht.«

Die nächsten Tage schleppten sich nur so dahin, obwohl Riley in der Werkstatt mehr als beschäftigt war. Max knallte ihm jede Menge Papiere mit Zahlen auf den Schreibtisch, die Riley ordnen und durchsehen musste, was er schnell und effizient erledigte. Steph, die Empfangssekretärin, die Riley während ihrer ersten Arbeitswoche gevögelt hatte, klimperte mit den Wimpern und lächelte ihn an, wie sie es immer getan hatte, obwohl er ihr stets deutlich gesagt hatte, wo sie standen. Sie war harmlos, und Riley flirtete zurück – warum auch nicht? Aber er konnte das ungewohnte Gefühl, das ihn überfiel, wenn sie miteinander sprachen oder Carla ihm schrieb, nicht ignorieren.

Gott allein wusste, was zum Teufel an diesem Punkt zwischen ihm und Lexie geschehen würde. Nichtsdestotrotz wusste er, dass er sein Leben so einfach wie möglich halten musste. Er antwortete Carla mit einer höflichen Nachricht, in der er ihr erklärte, dass er sich wahrscheinlich eine Weile lang nicht melden würde, aber danke für die tolle Zeit. Sie antwortete nicht, und das war gut so.

Er telefonierte jeden Abend mit Noah, bevor der Kleine ins

Bett ging, und sie schmiedeten Pläne, in den Zoo zu gehen, sobald Riley wieder in Michigan war. Da er Noah verwöhnen und seine Abwesenheit wiedergutmachen wollte, ging Riley zu dem kleinen Souvenirladen gegenüber der Werkstatt und kaufte eine dreißig Zentimeter hohe Nachbildung des Empire State Buildings und, so sehr es den DC-Fan in ihm auch quälte, ein Poster von Spiderman, der sich von der Freiheitsstatue schwang. Er gab sein Bestes, den Papierkram im Laden in Ordnung zu bringen, bevor er wieder aufbrach, weil er wusste, dass er mindestens eine Woche fort sein würde. Max versicherte ihm tausendundein Mal, dass er anrufen würde, falls es irgendwelche Probleme gäbe, und, *Scheiße, Mann, ich hab das schon mal gemacht!*

Joan wartete am Flughafen auf Riley, als er am folgenden Nachmittag wieder in Traverse City ankam. Es war ein heißer Tag, und der Wind vom Wasser her war ihm mehr als willkommen. Im Haus seiner Eltern angekommen, stellte Riley seine Tasche in sein Zimmer und ging zu seinen Eltern hinaus in den Garten. Es freute ihn zu sehen, dass sein Vater in seinem üblichen Stuhl saß, in Shorts und T-Shirt. Joan gab Riley ein Glas Saft und tätschelte ihm dabei zärtlich den Rücken.

»Hast du in der Stadt alles geregelt?«, fragte sie, obwohl sie ihm dieselbe Frage auch schon im Auto auf dem Weg vom Flughafen gestellt hatte. Riley wusste, warum – sie versuchte, Riley und seinen Vater dazu zu bringen, miteinander zu reden. Während seiner Zeit zu Hause hatten Riley und Park nur bei einer Handvoll Gelegenheiten ohne äußere Einflüsse wie Tate oder Joan miteinander gesprochen.

»Ja, der Laden läuft richtig gut«, antwortete Riley mit einem verstohlenen Blick zu seinem Vater.

»Das ist großartig, Junge«, erwiderte Joan. »Nicht wahr, Park?«

Park brummte und trank seinen Saft. Er sah sehr viel besser aus als kurz nach seiner Entlassung. Er hatte mehr Farbe und schien seine breiten Schultern wiederbekommen zu haben. Riley war sicher, dass es nur daran lag, dass Park jetzt wieder aufrecht sitzen konnte, trotzdem war es beruhigend.

»Ich gehe mit Noah morgen in den Zoo«, sagte Riley, um das Thema zu wechseln. »Nur wir beide.« Riley war völlig geschockt gewesen, als Lexie erklärt hatte, sie würde sie beide den Tag allein miteinander verbringen lassen. Er war nervös und auch verdammt aufgeregt.

Joan lächelte breit, und Riley bemerkte ein leichtes Zucken um Parks Mundwinkel. »Das ist fantastisch, Riley«, gurrte seine Mutter begeistert. »Vielleicht kann ich ihn sehen, bevor ihr geht? Lexie ist vorbeigekommen, während du in New York warst.«

Riley nickte. Sie hatte es am Telefon erwähnt, war aber nicht ins Detail gegangen. »Und? Hast du gehört, was du hören wolltest?«

Joan neigte den Kopf leicht zur Seite. »Dein Vater und ich brauchen nichts zu hören, Riley, wir müssen nur wissen, dass es dir gut geht.«

Riley lehnte sich zurück. »Es geht mir gut. Du kennst mich. Alles prallt einfach an mir ab.« Das war nicht ganz die Wahrheit. Er versuchte immer noch, einen klaren Kopf zu bekommen und zu entscheiden, was er in Bezug auf die ganze Situation mit Lexie tun wollte. Aber er wollte nicht, dass seine Eltern sich Sorgen machten. »Ich werde Lexie fragen, ob ich Noah herbringen kann.«

Joan klatschte in die Hände. »Das verdient etwas Stärkeres als Saft.«

»Ich darf nichts trinken«, brummte Park.

»Deshalb bekommst du auch einen alkoholfreien Drink«,

gab Joan zurück, bevor sie aufstand und ins Haus eilte. Kopfschüttelnd lächelte Riley ihr hinterher. Dann schaute er wieder zu seinem Vater und fing dessen Blick auf.

»Du könntest ihn auch kennenlernen, wenn du willst.«

Park räusperte sich und schaute zum Himmel. »Okay.«

Es war nur ein Wort, aber es war ein Fortschritt. »Wie läuft es im Geschäft, Dad? Kommen sie ohne dich klar?« Die Frage war gutmütig gemeint, aber sie rief ein Stirnrunzeln auf Parks Gesicht hervor.

»Die kommen zurecht«, antworte er.

Bevor Riley ihn weiter ausfragen konnte, erschien Joan mit einem Tablett und Gläsern, die mit etwas gefüllt waren, das verdächtig nach Weißwein aussah. Sie verteilte sie und stieß mit dem Rand ihres Glases gegen ihre. »Es ist schön, dich wieder so regelmäßig hier zu haben, Riley«, sagte sie sanft.

»Danke, Mom«, antwortete er. Er stieß sein Glas gegen das von Park.

»Prost, Dad.«

Park nickte nur und hob minimal die Hand mit seinem Glas.

Am nächsten Morgen parkte Riley vor Lexies Laden, Noahs Geschenke in Batman-Geschenkpapier eingewickelt auf dem Beifahrersitz. Als die Glocke über der Tür seine Ankunft signalisierte, drehten sich mehrere Köpfe in seine Richtung. Zwei Frauen, keine zwei Meter von ihm entfernt, lächelten und klimperten mit den Wimpern, aber seine Aufmerksamkeit wurde von der schönen Blondine hinter der Kasse angezogen, die die Kundin vor ihr anlächelte, während sie ihren Einkauf in eine Schachtel und dann in eine Tüte packte.

Riley beobachtete Lexie bei der Arbeit, während er langsam näher kam, und die Fröhlichkeit, die sie ausstrahlte, wärmte ihm das Herz. Es war offensichtlich, wie sehr sie ihre Arbeit genoss. Kurz dachte er, dass es ihn beunruhigen sollte, wie viel freier er atmete, weil er sie nach wenigen Tagen schon wiedersah, aber um ehrlich zu sein, war er es leid, darüber nachzudenken. Es gab Dinge, die würden sich nie ändern, und er konnte einfach nicht vergessen, was er so lange Zeit für Lexie empfunden hatte. Gott, sie war die Mutter seines Sohns, was an sich schon das Sinnlichste und Kostbarste war, das er sich vorstellen konnte. Er beobachtete sie, wie sie lächelnd mit der Kundin plauderte, ihr Gesicht lebhaft und wunderschön, ihre Lippen so weich und voll.

Er lehnte sich mit der Hüfte an eine der Glasvitrinen und ließ seine Gedanken auf Wanderschaft gehen. Er erinnerte sich an den Geschmack ihrer Lippen auf seinen, das Gefühl ihres Munds und wie sie ihn mit einem einzigen Kuss in die Knie zwingen konnte. Vermisste er es, sie zu küssen? Natürlich. Das hatte für ihn immer zum Schönsten zwischen ihnen gehört, aber er wusste, was eine einzige Berührung ihrer Lippen mit ihm anstellen würde: Er wäre sofort wieder verloren, und das durfte er nicht zulassen. Ihre blauen Augen begegneten seinem Blick, und sobald sie sich von ihrer Kundin verabschiedet hatte, ging Lexie um den Tresen herum auf ihn zu.

»Hey«, murmelte sie, als sie näher kam.

»Hey.«

»Schön, dich zu sehen.«

»Dich auch.«

»Noah wartet oben mit Jaime auf dich.« Sie strich mit den Handflächen über die Vorderseite ihres Tops. »Du kannst jederzeit raufgehen und ihn holen. Soll ich dir den Weg zeigen?«

»Ich komm schon zurecht.« Er ging zum hinteren Teil des Ladens, durch die Tür und die Treppe hoch zu der Wohnung darüber. Er klopfte, wartete und musste grinsen, als er Noah herumhüpfen und nach Jaime rufen hörte, sie solle die Tür aufmachen.

Die Tür öffnete sich, und Noah warf sich auf Riley, der ein dumpfes *Ufff* von sich gab, als der kleine Körper gegen ihn prallte. »Du bist da!«, schrie Noah, als Riley ihn hochhob.

»Natürlich, ich habe doch gesagt, dass ich komme.« Riley spürte einen Kloß in der Kehle, als Noah die kleinen Ärmchen um seinen Hals schlang.

»Und wir fahren in den Zoo?«

»Auf jeden Fall. Bist du so weit?«

»Nein!« Noah zappelte in Rileys Griff, bis er ihn wieder auf den Boden stellte. »Ich brauch noch meine Schuhe.« Er flitzte um Jaime herum, die immer noch die Tür aufhielt, und verschwand in der Wohnung.

»Vergiss deinen Teddy nicht, und zieh die Schuhe richtig rum an!«, rief sie ihm hinterher. »Er redet von nichts anderem mehr«, sagte sie mit einem leichten Lächeln. »Er ist so aufgeregt.«

Es war, als würde sein Herz bei diesen Worten drei Nummern größer werden, so wie das des verdammten Grinch. Noah tauchte schnell wieder auf, die Schuhe an den richtigen Füßen und einen Plüsch-Chewbacca im Arm, um den ihn Riley jäh ein bisschen beneidete. Noah nahm Rileys Hand, und sie gingen wieder hinunter in den Laden. Lexie, die gerade die Post-its an der Spiegelwand geordnet hatte, drehte sich um und grinste die beiden an. Sie beugte sich hinunter und breitete die Arme für Noah aus, der sie fest umarmte.

»Sei schön brav bei Riley«, sagte sie ihm und küsste ihn auf die Wange. »Halt seine Hand fest, geh nicht verloren und – «

»Ich werd schon brav sein, Mommy«, bekräftigte Noah.

Lexie warf einen Blick zu Riley hoch, der sagte: »Siehst du, wie ähnlich er dir ist«, bevor sie sich wieder aufrichtete und Noahs Kindersitz und eine Tasche hinter der Verkaufstheke hervorholte. »Ich wünsche euch einen tollen Tag«, sagte sie, als sie Riley die Sachen übergab. »Ich habe ihn schon mit Sonnenschutz eingecremt, aber in der Tasche ist noch welcher, und Kleider zum Wechseln, weil man weiß ja nie, und – wirst du klarkommen?«

Riley nickte. »Wir werden bestens zurechtkommen.«

Lexie blinzelte und wirkte ein wenig zerknirscht. »Natürlich, tut mir leid. Ich … ruf mich einfach an, wenn du … Habt einfach Spaß.«

»Ich werde schon auf ihn aufpassen, Lex.«

Lexie seufzte. »Das weiß ich.«

»Komm, Riley!«, rief Noah von der Ladentür her.

»Ich komme ja schon, Kumpel.«

Nachdem Riley den Kindersitz im Auto befestigt und Noah darin angeschnallt hatte, gab er ihm seine Geschenke. Er hatte noch nie so große Begeisterung gesehen wie bei Noah, der wegen des Spiderman-Posters lachend in die Hände klatschte.

»Das hänge ich mir an meine Wand!«, schrie er, während er gleichzeitig sein Empire State Building an sich drückte.

Der kleine Junge plapperte munter über alles Mögliche, während Riley zum Zoo fuhr. Lexie hatte recht, er war *sehr* klug. Er nahm alles in sich auf und hatte trotz seines jungen Alters für alles eine Bemerkung übrig. Er geriet völlig aus dem Häuschen und war mehr als hinreißend, als er auf den Park zeigte, in dem sie Eis gegessen hatten, und auf ein Gebäude, das sich als seine Tagespflegestätte herausstellte. Er erklärte Riley, dass er schon bis zwanzig zählen könne, und dann demonstrierte er es mit nur ein paar Fehlern, und er beschrieb im Detail, dass er am Ende des Sommers in die Schule kommen würde, weil er schon ein »großer Junge« war. Riley hätte ihm den ganzen Tag zuhören können.

»Hast du Kinder?«, fragte Noah nach einer kurzen Sekunde der Stille.

Riley stutzte verwundert. Wie zum Teufel sollte er das beantworten? »Ähm, ich, nun ja, das ist … Warum fragst du?«

Noah strampelte mit seinen kleinen Füßen, während er weiter aus dem Autofenster schaute. »Du könntest sie zu meiner Mommy nach Hause mitbringen. Dann könnte ich mit ihnen spielen.«

Rileys Brust wurde ihm eng. »Nun, ich hatte überlegt, vielleicht magst du später zu *meiner* Mommy nach Hause kommen und dort eine Weile spielen.«

Noahs Kopf fuhr zur Riley herum. »Darf ich?«

»Natürlich. Nach dem Zoo fahren wir hin. Hört sich das gut an?«

Noahs Antwort war einfach; er warf die Arme in die Luft und jubelte.

Rileys Zootag mit Noah unterschied sich völlig von seinen bisherigen Zoobesuchen. Die Tiere durch die Augen eines Vierjährigen zu sehen war faszinierend und weckte eine Begeisterung in Riley, wie er sie schon lange vor Joans Anruf, dass sein Vater im Krankenhaus war, nicht mehr gespürt hatte. Noah zeigte auf die Löwen und Giraffen, wobei er sein Bestes versuchte, ihre Namen richtig auszusprechen, und Riley mit einer Frage nach der anderen löcherte: *Warum haben die so einen langen Hals? Darf ich die füttern? Wird der mich auffressen? Kann ich darauf reiten?* Er zog Riley mit sich umher, weil er sich alles ansehen wollte, wobei Riley nur zu gern mitmachte, und die Sache wurde nur dann ein klein bisschen heikel, als Noah anfing herumzuzappeln, weil er Pipi musste. Riley half ihm dabei, soweit Noah sich helfen ließ, und beide überstanden die Sache unbeschadet.

Sie aßen Eis, und Riley kaufte Noah einen Plüsch-Elefanten und ein blaues Kinder-T-Shirt mit dem Kopf eines Löwen darauf und der Aufschrift »Das ist der Brüller«. Die Freude auf Noahs Gesicht zu sehen, reichte aus, um Riley davon zu überzeugen, dass er den Rest seines Lebens damit verbringen würde, alles zu tun, um seinen Sohn glücklich zu machen. Und es waren die einfachen Dinge, die am besten zu funktionieren schienen, wie etwa, als Riley ihn auf den Schultern im Zoo umhertrug, oder als er Noah vorsichtig aufs Geländer hob und ihn sicher festhielt, damit er die Pinguine besser sehen konnte. Wenn Noah zu ihm aufschaute, als wäre Riley das Allergrößte, verlieh ihm das ein Hochgefühl, wie er es noch nie zuvor verspürt hatte.

»Was für ein hübscher Junge«, bemerkte eine ältere Frau neben Riley, als er Noah dabei zusah, wie er auf dem Kinderspielplatz herumtobte.

Riley lächelte. »Danke.«

»Sind Sie ein alleinerziehender Dad?«

Riley zog eine Augenbraue hoch, erschrocken über die Frage der Fremden.

»Nein«, antwortete er, als Noah mit einem breiten Grinsen auf ihn zulief. »Seine Mom arbeitet heute.«

»Das ist so schön«, erwiderte die Frau und betrachtete Noah, wie er lachend im Kreis um Riley herumlief. »Zu viele Väter geben sich nicht genug Mühe mit ihren Kindern. Mein Ex-Mann hat das mit unseren jedenfalls nicht getan.«

Riley schwor sich auf der Stelle, dass er bei Noah nie so sein würde, oder bei irgendwelchen anderen Kindern, die er in Zukunft haben würde. Noah würde immer an erster Stelle stehen, egal, was geschah. Im Lauf des Tages machte Riley mit dem Handy ein Foto nach dem anderen von seinem Sohn und schickte sogar ein paar davon an Lexie. Sein Lieblingsfoto war eines von Noah mit dem Plüsch-Elefanten in der Hand und Schokoladeneis überall um seinen Mund. Die reine Freude dieses Tages zeigte sich in jedem Zentimeter seines Gesichts, und Riley verliebte sich sogar noch mehr in den kleinen Kerl. Es hatte keinen Sinn, sich dagegen zu wehren; er war einfach völlig vernarrt in ihn.

Als Riley vor dem Haus seiner Eltern parkte und Noah aus dem Kindersitz hob, war es bereits Nachmittag.

»Ist das dein Haus?«, fragte Noah, als sie Hand in Hand den Weg entlanggingen.

»Nein. Das ist das Haus von meiner Mommy«, erklärte Riley. Anscheinend hatte Noah vor all der Aufregung im Zoo vergessen, was sie vorhatten. »Weißt du noch? Wir werden eine Weile hierbleiben.«

Noah lächelte ein wenig, drückte seinen Elefanten aber enger an sich. Riley blieb stehen und ging in die Hocke, um auf gleicher Augenhöhe mit Noah zu sein. »Deine Mommy hat gesagt, es ist okay.«

»Ist Mommy hier?«

»Nein«, antwortete Riley mit dem Gefühl, dass das hier vielleicht doch nicht die beste Idee war.

Er wollte ganz sicher nicht, dass sich Noah ängstigte. »Aber meine Mommy ist da. Sie heißt Joan. Und mein Daddy heißt Park.«

Noah legte den Kopf schief. »Du hast einen Daddy?«

Riley schluckte. »Ja, Mann. Sie freuen sich beide schon sehr, dich kennenzulernen.«

Noahs Augen wurden groß. »Sie wissen, dass ich komme?«

Riley nickte. »Klar.« Er zog ihn kurz an sich und genoss es, wie er roch. »Alles okay?«

Noah nickte. »Haben sie Spielsachen?«

»Ich bin sicher, wir können etwas auftreiben.«

Die Vordertür öffnete sich und veranlasste Riley dazu, sich wieder zu voller Größe aufzurichten. Er war überrascht, seinen Vater in der Tür zu sehen, nicht seine Mom. »Ich dachte mir, dass ich ein Auto habe vorfahren sehen«, meinte Park. »Deine Mutter ist nur kurz einkaufen gefahren, um ein paar Snacks zu holen.« Sein Blick flog von Riley zu Noah, und Riley sah mit Erstaunen, wie sich die Augen des Mannes weiteten und dann zu schimmern begannen. »Du musst Noah sein. Ich bin Park.«

Noah nickte. »Rileys Daddy.«

»Stimmt.«

»Habt ihr Spielsachen?«

Park lächelte breit. Es war das erste Mal, dass Riley ihn seit seiner Rückkehr lächeln sah. »Warum kommst du nicht rein und siehst nach?«

Riley war überrascht, als Noah zu ihm hochschaute und anscheinend seine Erlaubnis suchte. »Das ist okay, Kumpel. Du kannst ruhig gehen.«

Noah ließ Rileys Hand nicht los. »Kommst du auch?«

Riley lächelte auf ihn hinunter. »Natürlich. Gehen wir.«

Park trat zur Seite, als Riley und Noah eintraten, und schloss die Tür hinter ihnen. »Geht nach hinten raus. Ich bringe was zu trinken.«

Riley starrte seinen Vater einen Augenblick lang an. »Danke, Dad.«

Im Garten musste Riley lachen, als er sah, dass das kleine Trampolin, das einmal Seb gehört hatte, wieder aus dem Schuppen geholt worden war, ebenso wie ein kleines, mit Wasser gefülltes Planschbecken, das Riley noch nie gesehen hatte.

»Darf ich da drin spielen?«, fragte Noah aufgeregt und hüpfte vor Freude auf der Stelle.

»Da ist aber keine Badehose in deiner Tasche.«

Noah schnaubte. »Mommy sagt, ich kann auch in meiner Unterhose baden«, erklärte er, während er bereits die Schuhe von den Füßen schleuderte und sich aus seinem T-Shirt kämpfte.

Riley half ihm dabei, und sobald er ausgezogen war, rannte der kleine Junge zu dem Planschbecken und kletterte hinein. Das Wasser ging ihm bis zu den Knöcheln, und sofort fing Noah an, mit den Füßen herumzuspritzen, dann schnappte er sich die kleinen Plastikbecher im Planschbecken und benutzte sie, um Wasser über sich zu kippen. Er war einfach hinreißend.

»Das hat deine Mutter im Supermarkt aufgetrieben«, erklang Parks Stimme neben Riley. »Sie meinte, das würde ihm gefallen. Ihr Jungs habt Wasser immer geliebt.«

Riley verschränkte die Arme vor der Brust und lächelte, die Augen immer noch auf seinem Sohn. »Ja. Daran erinnere ich mich.«

Park räusperte sich. »Er ist dein Ebenbild, Riley.« Staunend schüttelte er leicht den Kopf. »Wenn ich hier so stehe, ist es, als würde ich dich vor sechsundzwanzig Jahren sehen.«

Sprachlos sah Riley zu seinem Vater hinüber. Die Spannung, die so lange zwischen ihnen geherrscht hatte, schien ein wenig nachzulassen. »Er ist unglaublich, nicht?«

Park stieß ein kurzes Lachen aus. »Ja, das ist er.«

»Riley!«, rief Noah. Das Wasser, das er sich über den Kopf gegossen hatte, ließ sein Haar dunkler wirken. »Komm spielen!«

Lachend streifte Riley die Schuhe ab, riss sich das T-Shirt über den Kopf und stürmte hinüber zu einem quietschenden Noah, der versuchte, Rileys Händen auszuweichen. Er war jedoch nicht schnell genug, weil er ein wenig auf dem Boden des Planschbeckens ausrutschte. Riley hob seinen Sohn hoch, bevor er hinfallen konnte, hielt ihn kopfüber und drohte damit, ihn ins Wasser fallen zu lassen.

»Nein! Nicht fallen lassen!«

»Niemals«, versicherte ihm Riley. Er wirbelte ihn herum. »Ich hab dich.«

Noahs Lachen war einfach herrlich. Es war echt und laut und erfüllte den ganzen Garten.

Riley trug einen schlafenden Noah zu Lexies Haustür, dabei hielt er den kleinen Jungen eng an sich gedrückt und atmete seinen Geruch ein. Noah hatte fünf Minuten im Auto durchgehalten, nachdem er gespielt und die Pasta verschlungen hatte, die Joan ihnen allen zum Abendessen gekocht hatte. Man konnte ohne Zweifel sagen, dass Noah Rileys Eltern in weniger als drei Sekunden um den Finger gewickelt hatte.

Riley klopfte sanft, worauf ihm eine barfüßige Lexie lächelnd die Tür öffnete. Sie trug Schlafshorts und ein Tanktop. Als sie Noah in Rileys Armen sah, wurde ihr Gesicht noch weicher. »Er ist völlig weggetreten«, erklärte Riley leise.

Lexie lachte sanft. »Mein Herz.« Sie bedeutete ihm hereinzukommen und zeigte die Treppe hoch. »Zweite Tür rechts. War er schon auf dem Klo?«

»Bevor wir bei Mom weggefahren sind.« Riley stieg vorsichtig die Treppe hoch und stieß mit dem Ellbogen Noahs Schlafzimmertür auf. Das Zimmer war hellblau. Die Wände waren zur Hälfte mit selbstgemalten Sternen und Planeten bedeckt und zur Hälfte mit Batman-Postern und ausgeschnittenen Malvorlagen. Es war das coolste Zimmer, das Riley je gesehen hatte. Er legte Noah sanft in das kleine Kinderbett und trat zurück, als Lexie anfing, ihn auszuziehen, erst seine kleinen Schuhe und dann die Jeans. Sie küsste Noah auf die Schläfe und zog die dünne Decke über seinen kleinen Körper.

Als sie sich wieder aufrichtete, trat Riley näher zu ihr. »Ich hatte einen so fantastischen Tag«, sagte er. »Ich kann es gar nicht in Worte fassen, Lex.«

Sie lehnte ihre Schulter an seine, während sie ihren schlafenden Sohn betrachteten. Riley versuchte, die Hitze zu ignorieren, die seine Haut zu durchdringen schien. »Ich weiß, was du meinst.« Sie schaute zu ihm hoch, ihr Gesicht in dem dunklen Zimmer überschattet. »Möchtest du was trinken?«

Riley zögerte einen Augenblick und sah sie an, hin- und hergerissen zwischen seiner Angst und dem verzweifelten Bedürfnis, sie hinter sich zu lassen. Er holte tief Luft. »Klar.«

Er folgte ihr aus Noahs Zimmer, die Treppe hinunter und ins Wohnzimmer. »Setz dich.« Sie zeigte aufs Sofa. »Ich habe Wein oder Bier oder Saft, Wasser ...«

»Wein klingt gut.«

Sie lächelte, bevor sie sich abwandte, und Riley blieb mitten im Zimmer stehen und musterte die Einrichtung in Rot und Cremefarben, den weichen Teppich und den großen Kamin. Er musste lächeln, als er eine große blaue Kiste neben dem Fernseher sah, die mit einer Auswahl von Noahs Spielsachen gefüllt war, und die weiße Tafel daneben, übersät mit den Zeichnungen eines Vierjährigen von etwas, das wie ein Mensch umgeben von Regenbögen und Blumen aussah. Es sah auch so aus, als habe Noah versucht, seinen Namen zu schreiben.

Riley schlenderte zum Kaminsims, angezogen von den Fotos, die ihn über die ganze Länge säumten. Sie zeigten fast alle Noah. Da war Noah als kleines Baby – Gott allein wusste, wie jung er darauf war –, eingewickelt in eine blaue Decke und mit einem Mützchen, das zu groß für seinen winzigen Kopf aussah. Auf dem nächsten saß er aufrecht und nagte mit leuchtend roten Wangen an seiner Faust, das Gesicht und die Hand voller Sabber. Er war zum Niederknien. Riley sah seinen Sohn mit jedem Foto wachsen, sein Gesicht veränderte sich, sein Haar wuchs, er stand ohne Lexies Hilfe, bis er nach einem Fußball trat, die Miene grimmig und entschlossen.

»Das ist eins meiner liebsten«, sagte Lexie leise neben ihm. Sie hielt ihm ein Weinglas hin.

»Wie alt war er da?«, fragte er, nachdem er das Glas genommen hatte, und zeigte auf das erste Foto.

»Da war er eine Woche alt«, antwortet sie. »Sav hat ihm die Mütze gekauft. Sie war viel zu groß.«

Riley starrte das Foto an, und sein Herz zog sich vor Kummer und Liebe zusammen. »Er war so klein.«

»Sechs Pfund. Er hat sich nicht klein angefühlt.«

Riley sah Lexie an. »Dasselbe Gewicht, das ich hatte.«

Lexies Mundwinkel hob sich. »Ich weiß. Deine Mom hat es mir gesagt.« Sie nippte an ihrem Glas, dann ging sie hinüber zum Sofa, um sich darauffallen zu lassen.

Riley ließ den Blick noch einmal über die Fotos schweifen, bevor er sich zu ihr setzte. »Deine Wohnung ist wirklich schön.«

Lexie sah sich ebenfalls um. »Es ist mein Zuhause. Es hat einen tollen Garten für Noah und liegt in einer netten Nachbarschaft. Seine Schule ist nur fünfzehn Minuten entfernt.« Mit einem Blick hinüber zu den Fotos auf dem Kaminsims schüttelte sie den Kopf. »Ich kann nicht glauben, dass er schon in die Schule kommt.«

»Es wird ihm dort gefallen«, bemerkte Riley. »Er ist viel zu klug, als dass es ihm nicht gefallen könnte.«

Lächelnd drehte sich Lexie zu ihm und zog die Beine unter sich. »Er freut sich schon so. Auf heute hat er sich auch gefreut. Er hat letzte Nacht kaum geschlafen.« Sie betrachtete ihn einen kurzen Augenblick. »Dir hat der heutige Tag wirklich gefallen, nicht wahr?«

Riley fuhr sich mit der Hand durchs Haar. »Es war so schön. Einfach nur mit ihm zusammen zu sein ist fantastisch. Ich wusste gar nicht, dass ein Kind so viel reden kann.« Sie lachten beide. »Er macht mich fertig, wenn er meine Hand hält oder mich umarmt. Er vertraut mir so sehr. Wir haben bei Mom im

Planschbecken gespielt, und ich habe ihn auf den Kopf gestellt und herumgeworfen – ich war wirklich vorsichtig –, und ich weiß noch, dass ich dachte, ich kann mich nicht erinnern, wann ich das letzte Mal so glücklich war.«

Lexies blaue Augen schienen zu schimmern. »Das freut mich.«

Riley schaute hinunter auf sein Glas. »Ehrlich gesagt war das gelogen.«

»Was war gelogen?«

Er stieß ein kleines, schnaubendes Lachen aus. »Ich kann mich schon erinnern, wann ich zuletzt so glücklich war.« Er sah Lexie an und erkannte an ihrem Gesichtsausdruck, dass sie wusste, welche Erinnerung er meinte: die Nacht ihres siebzehnten Geburtstags, als sie sich zum ersten Mal unter den Sternen geliebt und angefangen hatten, all ihre Pläne zu schmieden. Riley rutschte ein wenig auf seinem Platz herum und wich ihrem Blick aus. »Das ist so lange her.«

Lexie summte zustimmend. »Das ist es.« Sie spielte mit einer Strähne ihres Haars und drehte sie um ihren Finger. »Kommt mir allerdings vor, als wäre es erst gestern gewesen.«

Rileys Blick glitt über sie und versuchte, das Mädchen aus jener Nacht zu sehen: das Mädchen, das er so sehr geliebt hatte, dass er es nicht einmal ansatzweise beschreiben konnte; das Mädchen, das seine beste Freundin gewesen war; das Mädchen, mit dem er den Rest seines Lebens hatte verbringen wollen. Sie war immer noch da, hinter ihren vorsichtigen blauen Augen, unter den unsichtbaren Narben des Lebens, die sie beide trugen. Er atmete tief aus und trank einen großen Schluck Wein. Gott, er hatte sich noch nie so labil gefühlt, so voller Sorge darüber, was das Beste wäre.

»Es ist okay«, sagt Lexie sanft. »Mach dich nicht fertig. Ich habe keine Erwartungen. Ich habe es nicht verdient, welche zu haben. Um die Wahrheit zu sagen, bin ich einfach nur froh, dass du geblieben bist. Ich sitze gern hier und rede mit dir.«

Riley musste ihr zustimmen. So sehr er es auch vermisste, mit Lexie intim zu sein, sich in ihrem Körper zu verlieren – ihre ruhigen Momente vermisste er sogar noch mehr. Sie konnten ebenso gut miteinander lachen und herumalbern, wie sie einander verschlingen konnten. Deshalb hatte ihre Beziehung funktioniert. Das Gleichgewicht war immer perfekt gewesen. Sie waren in erster Linie Freunde gewesen, und als Riley so mit ihr zusammensaß, fiel ihm auf, wie wohl er sich fühlte.

»Ich habe etwas für dich«, sagte sie plötzlich. Sie stellte ihr Weinglas auf den Couchtisch und stand auf. »Warte hier.«

Riley lächelte, als sie ging, und fuhr sich mit einer Hand übers Gesicht, während er sein Herz und seinen Verstand zwang, verdammt noch mal einen Gang runterzuschalten und endlich zusammenzuarbeiten. Er war erschöpft von dem Ganzen.

Kurz darauf erschien Lexie mit einem großen Buch in den Händen. »Hier«, sagte sie, die Augen niedergeschlagen, als wäre sie verlegen. »Das habe ich für dich gemacht, während du wieder in New York warst.«

Riley stellte sein Glas neben das von Lexie, setzte sich auf den Rand des Sofas und nahm das Buch. Es war schwer, und er zog fragend eine Augenbraue hoch. »Was ist das?«

Lexie setzte sich neben ihn. »Mach es auf«, ermunterte sie ihn. Sie faltete die Hände und legte sie vor ihren Mund.

Riley öffnete den Buchdeckel und stellte fest, dass es ein Fotoalbum war. Ein kleines Stück Papier war in die erste Hülle gesteckt, darauf hatte Lexie *Noah, 0–3 Monate* geschrieben. Als er die Seite umblätterte, erwarteten ihn mindestens ein Dutzend Fotos, allesamt von Noah und wie es aussah, von der

Minute seiner Geburt an. Riley blieb der Mund offen stehen, als er in das zerknautschte Gesicht seines Sohns sah, das Haar voll getrocknetem Blut, in eine Krankenhausdecke gewickelt in Lexies Armen.

»Da war er gerade fünf Minuten alt«, sagte Lexie neben ihm. »Und da –«, sie zeigte auf ein Stück Papier, »das ist sein Fuß, an dem Tag, als er auf die Welt kam.«

Riley strich mit der Fingerspitze leicht über den Umriss von Noahs Fuß. »So klein.« Die Kehle wurde ihm eng, während er die Fotos ansah, und als er umblätterte, fand er noch mehr. Auf jedem veränderte sich Noah, sein Gesicht wurde runder, sein Lächeln immer häufiger. Es waren zwei volle Seiten, bis Riley zu einem weiteren Stück Papier kam, auf dem *Noah, 4–6 Monate* stand.

»Das hier geht bis zu seinem zweiten Geburtstag. Es gibt so viele Fotos von ihm, dass ich sie nicht alle in ein einziges Album hineinbekommen habe.« Sie zuckte mit den Schultern. »Das nächste ist zur Hälfte fertig.«

Kopfschüttelnd lächelte Riley über ein Foto von Noah an seinem ersten Geburtstag, einen spitzen Partyhut auf dem Kopf und einen Löffel voll Eiscreme in der Faust. »Das hier ist unglaublich, Lex«, flüsterte er. Er sah sie an. »Bist du sicher, dass ich die alle haben kann?«

Lexie nickte leicht. »Ich möchte, dass du sie bekommst. Du hättest dabei sein sollen. Das kann ich niemals wiedergutmachen. Es ist das Mindeste, was ich tun kann.«

Ohne auch nur darüber nachzudenken, legte Riley das Fotoalbum neben sich, schlang einen Arm um Lexies Schulter und zog sie in eine Umarmung. Damit hatte sie nicht gerechnet, und sie schien einen Augenblick zu zögern, bevor sie die Umarmung erwiderte. »Danke«, sagte Riley. Beim Duft ihres Haars schloss er die Augen. »Es ist perfekt.«

Ihre Arme legten sich enger um ihn, und sie schmiegte die Nase hinter sein Ohr. »Du solltest mir nicht danken. Das habe ich nicht verdient.«

Riley streichelte ihr über den Rücken. »Vielleicht nicht, aber ich weiß es trotzdem zu schätzen.« Er zog sich ein wenig zurück.

Sie lächelte schief. »Hör auf, so nett zu sein.«

Riley strich ihr eine Haarsträhne hinters Ohr. Ihre Weichheit unter seinen Fingerspitzen war so vertraut, dass es ihm den Atem nahm. Ihre kleine Hand grub sich in sein T-Shirt, und ihre Zunge spitzte hervor, um ihre Lippen zu befeuchten. Riley schloss die Augen.

»Lex«, flüsterte er. »Wir – ich kann nicht …«

Sie legte ihm die Hände um den Nacken und fuhr mit den Fingern durch sein Haar. »Schh, es ist okay. Riley, stopp. Ich weiß. Es ist okay.«

»Ich will vernünftig sein«, sagte er. Der Widerstand in ihm schwand, als sich ihre Hände in seinem Nacken bewegten und ihr Atem über sein Gesicht strich. »Das will ich. Aber es fällt mir schwer, meinen Körper davon zu überzeugen, dass er dich nicht will.«

Ihre Augen funkelten. »Riley, ich werde nicht lügen; ich will dich. Das wollte ich immer, aber ich weiß, dass wir vieles aufzuarbeiten haben, bevor wir … mehr sein können.«

Ihre Worte waren ehrlich, sie waren richtig, sogar vernünftig, aber Rileys Herz hämmerte in seiner Brust und schlug jedes davon zurück. Mehr? Er wusste nicht einmal, was das bedeutete. Wenn es bedeutete, sie auf der Stelle zu küssen, ihre Zunge auf seiner zu spüren, dann ja, dann wollte er mehr. Danach? Wer wusste das schon?

»Ich bin so durcheinander«, gestand er leise und lehnte seine Stirn an ihre.

»Das darfst du auch sein«, flüsterte sie. »Ich will nur das, was du mir zu geben bereit bist. Nicht mehr. Nicht weniger. Wenn wir einfach nur Freunde sind, dann ist das auch in Ordnung.«

Rileys Blick begegnete ihrem. »Ich weiß nicht, wozu ich im Moment in der Lage bin.« Er streichelte über ihre nackten Arme und sah, wie Gänsehaut seinen Händen folgte. »Gott, du bringst mich um.«

Sie schlang ihm die Arme um den Hals und hielt ihn fest. Riley hielt den Atem an, als er ihre Lippen an seinem Hals spürte. Scheiße, er hatte es immer geliebt, wenn sie das tat. Aber diesmal war sie zögernd, sanft, als warte sie darauf, dass er sie von sich schob. Er wusste, dass er es tun sollte; er wusste, dass es die falschen Signale senden würde, sie weitermachen zu lassen, aber Gott, er war wie gelähmt. Er konnte nur noch die Augen schließen und atmen und denken, wie natürlich es sich anfühlte, sie so nah bei sich zu haben, obwohl es Jahre her war, dass sie einander so berührt hatten.

»Ich muss gehen«, brachte er hervor. Seine Stimme war heiser und voller Lust.

»Ich weiß«, murmelte sie an seiner Haut, bevor sie ausatmete und von ihm fortrutschte, sodass ein Fingerbreit Abstand zwischen ihnen war. Ihre Wangen waren wunderschön gerötet, aber ihre Augen blickten schuldbewusst. »Das hätte ich nicht tun sollen. Tut mir leid.«

»Schon okay«, antwortete er, während er sein Herz zwang, langsamer zu schlagen. Seine Brust zog sich zusammen, bevor er wieder sprach. »Ich möchte ehrlich zu dir sein.« Als Antwort starrte sie ihn blinzelnd an. »Ich habe furchtbare Angst.«

»Vor mir?«

»Irgendwie. Aber mehr vor dem hier.« Er wies mit der Hand zwischen ihnen hin und her. »Vor dem, was das hier bedeutet, was es bedeuten *könnte*.«

Sie nickte. »Was *willst* du, dass es bedeutet?«

Riley zog die Schultern hoch. »Ich habe nicht die leiseste Ahnung.«

Lexie zog sich noch ein bisschen weiter von ihm zurück.

»Lex, dich zu wollen, war nie das Problem. Das tue ich, ich will dich. Ich glaube nicht, dass ich das je abschalten kann. Aber jetzt, wo Noah da ist, kann ich meine Bedenken nicht einfach beiseiteschieben und vergessen.«

»Ich weiß.« Sie lächelte traurig.

Riley griff nach ihrer Hand und drückte sie. »Lass es uns langsam angehen, okay? Sehen, was passiert.«

»Das würde mir gefallen.«

Ja, ihm auch. Zumindest einer Hälfte von ihm. Die andere Hälfte, die Hälfte, die immer noch Angst hatte, immer noch vorsichtig war, war sich nicht so sicher, aber, verdammt, was konnte er tun? Es war nichts als die reine Wahrheit, wenn er sagte, dass er nicht in der Lage war, den Teil von sich abzustellen, der Lexie gernhatte, der sie wollte und in vielerlei Hinsicht immer noch liebte. Alles, was er tun konnte, war, sich Zeit zu lassen, ehrlich zu sein und zu beten, dass sie ihm nicht wieder das Herz brechen würde.

14

Long Lake an einem heißen Sonntag im Juli war etwas Wunderschönes. Lexie und Riley schlenderten am Ufer entlang und aßen das Eis, das sie sich an der Eisdiele gekauft hatten, während Noah mit weit ausgebreiteten Armen vorauslief und an den seichtesten Stellen ins Wasser rannte und planschte, als wäre es das Beste, was er je getan hatte.

»Das war eine tolle Idee«, sagte Riley, während er auf den See hinausblickte. »Es ist schon so lange her, dass ich hier war.« Das Schöne an Long Lake war, dass er hauptsächlich von Einheimischen frequentiert wurde, deshalb war das Wasser mit seinem sandigen Grund selbst bei viel Betrieb sauber und nicht von Hunderten Touristen verschmutzt.

»Ich komme unheimlich gern her«, erwiderte Lexie. »Als ich wieder hierhergezogen bin, habe ich Noah oft hergebracht, mich in den Sand gesetzt und ihm beim Spielen zugesehen.« Sie betrachtete ihre Füße, während sie ging. »Hauptsächlich habe ich dabei an dich gedacht.« Sie schüttelte den Kopf und sah hoch und hinaus übers Wasser. »Ich habe so viel Zeit verschwendet, Riley. Ich hätte dich anrufen sollen.«

Riley stimmte ihr aus tiefstem Herzen, seiner wundesten Stelle, zu, aber er durfte nicht länger auf die Vergangenheit zurückblicken. Lexie und er waren jetzt andere Menschen mit anderen Ansichten über das, was sie gewesen waren und was sie sein wollten. Lexies Entschuldigungen halfen ihm, und sicher auch ihr, aber sie waren sich einig gewesen, die Vergangenheit hinter sich zu lassen.

Dieser Tag war einer der besten, die Riley je hatte. Sie verbrachten einen Teil davon im Wasser, schwammen und spielten miteinander, und dann aßen sie im Restaurant am See. Noah faszinierte Riley weiterhin auf Schritt und Tritt, und die Tatsache, dass der kleine Junge immer anschmiegsamer und offener ihm gegenüber wurde, war einfach unglaublich. Lexie kam bei Vater und Sohn kaum zu Wort, aber der weiche, wehmütige Ausdruck in ihren Augen verriet Riley, dass es ihr nichts ausmachte.

»Kommst du mit zu uns nach Hause?«, fragte Noah, den Mund voll Pizza.

»Wenn du das möchtest«, bot Riley lächelnd an.

»Ja«, erklärte Noah mit Nachdruck. »Komm und bleib bei mir und Mommy.«

Riley schaute über den Tisch zu Lexie. »Ich könnte eine Weile bleiben.«

»Und über Nacht bleiben? Mommy, darf Riley über Nacht bleiben?«

Lexie hustete leicht in ihre Serviette. Bei dem rosigen Farbton, den ihre Wangen annahmen, musste Riley lächeln. »Riley muss nach Hause in sein eigenes Bett, Schätzchen.«

Noah sah Riley mit betrübter Miene an. »Wirklich?«

»Ja, Kumpel. Ich bekomme Angst, wenn ich nicht in meinem eigenen Bett bin.« Er nahm einen Schluck von seinem Getränk. »Vielleicht ein anderes Mal.«

»Okay.« Sein Kopf fuhr zu Lexie herum. »Kann ich jetzt Nachtisch haben, Mommy?« Er beugte sich vor und legte eine kleine Hand an ihre Wange. Riley fragte sich, wie Lexie dem kleinen Kerl nur widerstehen konnte, wenn er sie so ansah. Riley wusste, er würde dem Kleinen einfach alles geben, wenn er diese süßen Gestiefelter-Kater-Augen auspackte.

»Hmm«, sinnierte sie. »Hast du auch deinen ganzen Teller – ?« Schnell hob Noah seinen Teller, um ihr zu zeigen, dass er alles aufgegessen hatte bis auf ein paar Pommes und den Rand der Pizza.

Lexie lachte. »Dann wohl ja, schätze ich.«

Noah strahlte und kletterte hoch, sodass er auf seinem Platz kniete, und küsste Lexie auf die Wange. »Ich hab dich lieb.«

»Wie die ganze Welt, Baby«, antwortete Lexie mit einem schnellen Blick zu Riley, bevor sie Noah eine Speisekarte gab und ihm die Bilder der angebotenen Nachspeisen zeigte. Noah entschied sich rasch für Apfelkuchen. »Wink der Kellnerin, wenn sie das nächste Mal vorbeikommt«, sagte Lexie, während sie Noahs Teller aus dem Weg schob, damit er Platz hatte, um das Bild des Sees auf dem Platzdeckchen aus Papier auszumalen, das er bei ihrer Ankunft bekommen hatte.

Riley lehnte sich zurück und sah den beiden zu. Er sah ihre eingespielten Abläufe und die Liebe, die sie füreinander empfanden, in jedem Wort und jeder Geste. Es ließ sein eigenes Herz ein wenig schneller schlagen, als sickere die Liebe, die die beiden miteinander teilten, auch langsam in ihn hinein. Es war schwer, in ihrer Nähe zu sein und sich nicht in Träumen zu verlieren, in denen sie alle drei zusammen waren, dauerhaft, wie eine richtige Familie.

Scheiße, war es das, was er wollte? Wenn er mit Lexie und Noah jetzt hier so saß, das Gefühl der Sonne immer noch warm auf seiner Haut, würde er sagen, ja, auf jeden Fall. Aber das hier war nur ein einziger Tag. Wie würde es für den Rest ihres Lebens funktionieren? Es war jedenfalls nicht schwer, alte Erinnerungen heraufzubeschwören, in denen er ernsthaft darüber nachgedacht hatte, für immer mit Lexie zusammen zu sein, aber durch all das, was zwischen ihnen vorgefallen war, hatten diese Erinnerungen ihre Macht verloren. Zwar hatte er sich mit der Tatsache abgefunden, dass er sich nicht erst wieder in

Lexie zu verlieben bräuchte – mit dem Mist hatte er nie aufgehört –, aber die Dinge lagen jetzt so anders.

Riley hatte seit jenem Abend, an dem sie ihm das Fotoalbum gegeben hatte, lange und intensiv darüber nachgedacht, was er mit ihr haben wollte. Mit jedem Tag, der verging, bemühte sie sich weiter angestrengt, wiedergutzumachen, dass sie ihn und Noah voneinander ferngehalten hatte, und wenn Riley wirklich ehrlich war, dann hatten ihre Bemühungen Erfolg. Er wollte nicht, dass sie jeden Tag damit verbrachte, zu Kreuze zu kriechen, so sehr andere auch fanden, sie habe es verdient. Es zerriss ihn innerlich, sie so unterwürfig zu sehen, obwohl er so wütend auf sie gewesen war. Er wollte einfach nur seinen Sohn kennenlernen. Zeit mit Lexie zu verbringen war ein zusätzlicher Bonus.

Tief im Innern wusste Riley, dass sie angefangen hatte, Löcher in die Rüstung zu schlagen, die er so entschlossen um sein Herz legte, wenn sie in der Nähe war, während das Vertrauen, das sie zerstört hatte, langsam wieder heilte. Denn jeden Tag, den sie zusammen verbrachten, jedes Mal, wenn er sie mit ihrem Sohn spielen sah, jedes Mal, wenn Riley sah, was für eine fantastische Mutter sie war, so wie jetzt, fügten sich die Scherben seines Vertrauens ein wenig mehr zusammen.

»Alles okay?«, fragte Lexie mit besorgter Miene.

Blinzelnd kehrte Riley wieder ins Hier und Jetzt zurück. »Klar. Ich hab nur nachgedacht.«

Ihre Miene entspannte sich. »Über etwas Gutes?«

Riley zögerte einen Augenblick, bevor er nickte. »Ja. Über etwas Gutes.«

Eine Stunde später, wieder bei Lexie zu Hause, bot Riley an, ihr zu helfen, Noah zu baden. So viel Spaß wie beim Spielen mit Noahs ganzem Badezeug hatte Riley seit Ewigkeiten nicht mehr gehabt, und er war beinahe genauso nass wie der Junge, als er ihn aus dem Wasser hob. Er half Noah, einen Schlafanzug auszusuchen, ließ ihn dann jedoch allein, um zu Lexie nach unten zu gehen, nachdem er versucht hatte, sich die eigenen Kleider mit einem Handtuch trockenzurubbeln.

Lexie lachte, als sie sah, in welchem Zustand er war. Es sah aus, als habe er sich in die Hose gemacht. Sie reichte ihm ein Glas Wein. »Oh Gott.«

Riley breitete die Arme aus. »Badezeit ist offiziell der Hammer.«

Rasch griff Lexie nach einem Geschirrtuch und kam auf ihn zu. »Das tut mir so leid«, sagte sie mit einem Lächeln, während sie über seine Brust wischte. »Er hält Herumplanschen für das Allergrößte.«

Riley nahm sanft ihr Handgelenk, damit sie nicht weiter an ihm herumtupfte. »Ich sagte doch, es ist okay. Ich hatte so viel Spaß.« Sie blickte zu ihm hoch, und einen Moment lang war Riley völlig sprachlos davon, wie verdammt schön sie war. Der Schwung ihrer Oberlippe lockte ihn wie der Ruf einer Sirene, und bevor er wusste, was er tat, senkte er den Kopf, um sie zu küssen.

»Mommy!«

Beim Klang von Noahs Füßen, die die Treppe herunterpolterten, fuhr Rileys Kopf wieder hoch. Lexie trat einen Schritt von ihm weg und fuhr sich mit einer Hand durchs Haar. »Hier drin. Hast du dir die Zähne geputzt?«

»Ja«, antwortete Noah, als er in die Küche schlitterte.

»Lass mich riechen.«

Noah ging zu Lexie, ein Vorlesebuch unter dem Arm, machte den Mund auf und hauchte ihr heftig ins Gesicht, als sie sich zu ihm hinunterbeugte. »Oh!«, rief sie aus. »Schön frisch und minzig.«

»Kann Riley mir meine Gute-Nacht-Geschichte vorlesen?«

Lexie schaute zu Riley hoch, und der Atem schien ihr ein wenig zu stocken. »Wenn du ihn nett fragst, bin ich sicher, dass Riley dir sehr gern vorlesen wird.«

»Komm schon, Riley«, drängte Noah und zog ihn an der Hand mit sich ins Wohnzimmer. »Setz dich hin«, befahl er und zeigte aufs Sofa.

Riley lachte und tat, wie ihm befohlen, während Noah neben ihn aufs Sofa kletterte, so dicht er nur konnte an Riley heranrückte und ihm das Buch auf den Schoß klatschte.

Riley lächelte. »Der kleine Samthase?«

»Das ist mein Lieblingsbuch«, erklärte Noah ihm.

Riley sah seinen Sohn an. »Meins auch.«

Noahs Gesicht war verzückt. »Bitte, kannst du es mir vorlesen?«

Riley stellte sein Weinglas auf den Couchtisch. »Klar, Kumpel. Das mache ich gern.« Er lehnte sich zurück und legte einen Arm um Noah, dann schlug er das Buch auf und bewunderte die Illustrationen. Noah zeigte mit einem kleinen Finger auf die erste Seite. »Da fängt es an.«

Riley nickte, dann warf er einen schnellen Blick zu Lexie, die sich in den Sessel neben dem Kamin setzte, und bemühte sich angestrengt, nicht daran zu denken, was passiert wäre, wenn er sie geküsst hätte … und wie es sich angefühlt hätte. »Okay.« Er räusperte sich. *»Es war einmal ein kleiner Samthase, und am Anfang war er wirklich prachtvoll.«*

Riley las die Geschichte vor und sprach dabei mit verstellten Stimmen, worüber Noah und Lexie kichern mussten. Während er las, schmiegte sich Noah immer enger an seine Seite, und Lexie saß über die Armlehne ihres Sessels gelehnt, das Kinn in die Hand gestützt, und trank gelegentlich einen Schluck von ihrem Wein. Riley ließ es zu, dass er sich diesen Moment als einen kleinen Ausblick darauf vorstellte, wie seine Zukunft aussehen könnte. Im Kopf machte er ein Foto von der Szene und speicherte es ab, um es an Tagen, an denen er von den beiden getrennt war, wieder hervorholen zu können.

»›Der?‹, fragte der Doktor. ›Aber der ist eine Brutstätte von Scharlachbazillen! Verbrennen Sie ihn auf der Stelle. Was? Unsinn! Schenken Sie ihm einen neuen. Den da darf er nicht mehr haben!‹«

»Riley.«

Als Riley zu Lexie hinübersah, deutete sie mit dem Kinn in Richtung Noah. Der kleine Junge hatte sich an seiner Seite zusammengerollt und war tief und fest eingeschlafen. Er war einfach das Vollkommenste, was Riley je gesehen hatte. Er klappte das Buch zu, nahm Noah vorsichtig und hob ihn hoch, so wie er ihn am Abend zuvor aus seinem Auto getragen hatte.

»Langsam wird das bei ihm zur Gewohnheit«, flüsterte er, als er zur Treppe ging.

»Brauchst du Hilfe?«, fragte Lexie und stand auf.

Riley schüttelte den Kopf. »Ich mach das schon.«

Im Kinderzimmer legte er Noah aufs Bett und deckte ihn zu, so wie er es am Abend zuvor bei Lexie gesehen hatte. Er küsste Noahs Kopf, dann ließ er die Tür einen Spalt offen, bevor er wieder zu Lexie zurückging. Sie hob ein paar von Noahs Spielsachen und Büchern auf und legte sie in die blaue Kiste neben dem Fernseher. Als Riley näher kam, drehte sie sich zu ihm um. »Ist er okay?«

»Völlig weggetreten.«

»Ja, er hatte schon immer einen guten Schlaf.«

»Anders als du«, bemerkte Riley und trat näher zu ihr.

Sie schüttelte den Kopf. »Stimmt. Er schläft genau wie sein Vater.« Sie presste die Lippen zusammen. »Ich sehe dir gern zu mit ihm«, murmelte sie. »Du weißt, dass er auf dir einschläft, weil er sich so wohl bei dir fühlt, oder?«

Riley spürte sein Herz jubeln. »Wirklich?«

»Das macht er für gewöhnlich nur bei mir, Mom oder Sav.«

Riley nahm jeden Zentimeter von Lexies Gesicht in sich auf, die Sommersprossen, kleinen Narben und Male, die er auch noch mit geschlossenen Augen kannte. »Es gefällt mir, dass er sich so wohlfühlt.« Riley war sich deutlich bewusst, dass sich die Atmosphäre um sie verändert hatte – es knisterte förmlich, als sie einander ansahen. »Weißt du, es wird mir immer schwerer fallen, wieder fortzugehen.«

»Es wird jetzt schon schwerer, dich fortgehen zu sehen«, antwortete sie. »Wann gehst du wieder zurück nach New York?«

»Ich weiß, Max hat gesagt, ich kann so lange bleiben, wie ich will, aber das kann ich ihm nicht antun. Wir sind Partner, und ich brauche einen Gehaltsscheck. Ich bleibe noch ein paar Tage.«

Sie nickte. »Vielleicht können Noah und ich mal mit dir kommen.« Sie lächelte. »Ich war noch nie in New York.«

Riley starrte sie voller Staunen an. »Das würdest du tun? Du würdest mich besuchen kommen?«

Lexie zuckte lässig mit den Schultern. »Natürlich. Noah würde es toll finden.« Ihre blauen Augen wurden dunkler. »Ich würde überall für dich hingehen. Das war immer so.«

Rileys Mund war auf ihrem, bevor ihm überhaupt bewusst wurde, wie dringend er sie küssen musste. Und verdammt, es war genauso, wie er es in Erinnerung hatte. Schnell lagen ihre Arme um seinem Hals, und sie stöhnte in seinen Mund hinein.

Wie immer, wenn sie sich ihrem Verlangen ergaben, verschmolzen sie miteinander. Er zog sie eng an sich, bis sich ihr Körper von den Oberschenkeln bis zur Brust an ihn presste, und Gott, sie fühlte sich so verdammt perfekt an, so vertraut an seinem Körper. Ihre Zungen trafen sich, zuerst in ihrem Mund und dann in seinem, tanzten vor und zurück wie wiedervereinte alte Freunde. Ihr Geschmack. *Ihr Geschmack.* Er war immer noch derselbe. Sein Körper pulsierte, als singe alles in ihm für sie; er wollte sie spüren, von innen und außen.

»Scheiße«, keuchte er, als sie sich voneinander lösten, und drängte sich enger an sie. »Das dürfen wir nicht tun.«

Ihr Atem streifte über sein Gesicht, heiß und keuchend. »Es tut mir leid.«

Riley stieß ein schnaubendes Lachen aus. »Was denn? *Ich* habe *dich* geküsst.« Er hielt sie fest, als sie versuchte, sich von ihm zurückzuziehen.

»Ich will dich nicht unter Druck setzen oder dich zu irgendetwas zwingen, Riley.«

»Das tust du nicht.«

»Ich möchte nur ehrlich zu dir sein, und die Wahrheit ist, das hier liegt alles in deiner Hand. Ich *will* dich, ich will alles von dir, aber ich will nicht, dass du denkst, du musst mich wegen Noah auch wollen.«

Riley ließ den Blick über sie wandern, seine Hände umfassten sie fester. War es so? Tat er es wegen Noah? Er küsste sie erneut, und sie stöhnte an seinen Lippen. Nein. Das hier waren sie beide, so wie es immer zwischen ihnen gewesen war. Er konnte bereits spüren, wie sich die Hitze zwischen ihnen ausdehnte. Sein Mund wanderte zu ihrem Kiefer. »Ich will uns.« Er hob den Kopf. »Aber ich möchte, dass wir Geduld haben. Nichts überstürzen.«

Der Ausdruck in Lexies Augen verriet ihm, dass sie wusste, dass er recht hatte. Sie mussten sorgfältig darüber nachdenken, was sie taten. Es gab zu viele variable Größen zu berücksichtigen, und Noah war die wichtigste davon. Sie küsste ihn sanft. »Okay.«

Er schmiegte die Nase an ihre Schläfe. »Lass uns die Zeit, in der ich in New York bin, darüber nachzudenken, wie es mit uns weitergehen soll.« Seufzend streichelte er an ihren Armen auf und ab. »Wenn ich zurück bin, können wir weiter darüber reden.«

»Das wäre schön.«

Sie setzten sich wieder aufs Sofa, und den Rest des Abends redeten sie über einfache Dinge, Dinge, die nicht furchteinflößend oder gefährlich waren. Gelegentlich stellte Riley fest, dass er die Hand ausstrecken und sie berühren musste. Seine Finger strichen durch ihr Haar oder berührten ihre Hand. Sie lachten und schwelgten in Erinnerungen, und während die Stunden verstrichen, ließ Riley die Hoffnung, die er fest unter Verschluss zu halten versucht hatte, wieder herein. Wie Wasser aus einem gebrochenen Damm strömte sie durch seinen Körper. So viel Angst er auch eigentlich haben sollte, weil er es zuließ, wusste Riley doch, dass er sich nie lebendiger gefühlt hatte.

Während der nächsten eineinhalb Monate teilte Riley seine Zeit zwischen New York und Michigan auf. Er bedauerte jeden Augenblick, den er von Noah und Lexie getrennt war, und lebte für die Tage, an denen er zurückflog, um sie zu sehen. Heute war einer dieser Tage voller Erwartung, nur war er diesmal nicht derjenige, der fliegen würde.

»Herrje, Mann, was ist los mit dir?«, kicherte Max, als Riley zum rockigen Sound von Radiohead durch die Werkstatt hüpfte und wippte. Es war nicht so, dass Riley normalerweise nicht herumtanzte – sein Running Man war weltberühmt –, aber heute hatten seine Moves definitiv ein bisschen mehr Boogie.

Er warf einen Blick zu der Uhr an der Wand der Werkstatt. »Noah und Lex landen morgen früh am JFK.«

Max schmunzelte. »Ich weiß, Alter. Du redest seit einer Woche von nichts anderem mehr.«

Riley zuckte die Schultern, ohne sich zu verteidigen.

»Ich finde es süß«, bemerkte Steph, als sie an ihnen vorbei zu ihrem Schreibtisch zurückging.

»Siehst du?« Riley deutete mit ausgestrecktem Arm in Stephs Richtung. »Ich bin süß. Frauen stehen auf diesen Mist.«

»Klar.« Max verdrehte die Augen und sprang in die Grube unter einem 1968er Dodge Charger.

»Wie geht es Grace, Max? Hast du sie immer noch gern hier bei dir in der Stadt?« Riley nahm seine Kaffeetasse und lachte über den finsteren Blick und den schmutzigen Lappen, die ihm entgegengeschleudert wurden.

»Ihr geht's gut. Und ja.«

»Suuper«, erwiderte Riley und dehnte das Wort, nur um Max noch mehr zu reizen, bevor er das Radio lauter drehte, um dessen scharfe Antwort zu übertönen. Riley wusste nicht, warum Max immer noch so empfindlich wegen seiner Liebe zu Grace war, besonders da die beiden schon seit fast einem Jahr offiziell zusammen waren, aber es war einfach verdammt lustig. Er kauerte sich in die Hocke, um Max' Blick unter dem Auto aufzufangen. »Du bringst Grace Samstagabend immer noch mit, um Lex und Noah kennenzulernen, oder? Kat und Carter kommen auch.«

»Klar. Ich glaube, Grace ist noch aufgeregter als du.«

Der Tag kroch im Schneckentempo dahin, weil Riley ständig auf die Uhr sah. Jede Nachricht, die Lexie ihm schickte, schien die Uhr um eine Stunde zurückzudrehen, was ihn fast in den Wahnsinn trieb, aber schließlich war der Tag endlich vorbei, und nachdem er die Werkstatt abgeschlossen hatte, machte Riley sich auf den Weg in ein paar Läden, um in letzter Minute noch etwas zu Essen für Lexie und Noahs Ankunft zu besorgen.

Es war das erste Mal, dass die beiden nach New York zu Besuch kamen, und Riley war noch nie so aufgeregt gewesen. Es würden vier fantastische Tage werden, und er konnte es kaum erwarten. Er hatte sogar ein paar touristische Ausflüge für sie geplant, einschließlich einen zur Freiheitsstatue, worüber Noah völlig aus dem Häuschen sein würde. Riley hatte eine aufblasbare Matratze für sein Gästezimmer besorgt, aus dem er erst einmal das ganze Zeug ausräumen musste, das er in den letzten sechs Jahren angesammelt hatte. Er vergewisserte sich, dass seine DVD-Sammlung von Comic-Verfilmungen auf dem aktuellsten Stand war und dass man in der Küche alles fand, was Lexie und Noah vielleicht mögen könnten.

»Ich darf dich morgen besuchen!«, schrie Noah ins Telefon, als Riley ihn später anrief.

»Stimmt«, antwortete Riley mit einem Lachen. »Ich kann es kaum erwarten. Du fehlst mir, Mann.«

»Du fehlst mir auch. Es ist eine Million Jahre her.«

Jedenfalls fühlte es sich so an, obwohl er Noah und Lexie erst vor zehn Tagen gesehen hatte. Die längsten zehn Tage aller Zeiten. »Ich weiß. Das nervt. Aber morgen können wir zusammen rumhängen und alles tun, was du willst. Pass auf, dass du heute Nacht gut schläfst, okay?«

»Okay! Bye!«

Seit Wochen streckte Riley die Fühler nach Arbeit in Michigan aus, aber wie es schien, waren Mechaniker eine überstark vertretene Gattung in Traverse City, und ironischerweise schien er für viele zu überqualifiziert zu sein, um ihn einzustellen. Er hatte sogar so viel Mut zusammengekratzt, mit Max über die Werkstatt und seine zukünftigen Möglichkeiten zu reden.

Wie es schien, hatte Riley zwei. Er konnte entweder seinen Anteil an O'Hare's verkaufen und den Gewinn einstreichen, den es bisher abgeworfen hatte – was in nur achtzehn Monaten keine große Summe war –, oder er konnte seinen Anteil behalten und als Rücklage nutzen, was für einen Vater mit einem Sohn, an den er denken musste, keine schlechte Idee war. So oder so war es nicht die perfekte Lösung, auf die Riley gehofft hatte, aber er versuchte, nicht zu mutlos zu werden. Irgendetwas würde sich schon ergeben. Das tat es immer.

Am folgenden Morgen, als Riley in der Ankunftshalle des JFK-Flughafens stand, hörte er Noah schon, bevor er ihn sah. Obwohl nur elf Tage vergangen waren, hätte Riley schwören können, dass Noah schon wieder gewachsen war. Die Arme weit ausgebreitet und mit einem aufgeregten, bezaubernden Lächeln stürmte er auf Riley zu. Riley fing ihn auf, hob ihn hoch und wirbelte ihn herum, bevor er ihn an sich drückte und seinen Duft nach Zucker, Sonne und etwas, das durch und durch Noah war, einatmete. Er drückte ihm einen Prustekuss auf die Wange und grinste, als Noah quietschte und zappelte, um heruntergelassen zu werden. Dann hörte er Lexie. Ihr Lachen schwebte zu ihm herüber und füllte die Stellen in ihm aus, die nur ihr gehörten.

Sie war bezaubernd in der New Yorker Sonne, die durch die Fenster der Flughafenhalle hereinströmte. Ihre Brille, ihr rosa Muse-T-Shirt und ihre rosa Flipflops waren perfekt. Sie war das Mädchen, an das er sich erinnerte, die Frau, die er allmählich wieder kennenlernte, wieder in sein Herz schloss, und alles dazwischen.

Er vergewisserte sich, dass Noah an seiner Seite blieb, und ging auf sie zu, dabei kam es ihm vor, als würde sich sein Körper in Zeitlupe bewegen. Mit Ausnahme seines Herzens. Sein Herz raste. Er wollte sie küssen – sie hatten sich im Lauf der vergangenen sechs Wochen oft heimlich geküsst, und jeder Kuss war ein bisschen hitziger geworden, jeder eine stumme Verheißung auf das, was noch kommen würde –, aber Riley wusste, dass Lexie und er in Noahs Gegenwart immer noch vorsichtig sein mussten. Der Junge war klüger, als gut für ihn war, und Riley wollte ihn nicht durcheinanderbringen.

Er legte Lexie eine Hand an die Taille und zog sie zu sich, um ihr einen verstohlenen Kuss in die kleine Kuhle hinter ihrem Ohr zu geben.

»Ich habe dich vermisst«, flüsterte sie.

Er trat einen Schritt zurück und grinste. Er hatte sie auch vermisst. »Guten Flug gehabt?« Er schaute auf Noah hinunter, während er sprach, weil er stets darauf achtete, ihn in jede seiner Unterhaltungen mit Lexie miteinzubeziehen – wo es möglich war, natürlich.

»Wir haben was zu knabbern bekommen«, erzählte Noah begeistert. Er nahm Rileys beide Mittelfinger und schwang ihre Arme hin und her.

»Super!« Er drehte Noah unter seinem Arm hindurch. »Was haltet ihr davon, wenn wir zu mir nach Hause fahren, eure Sachen abladen und dann eine Abenteuertour durch die Stadt machen?«

Noah hielt inne. »Eine Abenteuertour?«

Riley zwinkerte ihm zu. »Vielleicht sehen wir sogar Spiderman.«

Noah blieb der Mund offen stehen. »Dann müssen wir gleich los!« Er zog an Rileys Hand und schleppte ihn hinter sich her, so gut sein vierjähriger Körper es vermochte.

»Willkommen«, sagte Riley lächelnd und rasselte mit seinem Schlüssel. Er stellte Lexies Tasche ab und bedeutete ihnen einzutreten. Lexie und Noah in seine Wohnung zu bitten, war total eigenartig – irgendwie, als sähe er seine Vergangenheit und Gegenwart miteinander verschmelzen.

Es war allerdings nicht eigenartig, dass der Anblick der beiden in seinem Zuhause ihn mit etwas erfüllte, das Gelassenheit ähnelte. Lexie und er hatten schon eine Weile über ihre Reise nach New York gesprochen, bevor sie irgendwelche konkreten Pläne gemacht hatten. Sie verstanden beide, was für ein großer Schritt es war, Noah zu zeigen, wo Riley lebte, und auch, dass es alte Erinnerungen daran aufwühlen könnte, was hätte sein können, wenn alles anders gelaufen wäre und Lexie vor all den Jahren mit Riley auf die NYU gegangen wäre.

Rasch verdrängte Riley diese Gedanken, während er Lexie und Noah in seiner Wohnung beobachtete. Es hatte keinen Sinn, jetzt noch über all das nachzugrübeln. Die Wut und der Schmerz, die er seit seiner Rückkehr nach Michigan gehegt hatte, hatten sich in den vergangenen paar Monaten deutlich gelegt, und um ehrlich zu sein, war Riley froh darüber. Solche negativen Empfindungen in sich zu tragen war erschöpfend. Lexie übertraf sich immer noch selbst in ihrem Bemühen, seine Beziehung zu Noah zu fördern und Riley zugleich Freiraum zu geben, damit er darüber nachdenken konnte, was er wollte. Trotz der Mühe, die sie sich immer noch bei Rileys Eltern gab, waren seine Brüder noch nicht überzeugt; die drei wollten Riley nach der Bombe, die Lexie mit Noah hatte platzen lassen, verständlicherweise immer noch beschützen.

Dex war wie immer objektiv und vernünftig und betrachtete eine Situation immer zuerst aus allen Blickwinkeln, bevor er eine Bemerkung abgab, während Tate das Kind beim Namen nannte. Seb vertrat die Meinung, wenn Riley glücklich war, dann scheiß drauf. Die vier würden sich in ein paar Wochen bei einer vorgezogenen Geburtstagsparty für Seb im Haus ihrer Eltern endlich wieder treffen, und Riley konnte es kaum erwarten.

Lexie stand neben Rileys Sofa, während Noah die Wohnung erkundete, munter umherhüpfte und alles anfasste, was er erreichte. »Es ist reizend«, murmelte sie. »Noah, pass auf, was du tust, Baby.«

»Schon okay«, sagte Riley sanft, während er an ihre Seite trat.

»Die Wohnung ist toll.«

Riley sah sich um, als habe er sein Apartment noch nie gesehen. »Ja, sie ist nicht schlecht.« Er scharrte mit dem Fuß über den Boden.

Sie verschränkte die Arme vor der Brust und nickte. »Ich freue mich so, hier zu sein.«

»Ich auch.«

»Können wir jetzt rausgehen?«, fragte Noah, als er um die Couch herumlief und bei ihnen stehen blieb.

»Klar, Mann«, antwortete Riley. »Bist du so weit? Ich dachte, wir könnten uns die Freiheitsstatue ansehen.«

Noah hüpfte auf und ab wie ein Springteufel und klatschte wild in die Hände.

Es war sehr lange her, dass Riley sich die Zeit genommen hatte, in New York City Tourist zu spielen, aber die Freude und das Staunen auf Noahs und Lexies Gesichtern zu sehen war es absolut wert. Noah war von Ehrfurcht ergriffen über Lady Liberty, und später rannte er wie ein Verrückter umher, als sie durch den Central Park wanderten.

Zu sehen, wie Lexie lachte und Spaß hatte, erinnerte Riley daran, wie er mit achtzehn nach New York gezogen war. Er hatte so viele Pläne gehabt, so viele Träume, was er und Lexie gemeinsam unternehmen könnten. Das Einzige, was ihn auch nur annähernd bei Verstand hatte bleiben lassen, als alles in die Brüche ging – abgesehen von den Frauen und dem Alkohol –, war die Tatsache, dass es einfach war, sich in dieser Stadt zu verlieren.

Lexie stupste leicht seine Schulter mit ihrer an. »Alles okay?«

»Ja. Ich … ich war nur … ich kann es gar nicht erwarten, diese Stadt mit euch beiden neu zu entdecken.«

Ihre Schneidezähne wanderten über ihre Unterlippe, als sie zuerst ihn und dann Noah ansah. »Ich kann es auch nicht erwarten.« Sie seufzte. »Danke«, flüsterte sie, bevor sie seinen Blick suchte. Dafür, dass du … du bist. Für deine Geduld, deine Vergebung. Dafür, dass du mich in deiner Nähe haben willst.«

Riley blieb stehen und drehte sich zu ihr um. Es juckte ihn in den Fingern, die Hand auszustrecken und sie zu berühren, also erlaubte er seiner Hand, ihre zu nehmen und sie leicht zu drücken. »Ich habe ernst gemeint, was ich gesagt habe: Ich will es versuchen.«

Sie nickte. »Du musst mir einfach wieder vertrauen. Das verstehe ich.« Sie neigte den Kopf leicht zur Seite. »Tust du es? Vertraust du mir?«

Riley musterte sie einen Moment lang, bevor er einen Schritt näher zu ihr trat. »Ja. Ich denke, das tue ich.« Er vergaß, wo er war, und senkte den Kopf, um mit seinen Lippen zart über ihre zu streichen.

»Mommy!« Lexie zuckte nicht zurück, obwohl Riley den Kopf hochriss. Beide schauten hinüber zu dem Kind, das auf der Alice-im-Wunderland-Statue herumkletterte. »Schau mich an!«

Riley lachte. »Sei vorsichtig, Kumpel. Brich dir nicht die Knochen.« Lachend setzte Noah sich hin und schaukelte mit den Füßen. »Es ist ihm egal, oder?«, fragte Riley, als er sich wieder zu Lexie umwandte. »Es macht ihm nichts aus, wenn du und ich … das hier tun.«

Lexie schüttelte den Kopf. »Er hat mir gesagt, dass es ihm gefällt, wenn du und ich uns umarmen.«

»Wirklich?«, stutzte Riley.

»Ja, er war nur besorgt, dass mir deine Umarmungen besser gefallen könnten als seine.«

Riley warf den Kopf in den Nacken und lachte.

Die nächsten paar Tage in New York gehörten mit zu den besten, an die sich Lexie erinnern konnte. Tagsüber stromerten sie herum, besuchten Ground Zero, spazierten über die Brooklyn Bridge und befestigten ein Vorhängeschloss mit ihren eingravierten Namen daran, fuhren mit der U-Bahn, betrachteten die Insel von der Spitze des Empire State Buildings aus und aßen die leckersten Dinge.

Abends blieben sie in Rileys Wohnung, lachten, spielten, und wenn Noah fest eingeschlafen war, tranken und redeten sie und Riley, küssten sich und entdeckten einander neu, ohne miteinander im Bett zu landen. Es war wunderbar, wieder Freunde zu werden, zu sehen, wie sein Vertrauen zur ihr hinter seinen haselnussbraunen Augen langsam wieder wuchs. Sie wünschte sich so sehr, dass er ihr wieder vertraute. Es war eine unglaubliche Herausforderung, Riley so nah, so zärtlich bei sich zu haben, ohne auf mehr zu drängen, aber sie wusste, wie verdammt viel Glück sie hatte, ihn überhaupt zu haben, geschweige denn seinen Mund auf ihrem und seine Versprechen in ihrem Ohr.

Es war so perfekt und erfüllte sie mit einer so tiefen Hoffnung, dass sie sie kaum zügeln konnte. Ihre Bewunderung und Liebe für ihren Sohn und seinen Vater ließ sich ebenso wenig messen wie in Worte fassen.

»Du siehst toll aus.«

Sie wandte sich von dem Spiegel in Rileys Schlafzimmer ab und sah ihn lässig im Türrahmen lehnen. Er sah unglaublich heiß aus in seinen zerrissenen Jeans und dem grauen T-Shirt mit der Aufschrift: »Lächle, wenn du keine Unterwäsche trägst.«

Lexie schnaubte, und Riley sah an sich hinunter. »Ein Weihnachtsgeschenk von meinem Arsch von Bruder«, erklärte er. »Geht es dir gut? Immer noch nervös?«

Lexie drehte sich wieder zum Spiegel um und fragte sich, ob die Shorts und die weiße, ärmellose Bluse zu lässig für ein Essen mit Rileys Freunden waren. War sie nervös? Oh ja, aber weil sie wusste, was dieser Abend für Riley bedeutete, konnte sie einfach nicht aufhören zu lächeln. Dass er sie und Noah seinen Freunden vorstellen wollte, war ein gewaltiger Schritt. Lexie wusste, wie wichtig Riley seine Freunde waren; für ihn waren sie seine erweiterte Familie. So war es immer schon gewesen; er trug sein Herz auf der Zunge, stolz und offen für jeden, er ließ sich nichts gefallen und beschützte die, die ihm am Herzen lagen, vollkommen leidenschaftlich. Es gehörte zu den Dingen, die sie am meisten an ihm liebte.

Sie sah ihn im Spiegel an und wusste, dass sie die zweite Chance nicht verdiente, die er ihr anzubieten schien. Dennoch schwor sie sich stumm, dass sie jeden Tag ihres Lebens damit verbringen würde, dem Universum etwas dafür zurückzugeben. »Ich freue mich schon darauf, alle kennenzulernen.«

Er ging zu ihr, legte ihr die Hände auf die Schultern und drückte sie. »Es wird toll werden. Das weiß ich.«

Sein Haar war in den letzten Wochen ein wenig länger geworden, und zusammen mit seinem Bart ließ ihn das mehr als sexy aussehen. »Du siehst … toll aus.« Sie hatte ihre Stimme nicht mit Absicht so verführerisch klingen lassen wollen, aber verdammt, sie schien es nicht verhindern zu können.

Er lachte leise. »Danke. Ich gehe mal und vergewissere mich, dass Noah nicht in ein Spiderman-Film-Koma gefallen ist, und helfe ihm, sich fertig zu machen.«

Eine Stunde später betraten sie das *5 Napkin Burger* und wurden zu einer runden Nische geführt, wo bereits vier Leute saßen. Lexie fiel sofort auf, wie gut alle aussahen, und sie bereute sofort, sich nicht für ihre größeren Ohrringe und das funkelndere Nasenpiercing entschieden zu haben. Riley legte ihr die Hand auf den Rücken und streichelte sie zärtlich, da er ihre Zurückhaltung zu spüren schien. Noah dagegen strahlte vor Begeisterung, all die neuen Leute kennenzulernen. Die Tatsache, dass er einfach zuckersüß war, half ihm natürlich sehr.

»Hey, Leute«, sagte Riley mit einem breiten Lächeln. Vier Augenpaare schauten ihn an, bevor sie zu Lexie hinüberglitten und dann zu dem kleinen Jungen an ihrer Seite. »Das hier ist Lexie, und das ist Noah.«

Lexie lächelte. »Hi.«

»Hallo«, strahlte Noah.

Dann zeigte Riley reihum auf jeden. »Das hier ist Max, mein Geschäftspartner, und seine Freundin Grace, und das hier sind Carter und seine Frau Kat.«

»Schön, dich endlich kennenzulernen, Lexie«, sagte Kat mit einem herzlichen Lächeln. Sie hatte tiefkastanienbraunes Haar, das unter den Lichtern des Restaurants perfekt glänzte. »Und Noah, du bist einfach der hübscheste Junge, den ich je gesehen habe.«

Lexie beobachtete erstaunt, wie Noah rot wurde und sein Gesicht in den Unterarmen versteckte. Kichernd sah Kat ihren Mann an, dessen blaue Augen von Fältchen eingerahmt wurden, als er mit ihr lachte. Kat war kurvig und sexy, und ihre Haut war so makellos, wie Lexie es sich nur vorstellen konnte.

Ihr heller Porzellanteint war das genaue Gegenteil von Grace, deren Haut einen erlesenen Karamellton hatte. Sie lächelte Lexie strahlend an, wobei sie schöne, regelmäßige weiße Zähne zeigte, und strich sich die langen ebenholzschwarzen Locken über die Schulter. »Riley hat uns schon so viel von euch beiden erzählt.«

»Wir sehnen uns schon regelrecht nach einem anderen Gesprächsthema zur Abwechslung«, scherzte Max. Er wirkte ein bisschen raubeinig, mit wildem Haar und Dreitagebart, aber seine dunklen Augen blickten schelmisch.

»Ach, halt die Klappe«, meinte Riley lächelnd. »Setzt euch.« Er bedeutete Lexie und Noah, sich zu setzen, und Carter und Kat rutschten auf der Bank weiter, um ihnen Platz zu machen.

»Mir gefallen deine Tattoos«, sagte Grace, den Blick auf Lexies Arme gerichtet. »Die Farben sind fantastisch. Das ist wunderschön.«

Lexie spürte ihre Wangen warm werden. »Danke.«

»Hast du die schon mal fotografieren lassen?«

Max lachte neben ihr. »Gracie, lass das arme Mädchen in Ruhe.«

Grace schmunzelte. »Was denn? Die würden toll als Teil meiner Ausstellung aussehen.«

Lexie zog eine Augenbraue hoch. »Ausstellung?«

»Ich bin Fotografin. Ich habe in sechs Wochen hier in New York eine Ausstellung.«

»Hört sich toll an.«

»Du solltest kommen und sie dir ansehen.«

Lexie warf einen Blick zu Riley, der gutmütig die Schultern zuckte. »Das wäre schön.«

Max legte Grace einen Arm um die Schultern, Stolz im Gesicht.

»Mommy, kann ich einen Burger haben?«

Lexie lächelte Noah an, der eindringlich auf die Speisekarte starrte, als könnte er sie tatsächlich lesen. »Du kannst haben, was immer du willst, Baby.«

»Er ist unglaublich süß«, flüsterte Kat leise zu Riley geneigt. »Wie eine Mini-Version von dir.«

Riley grinste. »Der Kleine ist ein Glückspilz, was?«

Lexie verdrehte leutselig die Augen, und die Anspannung in ihren Schultern, mit der sie an diesem Morgen bereits aufgewacht war, ließ langsam nach, während die Unterhaltung am Tisch hin und her floss. Rileys Hand fand immer wieder Gelegenheit, sie an irgendeiner Stelle zu streicheln und zu drücken, um sie zu beruhigen, obwohl seine Freunde sie mehr als herzlich willkommen hießen. Wie Grace und Kat über Noah in Verzückung gerieten, war einfach zu süß.

Noah schien mehr als angetan von Kat zu sein, denn er erzählte ihr plappernd alles von seinen Abenteuern in New York, und sie hörte ihm aufmerksam zu. Lexie fragte sich, ob Carter und sie Kinder hatten oder welche planten, denn Kat schien leichte Muttergefühle zu entwickeln. »Dürfen wir ihn uns mal ausborgen?«, fragte sie mit großen grünen Augen und ballte eifrig die Hände.

Carter schüttelte lächelnd den Kopf. »Peaches, er ist doch keine DVD. Er ist ein Kind.«

Kat stieß spielerisch gegen seinen Arm. »Du weißt, was ich meine.« Sie schaute zwischen Riley und Lexie hin und her. »Wir könnten babysitten, wenn ihr zwei mal ein wenig Zeit für euch allein haben wollt.«

Lexie spürte, wie ihre Wangen heiß wurden, und mied Rileys Blick, obwohl sie spürte, wie er sich brennend in sie bohrte.

»Hört sich gut an«, erwiderte Carter mit einer hochgezogenen Augenbraue. »Aber sie reisen morgen wieder ab.«

»Nun, dann vielleicht, wenn sie das nächste Mal zu Besuch kommen«, bot Kat an.

Lexie öffnete ein paarmal den Mund, bevor sie ihre Stimme wiederfand. Die Löwenmutter in ihr regte sich ein wenig, schließlich hatte sie diese Leute gerade erst kennengelernt, doch ein Blick auf Riley brachte sie dazu, das Gefühl abzuschütteln. Sie wusste es besser. Riley würde lieber sterben, als seinen Sohn bei jemandem zu lassen, dem er nicht vertraute. »W-wenn Noah damit einverstanden ist.«

»Was sagst du dazu, Noah?«, fragte Kat sanft. »Willst du mal bei mir und Carter bleiben?«

Überraschenderweise flog Noahs haselnussbrauner Blick nicht sofort zu Lexie, sondern suchte stattdessen den von Riley.

»Es ist okay, wenn du nicht willst, Kumpel«, versicherte Riley ihm mit dieser Stimme, die Lexie so liebte und von der sie wusste, dass er sie sich nur für diesen kleinen Jungen aufhob.

Noah zuckte leicht mit den Schultern und schaute erst Kat und dann wieder Riley an. »Können wir bei dir zu Hause bleiben?«

»Klar, Mann. Kat und Carter kommen ganz oft zu mir.«

»Denk einfach darüber nach«, bot Kat an.

Carter beugte sich zu ihr und küsste sie auf die Schläfe. Es war eine so zärtliche Geste von einem Mann, der gar nicht danach aussah. »Wir könnten ein paar Spiele mitbringen.«

»Könnten wir?«, fragte Carter mit einer hochgezogenen Augenbraue.

»Ja.« Kat stupste ihn leicht an. »Könnten wir.«

Carter schaute zu Noah und zwinkerte ihm zu. »Könnten wir.«

Während die Unterhaltung weiterlief, erlaubte sich Lexie, darüber nachzudenken, wie es wäre, wenn sie und Noah bei Riley in der Stadt leben würden, in seinem herrlichen Apartment, mit seinen Freunden zusammen wären und sich in sein Leben einfügen würden.

Sie wusste, dass Riley Bemühungen unternahm, wieder zurück nach Michigan zu ziehen. Er war bereit, sein Leben zu ändern, ohne auch nur ein zweites Mal darüber nachzudenken, und hatte erklärt, dass Umziehen für ihn leichter wäre als für sie. Dennoch quälten sie Schuldgefühle.

»Wie gefällt dir New York, Lexie?«, fragte Carter, nachdem die Kellnerin ihre Bestellungen aufgenommen und die Speisekarten wieder eingesammelt hatte.

»Ich finde es toll«, antwortete sie ehrlich. »So viel besser, als ich es mir vorgestellt hatte.«

»Können wir für immer hierbleiben, Mommy?«

Lexie strich Noah zärtlich über den Kopf. »Du willst für immer hierbleiben?«

Er nickte ernst. »Riley ist ganz allein.«

Lexie hörte ein leises *Ooh* von Grace und Kat, während Riley Noah die Faust hinhielt, damit er mit seiner dagegenschlagen konnte. »Mir geht es gut, Mann«, versicherte er ihm, aber Lexie blieb die Traurigkeit in seinem Blick nicht verborgen.

»Wir passen auf ihn auf, wenn ihr wieder nach Hause fahrt«, sagte Carter lächelnd zu Noah. »Versprochen.«

Noah dachte darüber nach. »Okay.«

Als ihr Essen kam und Lexie sich weiter mit Rileys Freunden unterhielt, verstand sie, warum Riley sie alle so gernhatte. Jeder war anders und schien andere Facetten von Rileys Persönlichkeit zum Vorschein zu bringen. Bei Max und Carter war er lauter, frecher, aber bei Kat war er ruhiger und sprach voll unterschwelligem Respekt mit ihr, den sie sich sicher erworben hatte, als sie ihn in Arthur Kill unterrichtet hatte.

Bei Grace war er neckender, auf eine sanfte Art. Es war wirklich wunderbar, ihn so glücklich zu sehen. Er war der Riley von früher, sorgenfrei und umwerfend attraktiv, und es wurde immer schwieriger, sich ihr Verlangen nach ihm nicht anmerken zu lassen. Sie wollte ihn, daran gab es keinen Zweifel, aber sie hatte schreckliche Angst, ihn zu stark, zu rasch zu bedrängen. Es war die Wahrheit gewesen, als sie ihm gesagt hatte, dass er am Zug war. Es lag alles an ihm, und trotz ihrer Sehnsucht würde sie warten, so lange es dauerte.

Das Essen war fantastisch. Warum schmeckte alles in New York wie nichts sonst auf der Welt? Noah dachte ähnlich, denn er verputzte alles, was ihm vorgesetzt wurde, bevor er sich einen riesigen Eisbecher mit Riley teilte.

Bevor sie aufbrachen, tauschte Lexie Handynummern und Facebook-Kontaktdaten mit Kat und Grace aus und versprach, dass sie Grace am nächsten Tag ihre Tattoos fotografieren lassen würde, wohingegen sie Kat versicherte, dass sie ihr einen Katalog ihrer *In Liebe, Du*-Schmuckkollektion schicken und ihr eine Version ihrer Halskette entwerfen würde.

Als Noah tief und fest schlief, saßen Lexie und Riley auf dem Sofa, er an einem Ende, sie an dem anderen, die Beine ineinander verschlungen. »Ich hatte so viel Spaß«, sagte sie mit einem kleinen Lächeln.

»Das freut mich. Ich glaube, Noah schwärmt ein bisschen für Kat.«

»Ja, nicht wahr?«, stimmte Lexie ihm zu. »So habe ich ihn noch nie gesehen.«

»Er wird sich die Ladys mit einem Stock vom Leib halten müssen, wenn er älter ist. Der Kleine ist jetzt schon hübscher, als gut für ihn ist«, sagte Riley mit einem wissenden Augenzwinkern. »Schließlich kommt er ganz nach seinem alten Herrn.«

Lexie lachte. Sie fuhr mit der Fingerspitze an der Seite ihres Saftglases entlang. »Darf ich dich was fragen? Du brauchst nicht zu antworten, wenn du nicht willst.«

Riley schmunzelte. »Hört sich geheimnisvoll an.«

Lexies Augen wanderten zur Decke, dann zur Wand, dann wieder zurück zu Rileys Gesicht.

»Wow. Jetzt bin ich wirklich gespannt«, sagte er lachend.

»Wie viele … waren es viele Frauen?«

Rileys Augen weiteten sich eine Sekunde lang, bevor er die

Fassung wiederzufinden schien. *Okay.* Das war kein gutes Zeichen. Er wand sich ein wenig und räusperte sich.

»So viele, was?«, fragte sie trocken. Sie wusste, dass sie kein Recht hatte, eifersüchtig oder verletzt zu sein, trotz des Stichs in ihrem Herzen.

»Lex«, setzte er mit einem langen Seufzer an.

»Es tut mir leid«, murmelte sie. »Das geht mich wirklich nichts an. Vergiss, dass ich gefragt habe.«

Er setzte sich auf und legte eine Hand auf ihr Schienbein. »Als wir … Schluss gemacht hatten, nachdem dein Vater gestorben war, wusste ich nicht, was ich tun sollte. Ich habe dich vermisst – das weißt du.«

Ja, das wusste sie, und nicht nur, weil sie im Laufe der Jahre darüber nicht selten lautstark geredet hatten, sondern weil es ihr ebenso gegangen war.

»Ich habe mit Frauen geschlafen, um es zu vergessen, Lex. Ich habe versucht, mich in ihnen zu verlieren, damit ich die Liebe verliere, die ich für dich empfand.«

Schmerz und Bedauern durchzuckten Lexie und raubten ihr den Atem. »Ich war so … furchtbar.«

»Nein«, flüsterte er. »Du warst haltlos. Du warst nicht die Lexie, die ich kannte, meine beste Freundin, das Mädchen, das ich liebte. Es tat weh, aber ich habe es überlebt. Und wir sind jetzt hier, weil ich tief drin, egal, wie viele Frauen es dazwischen gewesen sind, immer daran geglaubt habe, dass wir wieder zueinander finden würden.«

Die Träne, die Lexie über die Wange rollte, war eine Träne der Entschuldigung und Dankbarkeit. Das Vertrauen, das er immer zu ihr gehabt hatte, zu ihnen beiden, hatte sie schon immer erstaunt. Als er sie daran erinnerte, fiel ihr auch wieder ein, wie leicht es gewesen war, sich in ihn zu verlieben und ihn an jedem weiteren Tag zu lieben, der darauf folgte.

»Ich will nicht, dass ihr zwei schon wieder geht«, sagte er, während er seiner Hand dabei zusah, wie sie an ihrem Bein auf- und abstrich.

»Ich auch nicht.« Jedes Mal, wenn sie sich wieder trennten, klaffte in ihr die Angst, wieder jemanden zu verlieren, den sie liebte. Es war egoistisch und zugegebenermaßen ironisch, wenn man ihre und Rileys Vergangenheit betrachtete, aber so war es. »Wann bist du wieder in Michigan?«

Er verzog leicht das Gesicht. »In ein paar Wochen. Drei vielleicht?«

»War das eine Frage?«, schmunzelte sie. »Du weißt, dass du willkommen bist, wann immer du willst, und Noah … Er liebt dich sehr.«

»Ich liebe ihn auch.« Riley atmete durch die Nase aus. »Also, hör mal, ich dachte mir … bei meinem nächsten Besuch oder dem darauf könnten wir uns vielleicht zusammensetzen und mit ihm darüber reden, wer ich bin. Ich denke, es ist Zeit. Du nicht?«

Lexie biss sich auf die Lippe. »Ich finde, das wäre perfekt.«

15

Joan Moore war bekannt für drei Dinge: ihre unendliche Geduld, ihre Gabe, jede Situation zu entschärfen (besonders zwischen vier Brüdern), und ihre Fähigkeit, Wahnsinns-Geburtstagspartys zu schmeißen. Letzteres traf jedenfalls auf Sebs (um zwei Wochen vorgezogene) Party zu seinem siebenundzwanzigsten Geburtstag zu. Es war das erste Mal seit viel zu langer Zeit, dass alle vier Brüder wieder im selben Staat, geschweige denn im selben Zimmer waren, und Riley freute sich schon seit Wochen darauf.

An der Haustür waren Luftballons befestigt – wie ihre Mutter erklärt hatte, war man nie zu alt für Luftballons –, und der Küchentisch war ausgezogen, wie immer, wenn es eine Familienzusammenkunft gab. Auf ihm prangte ein Büffet mit allem, was Riley und seine Brüder liebten: Sandwiches, Chips, Dips, Chickenwings und Rippchen sowie einem riesigen Schokoladenkuchen und Götterspeise zum Nachtisch.

»Sie weiß hoffentlich, dass ich näher an der dreißig als an der drei bin, oder?«, fragte Seb und betrachtete die Auswahl, während er Riley einen Stapel Teller reichte, den er auf den Tisch stellen sollte.

»Körperlich vielleicht«, gab Riley mit einem Grinsen zurück. »Kommen Lex und Noah noch?«

»Ja, sie sollten in einer Stunde oder so da sein. Christine kommt auch.«

»Wow.« Seb stibitzte sich einen Kartoffelchip und warf ihn in den Mund. »Genau wie in alten Zeiten, was?«

Riley zuckte die Schultern. »Mom hat sie eingeladen.«

Seb nickte. »Und du bist glücklich darüber?«

»Natürlich.« Er sah seinen jüngeren Bruder an. »Wozu die Fragerei?«

»Ich will nur sichergehen, dass es dir gut geht, Mann.«

Riley klaute sich ebenfalls einen Kartoffelchip. »Mir geht's gut. Wirklich gut. Im Moment läuft es perfekt.«

»Aber?«

Riley stieß ein trockenes Lachen aus. Seinem Bruder entging nie etwas. »Aber ich habe keine Ahnung, was ich will.«

»Mit Lex?«, mutmaßte Seb und verschränkte die Arme vor der Brust.

Als Antwort zog Riley die Augenbrauen hoch. »Wir stehen uns wieder nahe, aber … Ich weiß nicht. Ich bin vorsichtig.«

»Das ist verständlich.«

Riley fuhr sich mit der Hand übers Gesicht, bevor er nach einem weiteren Kartoffelchip griff. »Ich will einfach nicht, dass wir alles versauen. Diesmal steht zu viel auf dem Spiel. Ich will nicht, dass Noah zwischen die Fronten gerät, falls alles in die Hose geht.«

Seb leckte sich über die Lippen. »Und wie denkt sie darüber?«

Riley hob eine Schulter. »Sie wartet einfach nur darauf, dass ich einen Schritt mache.«

»Möchtest du denn einen Schritt machen?«

»Scheiße, ja«, antwortete Riley rasch, obwohl Seb nicht überrascht aussah. »Sie so zu wollen, war nie ein Problem.«

Seb schmunzelte. »Na, dann los, Mann. Wenn es das ist, was ihr beide wollt, warum nicht?« Er machte einen Schritt auf Riley zu. »Anders wirst du es nie wissen.«

Riley nickte. »Ich weiß.«

Seb legte ihm eine Hand auf die Schulter und drückte sie.

»Wenn es nicht klappt, dann habt ihr immer noch Noah gemeinsam. Sie wird immer in deinem Leben sein, egal, was passiert.« Er nahm sich ein Hühnerbein. »Scheiße, hab ich Hunger!«

»Ihr zwei lasst besser die Finger vom Essen«, kam die körperlose Stimme ihrer Mutter aus dem Wohnzimmer.

»Klar, Ma«, rief Seb mit dem Mund voller Hühnchen.

Riley schüttelte schnaubend den Kopf, als Dex' Stimme durchs Haus schallte. »Jemand zu Hause?« Auf seine Frage folgte das Geräusch ihrer Mutter, die sich auf ihn stürzte, und Park, der ihr sagte, *Lass doch dem armen Jungen ein bisschen Luft, Frau.*

Als Seb und Riley durchs Haus auf den Lärm zugingen, fanden sie Dex an der Haustür, wie er gerade unter Küssen und Umarmungen beinahe erstickte. Tate stand mit Reisetaschen in den Händen neben ihm.

»Es ist so schön, dich zu sehen«, sagte Joan, während sie Dex' Gesicht in den Händen hielt und ihn auf die Wange küsste.

»Auch schön, dich zu sehen, Mom.«

Er richtete sich zu voller Größe auf, schüttelte Park die Hand und grinste Riley und Seb an, die zu ihm kamen und ihn nacheinander umarmten. Riley hatte seinen ältesten Bruder lange nicht mehr gesehen, und als er ihn jetzt erblickte, immer noch in einem zerknitterten Tom-Ford-Anzug von seinem Flug zurück aus Thailand, wurde ihm bewusst, dass er ihn vermisst hatte. Sein dunkles Haar war länger, aus dem Gesicht gestrichen und wellte sich hinter den Ohren, und er hatte sich ein Ziegenbärtchen wachsen lassen, für das Riley ihn, obwohl es ziemlich cool und knallhart aussah, noch gnadenlos aufziehen würde, bevor der Tag zu Ende ging. Seine Brille war neu, von Prada, wie es aussah, und der Koffer, den Tate neben der Tür abgestellt hatte, war von Louis Vuitton. Dex hatte sich noch nie gescheut, Geld auszugeben.

»Wie geht's dir?«, fragte Riley, während die sechs ins Wohnzimmer gingen.

»Müde«, antwortete Dex. Er streifte sein Jackett ab und legte es über die Rückenlehne des Sofas. »Aber der Flug war okay.« Er ließ sich aufs Sofa fallen und schaute in Richtung Küche. »Ist das Kuchen, was ich da rieche?«

»Schokoladenkuchen«, antwortete Joan.

»Mein Lieblingskuchen.«

»Obwohl es mein Geburtstag ist«, brummte Seb scherzend von seinem Platz an der Tür her, während er sich Hühnchenkrümel von den Fingern leckte.

Joan sah ihn finster an. »Hast du etwa was von dem –?«

»*Mein* Geburtstag«, unterbrach Seb sie mit einem Grinsen.

»Du siehst gut aus, Mann«, sagte Riley zu Dex, als er sich setzte.

»Ja, aber ich rieche nicht so besonders toll.« Dex verzog das Gesicht. »Hab ich noch Zeit zu duschen, bevor alle kommen?«

»Sicher, Schätzchen«, antwortete Joan. Sie strahlte übers ganze Gesicht, weil sie ihre Jungs wieder zu Hause hatte. »Ich gehe besser und schiebe die Pasteten in den Ofen.« Sie gab Seb im Vorbeigehen einen Klaps auf den Arm. »Und hör auf zu naschen.«

Tate ließ sich mit einem Ächzen in einen Sessel fallen.

»Alles okay?«, fragte Park.

»Ja, mein Bein zickt nur ein bisschen.«

»Danke, dass du mich abgeholt hast, Tate.« Dex unterdrückte ein Gähnen. »Das weiß ich wirklich zu schätzen.«

Tate winkte ab und rieb sich das Knie.

»Also, wie ist es so in Thailand?«, wollte Seb wissen. Er saß auf der Kante des Wohnzimmertischs, wie er es schon immer getan hatte, seit er klein war.

Dex ließ den Kopf in den Nacken fallen und schloss die Augen. »Fantastisch. Wie eine völlig andere Welt. Das Essen, die Atmosphäre.«

»Die Frauen?«, stichelte Riley und bohrte Dex einen Finger in die Seite.

Dex schnaubte. »Falls sie es waren, dann hatte ich jedenfalls keine Zeit, sie zu genießen. Irre viel Arbeit.«

»Für Frauen ist immer Zeit, Mann«, konterte Riley.

Dex kniff die Augen zusammen und schaute zu ihm hinüber. »Ach ja? Und wie denkt Lexie darüber?«

Riley lachte laut auf, während Seb und Tate schnaubten. »Touché, mein Guter«, gab er zu.

Dex legte Riley eine Hand auf die Schulter. »Okay, lasst mich mich mal ein bisschen frisch machen«, sagte er, als er aufstand. »Bevor ich noch einschlafe. Dann können wir uns weiter unterhalten.«

Er verschwand mit seinem Koffer die Treppe hoch, und Riley gönnte sich einen Moment der Dankbarkeit dafür, wie schön es war, mit all seinen Brüdern in seinem Elternhaus zu sein, umgeben von den Gerüchen seiner Kindheit, die aus der Küche drangen. Es war tröstlich.

Seb und er machten sich daran, ihrer Mutter dabei zu helfen, den Tisch fertig zu decken, Servietten zu falten und dafür zu sorgen, dass sie nichts heben oder sich nach etwas strecken musste, während Park und Tate vor dem Fernseher kleben blieben.

Maggie und Tante Carol waren die Ersten, die ankamen, mit einer sehr aufgeregten Rosie, die ein rosa Kleidchen trug, in dem sie bei jeder sich bietenden Gelegenheit herumwirbelte. Maggie sah sogar noch schwangerer aus und beklagte sich unablässig über geschwollene Knöchel und Sodbrennen.

Ein paar von Sebs Freunden tauchten auf: Gray, sein ältester Freund seit der Highschool, und seine neueste Freundin. Dazu ein paar Kumpel vom College, die immer noch in der Gegend waren. Sie brachten Bier und Geschenke mit.

Als es wieder an der Tür klingelte, flatterte es in Rileys Brust. Er hatte gesehen, dass Lexies Auto vorgefahren war, und sofort wurde ihm am ganzen Körper heiß. Er war der Erste an der Tür und öffnete sie schwungvoll. Noah strahlte zu ihm hoch.

»Wir sind da!«, rief er laut, was Riley zum Lachen brachte.

»Ja, das seid ihr«, antwortet er, bevor er Lexie ansah, die in ihrem marineblauen Kleid und den Ballerinas unglaublich aussah. »Freut mich, dass ihr es geschafft habt. Hi, Christine. Kommt rein.«

Seb schlenderte in den Flur, offensichtlich von der Türklingel herbeigelockt. Er lächelte, als er Lexie sah, und beugte sich vor, um sie auf die Wange zu küssen. »Schön, dich zu sehen, Lex. Hi, Christine.« Er schaute zu Noah hinunter und grinste. »Und du musst Noah sein.« Er hielt ihm die Faust entgegen. »Ich bin Seb, Rileys Bruder. Schön, dich kennenzulernen, Mann.«

Noah zögerte nur kurz, bevor er seine winzige Faust gegen die von Seb stieß.

»Hast du etwas dabei, um es Seb zu geben?«, fragte Lexie.

Noah hielt eine Tüte hoch. »Das hier ist für deinen Geburtstag«, murmelte er leise.

»Wie sagt man?«, ermutigte Lexie ihn.

»Alles Gute zum Geburtstag.«

»Danke, Noah.« Seb nahm die Tüte. »Das ist so nett von dir.«

»Gern geschehen.«

Seb schaute auf den Jungen hinunter, und Riley sah es schon von Weitem: Er hatte sich ebenfalls sofort in Noah verguckt. Der kleine Kerl war einfach *so* süß.

»Kommt mit«, sagte Riley. »Alle sind draußen im Garten.«

Sie gesellten sich zu der versammelten Menge, wo die Sonne schien und Musik spielte. Joan und Park begrüßten Christine und Lexie, was sich nicht so verzwickt anfühlte, wie Riley befürchtet hatte, und er sah zu, wie sich seine Eltern beinahe überschlugen, als sie Noah sahen.

Tate und Dex, die am Grill standen, waren die Nächsten, die mit Rileys Sohn bekannt gemacht wurden, und beide Männer waren sofort begeistert von ihm.

»Das hier sind Tate und Dex«, erklärte Riley Noah. »Sie sind meine Brüder.«

»Du hast drei Brüder?«

»Irre, nicht wahr?«

Anscheinend verwirrt schaute Noah zu Tate und Dex hoch. Dex sprach als Erster. »Wie läuft's, Noah?«

»Gut.«

Dex' blaue Augen musterten sie vorsichtig hinter seiner Brille, als er Lexie zunickte. »Schön, dich zu sehen, Lex.«

Lexie lächelte zaghaft. »Dich auch. Ich hörte, du warst in Thailand. Klingt toll.«

»Das war es auch.«

Tate nippte nur an seinem Saft, den Blick die ganze Zeit eindringlich auf Lexie gerichtet, als versuchte er, direkt in sie hineinzusehen. Der Smalltalk verlief unbehaglich, aber wenigstens gaben Rileys Brüder sich Mühe, wofür er mehr als dankbar war. Wenn Lexie und er es versuchen und wieder eine Beziehung aufbauen wollten, musste seine Familie mit an Bord sein. Anders ging es nicht.

»Ist das dein Gehstock?«, fragte Noah plötzlich, während er Tates Stock anstarrte.

»Noah«, zischte Lexie verlegen.

Tate lächelte. »Schon okay.« Lexie gegenüber klang er kühl,

aber sein Grinsen für Noah war breit und offen. »Für das ungeübte Auge ist es nur ein einfacher Stock, der mir beim Gehen hilft.« Er senkte die Stimme, und Riley wusste, was gleich kommen würde. »Aber für einen Jedi …«

Noahs Augen wurden groß. »Ist das ein Laserschwert?«

Tate beugte sich zu ihm hinunter, damit er flüstern konnte. »Ich wusste, dass die Macht in dir stark ist.«

Noah blinzelte sprachlos und drehte sich zu Riley um. »Dein Bruder ist ein Jedi?«

Tate schmunzelte Riley an, während Dex' Schultern vor unterdrücktem Lachen zuckten. »Das denkt er jedenfalls gern«, sagte Riley. Bevor Tate unterbrechen oder noch etwas sagen konnte, legte Riley Noah die Hand auf den Kopf und lächelte. »Hey, Mann, da gibt es noch jemanden, den ich dir vorstellen will.«

Riley nahm Noahs Hand und führte ihn durch den Garten zu der Stelle, wo Tate und er ein paar Stühle für ihre Gäste aufgestellt hatten. »Das hier ist meine Cousine Maggie, und das ist ihre Tochter Rosie.« Noahs Augen weiteten sich, als er Rosie ansah, die den Kopf ein wenig schief legte und ihn ebenfalls musterte. »Ich dachte, ihr beiden könnt zusammen spielen.« Noah drückte Rileys Hand, worauf Riley in die Hocke ging. »Rosie ist ein cooles Mädchen.«

Noahs freie Hand fand Rileys Bart, und seine kleinen Finger begannen, darin zu spielen. Langsam verstand Riley, dass Noah das tat, wenn er Zuspruch brauchte. »Spielt sie gern Fußball?«

»Ich weiß es nicht. Warum fragst du sie nicht einfach?«

Noah schmiegte sich noch näher an Riley, sah aber Rosie an, als er fragte: »Spielst du gern Fußball?«

Rosie nickte. »Ich spiele immer mit meinem Daddy.«

Noah wirkte überrascht. »Deinem Daddy?«

»Ja, du nicht?«

Maggies Miene wurde weich, als sie Riley ansah.

»Nein«, antwortete Noah, worauf sich Rileys Magen so heftig zusammenzog, dass er tief durchatmen musste. Er wünschte sich verzweifelt, Noah zu sagen, wer er war. Lexie und er hatten darüber gesprochen, und ihretwegen konnte er es Noah gern sagen, wann immer er wollte. Und Gott, Riley wollte es, aber jetzt war einfach nicht der richtige Zeitpunkt.

»Oh«, antwortete Rosie mit besorgtem Gesicht. »Ich kann jetzt mit dir Fußball spielen.«

Noah stutzte ein bisschen. »In einem Kleid?«

Rosie sah an sich hinunter. »Kleider halten mich nicht vom Spielen ab. Ich kann alles spielen, auch wenn ich Kleider anhabe.«

Maggie kicherte hinter vorgehaltener Hand und zog Rosie an sich. »So ist's recht, mein Mädchen.«

»Ich hab einen Fußball in der Tasche meiner Mommy«, erklärte Noah. »Wir können mit dem spielen.«

»Hört sich toll an, Kumpel«, sagte Riley und küsste ihn ohne nachzudenken auf die Schläfe. »Warum gehst du nicht mit ihm mit, Rosie?«

Sie schien einen Sekundenbruchteil lang zu zögern, bevor sie zustimmte und Noah zurück zu Lexie folgte, die aus höflicher Entfernung zugesehen hatte. Sie half Noah, den Fußball zu holen, dann sahen Riley und sie zu, wie die beiden ans andere Ende des Gartens liefen und anfingen, einander den Ball zuzukicken.

»Das war wohl das Bezauberndste, was ich je gesehen habe«, sagte Lexie, eine Hand an die Brust gedrückt.

Riley lächelte und trat näher zu ihr. »Alles okay?« Christine stand bei Rileys Eltern und unterhielt sich.

Lexie nickte mit einem Blick zu Tate und Dex. »Es geht mir

gut. Aber ich komme mir immer noch wie der große böse Wolf vor.«

Riley warf einen Blick über die Schulter zu seinen Brüdern. »Zerbrich dir über die nicht den Kopf. Wenn ich glücklich bin, dann werden sie es auch sein.« Riley beugte sich zu ihr und küsste sie sanft, angezogen von ihrem Verständnis und davon, wie schön sie im Garten seiner Eltern aussah. Sie erstarrte eine Sekunde lang, bevor sie den Kuss erwiderte. Er war kurz, aber köstlich.

»Es gefällt mir, dass du hier bist«, flüsterte er.

»Es gefällt mir auch.«

»Mommy«, erklang Noahs Stimme hinter Riley. Er kam auf sie zugerannt und umklammerte seinen Schritt. »Ich muss mal.«

»Okay, Schätzchen.« Lexie streckte die Hand aus. »Ich bin gleich wieder da.«

Riley sah den beiden nach, wie sie zurück ins Haus gingen, bevor er sich umdrehte, ein Bier aus dem Eiskübel nahm und zu Tate hinüberging, der immer noch aussah, als wäre er bereit, Stunk zu machen.

»Die Waffe runter, Marine«, bemerkte Riley und schubste Tate mit der Schulter an.

Tate verdrehte kopfschüttelnd die Augen. »Ich traue ihr nicht.«

»Ich weiß.« Riley zupfte am Etikett seiner Bierflasche. »Aber ich.«

»Wirklich?«, fragte Dex. »Du meinst es ernst damit, es noch mal mit ihr zu versuchen?«

Seufzend ließ Riley den Blick zu der Stelle zurückwandern, von der Lexie und Noah verschwunden waren. »Ja, ich glaube schon. Das hier ist meine Chance, eine richtige, waschechte Familie zu haben.«

»Du *hast* schon eine Familie«, warf Tate ein. »Und du liegst uns am Herzen.«

Rileys Brust wurde eng. Er legte den Arm um Tate. »Ich weiß, Bruder. Ich hab dich verrückten Arsch auch lieb.«

»Und das hier ist das, was du wirklich willst?«, fragte Dex erneut, dessen logisches Denkvermögen Überstunden machte.

»Ja«, antwortete Riley. Das Wort kam ihm mühelos und aufrichtig über die Lippen. »Sie und Noah sind das, was ich will.«

Dex und Tate wechselten einen Blick, bevor Dex nickte. »Dann freue ich mich für dich, Ri.« Er stieß mit seiner Bierflasche gegen Rileys. »Sei einfach vorsichtig, ja?«

»Das werde ich.«

»Wirst du Noah schon sagen, wer du bist?« Tate starrte immer noch quer durch den Garten.

»Das will ich. Ich warte nur noch auf den richtigen Zeitpunkt.«

»Nun, wir sind für dich da, wenn du uns brauchst«, sagte Tate mit Nachdruck.

»Das weiß ich.«

Dex hob den Arm und deutete zu der Stelle, wo Seb und Gray ein wenig abseits standen und anscheinend eine ziemlich intensive Unterhaltung führten. Sebs Körpersprache bestand praktisch aus geballten Fäusten und zuckenden Kiefermuskeln. Der Junge sah aus, als wollte er gleich jemanden plattmachen. »Worum geht's denn da drüben?«

Riley runzelte die Stirn. »Keinen Schimmer.«

Bevor einer von ihnen hinübergehen konnte, um irgendwas zu verhindern, schüttelte Seb den Kopf, schleuderte Gray irgendetwas Schroffes entgegen und fuhr auf dem Absatz herum, um zu Riley, Tate und Dex herüberzumarschieren. Seine Wangen waren gerötet, seine Augen loderten.

»Was zum Teufel ist los?«, fragte Dex. Seine Ältester-Bruder-Ader ließ eine tiefe Falte zwischen seinen Augenbrauen entstehen, als er zu Gray hinübersah, der mit dem Mädchen sprach, mit dem er gekommen war.

»Nichts.« Seb hob seine Bierflasche und leerte sie in einem Zug. »Das hier ist eine Party, und ich knall mich weg. Wer macht mit?« Er warf einen entschuldigenden Blick zu Tate, der gutmütig lächelte.

»Warum nicht?«, meinte Dex mit einem Schulterzucken. »Dieser Jetlag macht mich ohnehin schon fertig, und ein Kater morgen hört sich toll an«

Er legte Seb den Arm um die Schulter und führte ihn zum Alkohol.

»Hier wird es einfach nie langweilig«, bemerkte Riley.

Tate schnaubte. »Drama, Drama, Drama.«

Der Rest des Nachmittags war perfekt. Alle hatten eine Menge Spaß, sogar Seb, der ein wenig bessere Laune zu bekommen schien, nachdem Gray und seine Freundin gegangen waren, obwohl er die Art, wie er den Grey Goose mit Red Bull hinunterkippte, am nächsten Tag schmerzhaft spüren würde. Riley hatte versucht, aus seinem Bruder herauszukitzeln, was zum Teufel da los gewesen war, aber er blieb verschlossen, was merkwürdig war.

Noah und Rosie spielten den ganzen Tag miteinander. Sie lieferten sich unzählige Partien Fußball, bevor Park das kleine Planschbecken hervorholte und die beiden (und auch ein paar Erwachsene) anfingen, zu planschen und Wasser durch die Gegend zu spritzen. Lexie blieb die meiste Zeit in Rileys Nähe, ließ ihn aber herumwandern und mit den anderen Gästen reden und gab sich ebenfalls Mühe, sich mit Rileys Familie zu unterhalten. Joan schien langsam wieder mit ihr warm zu werden, aber Park war immer noch frostig, etwa so, wie er es auch Riley gegenüber war. Riley gingen bei seinem Vater langsam die Ideen aus.

Gegen acht Uhr beschlossen Dex, Seb und ein paar von Sebs Freunden, die Party in einen Club zu verlegen. Sie zogen sich um, riefen ein Taxi und verschwanden. Riley war mehr als überrascht, dass Dex mit von der Partie war. Er war normalerweise so vernünftig und immer der Erste, der ins Bett ging, aber es war toll zu sehen, dass er auch mal einen draufmachte. Vielleicht hatte dieser Auslandsaufenthalt ihn ein wenig aus seinem Pragmatismus aufgerüttelt.

Maggie und Rosie waren vor einer Stunde aufgebrochen, und Noah schlief völlig erledigt auf dem Sofa. Nachdem Riley von einem Ausflug ins Bad wieder die Treppe heruntergekommen war und kurz nach dem kleinen Jungen gesehen hatte, fand er Lexie in der Küche, wo sie die Teller und Gläser sauber machte und in den Geschirrspüler räumte. Sie wackelte mit den Hüften zur Musik, die immer noch im Garten spielte, wo Rileys Eltern, Tate, Christine und ein paar andere Versprengte tranken und plauderten.

Riley nahm sich einen Moment Zeit, um sie zu betrachten, hingerissen von ihrem Hintern und der Art, wie sich ihre Hüften wiegten. Sie war verflucht sexy. Leise näherte er sich ihr und legte ihr die Hände an die Hüften, worauf sie heftig zusammenzuckte.

»Du hast mich erschreckt«, sagte sie mit einem kleinen Lachen.

Er summte ihr ins Ohr und bewegte sich mit ihr. »Du siehst toll aus.« Er atmete ihren Duft ein. »Und du riechst toll.«

»Du fühlst dich toll an«, erwiderte sie. Sie legte das Geschirrtuch weg und ihre Hände über seine.

»Unser Sohn schläft.«

»Ich weiß. Es ist spät. Ich muss ihn nach Hause bringen.«

»Kann ich mitkommen?«

Sie wurde langsamer und drehte sich zu ihm um. Riley trat nicht zurück, sodass sich ihre Brust an seine presste. Sie schob ihre Brille höher auf die Nase. »Willst du das?«

Er beugte sich näher zu ihr, berührte ihren Mund mit seinem und drückte dabei leicht ihre Taille. »Ja«, antwortete er, während er an ihrer Unterlippe knabberte. »Das will ich.« Er hob die Hand und legte sie an ihre Wange. »Lass uns gehen.«

Riley hatte zu viel getrunken, um noch zu fahren, aber er war durchaus in der Lage, Noah vom Sofa hochzuheben. Der kleine Junge hing an ihm wie ein nasser Sack, seine kleinen Arme und Beine schlenkerten gegen Riley, während er ihn zum Auto trug und vorsichtig in den Kindersitz setzte. Riley setzte sich neben ihn, während Christine auf den Beifahrersitz stieg. Lexie setzte ihre Mutter ab, und sobald sie zu Hause angekommen waren, holte Riley den immer noch schlafenden Noah aus dem Kindersitz und trug ihn ins Haus. Wie es sich zwischen ihnen allmählich eingespielt hatte, brachte Riley Noah ins Bett, zog ihm die Schühchen und Shorts aus und deckte ihn zu. Dann stand er eine Minute lang da und schaute seinem Sohn beim Schlafen zu, völlig sprachlos vor Staunen darüber, wie perfekt der Junge war.

Als Riley aus dem Kinderzimmer kam, sah er Lexie am oberen Absatz der Treppe stehen.

»Ist er okay?«

»Perfekt«, antwortete Riley.

Sie sahen einander eine gefühlte Million Jahre lang in die Augen, bis Lexie tief durchatmete und zu ihm ging. Sie griff nach seiner Hand und verschränkte ihre Finger mit seinen. »Ich bin so froh, dass du da bist, Riley.«

»Ich auch«, flüsterte Riley. Sein Blick zog die zarten Linien ihres Schlüsselbeins nach. Er erinnerte sich daran, wie süß diese Stelle geschmeckt hatte.

»Möchtest du das hier tun?«

»Das hier?«

»Uns«, verdeutlichte sie. »Bist du bereit dafür? Für mich?«

Riley hielt einen Herzschlag lang den Atem an. »Ich denke schon.« Ihre blauen Augen wanderten über sein Gesicht. »Ich will niemand sonst«, fügte er hinzu. »Ich will in diesem Moment nirgendwo anders sein.«

»Gut, denn ich will dich. Ich wollte dich immer.« Dann küsste sie ihn mit langsamen, warmen Küssen, die Riley das Blut schneller durch die Adern pumpten, als er es je in Erinnerung hatte. Ihr Mund auf seinen Lippen wurde langsamer. »Könntest du mich wieder lieben?«

Ihre Frage ließ ihm jäh die Luft aus der Lunge weichen. »Lexie«, keuchte er. »Ich habe nie aufgehört, dich zu lieben.« Er hielt ihr Gesicht fest und ließ seine Lippen über ihre flüstern. »Genauso wenig könnte ich damit aufhören zu atmen. Und glaub mir, ich habe es versucht. Jahrelang. Aber ich kann es nicht.«

Lexie sank ihm in die Arme. Er konnte die Worte in ihren Augen lesen und sehnte sich mit einem Mal verzweifelt danach, sie zu hören. »Sag es mir«, flüsterte er. »Sag es mir.«

Ihre Stimme war heiß und heiser in seinem Ohr. »Ich liebe dich. Wie die ganze Welt.«

»Lex.« Ihr Name auf seinen Lippen war ein Fluch, ein Versprechen, ein gottverdammtes Flehen, und sie hörte es, laut und deutlich.

Ihre Hand immer noch in seiner führte sie ihn von der Treppe den Flur entlang zu ihrem Schlafzimmer. Nervosität und Erregung brausten durch Riley hindurch, als er eintrat, sich umdrehte und Lexie dabei zusah, wie sie die Schlafzimmertür schloss.

Er schluckte, um seine trockene Kehle zu befeuchten. »Wird er aufwachen?«

Sie schüttelte den Kopf. »Nicht vor sechs Uhr früh.« Sie griff nach dem Saum ihres Kleids und zog es sich über den Kopf, und dann stand sie in nichts als schwarzer Unterwäsche vor ihm.

Sie war noch genauso herrlich, wie er sie in Erinnerung hatte. Tatsächlich wurden ihr seine Erinnerungen nicht gerecht. Er hatte ihren Körper intim gekannt, seit er achtzehn war, und sie sich vom Teenager zu einer jungen Frau verwandelt hatte, aber nun, da sie eine Mutter war, sah er mit Staunen, dass Teile von ihr weicher geworden waren und sich verändert hatten. Ihre Haut war blass und rein, was ihre dunklen Brustwarzen noch deutlicher hervortreten ließ. Unvermittelt traf ihn der äußerst erotische Gedanke, dass die Brüste, die er so gut kannte, ihren Sohn ernährt hatten. Er stöhnte, als er sich daran erinnerte, wie sie sich an seiner eigenen Zunge angefühlt hatten.

»Lass mich dich sehen«, flüsterte sie. Beide standen reglos und atmeten schwer in der lauen Abendluft, die durchs offene Fenster hereinströmte.

Zitternd atmete Riley aus, während er sich über den Kopf fasste und sein T-Shirt auszog. Bei der Art, wie Lexies Blick über seine Brust wanderte, über seine Schultern, zu seinen Hüften, schloss er genüsslich die Augen.

Sie war zwei Schritte entfernt, aber er spürte jede Stelle, die ihr Blick berührte. Sie war die Erste, die sich bewegte. Ihr Körper war geschmeidig und herrlich, als sie den Abstand zwischen ihnen überwand. Riley schloss voller Erwartung ihrer Berührung die Augen, doch sie kam nicht. Stattdessen ging Lexie um ihn herum und blieb hinter ihm stehen. Sie pustete auf seinen Nacken, und er sog das Gefühl in sich auf.

»Ich hatte beinahe vergessen, wie schön du bist.« Ihr Mund war nur Zentimeter von seinem Ohr entfernt.

Riley zuckte zusammen und hielt den Atem an, als sich ihre Hände an seine Taille legten. Langsam wanderten sie über seinen Brustkorb nach oben und drückten ihn leicht. Er schloss fest die Augen und versuchte, seinen Körper zu beruhigen. Die Anstrengung war vergeblich; er war bereits kurz davor, zu explodieren.

Lexies Hände wanderten höher, bis ihre Handflächen auf seinen Schulterblättern lagen. Sie drückte einen zarten Kuss auf sein Rückgrat, und er stöhnte bei der Berührung. Ihre Lippen waren warm und fühlten sich so verdammt gut an. Riley wünschte sich verzweifelt, sich umzudrehen, damit er sie verschlingen konnte, aber ihre Berührung hatte ihn regelrecht gelähmt. Ihre Zunge schnellte von seiner Schulter zu seinem Hals, und er ballte die Hände an den Seiten zu Fäusten.

Lexie schob die Arme unter seine und strich mit den Fingerspitzen nach unten bis zum Reißverschluss seiner Jeans. Er wusste, dass sie spüren konnte, wie hart er für sie war, als sie den Reißverschluss aufzog, worauf der Stoff auseinanderklaffte. Ihre Hand schlängelte sich hinein, und Rileys gesamter Körper spannte sich an, während ihre andere Hand hauchzart über seine Brust strich und seine Brustwarze umkreiste. Er keuchte.

»Himmel, Lex.« Er spürte, wie sich ihre Brüste an seinen Rücken drückten, und sehnte sich danach, sie in die Hände und in den Mund zu nehmen.

»Ich weiß.« Langsam trat sie wieder vor ihn, dabei ließ sie ihre Hand hinter ihm über seinen Hintern gleiten, bevor sie ihn leicht drückte. »Überwältigend, nicht wahr?«

Ohne ein weiteres Wort beugte sich Riley langsam hinunter und ließ seine Zunge über Lexies rechte Brustwarze gleiten.

Sie wölbte sich ihm leicht entgegen, und ihre Hände griffen in sein Haar. Seine Zunge wand und schlängelte sich auf ihr, während er ihr die Hände um die Taille legte. Ihre Haut brannte unter seinen Handflächen und ließ Rileys gesamten Körper vor Verlangen in Flammen aufgehen. Er hob den Kopf und widmete sich nun ihrer linken Brust, wo er die Bewegungen seiner Zunge wiederholte, er züngelte, saugte ihre Haut fest in seinen Mund, genoss ihre lustvollen Laute. Er wusste, dass er sie verrückt machte, ebenso wie sie ihn.

Riley richtete sich wieder auf, sodass ihre Gesichter nur noch Zentimeter voneinander entfernt waren. Mit einem genüsslichen Summen leckte er sich über die Lippen. »Ich liebe deinen Geschmack.« Ihr Atem stockte. »Lass mich mehr sehen.« Er nahm den Rand ihres Höschens und streifte es hinunter. Als sie leicht schwankte, legte er rasch den Arm um ihre Taille und hielt sie fest. »Langsam, Baby.«

Sie nahm sein Gesicht in die Hände. »Ich habe so oft an das hier gedacht.«

»An was?«

»Dich.«

Er schmiegte seine Nase an ihre. »Und an was hast du gedacht? Sag es mir.«

»Deine Berührung.«

»Wo?«

»Überall.«

»Lex«, flüsterte er. »Zeig es mir.«

Ohne zu zögern, löste sie sich aus seiner Umarmung, legte ihre Hand auf ihren Bauch und strich sanft und langsam über ihre Hüfte.

Riley beobachtete jede ihrer Bewegungen, während er seine Jeans und Unterhose abstreifte. Er konnte nicht widerstehen, selbst mit der Hand über sich zu streichen – seine Erektion war beinahe schmerzhaft – und hörte, wie Lexie jäh den Atem einsog.

Er lächelte, weil der Ausdruck in ihren Augen ihm verriet, was sie gleich tun würde, und sah zu, wie sie ihren Mittelfinger auf ihre Klitoris drückte. *Verdammt.* Sie ließ ihren Finger ein paarmal kreisen, bevor mit einem leisen Wimmern auch ihr Zeigefinger bei der Party mitmachte. Er konnte sehen, wie feucht sie war; ihre Finger bewegten sich so mühelos. Mit einem Stöhnen machte Riley einen Schritt auf sie zu, dabei stellte er sich vor, es wäre seine Hand oder sein Schwanz, der sie so empfinden ließ. Er wollte seinen Mund auf ihr haben. Er wollte sie überall lecken und kosten und sie dann dasselbe bei ihm tun lassen.

Er stellte sich seinen Schwanz in ihrem Mund vor und stöhnte lauter.

Riley zog Lexies Hand fort, fasste sie unter den Knien und um den Rücken und hob sie hoch. Ihre Lippen fanden seine, wild und heiß, während er sie zum Bett trug und sie darauf legte. Er drängte seine Zunge in ihren Mund und legte sich über sie. Als ihre Finger sich genüsslich in sein Haar krallten, keuchte er in ihren Mund. Ihre Bewegungen waren schnell und ungeduldig. Seine Erektion streifte wiederholt über ihre Hitze, ihre Hüften stießen gegeneinander, fieberhaft und verzweifelt.

Mit einem tiefen Kuss stützte er sich auf die Hände hoch, dann wanderte er an ihrem Körper entlang hinunter. Er öffnete sie mit den Fingern, nahm ihre Klitoris zwischen die Lippen und sog an ihr, dass ihr Körper sich unter ihm aufbäumte. Den Unterarm über ihren Bauch gelegt, leckte und labte er sich an ihr wie ein Verdurstender. Ihre feuchte, heiße Erregung raubte ihm die Sinne. Er presste die Hüften in die Matratze, weil er etwas, irgendetwas brauchte, um den Druck zu lindern.

»Ich komme!«

Ja, das wusste Riley, und sobald er zwei Finger in sie schob, explodierte sie um ihn herum. Riley schloss die Augen und genoss ihre feuchte Hitze, ihre sinnlichen Laute. Sie wand sich an seinem Gesicht und verlangte keuchend und wimmernd nach mehr.

»Mehr, Lex?«, stöhnte er. Er glitt wieder an ihr hoch und küsste ihren Hals, dabei kippte er sein Becken, damit er sich mit seiner ganzen Länge an ihr rieb.

»Ja«, antwortete sie. Sie nahm sein Gesicht in die Hände und zog es zu sich herunter, um ihn erneut zu küssen.

»Wie willst du mich?«

Sie hörte auf, sich zu bewegen. »In mir. Ich will …«, sie leckte über seinen Hals und ließ ihre Zunge an seinem Kiefer entlangzüngeln, »… dich in mir. Ich bin so leer.«

Rileys Griff um sie verstärkte sich, und sein gesamter Körper spannte sich an. »Scheiße. Kann ich – brauchen wir … ich meine, können wir?« Er hatte es nur ein einziges Mal ohne Kondom getan, und das war in der Nacht gewesen, in der sie ihren Sohn gezeugt hatten. Er war immer vorsichtig, aber er wollte, dass sie sich sicher fühlte.

Lexie küsste seine Schulter und legte die Hände um seinen Hals. »Ja. Es ist okay.« Sie flüsterte die Worte, als wäre es ein Geheimnis zwischen ihnen. Er bewegte erneut seine Hüften und raunte ihren Namen. Ihr Mund wanderte zurück zu seinem Ohr. »Fick mich, Riley.«

Sobald der letzte Buchstabe seines Namens über ihre Lippen gekommen war, spreizte er ihre Beine, so weit es ging, und stieß in sie hinein. Mit einem Aufschrei schlang sie die Beine um ihn und verschränkte die Füße um seine Oberschenkel. Er stöhnte laut an ihrer Schulter. Dann zog er sich zurück und drang erneut in sie ein, noch härter als zuvor. »Du fühlst dich so verdammt gut an.« Und das war die Wahrheit. Von allen Frauen, mit denen er im Lauf der Jahre zusammen war, hatte keine Rileys Rückgrat so brennen oder seinen Schwanz so pulsieren lassen wie Lexie.

Lexie packte seinen Hintern und drückte ihn, während er schneller zu stoßen begann. Wie Öl schienen seine Worte ihren Körper noch feuchter zu machen.

Verdammt. Er glitt noch weiter in sie, war so tief in ihr.

»Mehr«, schrie sie, bevor sie sich zu seiner Schulter aufbäumte und heftig hineinbiss. Er schrie auf, hörte jedoch nicht auf, sich zu bewegen. Er küsste sie so fest er konnte, lockte ihre Zunge aus ihrem Mund, damit er an ihr saugen konnte. Heiliger *Himmel*, er konnte ihr nicht nah genug kommen. Er brauchte mehr.

Stöhnend packte er ihre Hüften fester.

»Ja«, stöhnte sie. »Gib mir mehr. Das hat mir gefehlt. Du hast mir gefehlt.«

Riley zog seine Hüften zurück, bis er beinahe vollständig aus ihr glitt, bevor er heftig wieder in sie hineinstieß, immer wieder. Sein Mund fand erneut ihre Brust und sog daran, biss und knabberte an der Haut, bevor er zur anderen wanderte. Sie fuhr mit den Nägeln über seinen Rücken, dann hoch in sein Haar und zu seinem Gesicht.

»Lex«, stöhnte er, die Augen halb geschlossen. »Ich komme gleich.« Er packte ihre Handgelenke und drückte sie heftig aufs Bett, bevor er ihre Knie anhob, sodass sie an seiner Brust lagen und er noch tiefer eindringen konnte.

Sie schrie seinen Namen, laut und wunderschön, als seine Finger ihre Klitoris fanden und begannen, noch einen Orgasmus aus ihr herauszulocken. Sie wiegte die Hüften auf eine Art, die er wiedererkannte, und ihre Muskeln zogen sich um seine Erektion zusammen. *Oh, Gott sei Dank.* Er wurde nicht langsamer, als sein Schwanz unglaublich hart wurde, weil er wusste, dass es ihn selbst zum Gipfel katapultieren würde, zuzusehen und zu spüren, wie Lexie um ihn herum kam.

»Komm, Lex. Bitte. Komm.« Er fuhr mit den Lippen an ihrem Hals entlang. Dann schüttelte er den Kopf und biss sich mit zusammengekniffenen Augen heftig auf die Lippe, weil er spürte, dass seine Hoden und seine Bauchdecke sich warnend zusammenzogen. Er würde so heftig kommen.

Lexie wiegte die Hüften und spannte sich an, als sie anfing, immer wieder seinen Namen zu rufen. Rileys Augen flogen auf, und er stieß so heftig in sie hinein, dass sie mindestens dreißig Zentimeter nach oben rutschte. Jetzt konnte er sich auch nicht länger zurückzuhalten – er explodierte in ihr, packte ihre Hüften und brüllte in ihre Halsbeuge. Sie hob sich ihm entgegen, dabei hörten ihre Finger nicht auf, ihre Klitoris zu bearbeiten, bis sie den Rücken wölbte und mit solcher Heftigkeit kam, dass sie ihn beinahe aus sich hinausdrängte. Sie öffnete den Mund und stöhnte den wunderbarsten Laut, den Riley je gehört hatte. Das Blut rauschte ohrenbetäubend in seinem Kopf, als er sich in sie ergoss.

Beinahe sofort brach er auf ihr zusammen, den Kopf auf ihrer Brust. Endlich verlangsamten sich die Bewegungen seiner Hüften zu langen, trägen Stößen, bis er schließlich völlig zum Stillstand kam.

Lexie legte ihre Hand auf seinen Kopf und strich mit den Fingern durch sein Haar. Er war sicher, dass sie sein Herz schlagen spürte, so heftig hämmerte es hinter seinen Rippen.

Er holte tief Luft und stieß sie durch die aufgeblasenen Backen wieder aus. »Himmel, Lex. Es ist immer noch genauso. Jedes Mal. *Jedes* Mal. Ich bin einfach …«

Sie schlang die Arme um seinen Hals. »Ich weiß. Perfekt.«

Er hob den Kopf und lächelte zärtlich, während Besorgnis sich seinen Rücken emporschlich. Das hier war normalerweise der Moment, an dem die Rollläden in ihren Augen herunterrasselten und sie sich zurückzog und ihn von sich stieß, und der Gedanke, dass es wieder geschehen könnte, machte ihm schreckliche Angst. »Alles okay zwischen uns?«

Sie nickte und küsste ihn sanft, wobei sie ihre Zunge über seine Lippen streifen ließ. »Ich war noch nie glücklicher. Ich will nie wieder ohne dich sein.«

16

Eine Stunde später, erhitzt, erschöpft, nackt und wahnsinnig glücklich, reichte Lexie Riley das Glas kalten Saft, das sie aus der Küche beschlagnahmt hatte, und kroch wieder zurück zu ihm ins Bett. Er nahm einen schnellen Schluck, dann stellte er es auf den Nachttisch. Als sie sich neben ihn an seinen warmen Körper schmiegte, küsste er sie auf die Stirn. Sie schlang die Arme um seinen Hals und zog ihn dichter an sich, dabei wurde ihr eng in der Brust bei dem Gefühl, ihn wieder an ihrer Seite zu haben. Die Liebe, das Verlangen, die Leidenschaft und Sehnsucht, die sie verspürte, ließen sich nur durch den Kuss ausdrücken, den sie ihm gab, als er sie anlächelte.

Sein Gesicht in den Händen ließ Lexie ihre Lippen über seine hauchen, ihren Atem in seinen Mund dringen. Seufzend kam er näher, und ihre Zungen tanzten miteinander. Er schmeckte unglaublich und ganz genauso, wie sie es in Erinnerung hatte. Ihre gemeinsame Nacht war in jeder Hinsicht so gut gewesen, wie sie es sich vorgestellt hatte. So wenige Bettpartner Lexie auch gehabt hatte, wusste sie doch, dass niemand sie je so erfüllen konnte und können würde wie Riley. Ihr Körper fühlte sich vervollständigt an, gesättigt auf eine Art, die sie bisher nur mit ihm erfahren hatte.

Sie legte die Arme enger um seinen Hals und versuchte, nicht an die Angst und den Schmerz zu denken, die kurz durch seinen Blick gezuckt waren, als er sie gefragt hatte, ob alles okay war. Lexie wusste, dass sie ganz allein daran schuld war, und das bedauerte sie zutiefst. Sie konnte ihm nur unablässig weiter versichern, dass ihr Körper und ihr Herz sich nach ihm sehnten wie nach nichts sonst. Sie zog das rechte Knie an, legte den Unterschenkel über seine Hüfte und schob den Fuß zwischen seine Beine, um ihn an ihr festzuhalten. Als sie spürte, wie sich seine Erektion an ihren Schenkel presste, stöhnte sie in seinen Mund. Nichts war je so intensiv gewesen wie der Gedanke, dass sie Riley erregte. Es machte sie wahnsinnig vor Verlangen.

»Tut mir leid«, murmelte er. Seine Lippen wanderten zu ihrem Hals.

»Was denn?«, fragte sie, während sie ihn auf die Schläfe küsste.

Ihr Herz geriet ins Stolpern, als er nicht antwortete. »Riley? Was ist los?« Sein Blick ruhte auf dem Kissen neben ihrem Kopf. Sie streichelte an seinen Seiten empor zu seinen Schultern und ließ dabei ihre Nägel über seine Haut streifen. Eine Welle von Gänsehaut zog sich über seine Arme.

Sie küsste seine Wange. »Bitte, rede mit mir. Wir müssen reden. Was auch immer dir Sorgen macht, du kannst es mir sagen.«

Sein linker Mundwinkel hob sich. »Du kannst mir nicht helfen, weil du es bist, über die ich mir Sorgen mache.«

Mit hochgezogenen Augenbrauen wartete sie darauf, dass er fortfuhr. Riley verlagerte leicht sein Gewicht, und Lexie atmete aus, als sein Schwanz über sie rieb. Sie hakte die Beine enger um seine Schenkel und bemühte sich angestrengt, sich darauf zu konzentrieren, was er sagen musste, anstatt auf das irrsinnige Verlangen, ihn wieder in sich zu spüren.

Er schmunzelte, da er ganz genau zu wissen schien, wo sie mit ihren Gedanken war. Lexie lächelte. »Sag es mir.« Sie zeichnete einen unsichtbaren Kreis auf seinem Rücken nach, und er schloss kurz die Augen.

Seufzend stützte er die Hände links und rechts von ihrem

Kopf auf. »Ich will nicht, dass du denkst, das hier«, er deutete mit dem Kinn zu der Stelle, wo ihre Körper sich aneinanderpressten, »ist alles, was mich interessiert.« Sein Blick war haselnussbraun und voller Hoffnung, dass sie ihn verstand. »Es ist so wichtig für mich, so mit dir zusammen zu sein, aber es ist nicht alles.«

Seine Vorsicht war herzerwärmend. Lexie wollte ebenfalls nicht, dass ihre Wiedervereinigung darauf basierte, fantastischen Sex zu haben, aber es war immer ein wesentlicher Teil davon gewesen, was sie einander bedeuteten. Es würde ein schwieriger Balanceakt werden, aber Lexie wusste, dass sie es schaffen konnten.

»Das tue ich nicht.« Langsam zog sie ihre Beine weiter an, bis ihre Füße auf seinem Hintern lagen. Sie widerstand dem Verlangen, ihn in sich zu drängen, und sah, wie sein Blick von ihrem Mund zu ihren Augen und wieder zurückglitt. »Wir können beides haben. Das hatten wir auch früher.«

Er schloss die Augen, schüttelte den Kopf und räusperte sich. »Ich werde dich immer so brauchen. Es ist mir wichtig, dass du das verstehst.«

Das Feuer, das sich in Lexies Bauch entzündete, war sengend heiß und breitete sich mit Lichtgeschwindigkeit in ihrem Körper aus. Ihre Haut brannte, und der Atem stockte. Heftig presste sie die Lippen auf seine, während sie gleichzeitig mit den Füßen gegen seinen Hintern drängte und ihm die Hüften entgegenhob. Er knurrte an ihrem Mund, als er erneut in sie hineinglitt.

»Riley«, keuchte sie, während sie sein Gesicht küsste, seinen Hals, seine Kehle. »Brauche mich, nimm mich.« Sie zog ihr Gesicht ein wenig zurück und wartete, dass er die Augen öffnete. »Ich gehöre dir.«

Seine Augen weiteten sich, und dann küsste er sie erneut,

verzweifelt und hungrig. Er stieß mit den Hüften, und sie wölbte den Rücken.

»Gott«, stöhnte er, als sie es wieder tat, voll verzweifeltem Verlangen nach Erfüllung, *dieser* Erfüllung, die sich in ihrem Körper aufbaute. Riley rieb sich hart und heftig an ihr, als er ihr Verlangen spürte.

»So tief«, keuchte sie.

Er leckte von ihrer Schulter zu ihrem Ohr. »Ich will dich schmecken«, stöhnte er, während er noch tiefer in sie stieß. »Dich berühren.«

Lexie spürte ihren Orgasmus mit jeder Silbe, die aus seinem Mund kam, stärker anschwellen. »Dich küssen. Lex.« Sie schrie auf, als ihr Körper heftig und unerbittlich zu pulsieren begann. Ein letztes Mal stieß er in sie hinein, und sie kamen gemeinsam, intensiv und sengend heiß.

Er warf den Kopf in den Nacken, schloss die Augen und knurrte durch zusammengebissene Zähne. Lexie bewegte kreisend die Hüften, um das Pulsieren ihres Orgasmus so lange wie möglich auszudehnen. Ihr ganzer Körper pochte von Kopf bis Fuß und überall dazwischen. Sie schaute zu Riley hoch. Seine Augen waren immer noch geschlossen, während er die Welle seines eigenen Höhepunkts zu Ende ritt. Lexie spürte ihr Herz noch mehr anschwellen. Sie liebte ihn so sehr, dass es sich nicht in Worte fassen ließ.

Während ihr Atem sich allmählich beruhigte und Lexies Herzschlag langsamer wurde, lockerte er den Griff um ihren Körper und entspannte sich. Zärtlich sank er auf sie und schmiegte den Kopf unter ihr Kinn. Lexie legte ihm einen Arm um die Schultern und die andere Hand auf den Kopf und streichelte sein feuchtes Haar. Das Brennen auf ihrer Haut von seinem Bart, der sich an ihr rieb, war sinnlicher als alles, was sie je gespürt hatte, und sein Gewicht auf ihr zu spüren war das tröstlichste Gefühl der Welt. Sie fühlte sich sicher, warm und begehrt.

»Ich muss schlafen, aber … Noah.«

Lexie lächelte. Ja, das könnte eine peinliche Unterhaltung werden, wenn Noah am Morgen zum Kuscheln hereinkam und Riley hier fand. »Schon okay«, versicherte sie ihm. »Ich wecke dich.«

Sie sagten nichts weiter. Das brauchten sie nicht.

Lexie lauschte einfach Rileys Atem, während er langsamer wurde, und wusste, dass es keinen Ort auf der Welt gab, an dem sie lieber wäre.

Selbst mit geschlossenen Augen hatte Riley das komische Gefühl, beobachtet zu werden. Er räkelte sich leicht und lächelte, als er spürte, wie Lexie sich enger an seine Seite kuschelte, die Hand auf seinem Bauch, und ihre Nase an seinen Hals schmiegte.

Als jemand ihn in die Wange stupste, riss er die Augen auf.

Noah stand neben dem Bett, die Hände hinter dem Rücken, und bewegte die Schultern vor und zurück.

Scheiße. Scheiße. Scheiße.

»Ähm, hey, Kumpel.« Riley zog die Bettdecke zurecht, um sicherzugehen, dass nichts zu sehen war.

Noah hielt sich eine hohle Hand seitlich an den Mund. »Hast du bei uns übernachtet?«, flüsterte er auf diese laute Weise, wie Kinder es anscheinend gern taten.

Riley schmunzelte. »Ja. Weißt du, ich war so müde nach unserem anstrengenden Tag auf der Geburtstagsparty gestern, dass ich hier schlafen musste.« Das war halbwegs die Wahrheit. Er *war* müde gewesen. Und dann hatte Lexie alle Energie aufgesaugt, die er noch übrig gehabt hatte. Zwei Mal. *Gott.*

»Bei Mommy.«

Riley räusperte sich. »Ja.« Er warf einen Blick auf den Wecker: 06:45 Uhr. »Also, bist du schon mit dem Auto losgefahren, um Frühstück zu besorgen?«

»Nein, du Dummi.« Noah schüttelte den Kopf. »Ich bin doch noch zu klein zum Autofahren. Mommy macht mir immer Cornflakes.«

Riley lachte. »Okay, Mann. Wie wär's, wenn wir Mommy noch schlafen lassen, du gehst nach unten, und ich komme in zwei Minuten nach und mache dir deine Cornflakes.«

Grinsend drehte sich Noah um und rannte ohne ein weiteres Wort aus dem Schlafzimmer. Beim Klang seiner kleinen Füße, die die Treppe hinunterpolterten, musste Riley lächeln. Er rollte sich vorsichtig herum, um sich zu vergewissern, dass Lexie noch schlief. Sanft küsste er sie, worauf sie etwas Unverständliches murmelte, dann stieg er behutsam aus dem Bett und zog sich an.

Unten fand er Noah auf dem Sofa, wo er die Füße über die Kante baumeln ließ und einen Zeichentrickfilm im Fernsehen schaute. Riley beugte sich über die Rückenlehne. »Sag mal, Noah, hast du schon mal Pfannkuchen gegessen?«

Große haselnussbraune Augen suchten die von Riley. »Ich liebe Pfannkuchen.«

»Das sind ja gute Nachrichten, weil ich die besten Pfannkuchen auf der ganzen Welt mache. Willst du mir helfen?«

Noah sprang auf und rannte in die Küche. Riley folgte ihm grinsend. »Ich deute das mal als ein Ja.« Noah zog bereits einen knallroten Tritthocker zum Kühlschrank, als Riley nach ihm die Küche betrat.

Er stellte sich auf den Hocker, machte die Kühlschranktür auf und zeigte hinein. »Milch und Eier sind da drin.«

Riley lachte leise. »Du weißt ja wirklich, wie man Pfannkuchen macht.«

»Jepp. Grandma hat es mir gezeigt.«

Riley nahm heraus, was er brauchte, und legte es auf die Arbeitsplatte. »Wo hat Mommy alle Sachen?«

Noah machte sich daran, Riley zu zeigen, wo alles war, und stand dann auf seinem Hocker neben Riley, während der Eier in eine Plastikschüssel aufschlug und Milch hinzugab. »Okay, du machst den Chefmixer«, sagte Riley ernst. Er zog eine Augenbraue hoch. »Bist du der Herausforderung gewachsen?«

Noah nickte begeistert. »Ja! Ich kann gut mixen!«

»Ausgezeichnet.« Riley reichte ihm einen Schneebesen mit silbernem Griff und stellte sich hinter ihn, um die Schüssel festzuhalten. »Na dann mal los.« Noah bemühte sich jedenfalls voller Eifer, Milch und Eier gut zu verquirlen, und schaffte es, nur ganz wenig davon auf sich selbst zu kleckern. »Ich mixe es nur noch ein letztes Mal durch«, bot Riley an, als Noahs kleine Arme allmählich langsamer wurden. Riley lachte, als Noah sich mit dem Rücken an seine Brust lehnte und begann, langgezogene *Aaaaaaahs* und *Ooooohs* von sich zu geben, die durch Rileys Bewegungen beim Verquirlen der Masse vibrierten. Natürlich wackelte Riley schneller, damit Noah noch lauter lachen musste.

Die beiden verbrachten zwanzig Minuten damit, alle Zutaten zu mischen und zu verquirlen, und Riley erlaubte Noah sogar, den Teig in die heiße Pfanne zu geben, wobei er jede Bewegung seines Sohnes mit Adleraugen verfolgte. Noah fragte, ob sie Schokolade in den Teig tun konnten, und da Riley nicht Nein sagen konnte, erlaubte er ihm, ein paar Schokosplitter, die er im Vorratsschrank gefunden hatte, hineinzuschütten.

»Hey, Jungs.«

Als sich Riley und Noah umdrehten, sahen sie eine etwas zerknautscht aussehende Lexie in der Tür stehen. Sie hatte das Haar zu einem unordentlichen Pferdeschwanz gebunden, und obwohl sie nur ein Michigan-State-Shirt und eine graue Jogginghose trug, hatte sie in Rileys Augen nie perfekter ausgesehen. Er bemerkte die roten Male an ihrem Kinn und Hals, wo sein Bart sie gekratzt hatte, und unterdrückte das Knurren, das in seiner Kehle aufstieg.

»Mommy, wir machen Pfannkuchen für dein Frühstück im Bett«, erklärte Noah und wedelte mit dem Pfannenwender aus Kunststoff herum. »Geh wieder schlafen!«

Lexie lächelte Noah an, bevor sie Riley ansah. Sein Magen schlug einen Purzelbaum und wurde ganz warm. »Hey«, murmelte er mit einem Augenzwinkern. Es gefiel ihm, dass ihre Wangen sich rosa färbten.

»Hey. Kann ich helfen?«

»Nein, Mommy«, sagte Noah. »Setz dich hin!«

Riley und Lexie kicherten, dann schenkte sie ihnen allen Orangensaft ein und begann, den Tisch mit Messern, Gabeln und Sirup zu decken und etwas Obst für die Pfannkuchen kleinzuschneiden.

Riley legte die fertigen Pfannkuchen vorsichtig auf einen Teller und reichte den Teller Noah, der ihn zum Tisch trug, als würde er auf einem Drahtseil balancieren.

»Frühstück! Schau, die haben Riley und ich gemacht.«

Lexie half ihm dabei, den Teller auf den Tisch zu stellen, dann zog sie ihn an sich und drückte ihn. »Danke, Schätzchen. Was hab ich doch für ein Glück.«

Riley setzte sich neben Noah und servierte ihm zwei Pfannkuchen. »Hau rein, Kumpel. Die besten Pfannkuchen der Welt.«

»Der *ganzen* Welt«, antwortete Noah und nahm sich einen Löffel voll Erdbeeren.

Riley starrte seinen Sohn ein paar Herzschläge lang an und spürte Lexies Blick auf sich, während Noahs Worte um die drei herumhallten. Riley beugte sich hinüber und küsste Noah auf die Schläfe.

»Du bist großartig«, sagte Riley. Es war so nah an »Ich hab dich lieb«, wie Riley es riskieren wollte, ohne Noah zu verwirren, obwohl Riley es am liebsten laut in die Welt hinausgeschrien hätte.

»Du bist auch großartig«, kicherte Noah, eine Gabel voll Pfannkuchen zum Mund führend.

Riley hob lächelnd sein Saftglas und sah über den Rand hinweg Lexie an. »Alles okay?« Lexie nickte. »Ist das – ist das in Ordnung für dich? Tut mir leid, ich … bin eingeschlafen.« Sein Blick wanderte zu Noah und dann wieder zurück.

Sie stieß ein kurzes Lachen aus. »Keine Sorge. Ist schon gut. Mehr als gut. Ich hatte vergessen, mir den Wecker zu stellen.« Sie kaute ihren Pfannkuchen. »Außerdem war es schön, dich über Nacht hierzuhaben.«

»Kann Riley in meinem Zimmer auch mal über Nacht bleiben?«, fragte Noah mit ernstem Gesicht, bevor er sich eine Erdbeere in den Mund steckte.

Riley aß schmunzelnd seine Pfannkuchen und überließ es Lexie, dieses Juwel von einer Frage zu beantworten.

Lexie räusperte sich und rutschte auf ihrem Stuhl herum. »Ähm … nun ja, ich bin mir nicht sicher, ob er in dein Bett passt, Schätzchen. Und er kann ganz sicher nicht auf deinem Fußboden schlafen.«

Noah und Riley schauten sich an und lachten. »Du bist ein Dummerchen, Mommy.«

»Ja, Mommy«, bemerkte Riley prustend. »Du bist ein Dummerchen.«

Er wich nur knapp der Erdbeere aus, die Lexie nach ihm warf. »Also, hast du heute schon was vor?«, fragte sie mit einem Lächeln.

Riley zuckte die Schultern. »Nichts Wichtiges. Und du?«

Sie schüttelte den Kopf. »Jaime passt auf den Laden auf. Ich dachte, wir könnten was unternehmen. Vielleicht in die Stadt fahren. Vielleicht wieder nach Long Lake.«

Noah kniete sich auf seinen Stuhl. Sirup tropfte von seinem Kinn. »Können wir zum See und da mit einem Boot fahren?«

Riley beugte sich näher zu Noah. »Hört sich toll an.«

Nachdem alle drei zusammen die Küche aufgeräumt hatten, gab Lexie Noah die Erlaubnis, vier Folgen *Bob der Baumeister* zu gucken, damit sie und Riley miteinander allein waren. Riley schaute Noah nach, wie er ins Wohnzimmer flitzte, dann nahm er schnell Lexies Gesicht in die Hände und küsste sie heftig. Lexie keuchte auf, umfasste seinen Hinterkopf und zog ihn an sich. Riley konnte sich selbst an ihr riechen. Sie *roch* nach ihm. Verdammt, sie roch überall nach ihm. Er drängte sie gegen die Küchenzeile und war dabei, sich erneut in ihr zu verlieren, als der Klang von Noahs Lachen aus dem Wohnzimmer ihn wieder zurück in die Realität holte.

Ihre Lippen lösten sich voneinander, aber ihre Körper blieben aneinandergepresst. »Tut mir leid«, sagte er schwer atmend. »Das musste ich einfach tun.«

»Riley, du brauchst dich nicht zu entschuldigen«, erwiderte sie. Sie streichelte sein Gesicht und sah ihn dabei auf eine Art an, die Riley die Knie weich werden ließ. »Gott, es ist so schön, dich hierzuhaben.«

Riley küsste sie wieder. Er umarmte sie und vergrub seine Nase an ihrem Hals. »Hör mal, ich muss mir ein Taxi rufen, nach Hause fahren und mich umziehen.«

»Ich kann dich fahren.«

»Nein, schon okay. Ich komme zurück und hole euch zwei in ein paar Stunden ab.«

Lexie nickte. »Wir werden da sein.«

Wieder zurück in seinem Elternhaus duschte Riley und zog sich um. Als er in den Spiegel sah, während er sich die Haare kämmte, bemerkte er, dass er ein wenig anders aussah, irgendwie heiterer, weniger müde. Riley rühmte sich eines fröhlichen und optimistischen Naturells, aber in jüngster Zeit, angesichts von allem, was geschehen war, schien er das aus den Augen verloren zu haben. Jetzt fühlte er sich endlich wieder wie er selbst.

Er polterte die Treppe hinunter und fand seine Eltern in der Küche. Er machte den Kühlschrank auf und nahm eine Flasche Wasser heraus. »Nur ihr? Wo stecken denn alle?«

»Sebastian und Dex sind erst nach vier Uhr früh nach Hause gekommen«, antwortete Joan. »Sie sind noch im Bett. Tate sitzt mit seinem Kaffee draußen im Garten.«

»Partylöwen«, kommentierte Riley mit einem Lächeln, während er aus dem Fenster zu Tate hinausschaute, der grüßend seine Tasse hob.

»Wenigstens haben sie es letzte Nacht nach Hause geschafft«, bemerkte Joan. »Im Gegensatz zu dir.«

Riley lachte laut und drehte sich zu seiner Mutter um. »Gott, Mom, du hörst dich an, als hätten wir wieder 1998.« Park schnaubte hinter seiner Zeitung, während Joan zur gleichen Zeit die Augen verdrehte.

»Ich hatte mir nur Gedanken gemacht, ob es dir gut geht«, beschwerte sie sich. »Nicht nötig, frech zu werden.«

Riley lachte und legte einen Arm um seine Mom, um sie auf die Wange zu küssen. Sie schob ihn von sich, konnte ihr Lächeln jedoch nicht verbergen. »Es geht mir gut«, sagte er. »Großartig, um genau zu sein.« Joan nickte langsam. Er bemerkte das Unbehagen in ihrem Blick. »Schau, ich weiß, dass du dir Sorgen machst, aber ehrlich, zwischen Lexie und mir ist alles gut. Wir haben viel geredet, und wir wollen beide, dass es funktioniert. Ich fliege morgen nach New York zurück, aber ich bin sicher, wir können weiter darüber reden, wenn ich wieder zurück bin.«

Joans Augen leuchteten auf. »Heißt das, du wirst wieder hierherziehen?«

Riley seufzte. Das war wohl die Millionen-Dollar-Frage. Er hatte so viel darüber nachgedacht, wie er es schaffen konnte, die ganze Zeit mit Lexie und Noah zusammen zu sein, aber die Rechnung ging einfach nicht auf. Er hatte ein paar Ersparnisse und natürlich seinen Anteil an O'Hare's, obwohl es ihm widerstrebte, ihn zu Geld zu machen. Lieber wollte er ihn als langfristige Investition behalten. Er wusste, dass seine Eltern ihn unterstützen würden, aber das wäre ihnen gegenüber nicht fair. Außerdem war er fast dreißig Jahre alt; er musste auf eigenen Beinen stehen. Seine Eltern hatten in den letzten paar Wochen schon so viel für ihn getan.

Joan legte ihm die Hand an die Wange. »Du weißt, dass wir dir helfen würden. Das würden wir doch, nicht wahr, Park?«

Rileys Vater schaute nur zu ihnen hinüber.

Abwehrend hob Riley die Hand. »Es ist schon gut. Versprochen. Ich bekomme meinen Mist geregelt, und alles wird gut. Ich bin sicher, es gibt da draußen irgendeine Firma, die mich will und der es egal ist, dass ich vorbestraft bin.«

Joan neigte den Kopf und kniff die Lippen zusammen. »Es wird sich schon alles regeln, Schätzchen.«

»Also, ich werde es nicht schaffen, Freitag zurückzukommen«, sagte Riley in den Hörer, bevor er sich auf das Sofa in seiner Wohnung fallen ließ und sich mit der Hand über die Stirn rieb.

Die kleine Pause, bevor sie antwortete, verriet Riley, dass Lexie enttäuscht war. »Ist alles in Ordnung?«

»Es ist die Werkstatt; zwei der Jungs sind krank, und wir haben irrsinnig viel zu tun, was eigentlich toll ist, aber ich kann

Max in dem ganzen Mist nicht allein lassen.« Niedergeschlagen stieß er den Atem aus. »Es tut mir leid.«

»Hey, ist schon gut.« In ihrer Stimme lag ein leichtes Lächeln. »Ich bin traurig, dass du nicht hier sein wirst, aber ich verstehe es. Da kann man nichts machen.«

Er ließ sich zurück in die Lehne sinken. »Willst du, dass ich es Noah sage?«

»Nicht nötig. Ich habe ihm nicht gesagt, wann du wiederkommst. Sonst zieht er mir die Haut ab: ›Ist es schon so weit? Kommt Riley bald?‹« Sie lachten beide. »Also mach dir keine Sorgen. Hast du irgendeine Ahnung, wann du kommen kannst?«

»Vielleicht am Dienstag? Ich weiß es nicht, Lex. Das hängt davon ab, wie schnell wir die Autos fertig bekommen.« Frustriert und sauer trat er mit dem Fuß nach seinem Couchtisch. »Ich vermisse euch beide, Lex. Ich … hätte euch wirklich dringend sehen wollen.«

»Wir vermissen dich auch, aber du wirst wieder hier sein, eh du dich versiehst. Wir laufen dir nicht weg.«

Riley grinste. »Ist Noah da?«

»Nein, er holt sich mit Sav einen Frozen Yogurt. Ich sage ihm, dass du angerufen hast.«

»Sag ihm, dass ich morgen mit ihm telefoniere.«

»Mache ich, und Riley?«

»Ja?«

»Wie die ganze Welt.«

»Kopf hoch, Mann. Du siehst aus, als hättest du endlich herausgefunden, dass Robin Batmans kleiner schwuler Schnuckel ist.«

Riley verdrehte über Tates lahmen Witz die Augen und spießte eine Nudel auf seine Gabel. »Warum gebe ich mich überhaupt mit dir ab, wenn du hier bist?«, murmelte er mit einem Schulterzucken.

»Wegen meines sonnigen Gemüts, offensichtlich«, erwiderte Tate schlagfertig, während er einer hübschen Kellnerin nachschaute, die an ihrem Tisch vorbeiging. »Was mehr ist, als man von deiner jämmerlichen Visage behaupten kann.«

»Lass mich in Ruhe«, brummte Riley. »Lass mich einfach vor mich hin schmollen.«

Tate kicherte. »Na, das machst du ja auch so gut.«

Das stimmte. Riley blies seit einer Woche Trübsal. Jeder Tag, an dem er eigentlich in Michigan sein sollte und es nicht war, kam ihm trotz des Chaos in der Werkstatt wie ein verdammtes Jahr vor, was es noch quälender machte, von Noah und Lexie getrennt zu sein. Er telefonierte jeden Tag mit ihnen, via FaceTime und Skype, damit er ihre Gesichter sehen konnte, trotzdem füllte das nicht die Leere in seinem Herzen. Es war furchtbar, und um ehrlich zu sein fiel Riley nicht ein, wie sich daran etwas ändern sollte.

»Weißt du, ich könnte dir etwas Geld leihen, wenn du es brauchst«, bot Tate an. Seine Miene war offen und aufrichtig. »Ich habe meine Invalidenrente. Zahl es mir zurück, sobald du kannst.«

Normalerweise hätte Riley dieses Angebot sofort angenommen, aber er wusste, dass ein Darlehen nur kurzfristig helfen würde. Er brauchte einen Job, ein festes Einkommen, bevor er wieder zurück nach Michigan zog. Er hatte schließlich einen Sohn, für den er sorgen musste.

»Danke, Mann. Das weiß ich wirklich zu schätzen, aber ich muss erst mal eine verdammte Arbeit finden.«

Und er suchte. Nachdem er festgestellt hatte, dass es nur sehr wenige Stellen für Mechaniker gab, hatte er die Fühler nach anderen Dingen ausgestreckt – für die er zum Großteil überqualifiziert war, obwohl er verdammt noch mal alles ausprobieren würde. Aber seine Vorstrafe machte es nicht gerade leichter, irgendjemanden davon zu überzeugen, dass er abgesehen von seinem NYU-Abschluss auch ehrlich und kompetent war.

»Weißt du, du könntest immer noch in den sauren Apfel beißen und Dad fragen«, meinte Tate zögernd.

Riley schüttelte den Kopf. »Dad kann es sich ebenso wenig leisten, mir Geld zu leihen, wie –«

»Ich meinte nicht, dir Geld zu leihen, Ri. Ich meinte Arbeit.«

Riley schwieg einen kurzen Moment und schluckte den Bissen in seinem Mund. Dann atmete er langsam aus und rieb sich die Stelle zwischen seinen Augenbrauen, die in letzter Zeit oft pochte. »Er will nicht, dass ich für seine Firma arbeite, Tate. Der Zug ist schon lange abgefahren.«

»Hast du ihn gefragt?«

»Das brauche ich gar nicht«, entgegnete Riley. »Ich fliege seit Monaten hin und her, und er redet immer noch kaum sechs Worte am Stück mit mir.«

»Sturer alter Kauz«, brummte Tate. »Vor Jahren war das immer der Plan: dass du die Firma übernimmst, wenn er in den Ruhestand geht. Er *braucht* jemanden wie dich dort, jemanden, der das Geschäft wirklich in- und auswendig kennt, besonders jetzt, da der Arzt ihm verordnet hat, kürzerzutreten.«

Riley stimmte ihm voll und ganz zu, aber er wusste verdammt gut, dass sein Vater ihm nie eine Stelle ins seiner Firma anbieten würde, nachdem Riley ihn durch seinen Gefängnisaufenthalt in Kill so schwer enttäuscht hatte. Riley kannte Park, und während seine Mutter es für unnötig hielt, Riley für seine dummen Entscheidungen noch weiter zu bestrafen, konnte der Mann einen Groll hegen, als wäre es sein Job.

»Wenn ich Ende des Monats immer noch händeringend etwas suche, dann werde ich ihn fragen«, lenkte Riley ein, obwohl sich ihm schon beim bloßen Gedanken der Magen umdrehte. »Er kann höchstens Nein sagen, stimmt's?«

»Stimmt«, pflichtete Tate ihm durch einen Mund voll Brot bei. »Also wirst du es definitiv wieder mit Lex versuchen, was?«

Riley nickte. »Wenn ich mit den beiden zusammen bin, dann habe ich das Gefühl, dort hinzugehören, weißt du? Es ergibt Sinn.«

Tate nickte und schien sich für seinen Bruder zu freuen. »Du hast es verdient, glücklich zu sein, Ri. Geh einfach nur sicher, dass sie dich gut behandelt.«

Riley nickte. »Mache ich. Diesmal fühlt es sich anders an. Als wäre das Timing genau richtig. Wer hätte vor sechs Monaten gedacht, dass ich nach Michigan zurückgehen würde, um bei Lexie und meinem Sohn zu sein.«

Tate lachte hustend. »Ich nicht, Mann. Ich nicht.«

»Ich kann es kaum fassen.«

»Und weiß Noah schon, wer du bist?«

»Noch nicht. Lexie und ich haben vor, uns mit ihm hinzusetzen und es ihm zu erklären, aber solange ich nicht da bin, könnte es verdammt noch mal Weihnachten werden, bis es so weit ist.«

»Alles geschieht aus einem Grund, Alter. Nimm es einfach so hin, wie es ist.«

Seufzend lehnte sich Riley auf seinem Stuhl zurück. »Das versuche ich.«

Als er später mit Noah telefonierte, entspannte sich Riley ein wenig. Seinen Sohn so aufgeregt zu hören, dass sein Lispeln die Worte ineinander verschmelzen ließ, löschte all den Stress der letzten Tage aus und hüllte Riley ein wie eine warme Umarmung.

»Und wir haben wieder auf der Rutsche gespielt!«, rief Noah aus. Seine Stimme wurde leise, dann wieder laut, als bewege sich sein Mund immer wieder vom Hörer fort.

»Hört sich stark an, Mann«, sagte Riley mit einem Lachen. »Ich wünschte, ich hätte dabei sein können.«

»Wann kommst du wieder nach Hause?«

Der Ausdruck »nach Hause« hallte in Rileys Herzen wider und ließ es so weit werden, dass er Angst hatte, es könnte platzen. Unvermittelt wurde ihm bewusst, dass er sich genauso fühlte wie damals, als er frisch nach New York gezogen war, um an der NYU zu studieren: Er hatte Heimweh.

»Sobald ich kann, Kumpel«, antwortete er mit belegter Stimme. »Versprochen.«

»Pfadfinderehrenwort?«

Riley lächelte. »Pfadfinderehrenwort.« Noah kicherte auf seine bezaubernde Art. »Kann ich jetzt mit deiner Mommy sprechen?«

»Klar. Mommy? Riley will dich.«

»Wir sehen uns bald, Noah, okay?«

»Okay.«

Lexies Lachen kam durch die Leitung. »Hey.«

»Hey, meine Schöne.« Es war absolut irre, wie allein ihre Stimme zu hören sofort alles besser machte. »Klingt, als hättet ihr einen lustigen Tag gehabt.«

»Er ist so aufgeputscht vom Zucker, dass ich ihn ewig nicht dazu bringen werde, einzuschlafen, was nicht gerade toll ist, wenn man bedenkt, dass ich heute Abend eine Schmuckveranstaltung habe.«

»Hast du mir davon schon was erzählt?«

»Nein, das hat sich in letzter Minute ergeben, ich habe erst – Noah, lass das bitte und geh deinen Schlafanzug anziehen – erst heute davon erfahren. Sav ist ein Goldstück und macht den Babysitter für mich. Ich bin nicht so gut vorbereitet, wie ich es gern wäre, aber es könnten sich ein paar Gelegenheiten für neue Geschäftsbeziehungen ergeben.«

»Das ist toll. Du machst das schon.«

»Danke.« Sie stieß langsam den Atem aus. »Ich hatte mich gefragt, ob du mir einen Gefallen tun würdest.«

»Wenn du mich nett bittest.«

»Bei all deinem Business-Knowhow hatte ich gehofft, dass du mal einen Blick auf meine Vorschläge werfen könntest, wie ich mit *In Liebe, Du* expandieren könnte. Vielleicht online oder mit einem neuen Laden. Ich habe die Einzelheiten noch nicht ausgearbeitet, aber was hältst du davon? Ich würde dich natürlich dafür bezahlen.«

Riley schwieg einen Moment lang. »Liebend gern. Aber du brauchst mich wirklich nicht bezahlen, Lex.«

»Doch, muss ich. Hier geht es ums Geschäft.«

Riley lächelte. »Okay.«

»Danke. Du fehlst mir.«

»Noch ein paar Tage, dann bin ich wieder da«, versprach Riley. »Gott, ich kann es nicht erwarten, dich zu sehen.«

»Ich auch nicht.« Sie blieben beide einen kurzen Moment lang stumm, während ihre Sehnsucht nacheinander ohrenbetäubend in der Leitung dröhnte. »Hör mal, es tut mir leid, ich muss los und mich fertig machen, aber zuerst muss ich dafür sorgen, dass dein Sohn mir nicht die Wände hochgeht. Ich schreibe dir später.«

Riley kicherte. »Pass auf dich auf.«

Er warf sein Handy aufs Sofa, aufgebracht über die Stille seiner Wohnung und die Tatsache, dass Savannah seinen Sohn babysitten musste. Es war so verdammt unfair. »Scheiß drauf«, knurrte er. Er hievte sich vom Sofa hoch, stürmte zum Kühlschrank und holte die Flasche Grey Goose heraus, die er für

Notfälle aufbewahrte, wie jetzt, wo er sich wie ein verdammter nutzloser Versager fühlte. Er goss sich drei Fingerbreit ein, warf etwas Eis dazu und ging zurück zum Schrank, um eine Dose Red Bull herauszunehmen. Es war keine da. »Scheiße.«

Er schlüpfte gerade in seine Vans, um zum Laden an der Ecke zu laufen, als sein Handy vibrierte. Er griff danach und lächelte, als er das Foto sah, das Lexie ihm von Noah geschickt hatte und auf dem er dem Bildschirm einen Handkuss zuwarf. Sein Batman-Schlafanzug war das Coolste, was Riley je gesehen hatte. Die Nachricht von Lexie darunter lautete: *Gute Nacht, Daddy XX.*

Riley schrieb zurück: *Gute Nacht. Wie die ganze Welt. XX.*

Er drückte auf Senden, und nachdem er sich seine Schlüssel geschnappt hatte, machte er sich auf den Weg zum Laden, um ein paar Dosen Red Bull und vielleicht etwas Wodka zu besorgen. Es würde eine verdammt lange Nacht werden.

Lexie schreckte so heftig aus dem Schlaf hoch, dass sie aufrecht im Bett saß. Ihr Puls raste, und ihre Hände zitterten von den Überresten eines Albtraums, an den sie sich nicht erinnern konnte, obwohl sie wusste, dass er ihr eine Todesangst gemacht hatte.

Mit zitternder Hand fuhr sie sich übers Gesicht. »Gott.«

In ihrem verwirrten Zustand wurde ihr träge bewusst, dass ihr Handy wütend auf seinem Platz auf dem Nachttisch vibrierte, auf dem Bildschirm eine Nummer, die sie nicht kannte. Lexie schaute auf ihren Digitalwecker. Es war beinahe Mitternacht. Zwei Herzschläge verstrichen, bevor sie das verdammte Ding zu fassen bekam, weil es ihr zweimal aus der Hand rutschte, bevor sie rangehen konnte. Die Gesichter von Savannah, ihrer Mutter und dann Riley zuckten ihr durch den Kopf.

»Hallo?« Ihr ganzer Körper erstarrte, als nicht sofort eine Antwort kam. *»Hallo?«*

»Lexie?«

O Gott …

»Wer ist da?«

»Lexie. Hier ist Carter.«

Sie kletterte aus dem Bett, und ihre Stimme wurde schriller. »Carter, was ist los? Was ist passiert? Ist etwas mit Riley? Ist – «

»Lexie, jetzt hör mir nur eine Minute zu, okay? Ich habe veranlasst, dass dich ein Flugzeug in der nächsten Stunde zum JFK-Flughafen bringt. Joan trifft sich am Flughafen in Michigan mit dir. Ich habe die Einzelheiten hier, die du dir aufschreiben musst.«

»Warte. Was? Joan ist … Warum soll ich nach New York kommen?« Ihr Herz krampfte sich zusammen. »Wo ist Riley?«

»Ich kann dir alles erklären, sobald du im Flugzeug sitzt.«

»Sag es mir jetzt!«, schrie Lexie. Die Panik erstickte sie beinahe. »Sag es mir, wo ist er?«

Carter zögerte, bevor er wieder sprach. »Lexie, Riley ist im Krankenhaus. Es gab einen Unfall.«

17

Lexie hetzte über den Parkplatz des Krankenhauses. Das Trommeln ihrer Füße auf dem Asphalt hallte durch ihren ganzen Körper und ließ ihre Knochen beben. Schweiß stand ihr auf der Stirn, während das Adrenalin und die Angst, die wie Nitro durch ihre Adern rauschten, ihr Herz weiterpumpen und ihre Tränendrüsen trocken bleiben ließen. Und dem Himmel sei Dank dafür. Sie musste sich bewegen, in Gang bleiben, die dunklen Gedanken darüber, was sein könnte, auf Armeslänge von sich fernhalten, bevor sie zusammenbrach.

Sie wich langsam fahrenden Autos und noch langsamer gehenden Menschen aus und fluchte wild bei dem Vesuch, durch die automatischen Türen des Krankenhauses zu kommen, die sich nur langsam öffneten und an denen sie mit der Schulter hängen blieb, als sie hindurchstürmte. Joan war irgendwo hinter ihr und hastete ebenso wie Lexie. Überall in der Notaufnahme waren Leute, die bluteten oder sich Gliedmaßen hielten, die besorgniserregend verdreht aussahen, aber das hatte ihr nicht unwichtiger sein können. Es gab nur eine einzige Person, die ihr wichtig war, eine einzige Person, zu der sie gelangen musste.

Atemlos und zerzaust drängte sie sich zum Schwesternpult vor.

»Riley«, keuchte sie den vier Frauen zu, die dahinter standen. Die Schwester, die am Computer saß, blickte alarmiert hoch.

»Riley«, wiederholte sie. »Ich bin hier … Seine Mutter und ich bekamen vor ein paar Stunden einen Anruf von Wesley Carter.«

Das Gesicht der Schwester wurde weicher. »Okay, Schätzchen, beruhigen Sie sich. Haben Sie einen vollen Namen für mich?«

Lexie nickte und schluckte. Ihre Kehle brannte. »Riley Lincoln Moore.« Joan tauchte neben ihr auf, atemlos und blass. »Es gab irgendeinen Autounfall«, fügte Lexie hinzu. »Er wurde angefahren … von einem Auto angefahren. Uns wurde gesagt, er wäre im OP.«

Die Gesichtszüge der Schwester veränderten sich kaum merklich, und Lexie wurde sofort flau im Magen. Sie hatte in ihrem Leben schon genug ferngesehen, um diesen verdammten Ausdruck wiederzuerkennen. Er jagte ihr einen Stich eisiger Angst durch den Körper, dass ihre Knie nachgaben und ihre Brust sich zuschnürte.

»Nein«, flüsterte sie und klammerte sich am Pult fest. Sie drehte sich zu Joan um, deren Gesicht alle Farbe verlor. Ein Summen setzte in Lexies Ohren ein, tief und laut.

»Schätzchen, es ist alles in Ordnung«, sagte die Schwester sanft und streckte die Hand nach ihr aus.

»Alexis«, drängte Joan. »Atme tief durch.«

Aber Lexie war nicht zu erreichen. Sie stürzte rasch in die Dunkelheit, eingehüllt von dem animalischen Schrei, der sich ihrer Kehle entriss, als sie rückwärts in die Finsternis taumelte und sich in ihrer Umarmung verlor.

Lexie erwachte langsam, in eine warme Decke gehüllt, den Kopf auf ein dünnes Kissen gebettet. Sie blinzelte einmal, zweimal, bevor sie kerzengerade hochschoss, benommen und völlig orientierungslos.

»Es ist alles gut«, erklang eine sanfte Stimme hinter ihr.

Als sich Lexie umdrehte, sah sie Joan. Trotz des kleinen Lächelns war ihr Gesicht abgespannt, und die Falten unter ihren

Augen waren dunkel und müde. Bei ihrem Anblick hielt Lexie den Atem an.

»Geht es ihm gut? Kann ich ihn sehen?«

Joan seufzte und legte die Hände auf das silberne Gitter der Trage, auf der Lexie lag. Es war Lexie peinlich, dass sie vorhin ohnmächtig geworden war.

»Die Polizei ist hier.« Joan leckte sich die Lippen und atmete aus. »Sie haben mir gesagt, was sie wissen. Riley wurde von einem Auto angefahren, als er gerade die Straße überquerte. Der Fahrer war betrunken. Er hat Riley erst gesehen, als es zu spät war. Sie haben ihn verhaftet.«

Lexie schlug die Hände vor den Mund. »Oh Gott.«

»Riley ist schon seit drei Stunden im OP, aber mehr wollen sie mir nicht sagen.«

»Wird er wieder gesund werden?«

Joan schüttelte den Kopf. »Ich weiß es nicht. Ich weiß es wirklich nicht.« Sie biss sich auf die Lippe und wischte mit einem Finger unter ihrem Auge. »Tate ist hier. Er war in der Stadt. Seb und Dex sind unterwegs, aber sie können vielleicht erst in ein paar Stunden hier sein. Carter versucht alles, was er kann.«

Lexie rutschte zum Rand der Trage und stellte vorsichtig die Füße auf den Boden, da sie nicht sicher wusste, ob ihre Beine sie tragen würden. Das taten sie. Fürs Erste.

»Er ist stark«, flüsterte sie, sich plötzlich der Tatsache bewusst, dass sie sich zusammenreißen und Joan unterstützen musste, so sehr sie konnte. Sie war Rileys Mutter, um Gottes willen; Park war immer noch nicht in der Lage zu reisen, weshalb er noch in Michigan war, und wenn die Rollen vertauscht wären und es Noah wäre, der im OP läge, hätte Lexie keine Ahnung, was sie tun würde. Ohne ein Wort legte sie die Arme um Joan und zog sie in eine Umarmung.

Joan brach regelrecht zusammen und schluchzte an Lexies Schulter. Lexie hielt sie fest und flüsterte ihr beruhigend zu. »Er ist stark«, wiederholte sie, und dabei betete sie zu Gott, dass es die Wahrheit war.

Lexie legte Joan den Arm um die Schulter und hielt sie an ihrer Seite fest, während sie sich auf den Weg in den Wartesaal machten. Als sie eintraten, sahen sie Tate, Carter, Kat und Max beieinandersitzen. Alle sahen ebenso angsterfüllt aus, wie Lexie sich fühlte.

Kat stand auf, sobald sie Lexie erblickte, und kam auf sie zu. »Alles okay?«, fragte sie und umarmte sie fest.

»Es geht mir gut«, antwortete Lexie, während sie zusah, wie Joan sich neben Tate setzte und er den Arm um sie legte. Dann sah sie Carter an. »Vielen, vielen Dank«, sagte sie. »Wirklich. Danke, dass du das Flugzeug organisiert hast und –«

Er hob die Hand. »Ist schon gut. Das war das Mindeste, was ich tun konnte.«

Max sah aus, als wollte er überall lieber sein als im Wartesaal eines Krankenhauses. Sein Bein wippte nervös auf und ab, während er wie wild auf seinem Daumennagel herumkaute. »Wo ist Grace?«

»West Virginia«, antwortete er schnell.

Lexie ließ sich von Kat zu einem Stuhl führen und setzte sich. »Wer hat Noah?«, fragte Kat.

»Meine Mom und meine Schwester«, antwortete Lexie. »Ich wollte ihn nicht hier haben, für den Fall …«

Carters Hand auf ihrer brachte sie dazu, den Blick zu heben. »Er kommt wieder in Ordnung«, sagte er.

»Ja«, pflichtete Kat ihm mit leiser und unsicherer Stimme bei. Carter küsste seine Frau auf die Schläfe, als versuche er, sie zu beruhigen.

Lexie nickte, aber sie konnte die schreckliche Hilflosigkeit nicht abschütteln, die an ihr klebte, seit sie in ihrem Bett aufgewacht war. Was zum Teufel sollte sie machen, falls sie Riley verlor? Dann wäre ihre größte Angst wahr geworden, und was für ein Miststück wäre das Schicksal, wenn es ihn erst zu ihr zurückbringen und ihn ihr dann wieder entreißen würde?

Sie legte das Gesicht in die Hände und versuchte, ruhig zu atmen, weil sie wusste, dass Tränen Riley jetzt nicht helfen würden. Sie musste nur beten, dass er, wie er gesagt hatte, seinen Weg zu ihnen allen zurückfinden würde. Zu ihr.

Die Minuten verstrichen träge, jede davon ein weiterer Augenblick, den Riley im OP war, ein weiterer Augenblick, in dem er vielleicht nie wieder zurückkommen könnte. Lexie versuchte, sich von ihren dunklen Gedanken abzulenken, indem sie Kaffee holte oder sich mit Rileys Freunden unterhielt, aber es war nicht genug. Die Zeit lief tickend weiter, ohne ein Wort der Beruhigung, dass Riley wieder in Ordnung kommen würde.

Lexie stand am Fenster des Wartesaals und blickte hinaus, als Tate neben sie trat. Rileys älterer Bruder war mehr als kühl ihr gegenüber gewesen, seit er erfahren hatte, dass sie und Riley es noch einmal miteinander versuchen wollten, und das war in Ordnung. Sie kannte Tate schon so viele Jahre, dass sie wusste, dass er und Riley einander von den vier Brüdern am nächsten standen. Sie wusste, wie fürsorglich Tate war, wie loyal, und aus diesem Grund nahm sie seine Hand und drückte sie kurz.

Tate schaute zu ihr hinüber, einen Ausdruck der Überraschung im Gesicht, dann nickte er knapp. Ein stummes Danke, das Lexies Herz wärmte. »Werden wir bald etwas hören?«, fragte sie in der Hoffnung, dass er als Arzt ein wenig mehr Einblick in das hatte, was auch immer zum Teufel da los war.

»Riley hatte innere Blutungen, und ein paar … Frakturen.

Er war ziemlich übel zugerichtet. Sie haben eine Weile gebraucht, um sicherzugehen, dass die Blutungen gestoppt sind, bevor sie irgendetwas anderes machen.«

Lexie nickte, aber es kamen keine Worte. Das alles hörte sich schrecklich und beängstigend an, aber sie würde sich nicht erlauben, sich davon herunterziehen zu lassen. Auf keinen Fall. Sie musste stark bleiben. Bevor sie etwas sagen konnte, öffnete sich die Tür des Wartesaals mit einem Quietschen, und ein bekanntes Gesicht spähte um die Ecke.

»Sebastian«, hauchte Joan. Sie stand von ihrem Stuhl auf und ging zu ihrem jüngsten Sohn. Hinter Seb folgte Dex, beide sahen zutiefst erschüttert und zerrauft aus. Tate ging durchs Wartezimmer, und die vier bildeten einen Kreis, die Arme umeinander gelegt, und murmelten liebevolle Worte. Joan hob den Kopf und schaute zu Lexie hinüber.

»Komm herüber zu uns, Alexis.«

»Oh, nein, schon okay«, versicherte Lexie ihr. »Ich lasse euch euren Moment.«

»Das ist ein Familienmoment«, gab Joan zurück. »Und du gehörst zu dieser Familie.«

Was zum Teufel konnte Lexie darauf sagen? Sie presste die Lippen zusammen, und als Seb und Joan eine Lücke für sie öffneten, trat sie zwischen sie und ließ ihre Liebe und Wärme in sich eindringen und sie mit all der Kraft erfüllen, die sie brauchte, die Kraft, die die Familie ihr im Lauf der Jahre beständig gegeben hatte, selbst wenn Lexie sich dessen nicht bewusst gewesen war.

Als sie sich langsam wieder voneinander lösten, öffnete sich die Tür des Wartesaals erneut. Lexie blickte auf und sah einen kräftigen Mann mittleren Alters mit pockennarbiger Haut und in blauer OP-Kleidung in der Tür stehen. Ein jüngerer Mann mit blondem Haar und einer arroganten Haltung folgte ihm.

»Mrs Moore?«, erkundigte sich der ältere Arzt.

Joan nickte, während die Wände des Raums sich zu krümmen und vor Erwartung und Angst auszudehnen schienen. Rileys Freunde standen hinter seiner Familie und Lexie. Sie mussten wie eine ziemlich große Gruppe wirken.

»Ich bin Dr. Hunt«, fuhr der Arzt fort. »Ich habe Ihren Sohn Riley operiert.«

Lexies Herz schlug jäh bis zum Hals. »Wie geht es ihm?«, brach es ohne nachzudenken aus ihr heraus.

Dr. Hunt warf flüchtig einen Blick zu Lexie, bevor er wieder Joan ansah, die zustimmend nickte. »Riley hatte umfangreiche innere Blutungen«, sagte er sanft. »Seine Brust hat ein stumpfes Trauma erlitten, was zu ein paar gebrochenen Rippen und einer kollabierten Lunge geführt hat. Auch sein Becken wurde in Mitleidenschaft gezogen. Er hat sich das Bein an drei Stellen gebrochen sowie einen Schädelbruch erlitten.«

»Ist er *am Leben*?«, fragte Dex durch zusammengebissene Zähne hindurch.

Dr. Hunt sah Dex an und verschränkte die Arme vor seiner Brust. »Ja, er ist am Leben.« Lexie griff nach Joans Hand und hielt sich an ihr fest, während ihre Beine zitterten. »Er hat sehr viel Glück gehabt«, fügte der Arzt hinzu. »Ich konnte die Blutung stillen, den Pneumothorax beseitigen und die Lunge wieder entfalten, und ein orthopädischer Chirurg hat sein Bein genagelt. Er wurde in den Aufwachraum gebracht, und sobald er aus der Narkose erwacht, wird er auf die Intensivstation verlegt.«

Seb legte schwach eine Hand über seinen Mund. »Dürfen wir ihn sehen?«

Dr. Hunt schüttelte den Kopf. »Noch nicht. Ruhen Sie sich etwas aus. Sie können ihn morgen früh sehen.«

»Wird er wieder gesund?«, fragte Joan.

In stummem Respekt für seinen Patienten zog er die Augenbrauen hoch. »Er ist stark. Er ist ein fitter, gesunder junger Mann. Es spricht nichts dagegen, dass er sich nach einiger Physiotherapie wieder vollständig erholen wird, aber mit Kopfverletzungen ist es so eine Sache. Wir behalten ihn während der nächsten vierundzwanzig Stunden unter sehr genauer Beobachtung.«

»Danke, Doktor«, sagte Tate.

Dr. Hunt drehte sich um, doch Lexie hielt ihn auf, indem sie ihm eine Hand auf den Unterarm legte.

»Danke«, flüsterte sie. »Vielen, vielen Dank.«

Der Arzt nickte. »Gern geschehen.«

18

Auf der Intensivstation des Krankenhauses war es verstörend still, bis auf das gelegentliche Piepsen der Maschinen, die in vielen Fällen ihre Patienten am Leben hielten. Lexie folgte einer Schwester einen langen, verlassenen Korridor entlang zu Rileys Zimmer.

An der Tür blieb die Schwester stehen und drehte sich um. »Dr. Hunt sagte, nicht länger als zehn Minuten.«

»Ich weiß«, antwortete Lexie. »Ich werde pünktlich sein, das verspreche ich.«

Die Schwester lächelte und ging davon, und Lexie blieb unbehaglich und reglos zurück. Der Rest von Rileys Familie war im Warteraum, selbst Park, der ohne Joans Wissen einen Flug gebucht und früh am Morgen angekommen war. Lexie hatte in Rileys Wohnung geschlafen – Tate besaß einen Schlüssel –, zusammen mit seinen Brüdern und Eltern. Es war ziemlich eng gewesen, aber zugleich tröstlich.

Lexie umklammerte fest den Türgriff, bevor sie die Tür aufstieß. Zuerst hielt sie die Augen zu Boden gerichtet, nicht in der Lage, hochzublicken. Sie hatte solche Angst davor, was sie sehen würde, obwohl Joan und Seb darauf beharrt hatten, dass Riley okay aussah. Es dauerte ein paar Augenblicke, bis sie sich gefasst hatte. Langsam hob sie den Blick zum Bett auf der gegenüberliegenden Seite des Zimmers, und wie von einem Vakuum aufgesaugt wich ihr alle Luft aus der Lunge.

Riley lag auf dem Rücken, die Augen in künstlichem Schlaf geschlossen, aus Brust, Armen und Mund ragten Kabel und

Schläuche. Wie Dr. Hunt erklärt hatte, hing Riley an einem Beatmungsgerät. Lexie sah, wie es sich in Einklang mit seiner Brust hob und senkte. Sein Herz schlug laut und deutlich, jedes Piepsen des Monitors ein wunderbarer Signalton, der ihr versicherte, dass er tatsächlich am Leben war.

Langsam und leise ging Lexie zum Bett. Sie musterte ihn von Kopf bis Fuß, um nach irgendwelchen Anzeichen des schrecklichen Traumas zu suchen, das er erlitten hatte, und sah nichts als einen kleinen Streifen getrockneten Blutes an seinem rechten Arm. Sie zog ein Taschentuch aus der Tasche, befeuchtete es mit der Zungenspitze und wischte das Blut fort. Dann legte sie ihre Hände auf seine Haut und spürte Wärme und Weichheit. Sein Haar war zerzaust, und sein Mund schien in seinem perfekten schiefen Schmunzeln gefangen zu sein, da der Schlauch des Beatmungsgeräts ihn nach links zog. Eine große weiße Bandage bedeckte seine Brust, aus der ein kleiner Schlauch hervorragte, aber den konnte Lexie nicht lange ansehen. Der Schrecken dessen, was darunter lag, war immer noch zu frisch für sie. Sie atmete tief durch und ließ ihre Handfläche hauchzart über sein Gesicht streichen. Er war so verdammt schön.

Sie lächelte wehmütig. »Ich bin hier«, flüsterte sie.

Lexies Augen füllten sich mit Tränen, als ihr bewusst wurde, dass sie törichterweise eine Antwort von ihm erwartet hatte. Er war nie stumm. Niemals. Er hatte immer etwas zu sagen, etwas Derbes, Lustiges oder Deutliches. Das liebte sie an ihm, dass er so offen, so aufrichtig war.

Sie lächelte vor sich hin. Wem machte sie hier etwas vor? Sie liebte alles an ihm. Ihr Herz geriet ins Stolpern, da es zu wissen schien, dass seine andere Hälfte so nah und doch so fern war. Er war das fehlende Puzzleteil, das sie vervollständigte, ihr Seelenverwandter, ihr bester Freund, der Vater ihres Kindes. Ohne ihn zu leben war einfach keine Option.

Das Schicksal hatte sie zu lange voneinander ferngehalten. Sie hatte ihn gerade erst wiedergefunden. Ihn jetzt wieder zu verlieren …

Abrupt gebot Lexie ihren Gedanken Einhalt und ließ ihre Fingerspitzen über die Tattoos an seinem Arm tanzen, die sich zu seiner Schulter emporwanden. Er fühlte sich so kräftig unter ihrer Berührung an, dennoch lag er völlig verletzlich und hilflos da. Sie beugte sich näher zu ihm und strich ihm das Haar aus der Stirn. Es fühlte sich so weich an.

»Du wirst wieder gesund«, sagte sie leise, dicht an seinem Ohr, während sie die Hand in seine schob und sie bei jedem Wort drückte. »Hörst du mich? Du wirst wieder gesund.«

Sie hauchte einen zärtlichen Kuss auf seine Stirn. Diesmal, mit seinem Geruch und dem vertrauten Kribbeln, als ihre Haut seine berührte, ließen sich die Tränen nicht aufhalten.

»Ich liebe dich, Riley«, wimmerte sie an seiner Haut. »Gott, ich liebe dich so sehr. Ich brauche dich doch.« Sie brach über ihm zusammen und vergrub das tränennasse Gesicht an seinem Hals. »Verlass mich nicht«, flehte sie. »Bitte, bitte. Verlass mich nicht.«

Sie betete zu Gott, dass er sie hören konnte.

Während der folgenden Woche verbrachte Lexie ihre Zeit entweder damit, im Warteraum des Krankenhauses zu sitzen und auf Neuigkeiten von Riley zu warten, oder mit Noah, der drei Tage nach Rileys Unfall mit Christine angekommen war. Sie teilte ihre Nächte zwischen Rileys Wohnung und Carters Apartment auf, wo sich Rileys Brüder und Eltern auf Carters Beharren hin einquartiert hatten. Noah bei sich zu haben, mit ihm zu spielen, für ihn zu kochen und ihn zu baden hielt Lexies Gedanken beschäftigt, besonders wenn man bedachte, wie aufgeregt Noah war, wieder in New York zu sein. Er war allerdings verwirrt darüber, wo Riley steckte und warum sie in seiner Wohnung wohnten, wenn er nicht da war.

»Riley geht es nicht gut, Baby«, erklärte sie ihm am ersten Abend, den sie in der Wohnung verbrachten. »Er ist im Krankenhaus.«

Noah runzelte die Stirn. »Hat er die Windpocken, wie ich sie gehabt hab?«

»Nein.« Lexie wollte nicht schnell genug einfallen, was sie am besten sagen sollte. Sie dachte sich, dass die Wahrheit am wichtigsten war. »Er hatte einen Unfall, aber es geht ihm allmählich schon wieder besser.«

Noah dachte einen Moment lang nach. »Sollen wir ihm ein Geschenk besorgen, damit er sich besser fühlt?«

Lexie küsste ihn auf die Stirn. »Ich finde, das ist eine großartige Idee.«

»Ich kann ihm ein Bild malen«, rief Noah aus. Er rutschte vom Sofa und rannte zu seiner Tasche mit Spielsachen, in der, wie Lexie wusste, sein Spiderman-Malblock und Buntstifte waren. Er nahm die Sachen heraus, legte sie auf den Wohnzimmertisch und schaute sich um, bevor er zu malen anfing.

»Was willst du malen?«, fragte sie, während sie ihm zusah.

»Long Lake, als wir auf dem Boot gefahren sind.«

Lexie lächelte, als sie sich daran erinnerte, was für ein wunderbarer Tag das gewesen war. »Das hat Spaß gemacht, was?«

Noah nickte. »Superviel Spaß.«

Das Telefon an der Wand klingelte und ließ Lexie von ihrem Platz hochschrecken. Sie nahm den Hörer ab, während ihr das Herz bis zum Hals schlug.

»Hallo?«

»Lexie?« Es war Joan.

»Hey. Alles okay?«

»Riley ist wach.«

Joan und Dex waren schon im Krankenhaus, als Lexie dort ankam. »Wo ist Noah?«, fragte Joan.

»Bei meiner Mom«, antwortete Lexie. »Ich hielt es für das Beste, ihn nicht herzubringen, bis wir wissen, was los ist. Ich will nicht, dass er Angst hat.«

Joan nickte.

»Hast du ihn schon gesehen?«

»Alles, was er getan hat, war, nach dir und Noah zu fragen.«

Lexie sah den Arzt an. »Wie lange darf ich bleiben?«

Dr. Hunt lächelte. »Lassen Sie sich ruhig Zeit.«

Lexie lächelte dankbar und ging in Rileys Zimmer. Der Herzmonitor piepste immer noch in der Ecke, aber der furchteinflößende Schlauch, der beim letzten Mal noch in seiner Brust gesteckt hatte, war nun verschwunden. Der Verband um seinen Kopf war kleiner, und es klebten weniger Kabel an ihm. Er schlief, seine Atemzüge durch die Sauerstoffmaske auf seinem Gesicht waren tief und wunderschön. Lexie ging zum Bettrand und legte zärtlich ihre Hand auf seine. Sie beugte sich vor und küsste ihn auf die Stirn.

»Ich bin hier«, flüsterte sie.

Rileys Augen bewegten sich unter den Lidern, während Lexie weiter geheime Worte der Liebe flüsterte, bis sie sich mit einem langsamen Blinzeln öffneten. Nur einen halben Zentimeter, aber sie öffneten sich. Sie waren verkrustet, müde und verwirrt, aber sie waren wunderschön.

»Da bist du ja«, sagte sie sanft und streichelte mit dem Fingerrücken zart über sein Gesicht.

Riley sah sie unter müden Lidern hervor an, und sein Mundwinkel zuckte. Lexie nahm seine Hand und drückte sie. »Ich bin hier.« Sie küsste seine Fingerknöchel und legte seine Hand an ihre Wange. »Ich werde mich um dich kümmern. Ich gehe nirgendwohin, das verspreche ich.«

Sie spürte, dass er schwach an ihrer Hand zog und auf die Sauerstoffmaske deutete. »Ist sie unbequem?« Sanft versuchte sie, die Gummibänder zu justieren, die auf Rileys Gesicht drückten. »Warte kurz«, murmelte Lexie, während sie ihm die Maske herunterzog und sich sofort Sorgen machte, ob Dr. Hunt gleich hereinstürmen würde. »Was ist?«, fragte sie schnell. »Tut dir etwas weh? Willst du, dass ich die Schwester rufe?«

Wieder schüttelte Riley den Kopf und zeigte auf seinen Mund. Lexie beugte sich vor und strengte sich an, die Worte zu verstehen, die er zwischen den Lippen hervorzwängte. Er holte keuchend Luft, und sein Gesicht verzog sich vor Schmerz. Seine Stimme war leise und heiser. »Lex.«

Lexie lächelte. »Ja, Baby. Ich bin hier.«

Riley schluckte mit schmerzverzerrtem Gesicht und hielt inne. »Pfadfinderehrenwort.«

Lexie spürte ihre Augen brennen. Sie drückte seine Hand fester und nickte.

Riley schloss die Augen. »Kuss.«

Sie beugte sich näher zu ihm und gab ihm einen sanften Kuss auf seine warmen, trockenen Lippen.

Und es fühlte sich so wunderbar an, so vollkommen.

Sie stieß einen langen Atemzug durch die Nase aus und spürte, wie Rileys Mund sich zu einem kleinen Lächeln hob.

Langsam zog sie sich wieder zurück und rückte ihm die Sauerstoffmaske vorsichtig auf dem Gesicht zurecht, dann setzte sie sich auf den Rand des Bettes. »Du hast mir gefehlt.«

»Bleib.«

Lächelnd strich Lexie ihm übers Haar. »Für immer.«

Es war zwei Tage her, seit Riley aufgewacht war, völlig verwirrt, in einem Krankenhausbett, während sich jeder Zentimeter seines Körpers anfühlte, als hätte ihn ein Bus überfahren.

Überfahren, mitgeschleift und dann den Rückwärtsgang eingelegt. Und das schien von der Wahrheit gar nicht so weit entfernt zu sein. Er hatte das Auto nicht gesehen, das ihn angefahren hatte, als er die Straße überquerte, um sich ein paar Dosen Red Bull für seinen Wodka zu kaufen. Er erinnerte sich an nichts als daran, aufzuwachen und eine Krankenschwester und einen Arzt zu erblicken, und dann seine Eltern und Brüder. Aber so schön es gewesen war, sie alle zu sehen, wollte er doch nur Lexie und Noah.

Nicht nötig zu sagen, dass er sich äußerst wund fühlte, und der ständige Schmerz in Brust, Kopf und Bein ließ ihn in regelmäßigen Abständen auf den Knopf der Schmerzpumpe drücken. Er hatte versucht, es vor den Ärzten, Schwestern und sogar vor Lexie herunterzuspielen, aber um die Wahrheit zu sagen, waren jeder Atemzug und jede Bewegung ein Kampf, der ihm den Schweiß auf die Stirn trieb.

Als er an diesem Morgen aufgewacht war, war er kurz in Panik geraten, als er erkannte, dass weder Lexie noch seine Familie da waren. Eine hilfreiche Schwester hatte ihn informiert, dass Lexie nach Hause gegangen war, um zu duschen und die Kleider zu wechseln, woraufhin sich Riley schuldig fühlte, weil er Lexie rund um die Uhr bei sich haben wollte. Er wusste von dem, was Tate und seine Mom ihm erzählt hatten, dass sie beinahe ständig da gewesen war. Sie war ihm nicht von der Seite gewichen, seit er aufgewacht war, keinen Moment lang, und Riley wusste, dass sie erschöpft war. Dunkle Ringe lagen um ihre Augen, und sie sah aus, als brauche sie eine anständige Mahlzeit, aber er wollte verdammt sein, wenn sie nicht immer noch das Schönste war, das er je gesehen hatte.

Die Tür seines Krankenzimmers ging auf und riss Riley aus seinen Gedanken an Lexie und Noah. Es war sein Dad. »Hey, Sohn.«

»Hey, Dad.«

Park hatte nicht besonders viel mit Riley gesprochen, aber Riley wusste, dass sein Vater beinahe ebenso oft im Krankenhaus war wie seine Mutter, was verdammt oft war.

Park musterte ihn von Kopf bis Fuß. »Verbringst zuletzt ziemlich viel Zeit in Krankenhäusern, nicht wahr?«

Riley stieß ein trockenes Lachen aus. »Zu viel.«

»Wie fühlst du dich?«, fragte Park. Sein Tonfall war fest, aber einfühlsam.

Riley antwortete nicht sofort. Um die Wahrheit zu sagen, fühlte er sich wund; es schmerzten Teile von ihm, von denen er nicht einmal gewusst hatte, dass es sie gab.

»Sieh mich an, Riley.«

Riley gehorchte seinem Vater sofort, da er diese todernste Stimme schon kannte, seit er ein kleines Kind war.

»Wenn du Schmerzen hast, sag es den Ärzten. Sind deine Augen okay? Dein Kopf tut doch nicht weh, oder?«

»Ein bisschen.«

»Willst du, dass ich die Schwester hole?«

»Nein, Dad, es geht mir gut.« Riley warf einen Blick zur Tür. »Wo ist Mom?«

»Sie kommt gleich.« Park ging zu Rileys Bett und setzte sich auf den nächstgelegenen Stuhl. Er stieß den Atem aus und räusperte sich, bevor er die Fingerspitzen aneinanderpresste und sie an seine Lippen legte, während er Riley auf seine typische eindringliche Weise musterte. »Ich fühle mich hier … gerade hin- und hergerissen, Riley«, setzte er an.

Riley runzelte die Stirn. »Was ist los? Ist alles in Ordnung?«

»Es geht mir gut. Du bist es, um den ich mir Sorgen mache.« Er ließ die Hände fallen. »Ich habe mir schon immer Sorgen um dich gemacht.« Er schüttelte den Kopf und schaute zu Boden. »Wenn du … Gott, Sohn.«

Riley lehnte sich zurück, ein wenig verblüfft über die Wendung, die die Unterhaltung genommen hatte. »Ich bin in Ordnung, Dad. Die Ärzte sagen, ich könnte in weniger als einer Woche wieder nach Hause.«

»Ich weiß«, Park nickte. »Aber es ist meine Aufgabe, mir Sorgen zu machen. Ich bin dein Vater.« Er seufzte. »Von euch vieren warst du immer der Sensibelste, derjenige, der am meisten andere zufriedenstellen wollte. Du hast deine Entscheidungen stets von anderen abhängig gemacht. Dein Optimismus und deine Selbstlosigkeit sind deine besten Charaktereigenschaften, Riley. Du denkst immer zuerst an alle anderen, bevor du an dich denkst.«

»Abgesehen von diesem einen Mal, was?« Riley zog einen Mundwinkel hoch. Es war ein Risiko, über seine Zeit im Knast zu scherzen, aber er war es leid, um das Thema herumzuschleichen.

Park nickte. »Abgesehen von diesem einen Mal.«

Riley seufzte. »Es tut mir leid, Dad. Ich weiß nicht, was ich noch mehr sagen oder wie oft ich es noch sagen kann. Ich – es war dumm von mir.«

Park schnaubte und verschränkte die Arme vor der Brust. »Ich will nicht hören, dass du dich entschuldigst. Das hast du schon genug getan. Und wo du jetzt hier bist … Ich – ich weiß, dass ich es dir nicht leicht gemacht habe.«

»Ich habe dich enttäuscht, Dad. Das verstehe ich.«

Park schloss einen Moment lang die Augen. »Aber du hast dafür bezahlt. Und wenn du nicht – während wir noch – während ich noch … Das hätte ich mir nie verziehen.«

Riley war mehr als überrascht über die Worte seines Vaters, ebenso wie über die Mühe, die es ihn zu kosten schien, sie auszusprechen. »Es geht mir gut, Dad. Ich bin zäh.«

Der eindringliche Blick kehrte zurück. »Ja, das bist du. Dem

Himmel sei Dank dafür.« Nun schaute er Riley an, und Riley sah all die Dinge, die ihn dazu gebracht hatten, seinen Vater sein ganzes Leben lang zu vergöttern. »Da gibt es nur eins, was ich wissen möchte.«

Riley wappnete sich innerlich. »Okay.«

Park beugte sich vor. »Ich möchte hören, was du tun würdest, wenn ich dir die Gelegenheit gäbe, im Familiengeschäft mitzuarbeiten.«

Riley blinzelte. Er öffnete ein paarmal den Mund, aber es kamen keine Worte heraus.

»Ich möchte hören, dass ich mich auf dich verlassen kann, dass deine Zeit im Gefängnis nur ein Ausrutscher war, ein Moment der Dummheit, der nie wieder vorkommen wird, dass du diese Chance ergreifen und das Beste daraus machen wirst.«

»Das würde ich. Ich schwöre es. Das würde ich.« Riley leckte sich über die Lippen.

»Du hast so hart dafür gearbeitet, Riley.« Park schüttelte leicht den Kopf. »Du warst immer derjenige«, fuhr er fort. »Ich hatte immer gehofft, dass du es sein würdest, der die Firma von mir übernimmt, wenn es so weit ist. Du hast das Potenzial, diese Firma zu nehmen und sie zu etwas zu machen, wie niemand sonst es kann. Die anderen Jungs haben es versucht, aber sie waren nicht mit dem Herzen dabei.« Er lächelte ein wenig. »Nicht so wie du.«

»Du kannst mir vertrauen, Dad. Ich verspreche dir, das kannst du.«

Park musterte ihn einen langen Augenblick, bevor er kaum merklich nickte. »Ich weiß, dass ich das kann, Sohn.« Er klatschte sich mit den Händen auf die Knie. »Okay. Lass mich die entsprechenden Papiere regeln, und dann sehen wir, wie es weitergeht.«

Riley bedauerte es, dass er seinen Vater nicht umarmen konnte. »Danke«, sagte er stattdessen. »Vielen, vielen Dank.«

Park stand auf und klopfte Riley auf die Schulter. »Gern geschehen, Sohn.«

Sprachlos vor Rührung legte Riley die Hand auf seinen Mund. »Das Leben ist zu kurz«, meinte Park. »Ich weiß das bereits, aber dich zu sehen … und Lexie, Noah und – du hast es dir verdient. Ihr habt eine Chance verdient, eine Familie zu sein.«

Die Zimmertür öffnete sich erneut, und Lexie kam herein. Ihr Gesicht verzog sich zu einem breiten Lächeln, als ihre Augen sich trafen, dann entdeckte sie Park. »Oh, tut mir so leid. Ich lasse euch beide lieber –«

»Schon gut«, winkte Park ab. »Ich wollte gerade gehen.«

Lexie und Riley sahen Park hinterher, dann stellte Lexie ihre Tasche ab und lächelte ihn erneut an. »Hey.«

»Hey.« Sie ging zu ihm, legte die Hand an seine Wange und gab ihm einen unglaublich sanften Kuss auf die Lippen. Sie schmeckte so verdammt gut. Der Kuss war träge, sehnte sich jedoch danach, mehr zu sein. Lexie knabberte an seiner Oberlippe. Er stöhnte leise und umfasste ihren Unterarm, während sich ihre Zungenspitzen berührten.

»Es tut mir so leid, dass ich so lange weg war«, stöhnte sie in seinen Mund. »Ich bin zu dir nach Hause gegangen, um dir ein paar Sachen zu holen.«

»Du bist zu gut zu mir.«

Lexie winkte ab. »Noah ist draußen bei deiner Mom. Fühlst du dich schon bereit, ihn zu sehen?« Sie rang nervös die Hände. »Du siehst schon viel besser aus, und ich glaube nicht, dass er Angst haben würde. Ich weiß, er kann stressig sein, aber er möchte dich sehen.«

Noah war schon an seinen besten Tagen herrlich anstrengend; wenn man in einem Krankenhausbett lag und sich davon erholte, von einem Auto angefahren worden zu sein, war er es noch mehr.

»Klar«, beharrte Riley. Er versuchte, sich aufzusetzen, und zischte vor Schmerz, der ihm durch die Brust zuckte. Sofort war Lexie an seiner Seite.

»Sei vorsichtig«, sagte sie besänftigend. »Du willst dir doch nicht irgendwelche Nähte aufreißen.« Sie half ihm, sich ein bisschen weiter aufzusetzen, und legte ihm die Hand an die Wange.

»Bevor du Noah hereinbringst, gibt es etwas, worüber ich mit dir reden möchte.«

»Was ist es denn?«

Riley holte tief Luft. »Mein Dad hat in die Wege geleitet, dass ich Moore's Motors übernehme. Es muss noch Papierkram erledigt werden, aber ich werde nächste Woche dauerhaft wieder nach Michigan ziehen.«

Lexie sagte nichts; sie nahm einfach nur Rileys Hand, zog sie an ihren Mund und küsste sie immer wieder. »Ist das wirklich wahr?«

Riley lachte. »Ja, es ist wahr. Ich würde schon früher kommen, aber ich muss noch bei O'Hare's bleiben, bis Max einen Ersatz für mich findet … aber es geht in Ordnung.«

»Wo wirst du wohnen?«

Riley blinzelte. »Bis ich eine Wohnung finde, bleibe ich bei Mom und Dad.«

Eindeutig enttäuscht nagte Lexie an ihrer Unterlippe. »Oh.«

Riley schmunzelte. »Es sei denn … woran hattest du denn gedacht?«

»Gar nichts.«

Er schnaubte. »Lex, diesen Blick erkenne ich blind. Was war es?«

»Meine Wohnung ist so viel schöner mit dir darin.«

Rileys Mund zuckte, und ihm wurde warm im Bauch. »Du würdest wollen, dass ich bei dir und Noah wohne?«

Lexie zuckte leicht die Schultern. »Das würde eine Menge Geld sparen, oder etwa nicht? Und … irgendwann wärst du höchstwahrscheinlich sowieso eingezogen.«

»Höchstwahrscheinlich«, wiederholte Riley. Sein Lächeln schwand etwas. »Bist du dir sicher? Das ist … ein großer Schritt.«

Lexie lachte. »Riley, ich denke, wir sind weit darüber hinaus, uns über große Schritte den Kopf zu zerbrechen, du nicht auch?«

Er schmunzelte und hob ihre Hände an. »Schätze, da hast du recht.« Er küsste ihre Handfläche. »Also, dann werden wir es wirklich tun?«

Lexie nickte. »Das hoffe ich.«

Riley runzelte die Stirn. »Wir müssen mit Noah reden.«

»Ich hole ihn«, erwiderte Lexie sanft. »Sagen wir ihm alles.« Sie beugte sich näher zu ihm. Ihr Duft war blumig und alles, was Riley wollte. »Ich hätte euch beide nie voneinander getrennt halten sollen, und das tut mir wirklich aufrichtig leid – lass mich ausreden.« Riley klappte den Mund wieder zu. »Dass du hier im Krankenhaus bist, hat mich erkennen lassen, was wir alle hätten verlieren können, und ich will keine Minute länger damit warten, mit den beiden Männern zusammen zu sein, die ich auf der Welt am meisten liebe.«

Riley räusperte sich. »Geh ihn holen.«

Riley war ganze fünf Minuten allein, bevor er Noahs unverwechselbares Lachen den Krankenhausflur entlanghallen hörte.

»Riley!«, rief Noah, als Lexie die Tür öffnete.

»Hey, Kumpel, wie geht es dir?«

Obwohl er zappelte, um runtergelassen zu werden, hielt Lexie ihn fest. »Denk dran«, sagte sie mit Nachdruck, obwohl ihre Miene weich war, »Riley ist noch wund, deshalb müssen wir behutsam sein, okay?«

»Okay«, sagte Noah und streckte trotzdem die Hände nach Riley aus. Er tat allerdings, wie seine Mommy ihn geheißen hatte, als er sich neben ihm aufs Bett legte, ihn zärtlich umarmte und mit seinen Fingern durch Rileys Bart strich. »Kommst du jetzt nach Hause?«

»Noch nicht«, antwortete Riley. »Aber bald, hoffe ich. Du fehlst mir so.«

Er schmiegte die Nase an Noahs Wange. Der Junge roch nach Lexie, und es war perfekt. »Was hast du alles gemacht, während ich hier war?«

»Mommy und ich haben Pfannkuchen gebacken, und dann waren sie und Grandma mit mir schwimmen. Weißt du was? Ich hab dir ein Bild gemalt.« Er streckte die Hand aus, und Lexie reichte ihm ein Blatt Papier, das mit leuchtenden Farben und Strichmännchen übersät war.

»Das ist toll, Noah. Was ist das?«

»Das sind wir am Long Lake. Schau, das bin ich, du und Mommy.«

»Es gefällt mir sehr«, sagte Riley, dem die Kehle plötzlich etwas eng wurde. Gott, es war so schön, seinen Sohn in den Armen zu halten.

Lexie sah Noah an, der an dem Verband um Rileys Arm herumzupfte. »Sag mir mal was«, flüsterte sie. »Verbringst du gern Zeit mit Riley?«

Noah beugte sich näher zu Riley und flüsterte zurück: »Ja. Er ist der Allerbeste. Kann ich heute Nacht hier bei dir bleiben?«

»Nicht heute Nacht, Mann, aber wenn ich nach Hause komme, dann machen wir eine Pyjama-Party.«

»Wenn ich brav bin, krieg ich dann Eiscreme?«

Riley schnaubte. »Sobald ich hier raus bin, holen wir uns den größten Schokoladeneisbecher, den wir finden können.« Er schlang einen Arm um Noah und sah zu, wie der kleine Junge sich an ihn kuschelte. »Alles okay?«, flüsterte Riley. Er küsste Noah auf die Schläfe, während Lexie sich auf den Stuhl setzte, auf dem Park keine zehn Minuten zuvor gesessen hatte.

Noah schaute zu Lexie hinüber. »Riley, wird das so eine Pyjama-Party, wie du und Mommy gehabt habt?«

Riley und Lexie lachten beide. »Ja, das wird es«, sagte er leise. »Soll ich dir ein Geheimnis verraten?«

Noah nickte, und ein Lächeln kräuselte seine Augen.

»Mommy klaut einem die Bettdecke; bei dir wird es viel besser sein.«

Noah seufzte. Seine kleinen Hände suchten über der Bettdecke nach Riley. »Kann ich dir ein Geheimnis sagen?«

Riley zog ihn enger an sich. »Du kannst mir alles sagen, Noah. Einfach alles.«

Noah schmiegte die Nase an Rileys Hals und kuschelte sich an ihn. »Ich hab dich lieb.«

Riley erstarrte einen herrlichen Herzschlag lang, bevor ihn die Gefühle, die er zurückgehalten hatte, heftig durchströmten. Er drückte seinen Sohn an die Brust und ließ seine Tränen stumm in sein Haar sickern. »Ich hab dich auch lieb, Noah. Ich hab dich auch lieb.«

Lexies und Rileys Blicke trafen sich. »Hey, Noah, was würdest du davon halten, wenn Riley kommt und bei uns wohnt?«

Mit großen Augen hob Noah den Kopf. »In unserem Haus?«

Lexie nickte. »In unserem Haus.«

Noahs Blick wanderte von Lexie zu Riley und wieder zurück. chien angestrengt darüber nachzudenken. Riley blieb völglos, während ihm das Herz immer noch von Noahs Geis überquoll. »Wenn du bei uns wohnst«, flüsterte Noah, die hohle Hand an den Mund gelegt, als verrate er Riley ein Geheimnis, »kannst du dann mein Daddy sein?«

Rileys Atem entwich mit einem gewaltigen Zischen, und Lexie lächelte unter Tränen, die sich in ihren blauen Augen sammelten. »Noah«, sagte er. »Ich *bin* dein Daddy.«

Noahs Mund öffnete sich zu einem großen O. »Und kannst du für immer mein Daddy sein?«

»Für immer, Kumpel«, sagte Riley. »Für immer und ewig.«

Noah drückte Riley, der trotz des Wundseins und seiner schmerzenden Glieder lachte, ihn ebenfalls drückte und ihm einen dicken Prustekuss auf den Hals gab, sodass er quietschte. Dabei sah er Lexie an und wusste mit jeder Faser seines Körpers und seiner Seele, dass er jeden Moment in Ehren halten würde, der ihm geschenkt wurde, und dass er in seinem ganzen Leben noch nie so viel Liebe für zwei Menschen empfunden hatte.

Sie waren alles für ihn, die zwei Hälften seines Herzens.

Seine ganze Welt.

Epilog

Riley spazierte am Long Lake entlang und spürte die Sonne auf Arme und Gesicht niederbrennen, während das Wasser um seine nackten Zehen schwappte. Der Geruch des Sees durchdrang jeden seiner Atemzüge, und die Hitze hüllte ihn ein wie eine bequeme Jacke.

Er blieb einen Moment lang stehen, schloss die Augen und ließ alles auf sich wirken, die Sommersonne, das Geräusch der schwappenden Wellen und die Vögel über ihm.

Dann ein vertrautes Lachen. Er lächelte.

Das Lachen war ihm das Liebste. Womöglich war es für ihn der schönste Klang der Welt. Es trieb auf der warmen Brise herbei und begrüßte seine Ohren wie einen alten Freund. Er wollte nicht wie ein komplettes Weichei klingen, aber dieser Klang ließ Riley alle möglichen Schmetterlinge im Bauch spüren. So war es schon immer. Und es gefiel ihm. Es versicherte ihm, dass die Menschen, die ihm am nächsten standen, glücklich waren. Und nichts war wichtiger.

Er öffnete die Augen und blickte das Seeufer entlang, und sein Herz zog sich zusammen, als er sah, wie Noah durchs Wasser lief – na ja, stolperte – und kicherte, als es seine kleinen Füße umspülte. Hingerissen sah Riley ihm zu. *Mein Gott.* Er war einfach das Vollkommenste, was er je gesehen hatte.

Noah planschte lachend, und der Klang wehte wunderschön über das Wasser. Wie immer nahm Riley den Klang auf und speicherte ihn an einem Ort, den er viel später einmal besuchen würde, wenn Noah schon zu alt war, um Spiele zu spielen oder auf Rileys Schultern zu reiten. Er lachte, als Noah erneut stolperte. Er war so unelegant. Sein Haar fing die Sonne ein und leuchtete weiß und golden auf, als er herumwirbelte und mit den Füßen das Wasser aufspritzen ließ.

Rileys Lachen brachte Noah dazu, den Kopf zu heben, und das Lächeln, das auf dem Gesicht des kleinen Jungen erschien, haute ihn beinahe um. Augenzwinkernd breitete Riley die Arme aus, und Noah rannte auf ihn zu, so schnell ihn seine sechs Jahre alten Beine trugen. Er stolperte ein paarmal, bevor er ihn erreichte. Riley hob ihn auf, warf ihn in die Luft und fing ihn wieder auf, während er vor Freude quietschte.

Noah legte Riley die kleinen Hände an die Wangen und drückte sie. »Daddy.« Er lächelte ein breites Zahnlückenlächeln.

Riley prustete auf Noahs Wange, um ein lautes Furzgeräusch zu erzeugen, das ihn lachen und in seinen Armen zappeln ließ. Riley hielt ihn fest an die Brust gedrückt, weil er nicht wollte, dass er fiel. Er hielt Noah fest, weil er es liebte, ihn so warm und perfekt in seinen Armen zu spüren. Weil er wollte, dass Noah stets wusste, dass er bei Riley sicher war; dass er ihn mehr liebte, als er es je für möglich gehalten hätte. Riley achtete darauf, dass er Noah das jeden Tag sagte.

Wie die ganze Welt.

Wie jeder Vater, der etwas wert war, wusste Riley, dass er ohne zu zögern sein Leben für seinen Sohn geben würde. Er liebte ihn mit jeder Faser seiner Seele.

Riley behielt Noah auf dem Arm und ging weiter am Wasser entlang. Es war jeden Sonntag dasselbe, und Riley liebte es. Zeit mit seiner Familie zu verbringen, albern zu sein und Erinnerungen zu schaffen war alles, was er je gewollt hatte, und seit er vor zwei Jahren wieder zurück nach Traverse City gezogen war, schien jeder Tag immer besser zu werden. Manchmal fuhren die drei nach New York, um Rileys Freunde zu besuchen, und ja, er vermisste sie, aber Rileys Herz gehörte nach Michigan, wo seine Familie lebte.

»Kommt Grandpa jetzt?«, fragte Noah, während er mit Rileys Bart spielte.

»Später«, antwortete Riley und legte eine Hand zärtlich auf Noahs Hinterkopf. »Er und Nana kommen zum Abendessen.«

Sagen zu können, dass seine Mutter und sein Vater zu ihnen zum Abendessen kommen würden, war etwas, von dem Riley geglaubt hatte, dass es nie mehr geschehen würde. Der Weg war manchmal schwierig gewesen, aber Riley hatte sich krummgearbeitet, um dafür zu sorgen, dass Moore's Motors wie eine gut geölte Maschine lief. Er war seit achtzehn Monaten offizieller Eigentümer und in jeder Sekunde mit dem Herzen dabei, und mit jedem Verkauf, bei dem Riley seine Kompetenz unter Beweis stellte, öffnete sich Park mehr.

Riley konnte voller Zuversicht sagen, dass er und sein Dad ein solides Fundament geschaffen hatten, die letzten Wunden zwischen ihnen waren endlich verheilt. Es war fantastisch, Geburtstage und Weihnachtsfeste miteinander zu feiern, besonders jetzt, da Riley erkannte, wie viel Spaß Weihnachten mit einem Kind machte. Er neigte dazu, in Sachen Dekoration und dem ganzen Mist ein wenig auszuflippen, aber Lexie, Gott segne sie, ließ den kleinen Jungen in Riley gewähren, der voller Aufregung Strümpfe und Lametta an den Kamin hängte.

Riley küsste Noahs Haar und kicherte leise vor sich hin.

Es war mehr als verrückt. Wenn ihm vor drei Jahren jemand gesagt hätte, dass sein Leben einmal so sein würde, hätte er ihm ins Gesicht gelacht. Er seufzte, während Noahs Finger die Konturen der Tattoos auf seiner Schulter nachzogen. Es war eine Gewohnheit, die er entwickelt hatte, wenn er hundemüde war. An den meisten Abenden schlief Noah auf Riley ein, einen Finger in Rileys Bart und einen auf den Mustern auf seiner Haut. Das waren die schönsten Augenblicke.

Rileys kostbarste Augenblicke.

Noah hob den Kopf und schaute zu der Bank, auf die sie zugingen. »Kann ich noch mehr Eiscreme haben?«

Riley stutzte. »Moment mal. Du hattest Eiscreme? Ohne mich?«

Noah schüttelte den Kopf. »Mommy hatte welche. Sie hat sie mit mir geteilt.« Zum Beweis hob er die schokoladenverschmierten Hände.

»Mommy hatte ein Eis?«, lachte Riley. »Darauf wette ich. Sie mag Eiscreme zurzeit sehr, was?«

»Wer mag Eiscreme?«

Riley schaute von seinem Sohn zu Lexie, die auf ihrer Lieblingsbank saß, einen Becher Eiscreme in einer Hand und einen Löffel in der anderen. Sie hatte noch nie so verdammt gut ausgesehen wie in dem schulterfreien weißen Maxikleid, das beinahe durchsichtig war. Es war ein heißer Sommer in Traverse City.

»Du«, sagte Riley mit einem Lachen, als er Noah neben sie setzte.

»Hast du mich etwa verpetzt?« Mit liebevoll finsterer Miene schaute Lexie ihren Sohn an, der nur lachend mit den Schultern zuckte. Lexie kitzelte ihn, worauf er nur noch mehr kicherte, und Riley wurde die Brust auf vertraute Art eng, während er zwischen den beiden hin- und hersah.

Gott, es schmerzte immer noch, daran zu denken, wie knapp er all das beinahe verloren hätte.

Er versuchte, nicht zu viel an die Vergangenheit zu denken, aber gelegentlich kamen die Erinnerungen zurück, und dann schwor Riley jeder Gottheit, die ihm einfiel, dass er jeden Tag dankbar für das sein würde, was er hatte. Dass er sich würdig erweisen würde.

Nachdem sich Noah zwei große Löffel Eiscreme ergaunert hatte, rannte er wieder zurück zum Wasser. Riley ließ sich neben Lexie auf die Bank fallen. Er legte den Arm um sie und die andere Hand auf ihren wunderbar gerundeten Bauch. Es war ein tolles Gefühl, dass neues Leben in ihr heranwuchs. Ein neues Leben, für das Riley auf jedem Schritt des Wegs da sein würde. Von Noah zu erfahren, war eine fantastische und doch furchteinflößende Erfahrung gewesen, aber diesmal fühlte sich Riley ruhiger. Er spielte den Daddy bisher wirklich verdammt gut. Und um die Wahrheit zu sagen, genoss er jede Minute.

Offensichtlich half es, dass Lexie die unglaublichste Partnerin, Freundin und Mutter war. Liebevoll streichelte er über ihren Babybauch, und sie summte genüsslich an seinem Hals. Er lächelte hinunter auf seine Hand, wo das Wort »Noah« um sein Handgelenk tätowiert war. »Alles okay?«, fragte er, als sie zusammenzuckte und sich den Bauch rieb.

»Bestens«, antwortete Lexie und küsste seinen Kiefer. »Die Kleine drückt nur ständig auf meine Blase.«

»Wirklich?«

Lexie nickte, und Riley ergriff die Gelegenheit, sie leidenschaftlich zu küssen.

Und es war genau wie beim ersten Mal – nichts als Feuerwerk und Hitze und einfach verdammt einmalig.

Er zog sich ein wenig zurück, um sie anzusehen. »Du bist wunderschön.«

»Du auch.« Lächelnd hielt sie ihm einen Löffel Eis hin, und Riley nahm ihn.

»Konntest du nicht noch mehr Sorten miteinander mischen?«

Lexie stieß ihm den Ellbogen in die Seite. »Sch! Mir schmeckt es so. Und deiner Tochter auch.«

Riley lachte und küsste ihr Haar. Er zog sie an seine Seite, lehnte sich zurück und blickte hinaus aufs Wasser, wo ihr Sohn singend durch die Wellen hüpfte und in der heißen Sommersonne lachte.

Danksagung

Was war das für ein wilder Ritt bisher! All das wäre nicht möglich gewesen ohne die Unterstützung eines fantastischen Teams. An Micki und Louise von *Simon & Schuster* und an Kate und Jo von *Headline Eternal*: Ich stehe für immer in eurer Schuld. Danke für all eure Arbeit und Geduld.

Besonderer Dank an Lorella, die wunderbarste Agentin, die man sich nur wünschen kann. Danke für dein Verständnis, deinen Zuspruch und unendlichen Glauben an mich und meine Worte. Ich bin durch dich nicht nur eine bessere Autorin, sondern ein besserer Mensch geworden. Auf zum nächsten Abenteuer!

Ich danke meiner Familie – ich liebe euch –, meinen Freunden – eure Unterstützung ist unglaublich –, und allen, die je eines meiner Bücher in die Hand genommen haben. Das bedeutet mir alles.

Die Fanfiction-Sensation, die Millionen von Leserinnen begeisterte

Sophie Jackson
DUNKLE LIEBE
- SCHULD
Übersetzt von Katrin
Reichardt
544 Seiten
ISBN 978-3-7363-0022-4

Seit einem Überfall wird Kat Lane von Panikattacken geplagt. Um sich ihren Ängsten zu stellen, nimmt sie einen Job als Dozentin in einem Gefängnis an, auch wenn sie sich dadurch in große Gefahr begibt. Denn Straftäter Wesley Carter übt eine magische Anziehungskraft auf Kat aus, die nicht ahnt, dass sie die Dämonen ihrer Vergangenheit mit Carter unaufhaltsam zurück in ihr Leben lässt.

»Sophie Jackson beweist mit diesem Roman, dass für die Liebe absolut nichts unmöglich ist! Unbedingte Leseempfehlung!«
Romantic Times

LYX

Verstörend und bewegend –
eine absolut einzigartige Liebesgeschichte

Leylah Attar
PAPER SWAN -
ICH WILL DICH
NICHT LIEBEN
Aus dem Englischen
von Patricia Woitynek
400 Seiten
ISBN 978-3-7363-0289-1

Skye Sedgewick wird entführt und verliert bald alle Hoffnung, befreit und gerettet zu werden. Sie kann an nichts anderes mehr denken als den Tod – bis sie erkennt, dass ihr Entführer sie nicht zufällig ausgewählt hat, sondern der Mann ist, den sie seit vielen Jahren schmerzlich vermisst …

»Ein absolutes Muss für alle, die nach etwas ganz Besonderem suchen!« AESTAS BOOK BLOG

LYX

Die Liebesgeschichte, über die die ganze Welt spricht!

Meredith Wild
HARDWIRED - VERFÜHRT
Aus dem amerikanischen
Englisch von
Freya Gehrke
352 Seiten
ISBN 978-3-7363-0124-5

Erica Hathaway musste früh lernen, was es bedeutet, auf eigenen Beinen zu stehen. Als sie für ihr Internet-Startup einen Investor sucht, trifft sie auf Blake Landon. Blake ist sexy, mächtig und geheimnisvoll und er schmettert ihre aufwändig vorbereitete Präsentation, ohne mit der Wimper zu zucken, als uninteressant ab. Trotzdem fühlt sich Erica auf magische Weise zu Blake hingezogen. Je mehr sie über den Milliardär erfährt, desto deutlicher wird, dass er gute Gründe für seine Entscheidung hatte. Und obwohl sie spürt, dass sie besser die Finger von Blake lassen sollte, gibt sie sich ihrem Verlangen hin

LYX

Der Top-Bestseller aus Schweden!

Simona Ahrnstedt
EIN EINZIGES
GEHEIMNIS
Aus dem Schwedischen
von Antje
Rieck-Blankenburg
672 Seiten
ISBN 978-3-8025-9946-0

Alexander de la Grip ist für zwei Dinge bekannt: sein Aussehen und seine Frauengeschichten. Die Medien bezeichnen ihn als „schwedischen Jetset-Prinzen", doch dass Alexander seine Nächte mit Partys und Sex verbringt, um so der Leere in seinem Innern zu entkommen, ahnt niemand. Als er auf die selbstbewusste Ärztin Isobel Sørensen trifft, weiß er sofort, dass sie seine nächste Eroberung sein wird. Aber auch Isobel verbirgt ein Geheimnis: Ihre Non-Profit-Organisation Medpax steckt in finanziellen Schwierigkeiten, und sie braucht dringend Geld. Geld, das Alexander im Überfluss besitzt. Was als Spiel beginnt, wird bitterer Ernst. Und während die beiden sich näher kommen, sind sie gezwungen, alles infrage zu stellen, was sie zu wissen glaubten.

LYX